검의 대가

검의 대가
El maestro de esgrima

아르투로 페레스 레베르테 장편소설   김수진 옮김

EL MAESTRO DE ESGRIMA
by ARTURO PÉREZ-REVERTE (1988)

Copyright (C) 1988, Arturo Pérez-Reverte
(C) De esta edición: 1999, Grupo Santillana de Ediciones, S.A.
Korean Translation Copyright (C) 2004, The Open Books Co.
Korean edition is published by arrangement with RDC Agencia Literaria S.L.
through Sybille Books Agency, Seoul.

이 책은 실로 꿰매어 제본하는 정통적인 사철 방식으로 만들어졌습니다.
사철 방식으로 제본된 책은 오랫동안 보관해도 손상되지 않습니다.

카를로타와 노란 조끼의 기사에게 바칩니다.

나는 이 세상 그 누구보다도 절도 있는 사람이다.
내게 다가와 자기의 고민을 털어놓거나,
심지어 자작한 시구들을 읊어 대는 역겨운 작자들로 가득한
이 땅에서조차 나는 단 한 번도 막된 행동을
해보지 않았음에 자부심을 느낀다…….

— 하인리히 하이네,『여행 스케치』중에서

1. 공격 15
2. 두블 아타크 포스 52
3. 불확실한 상황에서의 아타크 포스 88
4. 짧은 공격 122
5. 미끄러지는 공격 189
6. 강력한 대응 227
7. 불러내기 260
8. 진검 승부 295

부록 　검술 용어 349

역자 해설　음모와 계략, 화려한 검술이 엮어 내는
지적 미스터리 353
아르투로 페레스 레베르테 연보 361

은촛대 위에서 타오르는 불꽃이 볼록한 크리스털 코냑 잔에 반사되고 있었다. 〈부엘타 아바호〉 여송연에 불을 붙이고 담배 연기를 두 모금 빨아들이면서, 장관은 짐짓 마주 앉은 사내를 관찰해 보았다. 분명, 천박한 인간임에 틀림없었다. 하지만 그자는 조금 전 훌륭한 영국산 암말 두 마리가 끄는 최고급 사륜마차에서 내려 레스토랑 〈라르디〉로 들어섰고, 하바나산 시가를 꺼내 드는 섬세한 손가락도 하나같이 잘 다듬어져 있었을 뿐 아니라, 손가락에는 값비싼 다이아몬드가 박힌 금반지도 끼고 있었다. 우아한 태도와 그 위에 덧씌워진 화려한 전력은 차치하고, 그런 외적인 조건만으로도 그자가 제법 그럴듯한 직위에 있는 사람임을 한눈에 알아볼 수 있었다. 철저한 도덕 제일주의자와는 거리가 먼 장관 입장에서는 천박한 인간 군상들이라고 해서 모두 똑같이 취급할 수는 없었다. 사실 그는 상대방의 개인적 명성과 재산에 따라 대하는 태도도 달리하고 있었다. 특히, 도덕적 측면을 조금만 무시하고 든다면 상당한 물질적 이득을 취할 수 있는 경우엔 더더욱 각별한 응대를 하기도 했다.

「증거가 필요하오.」 장관이 말했다. 하지만 그도 말로만 그럴 뿐, 사실은 이미 상대방에게 한 수 접고 들어가고 있었다. 벌써 저녁값도 자신이 치렀다는 게 그 증거였다. 상대방은 마치 여태껏 그 말이 나오기를 기다렸다는 듯이 얼굴에 미소를 지었다. 그리고 입고 있는 흰 셔츠만큼이나 백옥처럼 새하얀 두 손을 들어 올렸다. 그의 손가락 위에서 쌍둥이 다이아몬드가 반짝거렸다. 그는 프록코트 안주머니에 한 손을 집어넣었다.

「증거라…… 물론 필요하시겠지요.」 그의 목소리에 가벼운 빈정거림이 묻어나고 있었다.

그는 인장은 찍혀 있지 않지만 밀랍으로 봉한 서류 봉투를, 테이블 가장자리를 따라 수가 놓아진 테이블보 위의 장관 손 가까이에 내놓았다. 장관은 만지면 병균이 옮기라도 하는 듯 봉투는 건드리지 않고 맞은편의 상대를 쳐다볼 뿐이었다.

「이게 무엇이오?」 장관이 말했다. 상대방은 봉투 쪽을 쳐다보며 그저 어깨를 한 번 으쓱했을 뿐이다. 마치 그 봉투 속의 내용물이 자신의 손을 떠난 그 순간, 이미 모든 관심이 사라지고 말았다는 듯이.

「글쎄요…….」 그는 별로 중요할 것도 없다는 듯 대꾸했다. 「몇몇 이름들, 주소…… 모르긴 해도 서로 긴밀한 관계가 있는 것들이겠지요. 장관님과도요. 나름대로는 첩자들이 관심을 가질 만한 것들일 겁니다.」

「그 안에 관련된 모든 내용들이 들어 있소?」

「들어 있어야 할 것들은 다 들어 있다고 봐야겠지요. 어쨌거나, 신중하게 생각하시는 게 좋을 겁니다.」

그 마지막 말과 함께 그의 얼굴에 다시 한 번 미소가 떠올랐다. 그 미소에는 오만함이 담겨 있었고, 그 미소를 바라보는 장관은 분노가 끓어오르는 것을 느꼈다.

「이보시오. 당신은 이번 일을 상당히 가볍게 여기는 것 같은데, 당신 입장이 지금……」

장관은 협박이라도 하듯이 말끝을 흐렸다. 상대방은 흠칫 놀라는 듯하더니, 얼굴을 잔뜩 찌푸렸다.

「설마……」 그가 잠시 생각하더니 대꾸했다. 「제가 가리옷 유다처럼 겨우 은화 서른 개를 받겠다고 이 야심한 시각에 여기까지 온 것이라고 생각하시는 건 아니실 거고…… 어떻게 보나, 댁들은 다른 선택의 여지가 없을 텐데요.」

장관이 봉투 위로 손을 가져가면서 말했다.

「그 사람이 협조하지 않을 수도 있소.」 장관이 하바나산 담배를 문 채 넌지시 말했다. 「그게 훨씬 더 영웅적일 수도 있고……」

「사실, 그런 면이 없지 않지요.」 상대방이 남은 코냑을 입 안으로 털어 넣더니, 자리에서 일어서며 옆 의자에 걸어 두었던 지팡이와 실크해트를 집어 들고 말했다. 「하지만, 영웅들은 늘 죽기 마련입니다. 파멸하든가요. 저 역시, 장관께서 그 누구보다 잘 아시겠지만, 이 일로 위험 부담이 적지 않습니다. 제 나이에, 특히 저 정도의 지위에서는 미덕보다는 신중함이 훨씬 더 요구되지요. 본능이라고도 할 수 있을 테고요. 어쨌든, 저는 이런 저 자신이 이해됩니다.」

두 사람 사이에는 악수도, 작별 인사도 없었다. 그저 계단을 밟아 내려가는 발자국 소리와, 잠시 후 저 아래에서 빗속을 뚫고 출발하는 마차 소리가 들렸을 뿐이었다. 장관은 혼자 남게 되자, 밀랍으로 봉한 봉투를 뜯고는 안경을 낀 뒤, 등잔 불빛 아래로 바짝 다가앉았다. 그리고 서류를 검토하면서 두어 번 코냑을 홀짝거렸다. 마침내 서류를 읽고 난 장관은 동그라미를 그리며 날아오르는 담배 연기 속에 잠시 그대로 앉아 있었다. 그리고, 난로 위에서 끓고 있는 자그마한 주전자를 우울한 시선으로 바라보더니, 천천히 일어나 창가로 다가섰다.

앞으로도 남은 일을 다 마치려면 몇 시간은 더 걸릴 것 같았다. 창밖으로 펼쳐진 광경을 바라보며 그가 나지막이 욕지기를 내뱉었다. 과다라마 산의 얼어붙은 봉우리들이 마드리드 시 전역에 차가운 스콜성 소나기를 쏟아붓고 있었다. 그날은 1866년 12월의 어느 날 밤이었고, 당시의 스페인은 가톨릭 전통을 이어받은 이사벨 2세 여왕의 치세하에 있었다.

1. 공격

명예를 아는 스승의 지도하에 이루어지는
명예로운 사나이들 사이의 펜싱 라운드는 호의와 세심한
예의범절로 가득한 그들만의 즐거움이다.

그 일이 있고 난 후로도 한참의 세월이 흐르고 나서야, 하이메 아스타를로아는 그 비극적 사건과 관련된, 이제는 흩어져 버린 기억의 편린들을 모아 그 모든 일들이 어떻게 시작되었는지를 다시금 상기해 보았다. 가장 먼저 떠오른 이미지는 다름 아닌 후작의 모습이었다. 그리고 레티로 정원 쪽으로 나 있던 펜싱 연습실. 그날은 이글거리는 태양의 열기가 창문을 통해 쏟아져 들어와, 플뢰레 펜싱 검의 칼날이 빛을 받아 번쩍거리던 어느 초여름 날이었다.

후작은 그날따라 컨디션이 그다지 좋아 보이지 않았다. 마치 금이 간 풀무를 연상시킬 만큼 거친 숨을 몰아쉬고 있었으며, 가죽 가슴받이 아래로 들여다보이는 셔츠 자락은 온통 땀에 젖어 있었다. 아마도 전날 밤을 무절제하게 보낸 탓인 듯했지만, 하이메 아스타를로아는 언제나 그랬듯이 해야 하지 않을 말은 단 한마디도 하지 않았다. 고객의 사생활은 자신과는 상관없는 일이었다. 따라서, 그저 검술을 연마하는 사람으로서는 얼굴이 붉어질 만큼 형편없는 후작의 찌르기 공격을 티에르스로 막아 낸 뒤, 깊은 공격을 시도했을 뿐이었다. 부드럽게 휘는 하이메 아스타를로아의 이탈리아제 검이 상대방의 가슴을 세차게 찌르면서 칼날이 휘었다.

「투슈, 후작님!」

알룸브레스 후작으로 불리는 루이스 데 아얄라 벨라테 이 바예스핀은 욕지기가 터져 나오려는 것을 억누르고, 얼굴에 쓰고 있던 마스크를 신경질적으로 벗어 버렸다. 그의 얼굴은 열기와 열정으로 온통 벌겋게 달아올라 있었다. 머리카락 안쪽에서부터 큼지막한 땀방울이 흘러내리면서 양 눈썹과 콧수염을 적시고 있었다.

「오늘은 정말 안 되는 날이군요, 돈 하이메.」후작의 목소리에 부끄러움이 묻어났다. 「정말 대단하십니다. 불과 15분 만에 벌써 세 번이나 당했네요…….」

하이메 아스타를로아는 적당히 겸손한 태도로 어깨를 한 번 으쓱해 보였다. 그가 마스크를 벗자, 이제 희끗희끗해지기 시작한 콧수염 아래 입가에 부드러운 미소가 떠올랐다.

「오늘은 후작님의 컨디션이 별로 좋지 않아 그건 것 같습니다.」

루이스 데 아얄라는 젊은이다운 호탕한 웃음을 한 번 웃어 대더니, 플랑드르식 값진 벽걸이와 유서 깊은 각종 검, 플뢰레, 사브르 등의 무기들로 장식된 검술 연습실을 큰 걸음으로 성큼성큼 오가기 시작했다. 곱슬곱슬한 그의 머리카락은 숱이 풍성했으며, 그 때문에 마치 사자의 갈기를 보는 듯한 느낌을 주었다. 후작의 면모는 하나하나가 생기 넘쳤으며 원기 왕성해 보였다. 건장하고 늠름한 몸집, 굵직한 음성, 열정이 넘치고 쾌활함이 돋보이는 화려한 몸짓까지. 나이 마흔의 독신으로 — 사람들 말에 따르면 — 대단한 재산을 소유한 것으로 알려졌으며, 도박을 즐기고, 여자를 제법 밝히는 알룸브레스 후작은 19세기 스페인 귀족의 전형이라 할 수 있는 방탕하기 그지없는 귀족의 가장 대표적인 모습을 보여 주고 있었다. 말하자면, 평생 책 같은 것은 단 한 권도 읽지 않았지만, 그 대신 런던이나 파리, 빈의 경마장에서 달리는 유명 경주마의 계보는 줄줄이 꿰고 있는 그런 부류의 사람이었다. 더욱이, 여자 문제와 관련해서는, 마드리드의 온갖 살롱에서 늘 새로운 소식과 가십거리에 굶주려 있는 사람들 입에 심심찮게 오르내리는 주인공이기도 했다. 나이는 이미 마흔이었지만, 그의 이름만으로도 여자들 사이에서 로맨틱한 질시와 태풍과도 같은 열정을 불붙이는 데 부족함이 없을 정도였다.

사실, 알룸브레스 후작은 전통적인 스페인 가톨릭 왕실에서는 그야말로 전설적인 존재라 할 수 있었다. 사람들이 쑥덕거리는 이야기에 따르면, 한번은 후작이 콰트로 카미노스 거리의 한 술집에서 술판이 벌어지던 중 칼부림을 벌인 일이 있었다고 했는데, 이는 사실이 아니고, 오히려 이름난 악당 하나를 처치한 후, 말라가에 있는 자신의 농장에서 그 악당의 아들의 뒤를 돌보아 주었다는 것이 맞는 말이었다. 후작의 정치 생활에 대해서는 별말들이 없었다. 워낙 정치에는 관심을 보이지 않았기 때문이었다. 하지만, 여자 문제만은 늘 마드리드 전역에 소문이 꼬리에 꼬리를 물고 다닐 정도였고, 그래서인지 고위직에 있는 몇몇 인사들이 그에게 자기 아내와의 소문의 진상에 대해 해명하라고 요구하는 것도 당연하지 않겠냐고 수군거렸다. 물론, 그 남편들이 정말 그렇게 했는지 안 했는지는 전혀 다른 문제이지만 말이다. 어쨌든, 그들 중 너덧 명은 건달들을 사주하여 후작에게 보내기도 했다. 물론, 다른 문제 때문이었다고 말하고는 있지만, 어쨌든 밤새 일을 깨끗하게 처리해 버리기 위해서였다. 하지만, 건달들은 하나같이 똑같은 대가를 치러, 마드리드 외곽의 어느 초지에서 오히려 자신들이 피투성이가 된 채 아침을 맞이해야 하는 처지가 되곤 했다. 입방아 찧기 좋아하는 사람들 가운데 어떤 이들은 심지어 국왕 폐하께서도 후작에게 문제를 제기했다고 했다. 하지만 여왕 폐하의 부군이신 돈 프란시스코 데 아시스 국왕께서 설사 그랬다 하더라도, 그것은 지엄하신 왕비, 여왕 폐하의 일로 질투심을 느꼈기 때문이 아니라는 것은 삼척동자도 아는 사실이었다. 어쨌든, 이사벨 2세 여왕께서 정말로 후작의 한없이 매력적인 면모에 마음이 기울어지셨든 혹 그렇지 않았든, 어차피 그것은 여왕 폐하 당사자와 그분의 고해 성사를 담당하는 사제만 아는 극비일 터였고, 루이스 데 아얄라의 경우에는 고해 신부도 없었을 뿐만 아니라, 스스로의 표현을 빌리자면, 고해 성사를 할 일도 없다고 했다.

쿠션이 들어 있는 가슴받이를 벗은 후작은 소매를 걷어붙인 차림으로 조금 전 하녀가 말없이 들어와 놓고 간, 술병이 놓인 은쟁반 옆 테이블 위에 플뢰레를 올려놓았다.

「돈 하이메는 오늘 아주 최고인 것 같군요. 제가 공격을 한 번도 제대로 성공시키지 못하고 방어하느라 쩔쩔맸으니까요. 헤레스나 한잔하시지요.」

매일 한 시간씩 하는 검술 연습이 끝나고 술을 한잔씩 나누는 것은 두 사람 사이에 이제 거의 의식화된 일과였다. 하이메 아스타를로아는 한쪽 팔 밑에 마스크와 플뢰레를 끼워 들고 후작 옆으로 다가가 곱게 세공이 된 크리스털 잔을 받아 들었다. 술잔 속에서 포도주가 마치 녹여 놓은 황금처럼 빛나고 있었다. 후작은 천천히 헤레스 향을 음미했다.

「선생님, 안달루시아 지방의 포도주는 정말 알아줘야 한다니까요.」 후작은 입술에 술을 살짝 적시더니 만족스러운 표정으로 혀로 핥아 보았다. 「이 색깔을 한번 보세요. 순수한 황금빛, 스페인의 태양 같지 않습니까? 이걸 보고 있으면 도무지 다른 나라 사람들이 부러운 줄 모르겠다니까요.」

 돈 하이메도 미소 띤 얼굴로 고개를 끄덕였다. 그는 루이스 데 아얄라 후작이 좋았다. 뿐만 아니라, 후작이 공식적으로 보면 검술을 배우는 단계의 제자가 아닌데도 자신을 〈선생님〉이라는 호칭으로 불러 주는 것도 마음에 들었다. 사실, 알룸브레스 후작으로 말하자면, 마드리드 최고의 검술가 가운데 하나였으며, 이미 수년 전부터 더는 누군가의 검술 지도를 필요로 하지 않는 경지에 이르러 있었다. 따라서, 그와 하이메 아스타를로아의 관계는 사제지간과는 좀 다른 그런 것이었다. 즉, 후작은 도박과 여자와 경마에 열중하는 것만큼이나 펜싱을 좋아했던 것이다. 그래서 매일 한 시간씩 플뢰레로 건전한 연습 경기를 하곤 했으며, 이런 연습은 그의 개인적 성향이나 성격과 관련하여 있게 될지 모를 결투에서 아주 유용하게 사용할 수 있었다. 루이스 데 아얄라는 5년여 전부터 자신과 비슷한 수준의 검술을 자랑하는 사람을 수소문해 오던 중 돈 하이메의 실력이 널리 알려져 있음을 알게 되었다. 물론, 최근에 유행하는 검술 양식을 추종하는 사람들은 돈 하이메의 검술이 지나치게 고전적이고 복고적이라 말하기도 했지만 말이다. 어쨌거나 그 덕분에 두 사람은 토요일과 일요일을 제외한 주 중에는 매일 오전 10시에 만나 대련을 하기로 하였으며, 검술 교사인 돈 하이메는 매일 그 시각 후작이 살고 있는 비야플로레스 성에 어김없이 나타나곤 했다. 건축 형태나 내부 장식에서 예술적 감각이 돋보이는 비야플로레스 성의 펜싱 연습실에서 후작은 집요하다 할 만큼 열심히 맹공을 퍼붓곤 했는데, 그래도 늘 하이메 아스타를로아의 검술과 재능이 그 공격을 막아 내면서 연습이 마무리되곤 했다. 루이스 데 아얄라 후작은 타고난 도박꾼인 만큼 잃는 것에도 익숙해 있었다. 더욱이 그는 나이 지긋한 검술 교사 하이메 아스타를로아 특유의 노련미를 높이 평가했다.

후작은 마치 아프다는 듯이 가슴팍을 문질러 대며 한숨을 몰아쉬었다.

「수호성인 소르 파트로시니오 님의 가호가 있었기에 망정이지, 선생님, 전 완전히 만신창이가 되었다니까요……. 선생님과 겨루고 나면 늘 알코올 솜으로 여기저기를 문질러 대는 게 일이지요.」

하이메 아스타를로아가 겸손한 표정으로 미소 지으며 대답했다.

「아까도 말씀드렸지만, 오늘은 후작님의 컨디션이 그다지 좋지 않으셨을 뿐입니다.」

「아닙니다. 칼끝이 무딘 연습용 검이 아니었다면, 아마도 저는 지금쯤 피를 흘리며 바닥에 나동그라져 있었을 겁니다. 아무래도 제가 선생님의 적수가 되지 못하는 건 아닐까 걱정이 되는군요.」

「오히려 자만하면 그만 한 대가를 치르게 되는 법입니다.」

「그렇긴 하지요. 더구나 제 나이쯤 되면 말입니다. 이제 철부지 어린애도 아니니…… 그것 참! 하지만 돈 하이메, 만사가 어디 마음대로 돼야 말이지요……. 지금 제 심정이 어떤지 아마 상상도 못 하실 겁니다.」

「아무래도 사랑에 빠지신 모양입니다.」

「바로 보셨습니다.」 후작이 헤레스를 조금 더 따르며 한숨을 내쉬었다. 「정말이지 촌뜨기 모양으로 제가 사랑에 빠져버렸어요. 가슴속 깊이 말입니다.」

하이메 아스타를로아는 콧수염을 문지르며 약간 쉰 소리로 대답했다. 「제 계산이 틀리지 않는다면, 이달 들어 세 번째이신 것 같은데요.」

「그건 중요한 게 아닙니다. 문제는, 제가 사랑에 빠졌을 때에는 정말로 푹 빠져 버린다는 데 있어요. 순진한 어린애처럼 말이지요. 무슨 말씀인지 이해하시겠어요?」

「충분히 이해합니다, 후작님. 비록 연애 담당 교사는 아니지만 말입니다.」

「참 신기하지요…… 세월이 가면 갈수록 사랑한다는 것이 더욱더 힘들어지니 말입니다. 제 능력을 벗어나는 것 같아요. 제 두 팔에는 여전히 원기가 넘쳐흐르는데, 이 가슴은 점점 활기를 잃어 가거든요. 옛 조상님들 말씀처럼 말입니다. 사실은…….」

알룸브레스 후작은 온갖 언어와 뜻이 명확하지 않은 갖은 찬사를 동원하여 자신을 새벽녘까지 잠 못 이루게 만드는 들뜬 열정에 대해 묘사했다. 물론, 상대는 어느 양갓집 귀부인이었고, 그녀에게는 시원치 못할망정 남편이 있을 터였다.

「요약하자면…….」 후작의 얼굴에 냉소적인 미소가 떠올랐다. 「오늘 제가 이렇게 죗값을 치르고 있는 셈입니다.」

돈 하이메가 반어적이기는 하지만 한편 충분히 이해할 수 있다는 듯 고개를 끄덕였다.

「검술이라는 것은 일종의 종교와도 같은 것입니다.」 돈 하이메가 미소 띤 얼굴로 말했다. 「검술을 시작하기에 앞서 몸과 마음 모두를 비우고 스스로를 정결케 해야 한다는 것이지요. 이 가장 기본적인 법칙을 어기게 되면, 자기도 모르게 죗값을 치르게 되는 법이고요.」

「예, 선생님. 잘 명심하도록 하겠습니다.」

하이메 아스타를로아는 술잔을 입술로 가져갔다. 그의 모습은 늠름하기 그지없어 보이는 고객, 즉 후작의 모습과는 확연히 달라 보였다. 이미 반세기 넘게 인생을 살아온 그였다. 중간 정도의 키에, 몸집은 좀 말랐다 싶을 만큼 여위어 있어서 연약한 느낌을 주었지만, 튼튼한 두 팔에는 마치 포도 덩굴처럼 울퉁불퉁하게 근육이 서 있어 특이하게 보일 정도였다. 콧날은 약간 매부리코로 날카롭게 도드라져 있었으며, 이마는 시원스러워 귀족적 자태를 보여 주었고, 머리카락은 희었지만 숱은 풍성했다. 잘 가꾸어진 두 손은 섬세했고, 그래서인지 그에게서는 품위가 배어나고 있었으며, 게다가 잿빛 눈동자가 위엄을 한층 더해 주고 있었다. 물론, 두 눈가에는 잔주름이 많았지만, 그 주름이 미소 짓는 그의 얼굴에 더욱 생기와 친근감을 불러일으키곤 했다. 그는 평생 그랬듯이 콧수염을 약간 고풍스러운 스타일로 정갈하게 다듬었는데, 사실 그의 외모에서 복고적인 면모가 감지되는 곳은 비단 콧수염뿐만이 아니었다. 그는 타고난 감각으로 옷을 잘 차려입었는데, 언제나 유행과는 좀 동떨어진 그의 옷차림에서는 어딘지 퇴폐적인 고전미가 느껴지곤 했던 것이다. 사실, 그가 입고 있는 옷들을 보면, 비교적 최근에 마련한 옷까지도 20년 전 스타일을 유지하고 있었다. 다행히, 그의 나이에는 그것이 잘 어울렸지만 말이다. 이런 모든 부분들이 나이 든 검술 교사 하이메 아스타를로아에게 자신이 살아가고 있는 급변하는 시대 속의 새로운 변화에 둔감한 사람, 즉 시간 속에 멈춰 서버린 사람 같은 이미지를 부여하고 있었다. 어쨌든, 한 가지 분명한 사실은, 돈 하이메 스스로도 무어라 똑 부러지게 설명할 수는 없지만, 그런 자신의 이미지를 내심 만족스럽게 생각하고 있다는 점이었다.

하인 한 명이 후작과 검술 교사 하이메 아스타를로아가 씻을 수 있도록 커다란 대야에 물을 가득 담아 수건과 함께 들고 들어왔다. 루이스 데 아얄라가 셔츠를 벗어 버리자, 강인해 보이는 가슴 전체가 온통 땀에 젖어 번득거리는 것이 보였고, 곳곳에 끝이 뭉툭한 연습용 검에 찔려 만들어진 불그스름한 자국이 남아 있었다.

「선생님, 루시퍼의 뿔로 저를 온통 고난당한 그리스도로 만들어 버리셨군요⋯⋯. 언젠가 반드시 갚아 드릴 겁니다!」

하이메 아스타를로아가 얼굴을 수건으로 닦고는, 후작을 바라보며 사람 좋은 미소를 지어 보였다. 루이스 데 아얄라는 아직도 거친 숨을 몰아쉬면서 가슴팍에 물을 적셨다.

「하긴⋯⋯.」 후작이 말을 이었다. 「정치판에서는 이보다 더 살벌한 칼질이 오가지만 말입니다. 곤살레스 브라보가 저더러 제 자리를 내놓으라고 제안했던 것 아십니까? 새로운 자리를 알아봐 주겠다면서요. 저를 메추리 새끼 사냥하듯 그렇게 몰아세우는 것으로 보아, 그 양반 형편이 지금 목구멍까지 물이 차오르는 상황이 아닌가 싶네요.」

검술 교사는 예의상 후작의 말에 관심을 기울이는 척했지만, 사실 그는 정치 현실에 대해서는 전혀 관심이 없었다.

「그래서 후작님께서는 앞으로 어찌하실 겁니까?」

알룸브레스 후작은 별것 있겠냐는 듯 가볍게 어깨를 으쓱할 뿐이었다.

「어찌할 거냐고요? 전혀 계획 없습니다. 다시 말씀드리자면, 그 대단하신 양반께는, 제 자리고 뭐고 다 알아서 하시라고 말씀드렸다 이겁니다. 저는 그저 카지노에서 게임을 하고, 카드를 돌리고, 이 손안에 아름다운 여인들을 취할 수만 있으면 되니까요. 다른 일은 별 관심 없습니다.」

루이스 데 아얄라는 한때 스페인 의회의 의원을 역임했었으며, 나르바에스[1] 정권 말기 내각에서는 비록 짧은 기간이었지만 행정부에서 요직에 있기도 했었다. 하지만 행정부 장관을 맡고 있던 외삼촌 바예스핀 안드레우가 세상을 뜨면서, 그도 자기 자리를 불과 3개월 만에 내놓지 않을 수 없는 상황이 되었다. 그리고 그로부터 얼마 후, 이번에는 자발적으로 의회 의원직까지 사임함으로써 그간 미온적으로나마 유지해 오던 온건당의 당원직도 내던져 버리게 되었다. 그는 조금 전에 했던 〈다른 일은 별 관심 없습니다〉라는 말을 〈클럽 아테네〉에 늘 함께 모이곤 하는 친구들과의 모임에서도 한 번 한 적이 있었는데, 그 말은 결국 당시의 암울한 국내 현실에 대해 적잖이 불편한 심기를 드러내는 정치적 발언으로 이해되었다. 그 발언 이후, 후작은 지속적으로 교체되어 온 정권의 민·군 공동 세력에 참여하기를 거부한 채 모든 공식적 활동을 접어 버리고 주변으로 물러섰으며, 급변하는 정치의 흐름을 그저 은근한 미소로 지켜볼 따름이었다. 그는 화려한 생활을 지속하면서, 눈 한 번 깜빡이지 않고 어마어마한 거금을 도박판에 쏟아붓곤 했다. 항간에는 그가 머지않아 파산하고 말 것이라는 소문도 심심찮게 돌곤 했지만, 루이스 데 아얄라 후작은 어떻게 조달하는지 늘 재정 상태를 되살리곤 했다.

「〈검술의 성배〉를 찾는 일은 어떻게 되어 가십니까, 돈 하

[1] Ramón María Narváez(1800~1868). 스페인의 보수적 정치가. 여섯 번 총리를 지냄.

이메?」

 하이메 아스타를로아는 셔츠 단추를 잠그다 말고 고개를 들고 속상하다는 듯 후작을 바라보았다.

「신통치 않습니다. 아니, 좀 더 정확히 말씀드리자면, 아주 형편없습니다……. 그래서 때로는 이 일이 제 능력 밖의 일은 아닐까라는 생각도 하게 되는군요. 솔직히 말씀드리자면, 가끔 포기하고 싶은 생각이 들 정도입니다.」

 루이스 데 아얄라는 몸을 씻는 일을 마친 뒤, 수건으로 가슴을 한 번 닦아 내고는 테이블 위에 올려놓았던 헤레스 잔을 다시 집어 들었다. 그는 술잔을 귓가에 대고 손톱으로 두어 번 퉁겨 보고는 만족스러운 표정을 지었다.

「선생님, 그런 바보 같은 생각은 하지 마세요. 쓸데없는 생각입니다. 선생님은 어떤 야심 찬 계획이라도 얼마든지 해낼 수 있는 능력이 있으신 분입니다.」

 하이메 아스타를로아의 입술에 서글픈 미소가 떠올랐다.

「그런 믿음을 저도 가질 수 있다면 참 좋겠습니다. 하지만, 제 나이가 되면 너무나 많은 것들이 허물어져 내리기 마련이지요. 내면적으로도 마찬가지입니다. 처음부터 이 세상에 검술의 성배 같은 것은 존재조차 하지 않았던 건 아닐까 하는 의심이 들기 시작했습니다.」

「바보 같은 말씀이세요.」

 수년 전부터 하이메 아스타를로아는 『검술에 대한 논고』라는 책을 집필하고 있었다. 그러니까 그만이 지닌 검술에 대한 천재적 자질과 경륜을 통해 수많은 사람들로부터 배워 온 모든 것을 담고 있어서, 완성되기만 한다면 그야말로 고마르, 그리지에, 라포제르 같은 세계적 거장들의 연구 결과에 필적할 만한 것이 될 것으로 예상하고 있었다. 하지만 돈 하이메는 최근 들어 과연 자신이 일평생을 바쳐 온 검술의 모든 것을 종이 위에 녹여낼 만한 능력을 갖고 있을까에 대한 회의에 휩싸이기 시작했다. 설상가상으로, 주변 상황도 그의 이런 불안감을 증폭시키기에 부족함이 없어 보였다. 그의 저작이 검술 분야에 있어서 전무후무한 최고의 걸작으로 남기 위해서는 무엇보다도 완벽한 공격술, 즉 다른 그 어떤 검법과도 비교할 수 없는, 인간의 능력이 빚어낼 수 있는 최고의 정수, 가장 이상적이고 효율적인 결정적 일격이 어떤 것인가를 구체적으로 제시할 수 있어야 했다. 그리고 돈 하이메는 플뢰레를 들고 상대와 맞서기 시작한 첫날부터 평생을 바로 그 〈일격〉의 정체를 파악하는 데 바쳐 온 것이었다. 그는 그 일격을 이름하여 〈성배〉라 불렀고, 그 성배를 찾아 무진 애를 썼지만 여전히 무위에 그치고 말았던 것이다. 이제 육체적으로나 정신적으로나 점차 쇠락해져 가는 자신을 바라보면서, 늙은 검술 교사 하이메 아스타를로아는 아직은 강건해 보이는 자신의 두 팔에서도 서서히 원기가 빠져나가고, 세월의 무게 속에서 날렵하기만 했던 검술가적 자질도 시들어 가기 시작했음을 느끼고 있었다. 거의 매일같이, 소박하게 꾸며 놓은 자신의 검술 연습실을 꽉 채운 고독 속에서, 하이메 아스타를로아는 등잔불 아래 앉아 세월의 흔적으로 누렇게 변색되어 가는 원고지 위에 공연히 뭔가를 끼적거리기 위해 애쓰곤 했다. 그는 무어라 꼬집어 설명할 수는 없지만, 자신의 머릿속 어딘가에 그 성배의 열쇠가 숨겨져 있음을 감지하고 있었다. 분명 어느 구석인가에 숨어 있으면서 드러내기를 거부하고 있는 그것. 그렇게 원고지 앞에 앉아 온밤을 지새우고 아침이 밝아 오는 것을 지켜봐야 했던 날이 하루 이틀이 아니었다. 그런가 하면, 때로는 잠자리에 들어 보지만 꿈결에 강렬한 영감을 느끼고는 벌떡 일어나, 잠옷 바람에 조그마한 연습실 사벽을 온통 둘러싼 거울 앞에 서서 플뢰레를 집어 들고 절망적으로 휘둘러 대기도 했다. 그렇게, 조금 전 잠결에 언뜻 머릿속을 유성처럼 스쳐 지나간 영감을 구체화시켜 보겠다는 일념에, 자신의 몸동작과 생각들 하나하나의 끝자락을 고통스러울 만큼 고집스럽게 붙들고 늘어져 보지만, 다 쓸데없는 일이기 일쑤였다. 결국 처연한 비탄 속에 빠진 채 거울 속을 들여다보고 있노라면, 마치 거울 너머에 서 있는 자신의 그림자가 거울 이편의 자신을 비웃고 있는 것처럼 느껴지곤 했다.

하이메 아스타를로아는 플뢰레 케이스를 한쪽 팔에 끼우고 거리로 나섰다. 아침부터 날이 푹푹 찌고 있었다. 마드리드 시내는 온통 사납게 작열하는 태양 아래서 생기를 잃고 있는 듯했다. 사람들은 모이기만 했다 하면 찌는 듯한 더위와 정치 현황에 대해 이야기를 나누었다. 주로 전주곡으로 무더운 날씨에 대해 주고받다가, 점차 요즘 곳곳에서 일고 있는 온갖 모반 사건들, 특히 민중 봉기에 대한 소문들이 꼬리에 꼬리를 물고 이어지는 것이었다. 그해 여름, 그러니까 1868년의 여름에는 모든 사람들이 모반을 꿈꾸고 있었던 것 같다. 노장 나르바에스가 3월에 사망하면서, 곤살레스 브라보가 철권을 휘두르는 막강 세력으로 부상하고 있었다. 오리엔테 왕궁에서는 여왕 폐하께서 젊은 근위 장교들에게 타는 듯한 시선을 쏟아붓는가 하면, 열심히 묵주를 돌리며, 북부 지역으로 피서 떠날 준비를 하고 있었다. 다른 사람들은 망명지에서 여름을 보낼 수밖에 달리 도리가 없는 형편이었다. 그들 중 대표적인 인사들로는 프림,[2] 세라노,[3] 사가스타,

루이스 소리야 등이 있었는데, 그들은 당시 대부분이 유배를 가 있는 상황이었으며, 추방되었거나 비밀스러운 감시하에 놓여 있었다. 하지만 그들 역시 은밀히 〈명예로운 스페인〉이라는 대대적인 작전을 준비 중이었다. 그들은 하나같이 이사벨 2세 여왕의 세상은 이제 얼마 남지 않았다고 믿고 있었다. 그들 가운데서도 온건파들은 여왕이 아들 알폰소 왕자에게 왕위를 넘겨줄 것을 바라고 있는 데 비해, 강경파들은 드러내 놓고 공화정을 꿈꾸고 있었다. 항간에는 돈 후안 프림이 머지않아 런던에서 돌아올 것이라는 소문이 파다했으며, 실은 카스티예호스의 전설적 영웅 프림이 이미 두어 차례 귀국을 해서 이 먼지투성이 정국에 발을 딤그곤 했다는 이야기도 있었다. 당시 한창 유행하던 유행가 가사에도 있듯이, 아직은 무화과 열매가 익지 않았을 따름이었다. 하지만, 일부에서는 무화과가 미처 익기도 전에 나뭇가지에 매달린 채 그대로 썩어 들어가기 시작했다는 평도 없지 않았다. 결국, 저마다 다른 생각들을 하고 있었다는 말이다.

하이메 아스타를로아는 수입이 그다지 넉넉하지 않아 썩 여유 있는 생활을 할 수 없었기 때문에, 마차꾼이 꾀죄죄한 마차를 몰고 와 타겠느냐고 물었을 때에도 말없이 고개를 가로저었다. 그는 한가하게 나무 그늘을 찾아다니는 사람들 사이를 걸어 프라도 거리까지 갔다. 가는 길에 때때로 아는 얼굴이라도 마주치게 되면 언제나 그랬듯이 잿빛 실크해트를 벗어 들고는 공손하게 인사를 건넸다. 여기저기 나무 벤치에는 하녀복을 입은 보모들이 모여 앉아 수다를 떨며 샘

---

2 Juan Prim(1814~1870). 스페인의 정치가이자 1868년 혁명의 중심인물.
3 Francisco Serrano y Domínguez(1810~1885). 스페인의 군인이자 정치가. 이사벨 2세를 몰아낸 1868년 혁명에 기여함.

물 근처에서 세일러복을 입고 신나게 뛰노는 아이들을 지켜보고 있었고, 귀부인들은 레이스가 달린 큼지막한 모자를 쓴 채 뚜껑 없는 무개 마차를 타고 지나다니곤 했다.

가벼운 여름용 프록코트 차림이었음에도 돈 하이메는 더위로 숨이 막히는 듯했다. 오전 중에만도 두 명의 학생 집으로 각각 찾아가 검술을 가르쳐야 했다. 두 학생 모두 훌륭한 가문의 나이 어린 자제들이었으며, 그 부친들은 하나같이 펜싱을 가문의 명예에 먹칠을 하지 않으면서도 신사로서 얼마든지 해도 좋을 건전하고 정결한 훈련이라 생각하고 있었다. 이 학생들을 가르치고 받는 수업료와 오후에 그의 집으로 오는 다른 서너 명의 학생들로부터 받는 수업료로 돈 하이메는 생활을 해나가고 있었다. 하긴, 그가 쓰는 생활비는 거의 최소한의 비용에 불과했다. 예를 들면, 보르다도레스 거리에 세내어 살고 있는 집의 월세, 집 근처 식당에서 점심과 저녁을 사 먹는 데 드는 식비, 엘 프로그레소 카페에서 커피와 토스트 같은 간단한 음식을 사 먹는 데 드는 비용 정도가 고작이기 때문이었다. 그 외에 매월 1일에 알룸브레스 후작이 정확하게 발급해 주는 지불 명령서로, 생활의 편의를 위해 필요한 모든 문제들을 해결하는 것은 물론 약간의 저축도 하고 있었다. 저축한 돈과 이자면 아마도 이다음에 나이가 더 들어 더는 검술 교사 생활을 할 수 없게 되었을 때 최소한 노인 수용 시설로 들어가는 일만은 면할 수 있을 터였다. 곧잘 서글픈 마음으로 생각하지만, 그렇게 될 날도 그리 멀지는 않은 것 같았다.

의회 의원직을 역임하고 있는 수에카 백작이 영국제 승마화를 번쩍거리며 말을 타고 산책하고 있었다. 백작의 장남은 현재 몇 안 되는 돈 하이메의 검술 제자 중 한 명이었다.

「안녕하십니까, 선생님?」

수에카 백작도 6~7년 전에는 그에게 검술을 배운 적이 있었다. 당시, 어떤 사람으로부터 결투를 제의받는 바람에, 결투 직전에 얼마간 하이메 아스타를로아의 지도를 받았었던 것이다. 결과는 아주 만족스러워서, 상대방의 몸 한가운데를 칼날이 적중시켰고, 그날 이후 백작은 돈 하이메를 깍듯이 대했을 뿐 아니라, 나중에 그의 아들까지 제자로 검술 수업을 받도록 만든 것이었다.

「플뢰레를 팔 밑에 꼭 끼고 다니시는 걸 보니…… 아마도 아침 산책을 나오셨나 보지요?」

돈 하이메는 플뢰레 케이스를 부드럽게 어루만지며 미소로 답했다. 수에카 백작은 모자를 벗지는 않고, 그저 모자 가장자리에 손만 살짝 가져다 대면서 인사를 보냈다. 루이스 데 아얄라 같은 아주 특별한 경우를 제외한 모든 고객들이 그를 이런 식으로 대한다는 걸 다시 한 번 상기하게 되었다. 즉 공손하되, 어느 정도 미묘하게 거리를 유지하는 것. 하지만 어쨌거나, 그들은 돈 하이메에게 월급을 지불해 주는 사람들이었고, 그는 더 이상 그런 문제로 기분이 언짢아질 나이는 지나 있었다.

「그렇게 보였나요, 돈 마누엘……? 실은, 매일 아침마다 하는 수업에 가는 중입니다. 마드리드 전체가 숨 막힐 듯 찌고 있지만, 어쩌겠습니까. 일은 일대로 해야 하는걸요.」

평생 일이라고는 해본 적 없는 수에카 백작은 그도 그럴 것이라는 동의를 보내면서, 한편으로는 참을성 없이 몸을 뒤틀고 있는 아름다운 벽돌빛 암말을 다독거렸다. 그는 새끼손가락으로 턱수염을 매만지면서 하르딘 보타니코 공원 철책 너머에서 산책을 즐기고 있는 귀부인들을 멍하니 바라다보았다.

「우리 마누엘은 좀 어떻습니까? 좋아져야 할 텐데요.」

「잘하고 계십니다. 아주 좋아지고 계세요. 어리지만 소질이 다분하십니다. 아직은 성정이 좀 급한 편이지만, 열일곱 나이에는 그러시는 게 당연하지요. 시간이 좀 더 지나고 훈련을 꾸준히 받으신다면 그 부분도 잘 조절이 될 겁니다.」

「선생님만 믿습니다.」

「그렇게 말씀해 주시니, 영광입니다, 백작님.」

「그럼, 안녕히 가십시오.」

「백작님도 안녕히 가십시오. 백작 부인께도 안부 전해 주시고요.」

「그러지요.」

백작은 가던 길을 갔고, 돈 하이메도 다시 길을 재촉했다. 우에르타스 거리를 걸어 올라가면서 가끔씩 서점 진열대 앞에서 발을 멈춰 서곤 했다. 그는 몹시도 책을 사 모으고 싶었지만, 그런 것도 그에게는 일종의 사치가 아닐 수 없었다. 그래서 자주는 못 하고 아주 가끔씩 그런 호사를 누려 보곤 했다. 그는 가죽 장정에 금박으로 장식된 책들을 부러운 시선으로 바라보고는, 한때 경제적 걱정 같은 것은 전혀 하지 않고 살았던 시절을 떠올리면서 우수 어린 한숨을 내쉬었다. 그리고 다시 현실로 돌아온 그는, 조끼 주머니 속에서 좋았던 그 시절에 마련해 놓은 기다란 금줄에 매달린 시계를 꺼내어 들여다보았다. 5분 이내에 돈 마티아스 솔데비야 ─ 원래 이름은 파뇨스 솔데비야 에르마노스로 왕궁과 해외 원정군에 물자를 조달하는 공급업자였다 ─ 의 집까지 가야 했다. 그곳에서 멍청한 그 집 아들 살바도린의 돌머리에 한 시간 내내 검술 규칙을 새겨 줘야 했다. 〈멈추고, 방어, 공격,

자세를 바로 하고…… 하나, 둘, 살바도린! 하나, 둘, 그렇지, 보폭을 주의하고, 칼끝! 그렇지, 플뢰레 돌리지 말고! 떼고, 그렇지, 파라드, 아니…… 아냐! 그게 아닙니다! 다시 한 번, 방어하고, 하나, 둘, 멈추기, 방어, 공격, 자세를 바로 하기. 아주 조금 좋아졌어요, 돈 마티아스, 좋아지긴 했습니다. 아직 좀 서툴긴 하지만, 소질은 있어요, 감이 있는 것 같습니다. 자, 여유를 갖고 훈련해 봅시다. 연습이 가장 중요해요…….〉 이 모든 것이 월 70레알에 포함되어 있었다.

햇살이 거의 수직으로 내리쪼이면서 포장도로 위에 온갖 그림자를 만들어 냈다. 물장수가 시원한 음료가 있다고 목청껏 외치며 거리를 지나고 있었다. 그늘에 자리 잡은 과일 장수 아주머니는 채소와 과일이 가득 든 바구니를 앞에 놓고 몰려드는 파리 떼를 기계적으로 팔을 흔들어 쫓고 있었다. 돈 하이메는 잠시 모자를 벗은 후, 주머니에서 낡은 손수건을 꺼내어 흐르는 땀을 닦아 내었다. 그리고 오래도록 써서 제법 해진 손수건 위에 — 오랜 세월과 지속적인 세탁으로 색이 바래 버렸지만 — 푸른 색실로 수놓아진 방패 문양을 잠시 들여다보더니, 다시 뜨거운 햇살 아래 언덕길로 어깨를 늘어뜨린 채 걸어 올라가기 시작했다. 그의 발 옆으로 그림자가 마치 거무스름한 얼룩처럼 달라붙어 있었다.

엘 프로그레소는 카페라기보다는 오히려 그 반대의 분위기를 풍기는 곳이었다. 가장자리 곳곳이 부서져 나간 대리석 테이블이 여섯 개, 1백 년은 족히 되어 보이는 낡아 빠진 의자들, 걸을 때마다 삐걱거리는 마룻바닥, 먼지가 뽀얗게 앉은 반투명 커튼. 나이 많은, 그러나 행복해 보이는 주인장이 주방 출입구 앞에서 졸고 앉아 있었고, 주방 안쪽에서는 향굿한 커피 향이 풍겨 나오고 있었다. 비쩍 마른 흙투성이의 고양이 한 마리가 슬며시 테이블 밑으로 미끄러져 들어오더니, 어딘가 있을지도 모를 쥐새끼라도 잡겠다는 듯 자리 잡고 앉았다. 겨울이면 이곳은 늘 퀴퀴한 냄새가 피어올랐고, 벽지에는 온통 큼지막하고 누르스름한 얼룩이 지곤 했는데, 겨울에 이곳을 찾는 손님들은 저만치 구석에서 불그레하게 타오르는 양철 난로를 구박이라도 하듯 하나같이 외투를 그대로 입고 있곤 했다.

  하지만 여름에는 분위기가 사뭇 달랐다. 엘 프로그레소 카페는 찌는 듯이 더운 마드리드에서 시원하고 신선한 오아시스와도 같은 존재였다. 마치, 돌담 속에 자리 잡고 있거나 추운 겨울 동안 두꺼운 커튼 뒤로 모아 두었던 찬 공기가 그대로 남아 있기라도 하듯이. 바로 그것이 하이메 아스타를로아의 동료들이 날마다 오후만 되면 카페 엘 프로그레소로 몰려드는 이유이기도 했다. 물론, 그곳에도 삼복더위의 기운이 밀려들기 시작했지만 말이다.

  「돈 루카스, 언제나 그렇듯이 이번에도 또 어물쩍 넘어가려고 하는군.」

  아가피토 카르셀레스는 마치 파계한 신부 같은 인상을 풍겼는데, 사실이 그랬다. 그는 토론을 벌일 때면 마치 하늘에 대고 증언이라도 하듯 집게손가락을 위로 치켜들고 말하는 버릇이 있었다. 비록 잠깐으로 끝나고 말았지만 — 아직도 우리 교구 주교님께서는 늘 서운해하시지만, 어찌 된 일인지 사제 생활에 태만했다는 이유로 그만두었다고 했다 — 한때 교회 측에서 그에게 설교단에 서서 신도들을 대상으로 설교를 하도록 허용했던 동안에 생긴 습관이었다. 요즘 그는 소위 〈가면을 쓴 애국자들〉이라는 애칭으로 불리는 몇 부팔리지도 않는 신문에 급진적인 기사를 쓰고 원고료를 받거나 아는 사람들에게 돈을 얻어 쓰면서 궁색한 생활을 이어 가고 있었는데, 그 때문에 동료들로부터 신소리를 듣곤 했다. 그는 자칭 공화주의자이자 연방주의자였으며, 잡다한 풍문을 바탕으로 자기가 직접 지었다는 무정부주의적 소네트를 읊어 댔고, 나르바에스가 독재자였고, 에스파르테로[4]는 겁쟁이였으며, 세라노와 프림은 씁쓸한 상처만 남겨 주었다고 사방팔방에 떠들어 대는가 하면, 걸맞지도 않는 라틴어로 시 나부랭이를 읊조리면서 끊임없이 루소나 평생 읽어 보지도 않은 사람들의 사상에 대해 이야기하곤 했다. 그는 대표적인 사회악으로 교회와 왕실을 들었으며, 인류 역사상 가장 결정적인 공헌을 한 두 가지는 인쇄술과 단두대의 발명이었다고 역설하곤 했다.

탁. 탁. 탁. 돈 루카스 리오세코가 손가락 두 개로 탁자를 퉁겨 대고 있었다. 얼마나 안절부절못하는지가 그대로 드러났다. 그는 계속해서 〈흠, 흠〉 하고 헛기침을 하며 콧수염을 비틀어 대는가 하면, 마치 동료의 말도 안 되는 헛소리를 끝까지 참고 들어 주기 위해 필요한 인내심이 천장의 얼룩 속에 숨어 있다는 듯 천장을 노려보고 있었다.

「모든 일이 너무나도 분명해.」 카르셀레스가 판결이라도 내리듯이 말했다. 「루소는 인간이 천성적으로 선한지 혹은 악한지에 대해 논했지. 그의 논리는, 여러분들도 알겠지만, 정말 당혹스러운 것이었어. 당혹스러웠다고, 돈 루카스. 알겠나? 모든 인간은 선하기 때문에 자유로워야 하고, 모든 인간은 자유롭기에 평등해야 하는 법이네. 이것이 바로 〈선(善)〉

---

4 Baldomero Espartero(1793~1879). 스페인의 정치가. 진보적인 정책을 펼쳤으나 나르바에스에 의해 축출됨.

일세. 모든 인간은 평등하며, 고로 존엄성을 갖는다는 것. 다들 알겠지? 인간은 태어날 때부터 이런 성질을 지니고 있기에 자유와 평등과 국가의 주권이 존재할 수 있는 것이야. 그 외의 모든 것은 ― 이 부분에서 그는 테이블을 한 번 쾅 내리쳤다 ― 쓰잘데기 없는 것들임을 알아야 해.」

「하지만, 여보게, 악한 인간들도 있지 않은가?」 돈 루카스가 교활한 눈빛으로 대꾸했다. 아마도 카르셀레스의 말 속에서 자가당착의 모순을 발견해 낸 것 같았다.

신문 기자 카르셀레스가 오만스럽고 의기양양한 태도로 미소 지었다.

「물론, 그렇지. 누군들 그런 생각을 하지 않겠는가? 지금쯤 지옥에서 썩어 가고 있을 에스파돈 데 로하도 그랬고, 곤살레스 브라보와 그 일당들, 왕실…… 모두들 알겠지만, 이런 것들이야말로 전통적인 장애물들이었네. 뭐, 좋아. 어쨌거나 이런 자들을 위해 프랑스 혁명은 아주 기발한 기구를 개발해 낸 것 아닌가. 쏙 올라갔다가 팍 내리꽂히면 싹둑 잘라지는 걸로 말이야. 집어넣고, 싹둑! 또 집어넣고, 싹둑! 이렇게 모든 장애물들과 관습적인 것들, 기타 등등의 모든 것들을 쓸어 버린 것이지. *Nox atra cava circunvolat umbra*(검은 밤이 짙은 어둠으로 우리를 감싸도다). 그리고 자유롭고, 평등하고, 주체성을 지닌 민중을 위해 이성과 진보의 불빛이 비치게 된 것일세.」

돈 루카스는 잔뜩 화나 있었다. 그는 자부심을 가질 만큼 대단히 훌륭하지만, 염세적이고, 이미 1860년대에 가세가 기울어 버린 몰락한 가문 출신이었다. 그래서 지금은 홀아비인 데다 자식도 재산도 없었고, 그야말로 선왕이셨던 페르난도 7세 시대 이후 은전 한 닢조차 만져 보지 못했기에 마음씨 좋은 이웃들 덕분에 연명하고 있음을 온 세상 사람들이 다 알고 있는 형편이었다. 그렇지만 그는 늘 외모를 단정하게 가꾸고 다닐 줄 알았다. 몇 벌 안 되는 옷이었지만 항상 빳빳하게 다림질해서 챙겨 입었고, 왼쪽 눈 위로는 자개로 만든 외알 안경을 걸치고 다녔으며, 그를 아는 사람이라면 누구랄 것 없이 그가 달랑 한 개밖에 없는 넥타이로도 얼마나 우아한 분위기를 연출하고 다니는지 알 정도였다. 그의 사상은 늘 극단적인 보수주의 쪽이었다. 왕정 체제와 교회를 지지하였으며, 특히 명예로운 사나이의 가치를 존중했다. 그러다 보니 아가피토 카르셀레스와는 늘 아옹다옹할 수밖에 없었다.

하이메 아스타를로아 외에도 이 모임에는 여자 학교의 피아노 교사인 마르셀리노 로메로와 군수(軍需) 관련 공무원으로 일하는 안토니오 카레뇨도 있었다. 로메로는 워낙 눈에 띄지 않는 데다 폐병까지 걸린, 감수성이 예민하고 무척이나 우수 어린 성향을 지닌 사람이었다. 한때는 음악계에서 이름을 떨쳐 보고 싶다는 희망도 가졌지만, 이제 그 희망은 점차 사그라져, 언제부터인가는 애먹이기에 급급한 상류 사회 여학생들 20여 명에게 피아노를 가르치는 것으로 만족하고 있었다. 카레뇨의 경우에는 빨간 머리에 비쩍 마른 몸집, 그리고 아주 곱게 다듬은 구릿빛 턱수염을 기른 남자로, 쓸쓸하면서도 친근감이 느껴지는 용모의 말수가 적은 사람이었다. 그는 모반자나 비밀 결사대원인 척 이야기하곤 했지만, 사실은 전혀 그런 것과는 관계가 없는 사람이었다.

돈 루카스가 카르셀레스를 향해 비난의 눈길을 보내면서 니코틴으로 잔뜩 찌든 누르스름한 콧수염을 꼬아 댔다.

「자네가 우리의 국가적 현실에 대해 늘 그런 식으로 파괴적인 자세를 내비친 것이 벌써 몇 번째인 줄이나 아는가?」 그가 신랄한 어조로 말했다. 「우리 중 그 누구도 이런 현실을 요구하지 않았지만, 어차피 모두가 극복해야 할 현실이네. 그래. 어차피 내일이면 싸구려 객줏집에서나 돌려 보는 그 혁명적인 기사들 속에 자네는 또 이런 이야기들을 실어 놓겠지……? 이보게, 카르셀레스, 내 말 잘 들어 보게나. 나는 지금껏 자네 말에 대해 수도 없이 〈아니〉라고 말했었네. 그리고 이제 더 이상은 자네의 변을 듣고 싶지 않아. 자네 말은 늘 그 〈단두대〉로 끝을 보니 말이야. 정말 나라 꼴 한번 잘돼 가겠군……! 지난 34년에 그 친애하는 민중들이 한 일을 한번 되새겨 보게나. 선동가들에 의해 잔뜩 고무된 무리들이 아무 생각 없이 신부 여든 명을 학살한 일을 말이야.」

「여든 명이라고 했나?」 카르셀레스는 돈 루카스를 마침내 대화 속으로 이끌게 된 사실을 내심 즐기고 있는 듯했다. 매일 있는 일이긴 하지만.

「별로 많지도 않군그래. 도대체 무슨 일에 대해 말하고 있는 건지 잘은 모르겠지만 말이야. 뭐, 알면 또 어떻겠나! 나는 사제복을 입은 자들의 세계를 잘 아는 사람이야. 제대로 알고 있다 이거지…… 이 나라가 가톨릭 교회와 부르봉 왕가의 손안에 있는 한, 더 이상 참고 견딜 수 있는 사람은 없을걸세.」

「아마도, 자네는 이 나라에 자네 나름대로의 법칙을 적용하고 싶은가 본데…….」

「내가 적용할 법칙은 단 한 가지뿐이야. 교회에는 폭약을, 부르봉 왕실에는 망나니를! 파우스토, 토스트 좀 더 가져다 줘, 돈 루카스가 지불할 테니.」

「꿈도 꾸지 않는 게 좋을걸.」 점잖은 노년의 신사 돈 루카스가 조끼 주머니에 손가락을 끼운 채 의자 뒤로 잔뜩 등을 젖히더니 사납게 외알 안경을 눈썹 밑에 끼워 넣었다. 「나는 그럴 만한 가치가 있는 친구들을 위해서라면 얼마든지 토스트를 살 수 있지만, 나라를 팔아먹는 광적인 매국노에게는 절대로 그렇게 하지 않아.」

「쇠사슬에 옥죈 삶이라도 좋다며 그저 길게 살기만을 바라느니, 차라리 자네 말대로 나라를 팔아먹는 광적인 매국노가 되겠네.」

함께 있던 동료들은 이제 슬슬 중재를 시작할 때가 되었다고 생각하고 있었다. 하이메 아스타를로아가 잔에 담긴 커피를 저으면서 다들 좀 마음을 가라앉혀 보자고 제안했다. 피아노 교사인 마르셀리노 로메로도 평상시의 쥐 죽은 듯 앉아 우수 어린 표정으로 지켜보던 자세에서 벗어나 침착할 것을 부탁한 후, 주제를 음악으로 바꿔 보려고 했다. 물론, 아무 소용없었지만.

「이야기를 돌리지 말게나.」 카르셀레스가 말했다.

「언제 이야기를 돌렸다고 그래?」 로메로가 변명을 하고 나섰다. 「음악에도 사회성이 가미되어 있단 말이야. 감성에서의 평등을 주창하고, 국경을 초월하며, 사람들을 하나로 만들지······.」

「이자가 들을 수 있는 유일한 음악이라고는 리에고의 애국가뿐일걸!」

「이봐, 돈 루카스, 또 시작하려고 그래?」

고양이가 마침내 생쥐를 발견했는지, 일행의 다리 사이를 날듯이 빠져나갔다. 안토니오 카레뇨는 물이 담긴 컵에 집게손가락을 넣어 적신 뒤 낡아 빠진 대리석 테이블 위에 알 수 없는 표식을 그려 넣었다.

「발렌시아에 아무개, 바야돌리드에 또 다른 아무개. 사람들 말이, 토페테가 카디스에서 밀사들을 맞이했다는데, 그건 자네들도 잘 알 거고…… 또, 우리가 생각지도 못하는 사이에 프림이 여기까지 왔었다는군. 이번에야말로 말로만 싸우고 있을 때가 아닌 것 같은데!」

　그러고는 아주 자세히는 아니지만 현재 일어나고 있는 모반 사건들에 대해 설명하기 시작했다. 그는 자신이 하는 모든 말이, 이름은 밝힐 수 없지만 비밀 결사의 고위 소식통을 통해 들은 것이기 때문에 믿을 만하다고 했다. 그리고 그 비밀 결사대가 추구하는 목표는 다른 여섯 단체와 마찬가지로 민중의 손으로 하는 통치인데, 열의 면에서는 전혀 다른 사람들에게 뒤질 것이 없다고도 했다. 카레뇨는 잔뜩 목소리를 낮추고 날카로운 눈초리로 주변을 흘끔거리면서, 가끔씩 주의를 환기시키는 가운데, 자신이 목까지, 아니 어쩌면 그보다는 조금 덜할지 모르지만, 어쨌든 깊숙이 연관되어 있는 비밀 결사의 면모에 대해 상세히 설명하기 시작했다.

　「비밀 결사들은……」 비밀 결사에 대해 이야기할 때 사람들은 마치 친척 이름이라도 부르듯이 친근하게 이야기를 꺼내곤 했다. 「한창 활동의 강도를 더해 가고 있는 중일세. 물론, 카를로스 7세 때보다도 훨씬 더해. 더욱이, 나이 든 카브레라 없이 그의 조카 몬테몰린 혼자 힘으로는 아무것도 할 수가 없어. 완전히 배제된 알폰소 왕자. 더 이상 부르봉 왕가는 없다고 볼 수 있지. 프림은 현 여왕 폐하의 사돈뻘인 몽팡시에 쪽으로 마음이 기운 것 같지만, 어쩌면 합헌적으로 외국에서 모셔 온 다른 왕자가 옹립될 가능성도 있어. 만일 그도 저도 아니라면, 영광스럽게도, 카르셀레스로서는 참으로 기쁜 일이 아닐 수 없겠지.」

「영광이자 연방의 승리겠지.」 신문 기자 카르셀레스가 돈 루카스에게 짓궂은 눈빛을 던지며 대꾸했다. 「부디 왕당파들께서도 무엇이 진정 가치 있는 것인지를 깨닫게 되기를!」

돈 루카스가 옆에 있던 찌름나무 화분에서 뾰족한 가지를 하나 꺾어 들었다. 난투극이라도 벌어질 무렵이면 제일 먼저 손이 가는 것이 늘 이 찌름나무 가지였다.

「그래, 좋아!」 돈 루카스가 성난 목소리로 으르렁거리며 거친 숨을 몰아쉬면서 소리쳤다. 「연방주의, 민주주의, 반 교회주의, 자유사상가, 민중, 그리고 폭동. 평등한 대중과 푸에르타 델 솔에서의 단두대 처형식. 물론, 돈 아가피토께서 모든 기술적 메커니즘을 총괄하시겠지! 왕실도 없고, 먹을 것도 없고! 콰트로 카미노스 거리는 물론, 벤타스 거리에도, 바에카스 거리에도, 카라반첼 거리에도 민중 의회가 생겨나겠지……. 그게 바로 카르셀레스, 당신과 같은 맹신을 가지신 양반들이 지향하는 바 아닌가? 우리는 유럽의 아프리카가 되고 말 거야!」

파우스토가 토스트 구운 것을 가지고 왔다. 하이메 아스타를로아는 잔뜩 찌푸린 얼굴로 토스트를 커피에 적셨다. 동료들이 벌이는 끝없는 정치 논란이 정말이지 지긋지긋하기만 했다. 하지만 이 친구들이 다른 사람들보다 더 못하다거나 낫다거나 한 것도 아니었다. 다만, 그의 입장에서는 매일 오후 이들과 어울려 두어 시간을 보내는 것이 고독을 조금이나마 달래는 데 도움이 되었던 것이다. 모두가 똑같이 결점투성이였고 불만투성이였으며, 기분이 언짢아질지라도 살아 있는 누군가를 향해 횡설수설할 수 있고, 최소한 각자의 좌절감을 소리 높이 외쳐 댐으로써 소통할 수 있다는 것만으로도 서로에게 무엇인가를 베풀고 있는 셈이었다. 몇 안

되는 소규모 그룹이었지만, 각각의 구성원들은 상대방을 통해 암암리에 실패는 오직 자신만의 것이 아니라 모두가 공유하는 것임을 깨달음으로써 위안을 발견하곤 하는 것이었다. 그것이 바로 이들을 한데 묶는 이유였고, 바로 그 이유로 인해 그들은 날마다 이 자리로 모여들었다. 틈만 나면 언성을 높이고, 정치적 이견을 드러낼 뿐만 아니라, 서로 다른 성향을 지니고 있으면서도, 다섯 명의 구성원들은 왠지 뒤틀린 듯한 연대감을 갖고 있었다. 물론, 그런 사실을 대놓고 만인 앞에 공포하라고 한다면 하나같이 거부할지 모르지만, 사실인즉 그들이 지닌 연대감은 추위 속에서 얼어 죽지 않기 위해 서로를 꼭 껴안고 있는 사람들의 연대감과 견줄 수 있는 것이었다.

돈 하이메는 주변을 한번 돌아보다가 다정다감한 음악 교사 마르셀리노 로메로와 시선이 마주쳤다. 로메로는 이제 막 40대에 접어든 인물로, 두어 해 전부터 이루어질 수 없는 사랑으로 가슴앓이를 해오고 있는 중이었다. 자신의 손으로 가르쳤던 어린 학생의 정숙하기 그지없는 어머니를 사랑하게 된 것이다. 교사와 학생과 학부모의 관계는 이미 몇 달 전에 청산되었지만, 가엾은 음악 교사는 지금도 날마다 오르탈레사 거리에 있는 그 집 발코니 밑을 서성거리며 대답도, 희망도 없는 애정을 막연히 쏟아붓고 있었다.

검술 교사 돈 하이메는 로메로에게 상냥한 미소를 보냈고, 그 역시 멍한 미소로 답했는데, 아마 로메로는 여전히 자신의 내면 세계에 침잠해 있는 듯했다. 돈 하이메는 어떤 남자의 기억 속에나 여인에 대한 달콤하고 쌉싸래한 그림자는 남아 있기 마련인가 보다고 생각했다. 물론, 그 역시 그런 기억을 지니고 있었다. 하지만 이미 너무나 오래전의 이야기였다.

코레오스의 시계가 7시를 알렸다. 고양이는 여전히 잡아먹을 생쥐를 발견하지 못한 채였고, 아가피토 카르셀레스는 이제는 죽고 없는 나르바에스에 바치는 익명 시인의 소네트를 읊조리고 있었다. 아마도 익명의 시인은 군중들의 익살스러운 회의주의를 그려 내고 싶었던 것 같았다.

> 만일 언젠가 로하에서 길을 가다가
> 땅속에 널브러져 있는 칼라냐스 사람을 보게 된다면…….

돈 루카스는 보란 듯이 하품을 해댔다. 다른 무엇보다도 동료 카르셀레스를 약올리기 위해서였다. 아름다운 두 명의 숙녀가 카페 앞을 지나면서 안쪽으로 눈길을 던졌다. 한창 낭송에 열중하고 있던 카르셀레스를 제외한 나머지 일행은 일시에 공손하게 허리를 굽혀 인사를 건넸다.

> ……발걸음을 잠시 멈추시오, 순례자여.
> 하늘의 은혜로, 그곳에
> 대머리에 고상한 취향을 가지신 영웅이 잠들어 있나니
> 그는 알제리 방식으로 스페인을 다스렸다네…….

캐러멜을 팔고 다니는 행상이 라 하바나 캐러멜을 팔며 거리를 오락가락하다 말고, 캐러멜이 먹고 싶어 뒤를 쫄랑쫄랑 따라다니는 두 어린이들을 향해 느닷없이 휙 돌아서며 깜짝 놀래는 모습이 보였다. 대학생 한 무리가 목을 축이기 위해 카페로 들어섰다. 그들은 손에 손에 신문 뭉치를 들고 있었고, 제법 큰 소리로 최근 거리에서 과르디아 시빌[5]이 취했던 행동에 대해 격론을 벌였다. 사람들은 과르디아 시빌을 익살

스럽게 개망나니 과르디아라고도 부르고 있었다. 일행 중 몇 사람은 지나던 발걸음을 멈추고 재미있다는 듯 나르바에스 장군의 진혼곡을 낭송하고 있는 카르셀레스의 목소리를 듣기도 했다.

……용케도 전장에 나가지조차 않는 전사가 있었으니
이는 그가 연모하는 여신의 음탕함 때문이었고,
폭식과 음탕함 사이에는 죽음만이 있었도다.
만일 그대 그를 위하여 무엇인가 하고 싶다면,
그를 일으켜 세우고, 힘껏 침을 뱉어라.
명복을 비는 기도를 드리고, 그 무덤에 똥을 싸시라.

젊은이들이 카르셀레스에 환호를 보냈고, 예기치 못했던 관중의 호의적인 반응에 감동한 카르셀레스는 그들을 향해 답례를 보냈다. 젊은 학생들은 몇 차례 민주주의 만세를 외친 후, 신문 기자 카르셀레스에게 술을 한 잔 돌렸다. 분노에 차오른 돈 루카스가 애꿎은 콧수염만 잡아 비틀고 있었다. 고양이는 초라한 진흙투성이의 그의 발 밑에서 마치 그곳만이 유일한 안식처라도 되는 양 똬리를 틀고 누워 있었다.

플뢰레 소리가 펜싱 연습실을 가득 채우고 있었다.
「자, 보폭에 주의해야 합니다…… 그렇지요, 아주 좋아요. 앙 카르트. 좋습니다. 앙 티에르스. 좋아요. 프림. 좋아요. 이번에는 앙 프림으로 두 번 연속 동작, 그렇지…… 차분하게…… 뒤로 물러나 방어하면서…… 그렇지요. 자, 여기 보세

---

5 스페인의 경찰 조직이나 일반 경찰과는 달리 강력 범죄 및 테러를 전담하는 경찰.

요. 플뢰레를 겨누고, 덤벼! 괜찮아요, 다시 해보세요. 덤벼! 앙 프림으로 두 번 연속하고 멈춰야 합니다. 잘했어요. 거기 그대로! 그건 안 되지요. 자, 이렇게 하는 겁니다. 이제 똑바로! 깊게! ……잘 했어요. 투슈! 아주 좋았어요, 돈 알바로.」

하이메 아스타를로아는 자신의 플뢰레를 왼팔에 끼우고는 마스크를 벗고 잠시 숨을 돌렸다. 알바로 살라노바는 양쪽 손목을 문질러 대고 있었다. 아직은 어려서인지 불안정해 보이는 청년의 목소리가 얼굴을 가리고 있는 금속 마스크의 철책 사이로 들려왔다.

「오늘은 좀 어땠습니까, 선생님?」

검술 교사 하이메 아스타를로아는 괜찮았다는 미소를 지으며 대답했다. 「아주 훌륭했어요, 아주 훌륭해.」 그는 손가락으로 청년이 오른손에 들고 있는 플뢰레를 가리켰다. 「하지만, 아직도 너무 쉽게 승리를 포기해 버리는 경향이 있습니다. 만일 또다시 그렇게 위기에 처하게 되거든, 한 걸음 뒤로 물러서서 거리를 좀 더 벌리도록 하세요.」

「예, 선생님.」

돈 하이메는 모든 준비를 갖춘 채 마스크만 팔 아래 끼고 두 사람의 대련을 지켜보고 있던 다른 학생들을 돌아보며 말했다. 「결투에서 승리를 포기하는 것은, 상대방을 도와주는 셈이 될 뿐이에요……. 모두 내 말 알겠지요?」

세 명의 젊은이가 큰 소리로 대답했다. 알바로 살라노바도 그렇지만 모두들 나이가 열네 살에서 열일곱 살 사이였다. 그중 둘, 그러니까 카소를라 성을 가진 두 소년은 서로 형제지간으로 하나같이 금발에 놀랄 만큼 비슷한 용모를 지닌 군인 집안 자제들이었다. 또 한 명은 여드름이 잔뜩 돋아 얼굴이 불그스름해 보일뿐더러 인상까지 좋지 않게 느껴지는 청년이었다. 바로 마누엘 데 소토로 수에카 백작의 아들이었는데, 사실 돈 하이메는 이미 얼마 전부터 이 청년을 어느 정도나마 칼을 쓰는 검술가로 만들겠다는 희망을 던져 버리고 말았다. 이 청년은 너무나 욱하는 성격이어서, 플뢰레로 한 네 번 정도 공격을 당하면 완전히 귀신이라도 썬 사람처럼 어쩔 줄을 몰라 했다. 반면, 알바로 살라노바는 다갈색 피부에 훌륭한 가문의 피를 이어받은 청년으로, 넷 중 가장 나았다. 예전 같았으면, 조금 갈고 다듬고 적절한 훈련만 시켜 준다면 아마도 천부적인 검술가로서의 재능이 빛을 발할 만한 청년이었지만, 요즘 같은 시절에는 그런 자질도 주변 환경으로 인해 아무 소용이 없을 거라고 돈 하이메는 씁쓸하게 생각했다. 사실 젊은이들의 눈앞에는 검술보다 훨씬 더 재미난 일들이 얼마든지 널려 있기 때문이었다. 여행, 승마, 사냥, 그리고 다양한 여흥거리까지…… 불행하게도 근대화되어 가고 있는 요즘, 세상은 젊은이들이 검술 속에서 깊은 만족감을 발견해 낼 수 있도록 성숙한 영혼을 배양시키는 일 따위에는 전혀 관심이 없었고, 그보다는 감각적인 흥미를 불러일으키는 일에만 치중하고 있었다.

하이메 아스타를로아는 왼손으로 끝이 둥그렇고 뭉뚝하게 처리된 연습용 플뢰레의 칼끝을 붙잡고는 칼을 잔뜩 휘어 보였다.

「자, 여러분, 이제 여러분 가운데 한 명이 돈 알바로와 대련을 벌이면서, 지금쯤 머릿속에 잘 새겨 놓았을 연속 방어를 연습해 보기 바랍니다.」 돈 하이메는 여드름 투성이의 청년에게 인정을 베푸는 의미로, 대련 상대로 카소를라 댁 작은 아들을 지정해 주었다. 「돈 프란시스코, 한번 해보시지요.」

지명을 받은 돈 프란시스코가 얼굴에 마스크를 쓰고 앞으로 나왔다. 다른 동료 학생들과 마찬가지로 그 역시 머리끝에서 발끝까지 흰옷 차림이었다.

「제자리.」

두 젊은이는 서로 마주 선 자세로 장갑을 고쳐 끼었다.

「앙 가르드.」

두 사람은 플뢰레를 높이 세우고 서로 인사를 나눈 뒤, 오른발을 앞으로 내민 전통적인 대결 자세를 취했다. 두 사람 모두 가볍게 등을 구부리면서 왼손을 뒤로 빼고는, 손목을 직각으로 구부려 손끝이 앞을 향하도록 했다.

「기본적인 원칙을 기억해야 합니다. 주먹 속에 새를 한 마리 쥐고 있다고 생각하세요. 새가 짓눌리지 않을 정도로 가볍게, 하지만 잘못해서 날아가지 않을 정도로 꼭 쥐어야 한다고 했지요……. 특히 돈 프란시스코, 잘못하면 칼을 놓치게 됩니다. 알겠지요?」

「예, 선생님.」

「자, 그럼 시간이 별로 없으니, 두 사람, 시작하세요.」

부드러운 칼 소리가 울려 퍼지기 시작했다. 돈 프란시스코 카소를라가 아주 유연하고 적절하게 공격을 시도했다. 그의 발놀림과 찌르기가 얼마나 날렵했는지, 마치 깃털이 날아 움직이는 것 같았다. 그런가 하면, 알바로 살라노바는 위험한 순간에는 뒤로 한 걸음 뛰어 후퇴하면서 여유 있게 방어를 했고, 상대가 공격할 때마다 매번 더할 나위 없는 완벽한 방어 자세를 보여 주었다. 잠시 후, 역할이 바뀌어, 이번에는 알바로 살라노바가 공격권을 쥐고 앞으로 나가며 공격하게 되었고, 반대로 프란시스코 카소를라가 플뢰레로 방어를 하면서 문제를 해결해야 하는 상황이 되었다. 이렇게 두 사람은 공격하고 방어하기를 계속했는데, 그러던 중 마침내 돈 프란시스코 카소를라가 실수를 해 공격이 무위로 끝난 뒤 재빨리 방어 자세를 취하다가 그만 방어에 실패하고 말았다. 공격 당시의 흥분이 채 가라앉지 않은 상태에서 알바로 살라노바는 승리의 함성을 내지르며 조심성 없이 돈 프란시스코의 가슴받이를 칼끝으로 재빨리 두 번 툭툭 쳐댔다.

돈 하이메는 양미간을 잔뜩 찡그리더니, 두 사람 사이에 플뢰레를 가로놓음으로써 대련을 끝마치도록 했다.

「여러분, 다시 한 번 주의를 줘야겠습니다.」 돈 하이메가 엄한 목소리로 꾸짖었다. 「검술은 분명 예술입니다. 그러나 예술이기에 앞서 아주 유용한 과학이기도 하지요. 여러분들이 플뢰레나 사브르를 다룰 때에는, 비록 연습용이라 칼끝에 원뿔이 달려 있거나 칼끝이 무디게 만들어져 있다 하더라도 결코 장난으로 생각해서는 안 됩니다. 만일 장난을 치고 싶다면, 굴렁쇠를 가지고 놀거나, 팽이치기를 하거나, 장난감 병정놀이를 하면 되는 겁니다. 내 말 알아듣겠습니까, 미스터 살라노바?」

이름을 지목당한 알바로 살라노바는 얼굴에 여전히 마스크를 쓴 채, 신경질적으로 고개를 끄덕였다. 검술 교사 하이메 아스타를로아의 잿빛 눈동자가 엄한 눈빛으로 그를 쏘아보고 있었다.

「대답을 듣고 싶군요, 미스터 살라노바.」 이어 다시 엄한 목소리로 덧붙였다. 「그리고 나는 얼굴이 보이지 않는 사람과 이야기를 나누는 데에는 그다지 익숙지가 않습니다.」

알바로 살라노바는 죄송하다는 말을 조그맣게 중얼거리면서 마스크를 벗었다. 그의 얼굴은 온통 석류처럼 새빨갛게 달아올라 있었고, 부끄러운 듯이 자신의 칼끝만 내려다보고 있었다.

「내 말 잘 알아들었는지 물었는데……」
「예.」
「소리가 제대로 들리지 않는군요.」
「예, 선생님.」
 돈 하이메는 다른 학생들을 쳐다보았다. 진지하고 기대에 가득 찬 젊은이들의 시선이 그를 향하고 있었다.
「내가 여러분들에게 가르치고자 하는 모든 예술, 모든 과학을 한마디로 요약한다면 바로 〈효율성〉이라 할 수 있습니다……」
 알바로 살라노바의 두 눈이 프란시스코 카소를라의 눈과 마주쳤다. 알바로는 더 이상 분노심을 감추려고 하지도 않았다. 돈 하이메는 원뿔이 달린 플뢰레를 바닥에 대고 그 칼에 살짝 기대선 채 이야기를 진행하고 있었다. 그의 두 손은 플뢰레 손잡이 위에 가지런히 놓여 있었다.
「우리의 목표는 현란한 플뢰레 놀림으로 상대방의 얼을 빼버리는 것도, 조금 전에 돈 알바로가 했던 것처럼 논란의 여지가 있는 무훈을 세우는 것도 아닙니다.」 검술 교사가 말을 이었다. 「원뿔이 달리지 않은 진검이었을 경우, 이런 무훈은 값비싼 대가를 치르게 하지요……. 우리의 목표는 깨끗하고, 신속하고, 효율적으로 결투에서 상대를 제압하는 것입니다. 물론, 우리 측에서 당할 위험의 가능성은 최소화하면서 말이지요. 단 한 번의 공격으로 해결할 수 있는 문제를 두 번의 공격으로 끌고 가서는 안 됩니다. 두 번째 공격에서는 오히려 우리 측에 위험한 결과를 초래할 수도 있으니까요. 최후의 목표를 달성하는 일, 즉 자신은 살아남는 것과 피치 못할 상황에서 상대방을 죽여 없애는 것에 방해가 된다면, 굳이 멋지고 너무 우아한 포즈를 취하기 위해 애쓸 필요는 없습니다. 검술은, 그 무엇에 앞서, 실질적인 훈련입니다.」

「아버님 말씀이, 검술은 깨끗하기 때문에 좋다고 하셨습니다.」 카소를라 댁 큰아들이 정중하게 말문을 열었다. 「영국인들은 그런 것을 소위 스포츠라 부른다던데요.」

돈 하이메는 마치 무슨 밀교의 교주로부터 악담이라도 들은 양 청년을 쳐다보며 말했다. 「부친께서 그렇게 말씀하셨다면, 뭔가 이유가 있으셨겠지요. 분명 그랬을 겁니다. 하지만, 내가 확실히 말할 수 있는 것은 검술은 스포츠 그 이상이라는 것입니다. 그것은 정확한 과학과 수학으로 이루어져 있습니다. 즉, 몇 가지 요소들이 합쳐지면서 확고부동한 결과가 도출된다는 것입니다. 그 결과야말로 다름 아닌 승리 혹은 패배, 삶 혹은 죽음인 것이지요……. 나는 여러분들과 스포츠를 하기 위해 이렇게 많은 시간을 들이고 있는 것이 아닙니다. 나는 여러분들이 언젠가는 조국이나 명예를 위해 유용하게 사용할 수 있는, 고도로 정화된 기술을 가르치고 있는 것입니다. 나는 여러분들이 강하거나 약하거나, 노련하거나 서툴거나, 혹은 폐병 환자이거나 신체가 건강하거나 개의치 않습니다……. 중요한 것은, 일단 손에 플뢰레나 사브르를 들었다 하면, 스스로가 이 세상 어느 누구와도 동등하며, 더 나아가 그 어느 누구보다도 우월하다고 느껴야 한다는 것입니다.」

「하지만, 선생님, 화기도 있지 않습니까……?」 마누엘 데 소토가 겨우 용기를 내어 질문했다. 「예를 들어, 권총 같은 것 말입니다. 권총이 플뢰레보다 훨씬 효율적이고 모든 사람을 동등하게 만드는 것 같은데요.」 그가 코를 한 번 긁적이더니 말했다. 「그, 민주주의처럼 말입니다.」

하이메 아스타를로아가 양미간에 잔뜩 주름을 지었다. 그의 잿빛 눈동자는 지금껏 본 적 없을 만큼 차디찬 눈빛을 담아 마누엘 데 소토를 향하고 있었다.

「권총은 무기가 아닙니다. 그것은 뻔뻔한 도구일 뿐이지요. 만일 누군가를 죽여야 한다면, 그리고 인간이라면 서로 얼굴과 얼굴을 맞대고 해야 합니다. 저만치 떨어져서, 마치 골목길에서 툭 튀어나온 불량배가 하듯이 그렇게 처리해서는 안 되는 것이지요. 칼에는 다른 어떤 무기에도 없는 칼만의 윤리가 존재합니다……. 그게 무엇이냐고 묻는다면…… 글쎄,〈신비〉라고 해야 할까요…… 검술은 기사들의 신비 철학입니다. 오늘과 같은 시대에는 더욱더 그럴 겁니다.」

프란시스코 카소를라가 아직 잘 모르겠다는 듯 손을 들었다.

「선생님, 지난주에 『계몽 정신』이라는 책에서 검술에 대해 쓴 글을 읽었는데요……. 근대 무기들은 검술을 쓸모없는 것으로 만들어 버렸다, 뭐 대충 이런 이야기가 씌어 있었습니다. 그 책의 결론은, 조만간 사브르나 플뢰레는 박물관에 골동품으로나 전시되게 될 것이라는 것이었지요…….」

돈 하이메는 기분 좋은 음악이라도 듣고 있는 사람처럼 천천히 고개를 끄덕였다. 그는 검술 연습장 사면을 온통 둘러싼 거울 속에 비친 자신의 모습을 들여다보았다. 마지막 제자들에 둘러싸인 늙은 검술 교사의 모습이 그 속에 있었다. 아직은 스승의 주위에서 그를 따르고 있는 제자들…… 하지만, 과연 그런 모습이 언제까지 이어질 수 있을까?

「그래서 믿음을 가지고 계속 나아가기가 힘든 것이지요.」 돈 하이메가 서글픈 목소리로 대답했다. 검술이 그렇다는 것인지, 자기 자신이 그렇다는 것인지 모호하게.

마스크를 한 팔 아래 끼워 들고, 플뢰레 끝을 오른쪽 발등

위에 올려놓은 알바로 살라노바가 얼굴 가득 회의적인 주름을 지으며 말했다. 「그럼, 언젠가는 검술 교사도 없어지고 말겠네요.」

오랜 침묵이 감돌았다. 하이메 아스타를로아는 마치 거울 속 저 너머의 세상을 바라보기라도 하듯이 멍하니 먼 곳을 바라볼 뿐이었다.

「아마도 언젠가는 그렇게 되겠지요…….」 돈 하이메가 자신의 눈에만 보이는 환영들을 향해 말하듯 중얼거렸다. 「하지만, 한 가지 분명한 것은…… 언젠가, 마지막 검술 교사가 이 땅에서 사라지는 날이면, 아직은 남아 있는 숭고하고 명예로운 사나이들 간의 일대일 결투도 함께 무덤 속으로 사라지고 말 것이라는 겁니다……. 그리고 이 땅에는 오로지 총싸움과 골목길에 숨어 있다가 함부로 휘둘러 대는 주머니칼의 칼부림만이 남게 되겠지요.」

네 명의 소년들은 가만히 듣고 있었지만, 스승의 말을 이해하기에는 아직 너무 어렸다. 돈 하이메는 학생들 하나하나를 돌아보더니, 마지막으로 알바로 살라노바에게 시선을 멈추었다.

「사실…….」 그의 얼굴에 씁쓸한, 그리고 어딘지 빈정대는 미소가 떠오르면서 가는 주름들이 잡혔다. 「나는 앞으로 20년 내지 30년 후에 온통 전쟁에 휩싸이게 될 여러분들이 전혀 부럽지 않습니다.」

바로 그때, 누군가가 노크를 했다. 검술 교사 생애에 다시는 있을 것 같지 않은 순간이었다.

2. 두블 아타크 포스

두블 아타크 포스는 상대에게 눈속임을 하기 위해 사용한다.
우선 아타크 생플로부터 시작한다.

하이메 아스타를로아는 얇은 잿빛 프록코트 속에 넣고 온 쪽지를 만지작거리면서 계단을 올라가고 있었다. 다소 엉뚱하다는 생각이 들었던 것이다.

도냐 아델라 데 오테로입니다.
검술 교사이신 돈 하이메 아스타를로아 님을 만나 뵙고자 하니, 내일 오후 7시에 리아뇨 거리 14번지에 있는 자택으로 방문해 주시기 바랍니다.
감사합니다.

아델라 데 오테로.

집을 나서기에 앞서 돈 하이메는 다른 때보다 좀 더 공을 들여 옷매무새를 살폈다. 아마도 앞으로 가르치게 될 새로운 학생의 어머니를 만나게 될 것이 틀림없었기 때문이다. 문제의 집 현관문 앞에 다다르자, 그는 넥타이 매듭을 다시 한 번 정돈하고 나서 사나운 사자 머리상 목구멍 안에 매달린 묵직한 청동 고리를 두들겼다. 조끼 주머니에서 시계를 꺼내어 시간을 확인해 보니 정확히 7시 1분 전이었다. 안쪽에서 기다란 복도를 종종걸음으로 걸어오는 여인의 발걸음 소리를 들으며 그는 느긋한 마음으로 잠시 기다리고 있었다. 빗장이 열리는 소리가 들리더니, 하얀 모자를 쓴 귀여운 얼굴의 하녀가 미소 띤 얼굴로 그를 반겼다. 하녀가 그의 명함을 받아 들고 안으로 들어간 사이, 돈 하이메는 우아하게 꾸며 놓은 아담한 대기실로 들어갔다. 격자창이 비교적 낮게 달려 있었고, 활짝 열린 창밖으로 2층 아래 거리를 달리는 마차 소리가 들려오고 있었다. 화분에는 이국적인 화초들이 심어져 있었고, 벽에는 멋진 그림 두 폭이 장식되어 있었으며, 의자들은 진홍빛 비로드로 씌워져 있었다. 그는 아마도 좋은 고객을 갖게 될 것 같다고 생각했고, 그래서인지 기분도 좋아졌다. 현재의 형편을 생각해 보면 더 이상 바랄 것 없는 상황이었기 때문이다.

하녀가 돌아오더니 그의 장갑과 지팡이와 실크해트를 받아 든 뒤 거실로 안내했다. 그는 그녀의 뒤를 따라 약간 어두컴컴한 복도를 지나갔다. 거실에는 아직 아무도 나와 있지 않았기 때문에, 그는 잠시 뒷짐을 진 채 기다렸다. 반쯤 열려 있는 커튼 사이로 서쪽으로 지는 마지막 햇살이 스며들어 벽지 위에서 피어나고 있는 연파랑 꽃송이들을 살며시 어루만지고 있었다. 가구들은 아주 대단한 안목으로 고른 듯했다. 영국산 소파 위쪽에는 18세기풍의 그림이 한 점 걸려 있었는데, 레이스 드레스를 입고 있는 그림 속의 젊은 아가씨는 정원을 거닐면서 몹시도 보고 싶은 누군가를 기다리는 듯 어깨너머로 애타는 시선을 보내고 있었다. 피아노도 있었는데, 건반 뚜껑이 열린 채 악보대 위에 악보가 하나 펼쳐져 있었다. 가까이 다가가 살펴보니 프레데릭 쇼팽의 「폴로네즈 F단조」였다. 아마도 피아노를 연주하는 이 댁 안주인은 열정이 넘치는 사람인 것 같았다.

실내 장식의 백미는 큼지막한 대리석 벽난로 위에 있는 장식장이었다. 그곳에는 결투용 권총들과 플뢰레들이 걸려 있었다. 돈 하이메는 장식장 앞으로 다가가 전문가적 시각으로 그 무기들을 살펴보았다. 두 개의 플뢰레 중 하나는 프랑스식 손잡이가 달려 있었고, 또 다른 하나는 이탈리아 양식으로 금은 상감 장식이 되어 있었는데, 모두 최상품이었다. 플뢰레의 보관 상태도 아주 좋아, 칼날에 녹슨 자국 같은 것은 전혀 없었고 다만 칼날 곳곳에 가느다란 흠집이 나 있는 것으로 보아 꽤 자주 사용했던 것 같았다.

등 뒤에서 발소리가 나기에 그는 돌아서며 정중한 인사말을 건넸다. 아델라 데 오테로의 모습은 그가 예상했던 것과는 전혀 달랐다.

「어서 오세요, 미스터 아스타를로아. 미처 찾아뵙고 인사도 못 드렸는데 이렇게 약속 시간에 맞춰 와주셔서 감사합니다.」

그녀의 목소리는 약간 허스키한 게 아주 듣기 좋았으며, 거의 감지하기 힘들 정도로 약간 외국인 특유의 악센트가 실려 있었다. 하이메 아스타를로아는 그녀가 내민 손을 향해 허리를 굽히며 손등에 살짝 입술을 댔다. 새끼손가락이 살며시 안쪽으로 휜 듯한 그녀의 손은 아주 섬세했으며, 피붓빛은 가무잡잡하고 상큼한 느낌을 주고 있었다. 손톱은 마치 남자들처럼 짧게 자르고 있었고, 매니큐어도 바르지 않았으며, 달고 있는 액세서리라고는 가느다란 은반지 하나가 전부였다.

돈 하이메는 고개를 들고 그녀의 눈을 보았다. 그녀의 눈은 컸고, 눈동자는 보랏빛을 띠고 있었으며, 그 보랏빛 눈동자 주위로 황금빛 테두리가 쳐진 듯하여 빛을 받으면 더욱 더 큰 느낌을 주었다. 새카만 머리카락은 숱이 풍성했으며, 마치 매 깃털처럼 자개가 박힌 핀으로 목덜미 부근에서 묶여 있었다. 여자치고는 상당히 큰 키여서, 돈 하이메와 겨우 2인치 정도밖에는 차이가 나지 않을 것 같았다. 체격은 보통의 평균 여성들보다 조금 말랐고, 가느다란 허리에는 좀 더 날씬해 보이거나 우아한 느낌을 주기 위해 여성들이 착용하는 코르셋 같은 것은 하고 있지 않은 듯했다. 그녀는 아무런 장식도 달려 있지 않은 검은 스커트에 가슴에 레이스 장식이 달린 실크 블라우스를 입고 있었다. 어찌 보면 약간 남성적인 분위기가 풍겼는데, 아마도 오른쪽 입가에 있는 작은 흉터 때문에 더 그런 게 아닌가 싶었다. 그 흉터로 인해 그녀의 입가에는 늘 미묘한 미소가 떠올라 있는 느낌이 들었다. 돈 하이메 입장에서는 특히 스물에서 서른 정도 된 여자들의 나이를 가늠하기가 쉽지 않았는데, 아델라 데 오테로도 대략 그 사이인 것 같았다. 검술 교사 하이메 아스타를로아는 그녀의 아름다운 얼굴을 보고 있자니 오래전 젊은 시절의 추억이 밀려오는 것만 같았다.

그녀가 자리에 앉을 것을 권해, 두 사람은 널찍한 전망이 보이는 창 앞에 놓인 나지막한 테이블을 사이에 두고 마주 앉았다.

「커피 하시겠어요, 미스터 아스타를로아?」

그는 기꺼이 고개를 끄덕였다. 부르지도 않았는데, 하녀가 은쟁반에 아름다운 도자기 커피 세트를 받쳐 들고 조용한 발걸음으로 들어왔다. 아델라 데 오테로가 포트를 들고 두 개의 잔에 커피를 가득 따른 후 한 잔을 하이메 아스타를로아 앞에 놓았다. 그리고 그의 모습을 찬찬히 지켜보면서 그가 커피 한 모금을 마실 때까지 잠시 기다리는가 싶더니, 곧 용건을 꺼냈다.

「선생님의 〈2백 에스쿠도〉 기법을 배우고 싶습니다.」

하이메 아스타를로아는 커피 잔과 잔 받침을 손에 든 채 찻수저로 저으며 멍한 표정을 지었다. 무슨 말인지 제대로 이해가 되지 않았다.

「예? 뭐라고 하셨지요?」

그녀는 커피로 입술을 적시는 듯하더니, 그를 뚫어지게 쳐다보았다.

「다 알아봤습니다.」 그녀가 아주 자연스러운 태도로 대화를 이어 나갔다. 「선생님께서 마드리드 최고의 검술 교사라더군요. 마지막까지 고전 검술을 지켜 나가고 계시는 분이라고도 하고요. 그리고 직접 고안하신 비법이 있으신데, 그 비법에 관심이 있는 제자들에게는 1천2백 레알에 그 비법을 전수해 주신다고도 들었습니다. 값이 비싸기는 하지만, 기꺼이 지불하도록 하지요. 선생님께 그 비법을 배우고 싶습니다.」

하이메 아스타를로아는 여전히 놀라움을 감추지 못한 채 희미한 거부의 의사를 밝히기 시작했다. 「죄송합니다, 부인. 그건…… 그러니까 좀 특이한 경우라서요. 사실, 제가 고안한 그 검술법은 조금 전에 말씀하신 그 비용을 받고 가르쳐 줍니다. 하지만…… 이해해 주시기 바랍니다. 그러니까…… 검술이라는 것을…… 여자들은 없었습니다. 그러니까 제 말은…….」

보랏빛 두 눈동자가 그를 위아래로 훑어보고 있었다. 입가의 흉터에 수수께끼 같은 미소가 떠올랐다.

「무슨 말씀을 하시려는 건지 잘 알겠어요.」 아델라 데 오테로가 빈 잔을 천천히 테이블 위에 내려놓더니, 마치 기도

라도 올리려는 사람처럼 두 손을 모아 쥐고 말했다.「하지만 여자라서 안 된다고는 생각지 않습니다. 혹시 제 실력이 모자랄까 걱정되신다면, 선생님의 가르침을 받아들일 정도는 된다는 걸 말씀드리지요.」

「그런 건 아닙니다.」하이메 아스타를로아는 자리에서 불편한 듯 몸을 뒤틀더니, 손가락으로 셔츠 목깃을 잡아 늘렸다. 그는 몹시 덥게 느껴지기 시작했다.「다만, 제가 말씀드리고자 했던 것은, 여성을 대상으로 가르친다는 것이…… 죄송합니다. 좀 특이하게 보일 수 있다는 겁니다.」

「별로 좋아 보이지 않는다, 이 말씀이시지요?」

하이메 아스타를로아는 거의 한 모금도 마시지 못한 커피 잔을 그대로 손에 든 채 상대를 응시했다. 늘 떠올라 있는 그 매력적인 미소가 그를 몹시도 불편하게 만들었다.

「이해해 주시기 바랍니다, 부인. 하지만, 워낙 중요한 문제라서요……. 아무래도 안 되겠습니다. 거듭 죄송한 말씀을 드립니다만, 지금껏 이런 경우는 한 번도 없었습니다.」

「혹시 명예에 금이라도 갈까 봐 걱정되시는가 보지요, 선생님?」

그녀의 질문 속에는 상대방의 신경을 건드리려는 의도가 다분히 담겨 있었다. 돈 하이메는 조심스럽게 커피 잔을 테이블 위에 내려놓았다.

「그건 아닙니다, 부인. 하지만 관습에 어긋나는 일인 것은 분명합니다. 외국에서는 가능할지 모르지만, 이곳에서는 아닙니다. 더구나 저는 절대로 아닙니다. 글쎄, 좀 더 유연한 사고를 가진…… 다른 사람이라면 모르겠습니다만.」

「저는 그 비법을 배우고 싶어요. 그리고 무엇보다도 선생님이 최고의 고수시고요.」

돈 하이메가 칭찬의 말에 다정한 미소를 보내며 대답했다.
「예, 부인께서 주신 칭찬의 말씀처럼 제가 최고일지도 모르겠습니다. 하지만, 저는 평소의 습관을 바꿔 버리기에는 너무 늙었습니다. 벌써 쉰여섯이고, 이 일만 30년이 넘게 해왔지요. 많은 고객들이 학생으로 제 연습실을 다녀갔지만, 하나같이 남성들이었습니다.」

「하지만 세월이 달라졌어요.」

하이메 아스타를로아가 서글픈 한숨을 내쉬며 말했다. 「맞습니다. 하지만, 이것도 이해해 주시기 바랍니다……. 세상이 저에 비해 너무 빨리 변하고 있다는 것을요. 따라서, 저는 옛 방식을 그대로 지켜 나가려고 합니다. 그것만이 제가 지켜 나갈 수 있는 것이기도 하고요.」

그녀는 상대방의 이야기를 충분히 이해하겠다는 듯이 천천히 고개를 끄덕이더니 말없이 돈 하이메를 쳐다보았다. 그러고는 자리에서 일어나 벽난로 위의 무기 장식장 앞으로 걸어갔다.

「아무도 당신의 비법을 막아 낼 수 없다고들 하더군요.」

돈 하이메가 겸손한 미소를 지었다.

「과찬의 말씀이십니다, 부인. 일단 알고 나면, 막아 내는 건 너무나 쉽기 마련이지요. 아무도 막아 낼 수 없는 비술은 아직 발견되지 않았습니다.」

「레슨 비가 2백 에스쿠도인가요?」

하이메 아스타를로아가 다시 한숨을 내쉬었다. 예상하기 어려운 여자의 태도가 갈수록 그를 불편하게 만들었다.

「더 이상 그 이야기는 하지 말도록 하지요, 부인.」

그녀는 하이메 아스타를로아에게 등을 진 채 플뢰레 손잡이를 매만지며 말했다. 「레슨 비가 얼마인지 알고 싶습니다.」

「일주일에 네 번 레슨하고, 한 학생에게 매월 70레알에서 1백 레알 정도를 받고 있습니다. 자, 그럼, 저는 이만······.」

「제게 〈2백 에스쿠도〉 비법을 가르쳐 주신다면, 2천4백 레알을 드리지요.」

하이메 아스타를로아는 너무나 놀라 눈만 끔뻑이고 있었다. 2천4백 레알이면 4백 에스쿠도가 넘으니, 자신의 비술을 배우고자 찾아오는 사람들에게 받을 수 있는 금액의 두 배가 되는 돈이었고, 결코 흔한 기회가 아니었다. 그리고, 그 돈이면 보통 때 3개월간 일해서 버는 수입에 맞먹는 금액이었다.

「부인, 지금 저를 모욕하시는 겁니까?」

여자가 사납게 하이메 아스타를로아 쪽을 돌아보았다. 순간 그녀의 보랏빛 눈동자 속에서 잠시였지만 불빛이 번쩍이는 것 같았다. 하지만 돈 하이메는 심각하게 생각지는 않았다. 아마도 그녀가 손에 들고 있는 플뢰레에 반사된 빛을 잘못 본 것이려니 싶어서였다.

「왜요? 액수가 너무 적은가요?」 그녀가 도도한 자세로 되물었다.

하이메 아스타를로아는 창백하다 싶은 미소를 지으며 자리에서 일어섰다. 만일 이런 말을 한 상대가 남자였다면, 그 남자는 몇 시간 지나지 않아 정식으로 결투 신청을 받았을 것이다. 하지만, 아델라 데 오테로는 여자였고, 게다가 너무나 아름다웠다. 하이메 아스타를로아는 다시 한 번 이런 상황이 벌어진 것에 마음 아파 했다.

「부인!」 그가 차가울 만큼 정중한 태도로 진지하게 말했다. 「부인께서 그토록 관심 있어 하시는 그 검법에는 그 가치에 상응하는 값이 매겨져 있습니다. 따라서, 한 푼도 더 받지 않습니다. 하지만, 가르쳐 줄 대상에 대해서 말씀드리자면, 제가 진정 열의를 가지고 가르쳐 줄 만한 사람이라고 판단되는 사람에게만 전수하지요. 그 점만은 더 말할 필요도 없이 확고부동하며, 가격 역시 시장판의 장사꾼이 하듯이 논란의 대상으로 삼지 않습니다. 그럼, 안녕히 계십시오.」

그는 하녀로부터 실크해트와 장갑과 지팡이를 받아 들고는 입을 악다문 표정으로 계단을 내려왔다. 2층에서 화가 나 건반을 두들겨 대는 듯한 쇼팽의 폴로네즈가 들려왔다.

「파라드 앙 카르트. 잘했어요. 파라드 앙 티에르스. 좋아요. 반원으로 돌고, 다시 한 번 해보세요. 그렇지요. 마르슈 아방. 좋아요. 뒤로 물러서면서 거리를 만드세요. 덤벼! 앙 카르트로 방어하고, 그렇지요. 앙 카르트를 노리고, 좋아요. 파라드 앙 카르트 드수. 아주 훌륭해요, 아무개 씨. 아무개 씨는 아주 소질이 있군요. 여유를 갖고 연습을 하면 아주 좋아지겠습니다.」

그로부터 며칠이 지났다. 프림은 계속해서 아래로 아래로 진격해 오고 있었고, 이사벨 여왕은 바야흐로 레케이티오 해안에서 해수욕을 즐기기 위해 여행 준비를 시작하고 있었다. 어린 시절부터 줄곧 앓아 온 피부병에 좋다며 주치의들이 강권했기 때문이었다. 여왕의 여행에는 전담 고해 신부와 수행원들을 줄줄이 대동한 국왕 남편, 공작 부인들, 온갖 수다쟁이 친구들, 개인 시종을 비롯하여 왕실에서 늘 수발을 들던 모든 사람들이 동행하게 되어 있었다. 돈 프란시스코 데 아시스 국왕은 잔뜩 우거지상을 한 채 자신의 충복인 메네세스에게 경멸의 눈초리를 보내며 레이스 달린 옷깃을 물에 적

시곤 했으며, 대외부 장관인 마르포리는 당시에 유행하던, 어렵사리 구한 공작새에서 떼어 낸 며느리발톱들을 자랑스럽게 번득이면서 사람들 사이를 활보하고 다녔다.

피레네 산맥을 사이에 두고 양쪽에서 망명자들과 군 장성들이 보란 듯이 내놓고 모반을 획책하고 있었으며, 각자가 지금까지 한 번도 드러낸 적이 없었던 야욕을 한껏 과시하면서 기세를 올리고 있었다. 3등 열차 승객이나 다름없는 의회의 의원들은 이미 전쟁부의 최종 예산안을 승인해 주었지만, 그 예산의 대부분이 하릴없이 군사 수뇌부의 야심을 잠재우는 데 충당될 것임을 그들 역시 잘 알고 있었다. 군 수뇌부들은 승진이나 수입에 따라 왕실에 대한 충성 여부를 결정하고 있었으며, 전황에 따라 중도를 택할 것인지 자유주의에 동조할 것인지 눈치를 보고 있었다. 한편, 마드리드에서는 오후가 되면 사람들이 그늘에 모여 앉아 손에 손에 술병을 들고 비밀리에 발간되는 신문들을 읽었다. 골목 어귀에서는 행상들이 물건을 사라고 목청껏 소리쳐 대곤 했다. 「사초알 뿌리 주스가 있어요! 맛 좋은 사초알 주스요!」

여름휴가를 포기한 알룸브레스 후작은 그날 아침도 늘 하던 대로 하이메 아스타를로아와 검술 연습을 하고 헤레스 한잔을 함께 나누고 있었다. 카페 엘 프로그레소에서는 여전히 아가피토 카르셀레스가 연방 공화국의 장점을 역설하고 있는가 하면, 그보다는 온건파인 안토니오 카레뇨는 슬슬 비밀 결사에 가입한 듯한 징조를 보이더니 아예 깊숙이 발을 담그기 시작했다. 물론, 그는 아직은 하늘이 내리신 입헌 군주 체제를 완전히 괴멸시켜 버릴 생각까지는 하지 못하고 있었다. 그런가 하면, 돈 루카스는 날마다 하늘만 뚫어져라 올려다보고 있었고, 음악 선생 로메로는 대리석 테이블을 만지작거리며 창밖으로 달콤하고도 동시에 서글픈 시선을 던지고 있었다. 그리고 검술 교사인 하이메 아스타를로아는 도무지 머릿속에서 아델라 데 오테로의 이미지를 떨쳐 내지 못하고 있었다.

사흘째 되는 날, 누군가가 찾아왔다. 하이메 아스타를로아는 아침나절의 산책에서 막 돌아와 단장한 후 마요르 거리에 있는 식당으로 식사를 하러 나가려던 참이었다.

셔츠 소매를 걷어올리고 더위를 식히기 위해 화장수를 얼굴과 손에 바르고 있던 차에 문을 두드리는 소리가 들렸던 것이다. 그는 아무도 찾아올 사람이 없었기에 적잖이 놀랐다. 얼른 빗질을 한 후, 한창 좋았던 시절에 마련했지만 이미 왼쪽 소맷단이 해진 지 오래된 실크 실내복으로 갈아입었다. 침실에서 나온 그는 서재와 겸해 쓰고 있는 자그마한 거실을 지나 현관문을 열었다. 그곳에는 아델라 데 오테로가 서 있었다.

「안녕하세요, 미스터 아스타를로아? 들어가도 될까요?」

그녀의 목소리에서 겸손함이 묻어났다. 그녀는 앞가슴이 깊이 패고 소맷부리와 목둘레, 치맛자락에는 새하얀 레이스 장식이 되어 있는 연하늘색 외출용 드레스를 입고 있었다. 밀짚으로 섬세하게 만든 모자를 쓰고 있었는데, 모자 뒤에는 그녀의 눈동자 색과 똑같은 보랏빛 꽃 장식이 달려 있었다. 드레스에 달려 있는 것과 같은 레이스로 장식이 된 장갑을 낀 두 손에 자그마한 파란색 양산이 들려 있었다. 지난번 리아뇨 거리에 있는 우아한 거실에서 보았을 때보다 훨씬 더 아름다워 보였다.

하이메 아스타를로아는 그녀의 느닷없는 등장에 당황하여 잠시 머뭇거렸다.

「물론이지요, 부인.」 그는 여전히 평정을 회복하지 못한 채 말했다. 「아, 그러니까, 얼마든지 들어오셔도 된다는 말입니다. 오히려 영광입니다.」

그는 안으로 들어오라는 몸짓을 했다. 물론, 지난번 만남과 대화의 끝이 좋지 않았었기 때문에, 아델라 데 오테로의 갑작스러운 등장은 그에게 일종의 불편함을 야기하고 있었다. 그의 심기를 알아차리기라도 한 양, 그녀가 사려 깊은 미소를 보냈다.

「이렇게 환영해 주시니 감사합니다, 돈 하이메.」 기다란 속눈썹 저 너머에서 그녀의 보랏빛 두 눈동자가 그를 바라보는 동안 그의 불안감은 더욱더 커져만 갔다. 「사실 걱정을 많이 했어요…… 꼭 당신이 아니셨더라도 그렇겠지만요……. 하지만 제가 잘못 생각했었나 봐요. 다행이에요.」

하이메 아스타를로아는 잠시 후에야 그녀가 무엇을 걱정했는지 알 것 같았다. 그녀는 자신의 코앞에서 문이 쾅 닫혀 버리지 않을까 걱정하고 있었던 것이다. 거기에 생각이 미치자 황당했다. 그는 신사였던 것이다. 한편, 그녀가 처음으로 자신을 세례명 하이메로 부르자 그는 나이가 지긋했음에도 도무지 마음을 안정시킬 수가 없었다. 그는 이러한 마음의 혼란을 감추기 위해 평상시의 예의범절을 가장했다.

「이쪽으로 오시지요, 부인.」

그는 신사다운 태도로 여자를 안내하여 작은 현관을 지나 거실로 들어갔다. 아델라 데 오테로는 칙칙하고 어두컴컴한 거실 한가운데에 선 채 호기심 어린 눈빛으로 하이메 아스타를로아의 역사가 숨어 있는 모든 것들을 지켜보았다. 그녀는 너무나도 활달하게 손을 뻗어 먼지가 뽀얗게 앉은 떡갈나무 책장에 가득 꽂힌 책들을 만져 보았다. 검술에 대한 낡은 책

열두 권, 뒤마와 빅토르 위고, 발자크의 장서들…… 플루타르코스의 『영웅전』과 호메로스의 책, 노발리스의 『하인리히 폰 오프터딩겐』, 샤토브리앙과 비니의 책들, 그리고 나폴레옹의 전투에 대한 전략 분석서들도 있었다. 대부분은 프랑스어로 쓰인 것이었지만. 돈 하이메는 잠시 양해를 구한 뒤 침실로 들어가 실내복을 프록코트로 갈아입은 후, 재빨리 셔츠 목둘레에 넥타이를 두르고 매듭을 지었다. 거실로 돌아오니, 아델라 데 오테로는 오래된 검들과 녹슨 단검들 사이 벽에 걸린, 세월의 흔적으로 희미하게 변해 가는 오래된 유화를 들여다보고 있었다.

「가족 중의 누구신가 보죠?」 액자 속에서 이쪽을 지켜보고 있는 젊고 날씬하며 진지한 표정의 남자를 가리키며 그녀가 물었다. 그림 속의 남자는 금세기 초반에 유행하던 옷차림을 하고 있었으며, 초롱초롱한 두 눈동자는 뭔가 납득하기 어려운 것이 존재하기라도 한다는 듯 세상을 뚫어지게 쳐다보고 있었다. 시원한 이마, 그리고 그의 면면에서 풍겨 나오는 엄격하지만 위엄 어린 분위기는 하이메 아스타를로아와 어딘지 유사해 보였다.

「제 선친이십니다.」

아델라 데 오테로는 초상화에 고정되어 있던 시선을 하이메 쪽으로 돌렸다가 다시 초상화로 돌리기를 반복했다. 마치 그의 말이 사실인지를 확인해 보려는 것 같았다. 그러고는 마침내 만족스러운 표정으로 말했다.

「잘생기셨군요.」 그녀의 약간 허스키한 목소리가 유쾌하게 울렸다. 「저 당시 연세가 얼마나 되셨나요?」

「나도 모릅니다. 내가 태어나기 두 달 전, 그러니까 서른한 살에 나폴레옹 군과의 전투에서 돌아가셨답니다.」

「군인이셨나 보군요?」 그녀는 정말 아버지 이야기에 관심이 있는 것 같았다.

「아니요. 아라곤의 귀족이셨습니다. 누가 이래라저래라 하면 불같이 화를 내곤 하시는 그런 자존심 강한 분이셨지요. 동료들과 함께 산속으로 프랑스 군을 추격하여 수많은 적군을 베다가 그만 전사하셨습니다.」 하이메 아스타를로아의 목소리가 자부심으로 가늘게 떨리고 있었다. 「나중에 들어 보니, 동료들 가운데 아버지께서만 돌아가셨더군요. 프랑스 군인들이 개 쫓듯이 아버지를 쫓아오다가 마침내 손에 손에 총검을 들고 포위해 오자 아버지께서는 완벽한 프랑스어로 그자들에게 저주의 말을 퍼부으셨답니다.」

그녀는 이야기를 듣는 동안에도 눈길 한 번 돌리지 않고 여전히 초상화를 뚫어져라 쳐다보았다. 무슨 깊은 생각에 잠긴 듯 아랫입술을 꼭 깨무는가 하면, 입가의 작은 흉터는 여전히 예의 그 수수께끼 같은 미소를 지우지 않고 있었다. 잠시 후, 그녀는 천천히 늙은 검술 교사를 향해 돌아섰다.

「제가 불편을 끼쳐 드린 건 아닌지 모르겠군요.」

그는 뭐라 대답하기가 막막하여 그저 눈길을 돌려 버리고 말았다. 아델라 데 오테로는 밀짚모자를 벗어서 양산과 함께 온갖 서류들이 어지러이 널려 있는 테이블 위에 올려놓았다. 지난번 처음 만났을 때와 마찬가지로 머리카락을 목덜미 부근에서 하나로 묶고 있었다. 하이메 아스타를로아는 잔잔한 분위기가 감도는 자신의 거실에서 그녀의 푸른 드레스가 다소 튀는 듯한 색감을 부여하고 있다고 생각했다.

「좀 앉아도 될까요?」 매력과 유혹. 그녀가 그런 무기를 사용하는 것이 처음은 아닐 것이다. 「산책을 좀 했는데, 얼마나 더운지 숨이 막힐 정도예요.」

하이메 아스타를로아는 미처 챙기지 못해 미안하다는 이야기를 중얼거리면서 낡아 빠지고 너무 오래되어 여기저기 가죽이 트기 시작한 소파에 앉을 것을 권했다. 그리고 자신은 작은 걸상 하나를 잡아당겨 적당한 정도의 거리를 두고 앉았다. 왠지 위험이 감지되는 영역으로 들어섰다고 생각되어서인지 목소리가 갈라져 나왔다.

「그런데, 어떻게 오셨는지요, 오테로 부인?」

그의 차갑고도 지극히 예의 바른 음성에 아름다운 미지의 여인의 얼굴에 미소가 피어올랐다. 하이메 아스타를로아가 그녀를 미지의 여인이라고 한 것은, 물론 그녀의 이름은 알고 있지만, 그녀를 둘러싼 모든 것이 미스터리 속에 잠겨 있었기 때문이었다. 그런데, 처음에는 그저 작은 호기심의 불똥 같은 것이 생겨나는가 싶더니, 이제는 그 불꽃이 점점 더, 그것도 아주 빠른 속도로 커져 갔다. 그는 그녀의 대답을 기다리는 동안 자신의 감정을 추스르느라 무진 애를 쓰고 있었다. 그녀는 즉각 대답하지 않고 한참을 아무 말 없이 앉아 있었기 때문에, 하이메는 그녀가 혹시 화가 난 것은 아닐까 하는 생각까지 들게 되었다. 그녀의 보랏빛 눈동자는 마치 방 안 어딘가에서 앞에 앉은 남자를 평가하기 위한 잣대라도 발견하려는 듯이 이곳저곳을 둘러보고 있었다. 그사이에 돈 하이메는 지난 며칠 동안 온통 그의 머릿속을 채우던 그녀의 모습을 찬찬히 관찰할 수 있었다. 그녀의 입술은 도톰했으며, 먹음직한 빨간 과일의 속살을 과도로 잘 잘라 놓은 듯이 윤곽이 매우 또렷했다. 그는 그녀의 입가에 자리 잡은 작은 흉터가 그녀의 얼굴을 흉하게 만들기보다는 오히려 내면 깊숙이 자리 잡은 검은 야수성을 드러내는, 아주 특별한 매력으로 작용하고 있다고 다시 한 번 생각했다.

그녀가 현관문을 들어서는 순간부터, 하이메 아스타를로 아는 그녀가 어떤 이유를 갖다 붙이더라도 처음에 표명했던 거절의 의사를 확고히 할 마음의 준비를 단단히 하고 있었다. 절대로 여자는 안 될 일이었다. 간청을 할지도 모르고, 여성 특유의 감각으로 호소를 하려 들지도 모르며, 미모를 활용해 교묘하게 설득할지도 모르고, 그의 감성에 매달리려 할지도 몰랐다……. 하지만, 그 어떤 경우라도 안 되는 건 안 되는 것이라고 스스로에게 다짐하고 또 다짐했다. 나이가 20년만 젊었더라면, 아마도 여인이 풍기는 확고한 매력에 굴복해서라도 훨씬 더 유연한 태도를 보였을 수도 있을 테지만, 그는 그런 요소들로 자신의 생각을 바꾸기에는 너무 나이가 많았다. 저 아름다운 여인에게서 취할 수 있는 것은 아무것도 없었다. 그의 나이라 하더라도 물론 지금 그의 가슴속에서 깨어나고 있는 감정으로 인해 어느 정도 흔들릴 수는 있겠지만, 결국에는 스스로를 다스릴 수 있을 터였다. 하이메 아스타를로아는 신사로서의 교육을 받고 또 받아 온 사람이었음에도 일견 어린아이의 변덕으로밖에는 보이지 않는 여인의 태도 앞에서는 적잖이 당혹스러웠다. 그런데, 바로 그때, 그녀가 전혀 예기치 않았던 질문을 던졌다.

「돈 하이메, 만일 당신이 공격을 하는 순간 상대가 두블 아타크 앙 티에르스로 나온다면 어떻게 대처하시겠어요?」

하이메 아스타를로아는 자신이 잘못 들었을 거라고 생각했다. 그는 마치 잠시 실례하겠다는 말이라도 하려는 사람처럼 몸을 앞으로 내밀다가 너무나도 놀라고 혼란스러워 중간에 딱 멈춰 버리고 말았다. 그는 한 손으로 이마를 한 번 문지르고는, 두 손을 모두 무릎 위에 올려놓은 뒤 상대방의 설명을 요구하기라도 하듯이 아델라 데 오테로를 쳐다보았다.

정말 황당하지 않을 수 없었다.

「네?」

그녀는 재미나다는 듯 짓궂은 눈빛으로 하이메 아스타를로아를 처다보았다. 너무도 확신에 찬 그녀의 목소리가 들려왔다.

「당신의 전문가적 견해를 듣고 싶어요, 돈 하이메.」

하이메 아스타를로아는 한숨을 내쉬더니 등받이가 없는 작은 걸상 위에서 몸을 한 번 뒤척였다. 모든 일이 영 이상하게 돌아가고 있었다.

「정말 알고 싶습니까?」

「그럼요.」

돈 하이메는 마른기침을 참기 위해 주먹을 입으로 가져갔다.

「그렇다면…… 글쎄요, 어디까지…… 그러니까 내 말은, 부인께서, 응, 물론, 그 문제에 대해…… 두블 아타크 앙 티에르스라고 했던가요?」

사실 그건 일반적인, 아주 평범하다고 할 수 있는 질문이었다. 하지만 그녀가 그런 질문을 했다는 건 결코 평범한 일이 아니었다. 아니, 어쩌면 그리 이상할 것도 없을지 모르지만.

「좋아요. 만일 상대가 앙 티에르스로 공격하는 페인트 모션을 취한다면, 나는 팡트 드 미즈로 받아칠 겁니다. 아시겠어요? 아주 기본이지요.」

「그런데, 당신의 팡트 드 미즈에 상대가 몸을 피하면서 바로 앙 카르트로 공격한다면요?」

하이메 아스타를로아는 이번에는 거의 경탄의 눈으로 여인을 바라보았다. 그녀는 정확히 다음 동작을 집어 말한 것이었다.

「그 경우에는 앙 카르트로 대처한 후, 다시 곧바로 앙 카르트로 공격을 해야겠지요.」 이번에는 〈아시겠어요?〉라는 토는 달지 않았다. 아델라 데 오테로가 잘 알고 있을 게 너무나 분명했기 때문이다. 「그것만이 유일한 대응 방법이니까요.」

그녀가 의외로 즐겁다는 듯이 고개를 뒤로 젖혔다. 마치 당장이라도 깔깔거리며 웃음을 터뜨릴 기세였다. 하지만 그녀는 그저 말없이 미소를 짓더니 아주 매력적으로 얼굴을 찡그리며 그를 노려보았다.

「돈 하이메, 지금 저를 실망시키려고 하시는 거예요? 아니면, 저를 시험하시는 거예요……? 그게 유일한 대응 방법이 아니라는 걸 잘 아시잖아요. 더구나 그게 최선의 대응책도 아니고요.」

하이메 아스타를로아는 당혹감을 감출 수 없었다. 그녀가 이런 식의 대응을 할 것이라고는 상상조차 하지 못했던 것이다. 직감적으로 자신이 미지의 영역으로 끌려 들어가고 있음을 깨달았지만, 동시에 전문가적 호기심이 이는 것을 도저히 억누를 수 없었다. 할 수 없이 그는 경계심을 조금 늦추는 수밖에 도리가 없었다. 일단 게임을 좀 더 진행해 가면서 어떻게 마무리되는지 지켜보는 게 나을 것 같았다.

「부인이라면, 뭔가 다른 대안이 있겠습니까?」 그는 무례하게 느껴지지 않도록 최대한 애쓰면서 물었다. 여인은 분명한 확신을 가지고 있다는 듯 확고하게 고개를 끄덕였고, 그녀의 두 눈에서는 그 후로도 하이메 아스타를로아에게 많은 생각을 하게 만든, 일종의 흥분으로 가득한 빛이 번득였다.

「최소한 두 가지 방법은 있을 것 같은데요.」 추측성이 아닌, 확신으로 가득 찬 대답이었다. 「당신 말씀대로 앙 카르트로 파라드 하되, 상대방의 플뢰레 끝을 가로막으면서 동시에 팡트 앙 카르트로 상대의 팔을 공격하는 거예요. 어때요? 괜찮지요?」

돈 하이메도 이젠 인정하지 않을 수 없었다. 사실 괜찮은 정도가 아니라, 아주 놀랄 만한 대응책이었기 때문이다.

「또 다른 방법도 있다고 하셨는데요?」 하이메가 말했다.

「예, 있지요.」 아델라 데 오테로가 마치 오른손에 플뢰레를 들고 있는 듯이 손을 움직이며 대답했다. 「앙 카르트로 파라드를 하고 옆구리 찌르기로 공격하는 거예요. 파라드 한 방향과 같은 방향으로 공격하는 것이 가장 빠르고 효율적이라는 것에는 당신도 동의할 것으로 생각해요. 둘 다를 하나의 동작으로 커버할 수 있으니까요.」

「옆구리 찌르기는 쉽지 않은 기술인데……」 이제 돈 하이메는 정말로 관심을 가지기 시작했다. 「어디서 배우셨습니까?」

「이탈리아에서요.」

「어느 분께 사사하셨나요?」

「성함은 기억나지 않지만……」 그녀의 얼굴에 떠오른 미소가 이름을 밝히기를 거부하고 있었다. 「유럽 최고의 고수 가운데 한 분이셨다고 생각하시면 될 거예요. 그분께서 제게 아홉 가지 기본 공격법과 다양한 조합 공격법, 그리고 파라드를 가르쳐 주셨지요. 아주 인내심이 대단하신 분이셨어요.」 그녀의 눈빛이 〈인내심이 대단하신〉이라는 부분을 특별히 강조하고 싶어 하는 듯했다. 「그리고 여자를 가르치는 일을 치욕이라고 생각하지 않으셨지요.」

돈 하이메는 그녀가 은근히 빗대어 하는 말은 그냥 넘어가기로 했다.

「옆구리 찌르기에서 가장 조심해야 할 것은 무엇입니까?」 그가 여자의 눈을 똑바로 들여다보면서 물었다.

「상대가 앙 스공드로 공격할 수 있다는 것이지요.」

「어떻게 막을 수 있나요?」

「공격 자체를 아래로 해야겠지요.」

「옆구리 찌르기를 파라드 할 때는요?」

「조금 낮은 앙 스공드와 카르트를 써야겠지요. 꼭 무슨 시험을 보는 것 같군요, 돈 하이메.」

「시험입니다, 오테로 부인.」

두 사람은 마치 정말로 플뢰레를 들고 대련을 한 것처럼 몹시 지친 표정으로 서로를 말없이 바라보고 있었다. 하이메 아스타를로아는 처음으로 그녀의 손목을 유심히 보았다. 강인하면서도 여성의 아름다움을 잃고 있지는 않아 보였다. 검술 동작을 묘사할 때 보여 주던 눈빛, 몸동작, 이 모든 것들이 무척이나 호소력을 지니고 있었다. 하이메 아스타를로아는 전문가적 직감으로 그녀가 훌륭한 검술가가 될 최상의 자질을 갖추었음을 알아차렸다. 그는 애초부터 자신의 편견이 그런 부분을 미처 발견하지 못하도록 만들었음을 자책했다.

물론, 지금까지의 것들은 순전히 이론일 뿐이었다. 따라서 하이메 아스타를로아는 실전으로 그녀의 검술을 확인해 볼 필요가 있음을 깨달았다. 투슈. 저 놀라운 여인이 불가능을 가능한 것으로 만들려 하고 있었다. 검술가 생활 30년 만에, 여자, 구체적으로 아델라 데 오테로라는 여인이 펜싱하는 모습을 지켜보도록 만들고 있는 것이었다.

아델라 데 오테로는 판결을 기다리는 사람처럼 진지한 얼굴로 하이메 아스타를로아를 쳐다보고 있었다. 하이메가 약간 쉰 듯한 목소리로 말했다. 「사실대로 말하자면, 무척 놀랐습니다.」

여인은 아무런 대답도, 아무런 몸짓도 하지 않았다. 마치 상대방이 놀라리라는 것을 미리 예상하고 있었으며, 그녀가 이 자리에 앉아 있는 것은 결코 그것을 위함은 아니라는 듯한 무감각한 표정일 뿐이었다.

하이메 아스타를로아는 이 자리에서 이렇게 쉽게 결정을 내리는 것에 대해 양심의 가책을 느끼지 않는 것은 아니었지만, 마침내 결심을 해버렸다.

「내일 오후 5시에 기다리겠습니다. 내일 테스트 결과가 만족스러우면, 2백 에스쿠도 검법을 가르칠 레슨 시간을 확정 짓도록 하지요. 오실 때, 의상을······.」 왠지 좀 부끄럽게 느끼면서, 그가 그녀의 옷을 가리켰다. 「그러니까, 적절한 준비를 갖추고 오시라는 뜻입니다.」

그는 상대방으로부터 즐거운 환호를 기대했다. 크게 박수를 치든가 뭐 그런······ 그러니까, 여자들이 몹시도 원하던 것을 얻었을 때 보여 주는 그런 평범한 모습을. 하지만 실망뿐이었다. 아델라 데 오테로는 그저 아무 말 없이, 아주 미묘한 표정으로 하이메 아스타를로아를 바라만 보았기 때문이었다. 순간, 이유는 알 수 없었으나, 그녀의 그 수수께끼 같은 표정을 보면서 하이메는 온몸에 알 수 없는 전율이 스쳐 지나가는 것을 느꼈다.

석유등 불빛이 방 안 가득 그림자를 너울거리게 만들었다. 하이메 아스타를로아는 한 손을 뻗어 램프의 심지 조절기를 돌려 좀 더 길게 뽑아 내 주변을 조금 밝게 만들었다. 그는 종이 위에 꼭짓점을 중심으로 줄을 두 개 더 그었다. 각이 만들어지자, 두 선분의 끝을 둥그스름한 활 형태의 곡선으로 이어 보았다. 대략 75도. 플뢰레의 움직임이 이루어져야 할 공간이었다. 그는 75라는 숫자를 쓴 후 한숨을 내쉬었다. 상대의 공격을 피하지 않고 팡트 드 미즈 앙 카르트 하기. 아마도 이것이 방법일 터였다. 하지만 그런 다음에는 어쩐다는 말인가……? 상대방도 당연히 앙 카르트로 방어할 테고…… 정말 그럴까? 좋아, 공격할 방법은 얼마든지 있다. 일단 공격하고 나면, 재빨리 앙 카르트로 돌아와야 한다. 아마도 팡트 드 미즈를 하든가, 혹은 피하지 않고 아타크 포스를 하면서 그리 해야겠지만…… 아냐. 이건 너무 빤히 속이 들여다보이는 전략이었다. 그는 연필을 탁자 위에 놓고 한 손으로 플뢰레 흔드는 흉내를 내면서 벽에 비친 그림자를 관찰해 보았다. 그는 완전히 낙담하여 모든 것이 바보짓일 뿐이라고 결론지었다. 언제나 누구나 다 아는 전통적인 방법으로 끝이 나곤 했기 때문이었다. 그런 식으로 했다가는 상대방이 얼마든지 예상하고 막아 낼 수 있을 게 뻔했다. 완벽한 공격이란 이런 게 아니었다. 더 정확하고 빛처럼 빠른, 예측을 불허할 뿐 아니라, 도저히 막아 낼 수 없는 그런 것이어야만 했다. 하지만, 과연 그것이 무엇이란 말인가?

 석유등 불빛이 책장에 꽂혀 있는 장서들에 부드러운 황금빛 음영을 드리우고 있었다. 벽에 달린 시계추는 단조로운 흔들림을 계속하고 있었고, 그 시계추가 빚어내는 나지막한 똑딱 소리만이 연필로 종이 위에 줄을 긋는 소리를 제외하고는 이 방을 가득 채우는 유일한 소리였다. 하이메 아스타를로아는 손가락으로 탁자를 몇 번 퉁기더니, 깊은 한숨을 내쉬면서 열린 창밖을 내다보았다. 마드리드 시내 건물의 지붕들은 은발의 머리카락처럼 가느다랗고 연약한 달빛 아래서 형체조차 가물가물하게 감지될 정도였고, 그야말로 혼돈의 그림자처럼 보였다.

 앙 카르트 공격을 무시시켜야 했다. 그는 다시 한 번 끄트머리에 질겅질겅 씹힌 자국이 선명한 연필을 고쳐 쥐고는 새롭게 선분 두 개와 곡선을 그었다. 콩트르 파라드 드 티에르스를 막아 내면서, 손톱 부분이 아래로 가도록, 왼쪽 허리 쪽에 체중을 싣고······.

위험했다. 까딱하면 공격자가 얼굴 전면에 공격을 당할 가능성이 있었기 때문이다. 그렇다면, 해결책은 머리를 뒤로 젖혀 앙 티에르스를 피하는 것······ 공격은 언제 해야 할까? 물론 상대가 발을 들어 올리는 순간에 팔에 깊숙이 앙 티에르스나 앙 카르트를 가해야겠지. 그는 신경질적으로 탁자를 두들겨 댔다. 하지만 그건 아무짝에도 쓸모가 없었다. 어떤 검술책을 뒤져 보더라도 그 두 동작에 대한 대응책이 나와 있기 때문이었다. 그렇다면 앙 티에르스를 피한 뒤 도대체 무엇을 어찌해야 한다는 말인가? 그는 다시 선분 두 개와 곡선을 그린 후 각도를 써넣고 나서 탁자 위에 가져다 놓은 책들과 메모지들을 뒤적였다. 어떤 대응책을 선택한다 하더라도 적절한 것 같지 않았다. 하나같이 자신이 필요로 하는 비술의 기본을 제시해 주는 것과는 거리가 멀었던 것이다.

그는 벌떡 일어나 의자를 뒤로 확 밀쳐 내고 등잔을 높이 들어 검술 연습실 전체를 비추어 보았다. 그러고 나서 거울 앞 발치에 등을 내려놓은 후, 겉옷을 벗어 버리고 플뢰레를 하나 집어 들었다. 등잔이 발밑에 있다 보니, 그의 얼굴이 유령처럼 무시무시해 보였다. 그는 거울에 비친 자신을 향하여 몇 가지 동작을 취해 보았다. 콩트르 파라드 드 티에르스. 피하기. 콩트르 파라드. 피하기. 이렇게 세 번을 반복하니 플뢰레 끝이 자신의 움직임에 맞추어 똑같이 거울 표면 위를 움직여 다니던 거울 속 자기 자신의 몸에 닿아 있었다. 콩트르 파라드. 피하기. 연거푸 두 번 들어가는 아타크 포스는 좋다. 그런데, 그다음은? 그다음에는 도대체 뭐냐고······? 그는 화가 치밀어 올라 어금니를 악물었다. 도대체 길이 보여야 말이지!

저 멀리 우체국의 시계탑에서 3시를 알리고 있었다. 검술 교사 하이메 아스타를로아는 가슴속에 가득 차 있던 숨을 내 뱉으며 가만히 서 있었다. 모든 것이 말도 안 되었다. 뤼시앵 드 몽테스팡 역시 해내지 못했던 일이었으니…….

「완벽한 공격이란 존재하지 않아.」 검술의 대가 중에서도 최고였던 그가 질문을 받았을 때 내놓은 대답이었다. 「아니, 좀 더 정확히 말하자면, 완벽한 공격은 부지기수로 많다는 것이지. 목적을 달성한 모든 공격이 완벽했다고 할 수 있으되, 그 이상은 아무것도 아니라는 의미기도 해. 그 어떤 공격이라도 그에 맞는 적절한 동작으로 방어할 수 있어. 따라서 두 명의 훌륭한 검술가들이 공격을 주고받는다면, 그 결투는 영원으로 이어질 수도 있는 것이지……. 다만, 늘 예기치 않은 결과를 가져다주는 게 취미인 〈운명〉이라는 것이 이제 그만 끝을 낼 때가 되었다고 생각하면 둘 중 하나로 하여금 실수를 하게 만들겠지. 따라서 결과는 상대가 먼저 실수를 하지 않는 한, 운명의 장난에 대비하여 얼마나 집중력을 발휘할 수 있는가에 달려 있는 법이야. 나머지는 운명에 맡기는 수밖에.」

하이메 아스타를로아는 그 말에 결코 동조할 수 없었다. 그리고 여전히 아스타를로아 검법, 최후의 〈성배〉라 할 수 있는 무적의 검법을 꿈꾸고 있었던 것이다. 확고부동한 검법, 그 누구도 피할 수 없는 절대적 검법을 발견하고자 하는 단 하나의 소망은 이미 그의 청년 시절, 그러니까 그 옛날 그가 막 군에 입대했던 사관 학교 생도 시절부터 그의 영혼을 온통 휘어잡고 있었다.

군대. 그 얼마나 독특했던 시절이었던가! 독립 전쟁 영웅의 유복자로 태어난 그는 젊은 사관생도가 되어 마드리드 궁성 경비대로 편입되었다. 거기는 바로 라몬 마리아 나르바에스도 복무했었던 바로 그곳이었다. 아스타를로아 중위······ 참으로 전도양양해 보이던 시절이었다. 하지만 그 젊음의 호기로 인해 그의 군인으로서의 미래는 뿌리째 뽑혀 버리고 말았다. 금발에 흑옥 같은 두 눈이 반짝거리던, 새하얗고 섬세한 손가락으로 살포시 부채를 흔들어 대던 한 여인이 있었기 때문이다. 그리고 사랑에 푹 빠져 버린 한 젊은 장교와, 이런 이야기에서 늘 등장하듯이 그의 사랑의 행로를 무례하게 가로막는 제삼의 훼방꾼이 있었기 때문이다. 안개가 자욱했던 어느 추운 아침, 사브르 부딪치는 소리가 울려 퍼지고 있었다. 그리고 비명 소리와 붉은 선혈, 땀에 젖은 셔츠, 또 도저히 지혈해 볼 수 없을 만큼 콸콸 쏟아져 내리던 피······. 젊은 청년은 하얗게 질린 얼굴로 어쩔 줄 모른 채, 자신의 눈앞에 펼쳐진 장면을 도저히 믿을 수 없다는 표정으로 서 있었다. 주변을 둘러싼 동료 생도들이 말했다. 도망가라고. 이 비극적 사건이 가져올 위험으로부터 자유로워지기 위해서는 도망쳐야 한다고. 그래서 어느 비 오는 오후, 그 청년은 국경을 넘었고, 납빛 하늘 아래 펼쳐진 푸르른 초원을 가로질러 북동쪽으로 달리는 기차에 몸을 실었다. 그리하여 그가 닿은 곳은 파리라 불리는 우울한 분위기의 미지의 도시, 그리고 센 강변의 허름한 하숙집이었다.

　그곳에서 제법 자리 잡은 한 망명객을 친구로 알게 되었고, 그 친구를 통해 당시 프랑스에서 가장 존경받는 검술의 대가 뤼시앵 드 몽테스팡의 견습생으로 들어가게 되었다. 젊은 검객의 이력에 관심을 갖게 된 뤼시앵 드 몽테스팡은 그 청년에게 숨어 있는 타고난 검술의 재능을 발견하고는 그를 자기 아래에 두었다. 그의 조수직을 맡게 된 하이메 아스타를로아는 처음에는 검술을 배우러 오는 고객들에게 수건을 건네주거나 검을 관리하는 일, 그 밖에 스승이 시키는 자질구레한 일들을 맡아 했다. 그러다가, 점차 검술이 발전하면서, 나중에는 부수적이기는 하지만 스승과 직접 관련된 일들을 처리하게 되었다. 그리고 2년 후, 그러니까 몽테스팡이 오스트리아에서 이탈리아로 옮겨 가면서, 조수인 하이메 아스타를로아가 그를 수행하게 되었다. 그때 그의 나이는 막 스물넷을 넘어서고 있었고, 따라서 빈과 밀라노, 나폴리, 로마 등지는 젊은 그를 열광시키기에 부족함이 없었다. 특히, 로마에서는 그곳에서도 가장 이름난 살롱 가운데 하나인 티베르라는 곳에서 꽤 한참을 머물기도 했었다. 당시 이탈리아 검술가들은 움직임이 환상적이고 자유로운, 그야말로 무정부적인 검술에 심취해 있었기 때문에, 고풍스러운 프랑스 검술의 전통을 그대로 간직하고 있는 몽테스팡의 수수한 정통 검법은 이탈리아풍과 상당한 대조를 보여 주었으며, 그런 그의 검법은 로마라는 도시에서 뿌리를 내리는 데 그리 긴 시간이 필요치 않았다. 그리고 하이메 아스타를로아는 타고난 자질 덕에 로마 시내에서 완벽한 신사로서, 스승과 더불어 뛰어난 검술을 자랑하는 검술가로서 자리 잡게 되었다. 이제 그는 스승과 두터운 정을 쌓아 가고 있었으며, 스승을 위해 보조 교사로, 비서로서의 모든 역할을 다 하고 있었다. 뤼시앵 드 몽테스팡은 자신이 직접 가르치기 전에 기초 동작에 대한 교육을 필요로 하는 신참 학생들과 입문자들을 그에게 맡기고 있었다.

로마에서 하이메 아스타를로아는 두 번째 사랑에 빠지게

되었고, 그 결과 어쩔 수 없이 두 번째 결투를 벌이지 않을 수 없게 되었다. 이번에는 이것저것 사정을 볼 필요도 없었다. 사랑이란 언젠가는 자연스럽게 사그라지기 마련이지만, 최소한 그 당시에는 열정적이고 맹목적인 감정인 것이다. 어쨌든, 그는 아주 엄격한 로마식 결투법에 따라, 공공연히 뤼시앵 드 몽테스팡의 검술가로서의 자질을 문제 삼던 한 늙은 귀족과 결투를 벌이게 되었다. 그 늙은이가 들러리들을 보내기 전에, 젊은 아스타를로아가 선수를 쳐 그 레오나르도 카포페라토라는 도전자에게 먼저 들러리들을 보냈다. 결투는 소나무가 무성한 라시오라는 숲에서 가장 완벽한 정통 방식에 따라 플뢰레를 사용하여 품위 있게 진행되었다. 상당히 무시무시한 검술가로 이름을 날리던 카포페라토는 뤼시앵 드 몽테스팡의 검법에 대해 나름대로 폄하해 왔었지만, 그의 조수이자 제자인 하이메 아스타를로아가 자신의 옆구리에 칼을 두 뼘 깊이나 찔러 넣을 수 있었음을 인정하지 않을 수 없었다. 목숨을 잃을 정도는 아니었지만, 폐까지 꿰뚫려 제법 큰 상처를 입었던 것이다.

그렇게 흘러간 3년의 세월을 하이메 아스타를로아는 늘 생애 최고의 시절로 기억하고 있었다. 하지만 1839년 겨울, 몽테스팡은 처음으로 건강에 문제가 생겼음을 발견하게 되었다. 그로부터 몇 년 후 그 병 때문에 결국 세상을 뜨게 되었지만, 어쨌거나 당시에는 병이 발견되면서 파리로 돌아가기로 했다. 하이메 아스타를로아는 스승과 헤어지고 싶지 않았기에, 함께 프랑스 수도 파리로 돌아갔다. 일단 파리에 안착하자, 스승 몽테스팡은 하이메 아스타를로아가 폐쇄적인 파리 검술계에 진입할 수 있도록 후견해 줄 것을 약속하면서 그에게 검술 교사가 될 것을 권유하였다. 진지한 노력을 한 결과, 얼마 후, 하이메 아스타를로아가 스물일곱이 되었을 때에 그는 당시 최고의 명성을 구가하던 파리 검술 아카데미의 시험을 거뜬히 통과하였으며, 장차 전문 검술가로서 얼마든지 활동할 수 있도록 보장해 주는 자격증을 취득하게 되었다. 이렇게 해서 그는 유럽 내에서도 가장 젊은 검술 교사 가운데 하나가 된 것이다. 물론, 너무 어린 나이에 그런 지위를 차지했기에, 나이 지긋한 사람이 아무래도 훨씬 아는 것이 많을 거라고 생각하는 젊은 고객들의 질투 어린 시선을 받기도 했지만, 워낙 빼어난 검술 솜씨와 더불어 뤼시앵 드 몽테스팡의 진심 어린 추천에 힘입어 그의 문하에 드는 학생 수도 급증하기에 이르렀다. 그는 자신의 살롱에 아스타를로아 가문에서 오래전부터 전해 내려오던, 녹색 바탕에 은으로 〈A〉라는 가문의 이니셜이 새겨진 문장을 걸어 놓고 있었다. 그는 스페인 사람이었고, 자신의 성에 자부심을 느끼고 있었기에, 그 문장을 자랑스럽게 내걸 수 있었던 것이다. 그는 플뢰레를 귀신처럼 날렵하게 다룰 줄 알았으며 젊은 신임 검술 교사 하이메 아스타를로아의 성공은 당시의 파리에서는 확고부동한 것이 되어 갔다. 덕분에 그는 돈도 많이 벌었고, 경험도 충분히 쌓을 수 있었다. 또한, 당시에 늘 완벽한 공격술을 발견해 내기 위해 절치부심하고 있었던 그는 마침내 나름대로 고안해 낸 비법을 완성하기도 했다. 그는 그 비법을 조심조심하며 철저히 비밀에 붙여 오다가, 친구들과 고객들이 검술 교육 프로그램에 포함시켜 달라고 졸라 대는 통에 결국 학생들에게 공개하기로 했는데, 그것이 바로 그 유명한 〈2백 에스쿠도〉 검법이었다. 이 검법은 당시 상류층 검술가들에게 대단한 반향을 일으켰다. 그것만 익히면 제아무리 검술 훈련을 충분히 받은 상대를 만나더라도 명예를 건 결투에서 결정적인 효과를 거둘 수 있었기에, 사람들은 기꺼이 값비싼 수강료를 지불하겠다고 나섰다.

하이메 아스타를로아는 파리에서 생활하는 동안 그의 오랜 스승과 늘 가깝게 지내며 자주 찾아뵙곤 했다. 뤼시앵 드 몽테스팡의 몸속에 병이 점점 더 깊어 가고 있었음에도, 두 사람은 틈만 나면 연습 경기를 가졌다. 어느 날, 뤼시앵 드 몽테스팡이 여섯 번이나 연거푸 투슈를 당하게 되었다. 그의 플뢰레 칼끝은 단 한 번도 제자의 가슴을 스치지 못한 채. 여섯 번째 칼끝이 스승에게 명중하는 순간, 하이메 아스타를로아는 마치 한칼에 깊은 상처라도 입은 사람처럼 플뢰레를 바닥에 내던지고는 스승에게 죄송하다는 말만 중얼거렸다. 그러자 노스승이 서글픈 미소를 지으며 말했다.

「청출어람이라더니……」스승이 말했다. 「제자가 스승보다 낫구나. 이제 네게 더 가르칠 게 없다. 축하한다.」

스승은 그 이후 다시는 그런 말을 입 밖에 내지 않았지만, 대련도 더는 하지 않았다. 그로부터 몇 달 후, 하이메 아스타를로아가 스승을 찾아뵙자, 몽테스팡은 벽난로 옆 화덕을 넣은 작은 테이블 밑에 두 발을 집어넣은 채 앉아서 그를 맞았다. 사흘 전에 자신이 운영하던 검술 학교 문을 닫으면서 그의 고객 모두를 하이메 아스타를로아에게 보내 준 터였다. 이제는 더 이상 아편으로도 통증을 잠재우기 힘들었고, 이미 자신의 죽음을 준비하고 있었다. 스승은 최근에 오랜 제자인 하이메 아스타를로아가 검술 교사 자격증도 없이 검술을 가르치고 있는 어떤 사람과 플뢰레 결투를 벌이게 되었다는 소문을 듣고 있었다. 사실 자격 요건을 충분히 갖추지 않은 상태에서 누군가 검술을 가르친다는 것은 정식 검술 교사들에게는 당연히 불쾌한 일이었고, 그들은 이런 문제를 척

결하기 위해서라면 제아무리 힘겨운 일전이라도 얼마든지 감수할 마음의 자세가 되어 있었다. 상황이 이렇다 보니, 검술 아카데미 측에서는 이 문제를 어떤 식으로든 해결하지 않을 수 없게 되었다. 그리고 결국, 아카데미 전체의 명예를 걸고 가장 젊은 회원인 하이메 아스타를로아가 결투를 벌이게 된 것이었다.

옛 스승과 제자는 이 문제에 대해 기나긴 대화를 나누었다. 몽테스팡은 자신의 제자가 유용하게 사용할 수 있도록, 이번 결투의 근원이라 할 수 있는 그 문제의 검술가 장 드 롤랑디라는 사람에 대한 자료들을 수집해 놓고 있었다. 그자 역시 두말할 나위 없이 훌륭한 검술가였지만, 기술상에 허점이 있기 때문에 그것만 잘 활용하면 이길 수 있을 것이라 했다. 몽테스팡은 그가 왼손잡이이며, 그것이 오른손을 쓰는 검술에 익숙해 있는 하이메 아스타를로아에게는 큰 위협이 될 수도 있지만, 분명히 하이메가 이길 수 있을 것이라 믿고 있었다.

「명심할 것은, 왼손잡이들은 정확한 시점을 잡는 데 비교적 둔하다는 점이다. 그리고 일직선으로 상대와 마주 설 수 없기 때문에 아무래도 옆구리 공격을 시도하는 데에도 어려움이 있기 마련이지……. 그 롤랑디라는 자를 대적하려면, 가르드는 분명 카르트 앙 드오르로 해야 할 것 같은데…… 어떻게 생각하나?」

「저도 그렇게 생각합니다, 선생님.」

「팡트와 관련해서 내가 조사한 자료에 따르면, 그자는 상대가 왼쪽에서 공격해 들어갈 때 가르드가 무너지는 것 같더군. 물론, 처음에는 상대방보다 2~3인치 정도 칼이 높이 들어오는데, 막상 팡트를 시도할 때에는 손이 처진다 이거야.

그러니 그자의 손이 처졌다 싶을 때에는 팡트가 들어오는 것이니 망설이지 말고 곧바로 찌르도록 해.」

하이메 아스타를로아가 양미간을 찌푸렸다. 노스승께서 별것 아니라고 말하고는 있지만, 롤랑디는 결코 만만한 상대가 아니기 때문이었다.

「사람들 말이, 근접 대결에 아주 뛰어나다고 하던데……」

몽테스팡이 고개를 저었다.

「쓸데없는 소리! 롤랑디만 못한 녀석들이나 그런 소리를 하지. 설마 너까지 그깟 엉터리 같은 녀석 때문에 걱정하고 있는 건 아니겠지?」

하이메 아스타를로아는 스승의 질책에 얼굴이 벌겋게 달아올랐다.

「선생님께서 상대방을 얕잡아 보아서는 안 된다고 하셨기에……」

노스승이 엷은 미소를 띠며 말했다. 「맞다. 하지만, 결코 상대를 과대평가하지도 말라고 가르쳤을 게다. 롤랑디는 왼손잡이일 뿐, 그 이상 아무것도 아니다. 그자가 왼손잡이라는 것이 네게 부담이 될 수도 있지만, 동시에 그것이 십분 활용할 수 있는 이점이 되기도 할 것이다. 그자에게는 정교함이 부족해. 너는 그저 그자가 손을 내려뜨리는 것과 동시에 팡트 하는 것에만 신경 쓰도록 해라. 그자가 공격하자마자 동시에 파라드 하거나, 역습하거나, 뒤로 물러나면 된다. 단, 그 어떤 방법을 택하든, 상대가 칼을 내지르거나 발을 들 때, 그보다 앞서 동작을 취해야 한다. 기회만 잘 포착한다면, 그자가 팡트 동작을 마무리하기 전에 네가 먼저 팡트 할 수 있을 게다. 그자가 두 번의 동작을 해야 한다면, 너는 한 번에 끝낼 수 있으니까 말이야.」

「그렇게 해보겠습니다, 선생님.」

「나는 너를 믿는다.」 노스승이 만족스러운 표정으로 말했다. 「너는 내가 가르친 제자 중 최고의 제자. 손에 플뢰레나 사브르를 들면, 그 누구보다도 냉철하고 진지해지지. 앞으로 있을 결투에서도 네가 네 이름과 나의 이름을 드높여 줄 것이라 믿는다. 오른쪽 단순 공격법을 활용하고, 단순 파라드로 대치하되, 원과 반원을 벗어나지 말고, 특히 콩트르와 두블 콩트르 드 카르트를 조심해라……. 그리고 필요하다고 생각될 때에는 파라드에서 왼손을 사용하도록 해라. 미련한 것들은 품격이 떨어지네 뭐네 하면서 왼손을 쓰지 말라고 하지만, 결투는 목숨을 걸고 하는 것이다. 목숨을 지킬 수 있는 것이라면 뭐든 활용해야 한다. 명예를 더럽히지만 않는다면.」

결투는 그로부터 사흘 후, 요새와 노장 사이에 있는 뱅센 숲에서 벌어졌다. 멀리서부터 구경 온 사람들로 결투장은 가득 차 있었다. 이미 결투에 대한 소식이 사람들 사이에 널리 퍼져 거의 전 사회적인 이슈가 되었고, 심지어는 신문들도 이 소식을 다루고 있을 정도였다. 결투장에는 호기심이 발동해 달려온 일반 군중들이 대거 몰려들어 이를 제어하기 위해 찾아온 공권력의 통제를 받고 있었다. 결투를 금지하는 법령이 공포되어 있었지만, 프랑스 검술 아카데미의 명성을 익히 아는 사법 당국이 결투가 벌어지도록 묵인하고 있는 터였다. 혹자는 이렇게 막중한 임무를 스페인 출신에게 맡겼다고 비난하고 나서기도 했지만, 어쨌거나 하이메 아스타를로아도 파리 아카데미의 정식 검술 교사였고, 이미 오래전부터 프랑스에 거주해 왔으며, 그 유명한 뤼시앵 드 몽테스팡에게 직접 사사를 받은 제자인 만큼, 이 세 가지 이유만으로도 그런 불만을 누그러뜨리기에 충분해 보였다. 검은 옷을 입고 근엄한 표정으로 서 있는 결투 참관자들 속에는 파리 검술 교사들이 하나도 빠짐없이 모여 있었고, 그중 몇 명은 이 결투를 참관하기 위해 멀리 지방에서 올라온 사람들이었다. 의료진들로부터 공식적으로 외출을 금지당한 노스승 몽테스팡만이 모습을 보이지 않고 있었다.

롤랑디는 가무잡잡한 피부에, 중간 정도의 체격, 그리고 작고 생기 넘치는 눈을 가진 남자였다. 나이는 마흔 정도 되어 보였고, 곱슬머리에 머리숱이 적었다. 그는 여론이 자신에게 등을 돌렸음을 잘 알고 있었고, 실은 그런 여론으로부터 멀리 떨어져 살고 싶었다. 하지만 이미 일은 걷잡을 수 없이 벌어졌고, 결투 외에는 다른 길이 없음도 알게 되었다. 만일 결투에 응하지 않는다면 평생 유럽 전역에서 지울 수 없는 불명예의 꼬리표를 달고 살아가야 할 게 분명했다. 그는 플뢰레나 사브르에 능했음에도 세 번이나 검술 교사 자격 취득에 실패한 전력이 있었다. 원래 이탈리아 태생인 그는 예전에 기병대에 복무한 적이 있었으며, 아내와 네 자녀를 부양하기 위해 초라한 연습실에서 사람들에게 검술을 가르치고 있었다. 그는 결투 준비를 하면서, 저 멀리서 날렵한 체격을 돋보이게 하는 빛바랜 검정 바지에 폭 넓은 흰 셔츠를 입은 채 역시 조용히 결투 준비를 하고 있는 하이메 아스타를로아를 긴장된 눈빛으로 흘낏 훔쳐보았다. 한 신문 기자는 이번 결투 사건을 기사로 다루면서 하이메 아스타를로아를 일컬어 〈젊은 돈키호테〉라는 표현을 쓴 바 있었다. 하이메 아스타를로아는 이제 검술 분야에서 최고의 위상을 차지했고, 저만큼 떨어진 곳에서 심각하고 침통한 표정으로 서 있는 아카데미 회원들의 전폭적인 지지를 한 몸에 받고 있기도 했다. 번쩍거리는 지팡이와 장신구, 실크해트로 멋을 낸 그들 아카데미 회원 검술 교사들은 일반 군중들과는 좀 떨어진 곳에서 자기들끼리 몰려 서 있었다.

그런데, 어마어마한 결전을 기대하고 찾아온 군중들은 그만 실망하고 말았다. 결투가 시작되자마자, 두어 번 칼끝을 내지르던 롤랑디가 곧바로 칼 쥔 손을 아래로 살짝 떨어뜨리면서 기습 공격을 시도하려 한 것이었다. 하이메 아스타를로아는 거의 시간차를 두지 않고 깊숙이 전진하면서 상대의 팡트 동작과 동시에 플뢰레를 깔끔하게 앞으로 뻗었다. 롤랑디가 팔을 들어 보려 했지만, 이미 하이메 아스타를로아의 플뢰레 칼날은 아무런 제지도 받지 않고 그의 겨드랑이 밑을 관통하고 있었다. 불운한 롤랑디는 플뢰레를 바닥으로 떨구면서 뒤로 나자빠졌다. 널브러진 그의 등판으로 피에 젖은 칼날 4분의 1 정도가 삐져나와 있었다. 결투장에는 의사도 와 있었지만, 롤랑디의 목숨을 구하기 위해 해야 할 일은 아무것도 없었다. 여전히 몸에 플뢰레를 꽂은 채 바닥에 드러누워 있던 롤랑디의 혼돈스러운 두 눈이 자신을 찌른 하이메의 시선과 마주치더니, 피를 토하면서 숨을 거두고 말았기 때문이다.

이 소식을 전해 들은 노스승 몽테스팡은 그저 〈잘했군〉이라고 한마디 했을 뿐, 바라보고 있던 벽난로 속의 장작에서 눈도 떼지 않았다. 그리고 이틀 후, 사건이 좀 잠잠해질 때까지 파리를 떠나 있게 된 수제자 하이메 아스타를로아를 다시 만나 보지도 못한 채 노스승은 눈을 감고 말았다.

나중에 파리로 돌아온 후에야 하이메 아스타를로아는 친한 친구들을 통해 노스승께서 돌아가셨다는 이야기를 전해 들었다. 그는 그 이야기를 듣고도, 아무런 말도 슬픔의 감정도 내비치지 않았다. 그저 밖으로 나가 센 강변을 한동안 거닐었을 뿐이다. 그리고 루브르 박물관 옆에 한동안 앉아서 발아래로 흐르는 구정물 같은 강물을 내려다보았다. 그렇게 시간의 흐름조차 망각한 채 그는 한참을 꼼짝 않고 앉아 있었다. 마침내 그가 마음을 추스른 것은 한밤중이 되어서였다. 그는 집으로 돌아왔다. 그리고 다음 날 아침, 스승의 유언장을 보고서야 스승 몽테스팡이 가지고 있던 유일한 재산인 낡은 검들을 자신에게 유산으로 남겼음을 알게 되었다. 그는 꽃을 한 다발 사고 마차를 한 대 빌린 후, 페르 라셰즈로 갔다. 그리고 스승이 누워 계시는 무덤가에 세워진 이름 없는 잿빛 묘비 위에 꽃다발과 롤랑디의 가슴을 꿰뚫었던 검을 함께 놓았다.

이 모든 일이 벌써 30년 전의 일이었다. 하이메 아스타를로아는 검술 연습실 거울에 비친 자신의 모습을 들여다보았다. 그리고 허리를 구부려 등잔을 집어 든 후 잔주름으로 온통 뒤덮인 자신의 얼굴을 다시 한 번 찬찬히 들여다보았다. 몽테스팡 스승은 쉰아홉의 나이에 세상을 뜨셨으니, 지금의 자신보다 3년 더 사신 셈이었다. 그의 기억 속에 남아 있는 스승의 마지막 모습은 난로 옆에 웅크리고 앉아 계시던 모습이었다. 그는 자신의 흰 머리카락을 만져 보았다. 지금껏 살아온 날들에 대해서는 아무런 후회가 없었다. 사랑도 해보았고, 다른 이의 목숨을 거두어 보기도 했으며, 명예를 더럽히는 일은 단 한 번도 하지 않고 살아왔다. 자신의 삶의 가치를 정당화시킬 수 있는 수많은 기억들도 가지고 있었다. 그 기억들만이 그가 가진 모든 것이었지만……. 한 가지 아쉬운 것이 있다면, 뤼시앵 드 몽테스팡 스승과는 달리, 자신이 죽으면서 자신의 검들을 넘겨줄 만한 사람을 키워 내지 못했다는 점이다. 그 검들에 생명을 불어넣어 줄 손이 없다면 그것들은 그저 아무 의미 없는 고철 덩어리에 불과하게 될 것이고, 결국에는 어두컴컴한 어느 고물상 구석에서 먼지가 쌓이고 녹이 슬어 그 명을 다하게 될 터였다. 그 주인이 그랬듯이, 아무런 말도 하지 못한 채. 그리고 그 누구도 그의 무덤에 플뢰레 한 자루 놓아 주지 않을 것이다.

그는 아델라 데 오테로를 생각했고, 가슴을 찌르는 듯한 번민을 느꼈다. 그의 삶 속에 그녀의 등장은 너무 늦은 감이 없지 않았다. 너무 늦은 만남이었기에 그의 메마른 입술 위로 그 어떤 다정한 말 한마디조차 솟아 나오게 할 수 없을 것 같았다.

3. 불확실한 상황에서의 아타크 포스

다른 위험스러운 동작에서도 그렇지만, 뭔가 불확실할 때에는
공격하는 사람이 상대방의 의도를 미리 내다보아야 한다.
상대의 움직임을 주의 깊게 관찰하고,
그것이 가져올 수 있는 결과에 대해 예측해 봐야 한다.

30분 전에도 여섯 번째로 자신의 모습을 거울에 비춰 보면서 만족스러운 느낌을 가졌었다. 그가 알고 있는 사람들 가운데 그 나이 된 사람치고 그와 같은 외모를 유지하고 있는 사람은 거의 없었다. 오랜 세월 펜싱으로 다져 온 군살 없는 날씬한 몸매와 여전히 날렵한 몸동작 때문에 좀 떨어져서 보면 젊은이로 착각할 정도였다. 그는 상아 손잡이가 달린 영국산 낡은 면도칼로 조심스럽게 면도를 하고, 섬세한 잿빛 콧수염을 평소보다 더욱 신경을 써 다듬었다. 목덜미와 관자놀이 부근으로 떨어지면서 살짝 곱슬거리는 백발은 뒤로 깔끔하게 빗어 넘겼고, 왼쪽 상단에 탄 가르마는 마치 자를 대고 줄을 긋기라도 한 것처럼 완벽했다.

처음 유니폼을 차려입은 사관생도 때처럼, 첫 약속을 기다리는 그의 마음도 설레고 있었다. 그동안 잊고 살았던 감정이 되살아나면서 그의 심기를 불편하게 만들기보다는 오히려 행복하게 해주었다. 하나밖에 없는 오드콜로뉴 병을 들어 손바닥에 몇 방울 떨군 후 가볍게 두 뺨 위에 톡톡 펴 바르자 은은한 향기가 풍겨 나왔다. 그의 잿빛 눈동자 주변을

감싸고 있는 잔주름이 그의 미소를 더욱 친근하게 느껴지게 했다.

이제 기다리기만 하면 될 것 같았다. 하이메 아스타를로아는 지금 자신이 참으로 허황된 꿈을 꾸고 있다는 것을 잘 알고 있었다. 하지만, 그 꿈속에 너무도 특별한 매력이 숨겨져 있음 역시 부인할 수 없었다. 생애 처음으로 여성을 고객으로 맞이하게 되었고, 특히 그 여성이 바로 아델라 데 오테로라는 점이 현재의 상황에 독특한 색조를 가미하고 있었다. 또한 이유는 잘 모르겠지만 그는 가슴속 깊은 곳으로부터 이 상황을 매우 미학적인 측면으로 해석했다. 새로운 고객이 자신과는 다른 여성이라는 것이 이제는 엄연한 현실로 다가왔다. 따라서 처음에 일었던 내면의 반발심도 사라졌고, 애초에 가졌던 편견들도 어느 구석으로 처박혀 버렸는지 가녀린 목소리조차 내지 못하고 있었다. 그 대신, 그것들이 있던 자리에 이제는 즐거운 감정만이 자리 잡고 있어서 늘 단조롭기만 했던 그의 일상에 뭔가 새로운 일이 일어날 것 같은 느낌마저 들었다. 검술 교사 하이메 아스타를로아는 초로의 나이에 찾아든 이 설렘과, 자기 자신이 유일한 주인공인, 새삼스레 되살아난 미묘한 감정의 게임에 기꺼이 온몸을 맡겨 버리기로 했다.

5시 15분 전에 그는 마지막으로 한 번 더 집 안을 둘러보았다. 서재 겸용으로 사용하고 있는 거실은 완벽하게 정리되어 있었다. 일주일에 세 번씩 그의 집을 청소해 주는 아주머니가 검술 연습실의 거울들을 반짝반짝 윤이 나도록 잘 닦아 놓은 참이었다. 연습실에 나 있는 동글동글한 창문과 묵직한 커튼이 실내에 은은한 황금빛 여운을 던져 주고 있었다. 5시 10분 전, 그는 다시 한 번 거울을 들여다보면서 좀 비뚤어졌다 싶은 옷자락 두어 군데를 재빨리 바로잡았다. 그는 평소 집에서 훈련할 때 입는 그대로의 옷차림을 하고 있었다. 셔츠와 통이 좁은 펜싱용 바지, 반 스타킹, 부드러운 가죽으로 만든 펜싱화. 하나같이 하얀 색이었다. 그리고 그 위에 영국산 수입 모직으로 만든 진청색 예복을 입고 있었다. 유행이 지나고 오래 입어 낡기는 했지만 아주 편하고 가벼웠으며, 그것이 자신에게 어딘지 나른한 멋스러움을 부여해 준다는 것을 알고 있었다. 목둘레에는 새하얀 실크 스카프를 둘렀다.

벽시계가 5시를 알리자, 그는 서재의 소파로 가서 앉았다. 다리를 포개어 앉은 뒤 바로 옆 테이블 위에 있던 책 한 권을 집어 들고 천천히 펼쳤다. 『세인트헬레나 섬의 추억』 4쇄본이었다. 그는 도저히 집중하지 못하고 두세 페이지만을 넘겼다. 틈틈이 벽시계를 쳐다보고 있었다. 5시 7분. 처음에, 여자들은 늘 이렇게 시간 약속을 지키지 않는다는 생각이 들었지만, 곧 그 생각은 혹 그녀가 한 발 뒤로 물러선 것은 아닐까 하는 걱정으로 변해 버리고 말았다. 그가 이렇게 불안해하기 시작할 때 노크 소리가 들렸다.

보랏빛 두 눈동자가 은근히 비웃기라도 하는 듯 그의 눈을 바라보고 있었다.

「안녕하세요, 선생님?」

「어서 오세요, 오테로 부인.」

아델라 데 오테로는 층계참에 서 있던 하녀를 향해 돌아섰다. 돈 하이메는 지난번 리아뇨 거리에 있는 그녀의 집을 처음 방문했을 때 문을 열어 주었던 그 가무잡잡한 피부의 하녀를 한눈에 알아볼 수 있었다.

「이제 됐어, 루시아. 한 시간 후에 오도록 해.」

하녀는 주인 마님에게 자그마한 여행용 손가방을 하나 건네주고는 고개 숙여 인사한 후 계단을 내려갔다. 아델라 데 오테로는 모자를 고정시키고 있던 핀을 푼 뒤 돈 하이메가 내민 손에 모자와 양산을 맡겼다. 그리고 서재로 몇 걸음 걸어가더니 지난번과 마찬가지로 벽에 걸린 초상화 앞에서 멈춰 섰다.

「정말 잘생긴 분이세요.」 그녀는 지난번에 했던 말을 다시 한 번 되풀이해 말했다.

하이메 아스타를로아는 그녀의 칭찬에 어찌 답해야 할지 곰곰 생각하다가, 그저 검술 교사라는 위치에 알맞게 깍듯한 태도로 고개 숙여 감사를 표하기로 했다. 그는 아델라 데 오테로가 여기까지 온 것이 자신의 조상님들의 면모를 평가하기 위해서가 아님을 잘 알고 있었기에 약간 갈라지는 목소리로, 그리고 가급적 때에 걸맞게 냉정하고 예의 바른 태도를 취하도록 애쓰면서 그녀에게 곧바로 연습실로 갈 것을 권했다. 그녀는 재미있다는 눈빛으로 그를 잠시 쳐다보더니 착한 학생처럼 천천히, 하지만 확고하게 고개를 끄덕였다. 그녀의 오른쪽 입가에 나 있는 작은 흉터는 여전히 예의 수수께끼 같은 미소를 띠고 있었고, 그 때문에 돈 하이메는 몹시도 불안한 느낌을 지울 수 없었다.

검술 연습실로 들어서면서 돈 하이메 아스타를로아는 햇살이 들 수 있도록 커튼을 걷었다. 갑작스럽게 쏟아져 들어온 햇살이 연습실 거울에 반사되어 각양각색으로 반짝거렸다. 햇살을 정통으로 받고 선 여인의 주변으로 마치 후광과도 같은 금빛 테두리가 생겨났다. 그녀는 놀랍다는 듯이 주변을 돌아보았다. 모슬린으로 만든 그녀의 드레스에 매달린 보랏빛 구슬들이 햇살에 반짝거리고 있었다. 하이메 아스타를로아는 아델라 데 오테로가 늘 자신의 눈동자 빛깔과 잘 어울리는 장신구를 달고 다님으로써 눈동자의 아름다움을 돋보이게 하고 있음을 알 수 있었다.

「정말 환상적이군요.」 그녀가 감동 그 자체라는 듯한 표정으로 말했다. 돈 하이메는 거울들과 낡은 검들과 마룻바닥을 쳐다보고는 어깨를 한 번 으쓱하며 말했다.

「그저 평범한 연습실에 불과한걸요 뭐.」 그의 목소리에 은근한 자긍심이 묻어나고 있었다.

아델라 데 오테로가 거울 속에 비친 자신의 모습을 들여다보며 고개를 가로저었다. 「아니요, 평범한 것 이상의 무언가가 있어요. 쏟아져 들어오는 햇살, 벽에 걸려 있는 오래된 검들, 낡은 커튼, 모든 것들이……」

그녀의 두 눈동자가 너무나 오래도록 하이메 아스타를로아의 두 눈을 뚫듯이 주시했기 때문에 결국 그가 먼저 당황스러워 눈길을 돌리고 말았다.

「이곳에서 연습을 하시면 무척이나 행복하실 것 같아요, 돈 하이메. 모든 것이 너무나도……」

「낡아 빠졌지요?」

그녀가 별로 어울리지 않은 농담이라는 듯 입술을 실룩거렸다.

「아니, 그게 아니에요.」 그녀의 허스키한 음성이 적절한 단어를 찾아내기 위해 고심하는 듯했다. 「글쎄…… 퇴폐적이라고나 할까요……」 그 어휘가 몹시 맘에 들었는지 그녀가 다시 한 번 되뇌었다. 「퇴폐적이되, 미학적인 의미에서 그렇다는 뜻이에요. 화병 속에서 시들어 가는 꽃잎이나, 아주 오래된 그림처럼 말이에요. 당신을 처음 보았을 때, 이미 당신의 집이 이럴 거라고 상상했었어요.」

하이메 아스타를로아가 초조하게 발걸음을 옮겼다. 그녀가 가까이에 있다는 것, 건방져 보일 정도로 태연한 그녀의 태도, 매력적인 그녀의 몸짓에서 뿜어져 나오는 생기발랄함, 이런 모든 것들이 그에게 묘한 혼란을 불러일으켰다. 그는 더 이상 마법에 빨려 들지 말아야겠다고, 그리고 대화를 제자리로 돌려놓아야겠다고 생각했다. 그래서 그녀에게 이제 그만 복장을 갖추었으면 좋겠다고 크게 말했다. 아델라 데 오테로는 자그마한 여행 가방을 가리켰고, 그는 조금 안심이 되었다.

「어디에서 옷을 갈아입을까요?」

돈 하이메는 그녀의 음성 속에서 숨겨져 있던 도발적인 뉘앙스를 발견할 수 있었다. 하지만 그런 생각은 그를 혼돈스럽게만 할 뿐이었으므로 얼른 머릿속에서 털어 내려 했다. 그는 자신이 게임 속으로 너무 과하게 빨려 들어가고 있다고 생각하면서, 자기 속에서 일고 있는 늙은이의 변덕을 어떻게든 떨쳐 내려 했다. 그는 근엄한 태도로 여자에게 탈의실로 쓰기에 꼭 알맞아 보이는 작은 방의 입구를 가리키고는, 마치 연습실 바닥의 마루판이 제대로 붙어 있는지 확인이라도 해보려는 사람처럼 얼른 시선을 바닥에 고정시켜 버렸다. 그녀가 그의 곁을 지나 탈의실 쪽으로 걸어갔다. 곁눈질로 홀깃 여자를 쳐다보니 그녀의 입가에 엷은 미소가 떠올라 있는 것 같았다. 하지만, 곧 그녀의 입가에 떠오른 것은 미소가 아니라 작은 흉터일 뿐이라고 생각하기로 했다. 그녀가 그의 등 뒤로 문을 반쯤 닫았다. 돈 하이메는 머릿속을 텅 비워 버리려 노력하면서 침을 꼴깍 삼켰다. 바닥에 난 작은 균열이 마치 자석처럼 그의 시선을 잡아끌고 있었다. 그는 최면술에라도 걸린 듯 자신을 온통 사로잡는 혼란과 맞서 싸우면서 오로지 구두코만 뚫어져라 내려다보았다. 스커트 자락 스치는 소리가 들렸고, 순간 그의 머릿속에는 후덥지근한 열기 속에 서 있는 가무잡잡한 여인의 환상이 비치는 듯했다. 그는 자신이 천박해지고 있다는 생각에 얼른 그 환영을 지워 버렸다.

〈오, 하느님 맙소사!〉 그는 자신이 굳이 하느님을 부르고 있다고 생각지는 않았지만, 어쨌거나 누군가를 향한 기원을 쏟아 내고 있었다. 〈어떻게 여자 때문에 내가 이럴 수가!〉

그는 창가로 다가가, 고개를 들고 머릿속 가득히 햇살을 채워 넣었다.

아델라 데 오테로는 모슬린 드레스를 밤색의 여성용 승마복으로 갈아입고 나타났다. 아주 가볍고 아무런 장식도 없었으며 두 발의 움직임이 자유로울 만큼은 짧았지만, 그 대신 복사뼈에서 몇 인치밖에 올라오지 않는, 충분히 다리를 덮는 정도의 길이였다. 치마 아래로 보이는 다리에는 흰 타이츠를 신고 있었다. 신발은 굽이 없고 밑창이 얇은 펜싱화였는데, 그 신발을 신고 걷는 그녀의 모습은 마치 발레리나처럼 경쾌해 보였다. 윗도리는 레이스 장식조차 없는 흰색 블라우스로 뒤트임으로 되어 있었고, 목선까지 단추로 채워진 형태였는데, 상체에 꼭 달라붙어 그녀의 몸매를 여과 없이 드러내고 있었기에, 늙은 검술 교사의 눈에는 불안스러운 아름다움으로 비치고 있었다. 굽 없는 신발을 신어서인지, 그녀의 부드러운 몸놀림 속에서 동물적인 아름다움이 감지되었는데, 돈 하이메는 이번에도 그녀의 몸놀림이 매우 유연함과 동시에 단호하다는 것, 그리고 지난번에 그녀에게서 느꼈던 일종의 남성적인 매력을 발견할 수 있었다. 그리고 굽

없는 신발로 그녀가 마치 한 마리의 암고양이처럼 움직인다고 생각했다.

아델라 데 오테로의 보랏빛 눈동자가 자신이 불러일으킨 효과가 어느 정도 되는지 알아보기라도 하려는 듯 하이메 아스타를로아의 눈을 응시하고 있었다. 돈 하이메는 그녀에게 속마음을 들키지 않으려고 애썼다.

「어떤 플뢰레를 좋아하십니까?」 그녀를 관능적으로 감싸 안고 있는 햇살에 눈이 부시다는 듯 두 눈을 깜박이며 그가 물었다. 「프랑스 스타일입니까? 아니면, 스페인이나 이탈리아 스타일입니까?」

「프랑스 스타일이 좋아요. 손가락의 느낌이 좀 더 자유롭거든요.」

하이메 아스타를로아는 고개를 약간 숙이며 그녀의 의사를 존중하겠다는 뜻을 나타냈다. 사실, 그 역시 코키유까지 손잡이만 있고 손잡이 틀이 따로 없는 프랑스식 플뢰레를 더 좋아했다. 그는 무기 장식장 앞으로 다가가 걸려 있는 검들을 주의 깊게 살펴보았다. 그리고 아델라 데 오테로의 키와 팔 길이 등을 고려해서 적당하다 싶은 플뢰레를 하나 골라 보았다. 톨레도산 검신으로 된 훌륭한 검으로 가는 지팡이처럼 생긴 게 탄성도 아주 좋았다. 아델라 데 오테로는 플뢰레를 받아 들고는 역시 주의 깊게 살펴보았다. 그리고 오른손으로 손잡이를 감싸 쥐고는 플뢰레의 무게를 가늠해 본 뒤, 이번에는 벽을 향해 서서 칼끝을 벽에 대고 눌러 보았다. 칼끝과 코키유 사이가 불과 20인치 정도밖에 되지 않을 만큼 탄력 있게 휘었다. 그녀는 검이 마음에 든다는 표정으로 돈 하이메를 바라보았다. 그녀의 손가락이 팽팽하게 날이 선 검신 위를 간질이고 있었다. 칼을 제대로 볼 줄 아는 사람만이 가질 수 있는 경탄을 담고 있었다.

하이메 아스타를로아가 쿠션이 들어가 있는 견고한 가슴받이를 가져와 그녀가 입을 수 있도록 도와주고 등에 고리를 채워 주었다. 그러다 보니 피치 못하게 그의 손가락 끝이 그녀의 부드러운 블라우스 자락에 닿지 않을 수 없었고, 그 사이에 그녀에게서는 은은한 장미향이 맡아졌다. 그는 여인의 아름다운 목선이 바로 눈앞에 드러나 있는 게 불안했는지 서둘러 고리를 채우려고 했다. 그녀가 고개를 조금 앞으로 숙이고 있었기 때문에 자개 핀으로 묶은 머리카락 아래로 뽀송뽀송한 목덜미가 그대로 드러나 있었던 것이다. 마지막 고리를 채우면서 하이메 아스타를로아는 자신의 손가락이 떨리고 있는 것을 절망적인 시선으로 지켜볼 수밖에 없었다. 그러고는 손가락의 떨림을 감추기 위해 얼른 자신의 겉옷 단추를 열면서 공연히 가슴받이의 필요성에 대해 이런저런 이야기를 해대기 시작했다. 가죽 장갑을 끼고 있던 아델라 데 오테로가 부쩍 말수가 많아진 하이메 아스타를로아를 이상하다는 듯 쳐다보았다.

「선생님께서는 가슴받이를 착용하지 않으시나 보지요?」

하이메 아스타를로아가 부자연스러운 미소를 짓자 콧수염 한쪽 끝이 실룩거렸다.

「가끔씩만 착용합니다.」그가 대답했다. 그리고 겉옷을 벗고, 손수건을 빼낸 후, 무기 장식장 앞으로 가 끄트머리 4분의 1 정도가 살짝 휜 사각 손잡이가 달린 프랑스 스타일의 플뢰레를 골라 들었다. 그리고 팔을 아래로 늘어뜨린 채, 마룻바닥 위에 서서 그를 기다리고 있던 여자 앞으로 가 마주섰다. 그녀는 칼끝을 발 옆에 대고 칼을 직각으로 똑바로 세우고 있었으며, 오른쪽 발뒤꿈치가 왼발 복사뼈 바로 앞에 닿는, 그야말로 바로 가르드로 들어갈 수 있는 완벽한 자세로 서 있었다. 돈 하이메는 그녀의 준비 자세를 잠시 살펴보았지만, 손톱만큼의 결점조차 찾아낼 수 없었다. 그래서 합격이라는 신호를 보낸 뒤, 장갑을 끼고, 진열장에 일렬로 놓여 있는 얼굴 보호용 마스크를 가리켰다.

「마스크를 쓰시지요, 오테로 부인. 아시다시피 칼날이 워낙…….」

「다음에 쓸게요.」

「공연히 위험을 자초할 필요가 없습니다.」 하이메가 새로운 고객의 당돌함에 놀라 혀를 내두르며 말했다. 분명 그녀는 잘못해서 칼날이 조금 위로 향했다가는 얼굴에 돌이킬 수 없는 상처를 입게 된다는 것을 잘 알고 있을 터였다. 아델라 데 오테로도 그의 생각을 읽은 듯 미소를 짓고 있었다. 아니, 어쩌면, 미소가 아닌 그 작은 흉터였는지도 모르겠지만.

「선생님 실력이 있으시니, 제 얼굴에 상처를 내시지는 않으리라 믿어요.」

「믿어 주시니 영광입니다, 부인. 하지만 마스크를 쓰시는 게 제가 좀 더 안심이 될 듯…….」

아델라 데 오테로의 눈동자가 이제 황금빛 후광이 돌면서 기묘하게 반짝이기 시작했다.

「첫 번째 팡트는 역시 맨얼굴로 해야지요.」 위험한 결과를 초래할 수도 있는 대련이 그녀에게는 아주 특별한 이벤트 정도로 여겨지는 것 같았다. 「이번 꼭 한 번만요.」

하이메 아스타를로아는 젊은 여인이 어찌나 완강하게 고집을 부리는지 놀라움을 금할 수 없었다. 게다가 얄미울 만큼 자부심이 넘쳐나고 있었다.

「부인, 모든 책임은 자신의 것입니다. 어쩌면 후회하실지도…….」

「부탁드릴게요.」

돈 하이메는 한숨을 내쉬었다. 전초전은 그의 완패였다. 이제 플뢰레로 넘어갈 시간이었다.

「다음부터는 절대로 안 됩니다.」

두 사람은 인사를 한 후, 공격 준비에 들어갔다. 아델라 데 오테로의 모든 동작은 완벽했다. 엄지손가락을 플뢰레 손잡이에 똑바로 펴고 약지, 새끼손가락으로 감싸 쥐었고, 가드가 가슴 높이에 맞춰져 있었으며, 칼끝이 칼자루 끝보다 조금 높게 위치해 있었다. 정통 이탈리아 검법에서 한 치의 어긋남도 없었다. 하이메 아스타를로아가 보았을 때 그녀의 오른쪽 옆모습에서, 무릎만 약간 벗어나 있을 뿐 플뢰레, 팔, 어깨, 엉덩이, 그리고 발이 일직선상에 놓여 있었고, 왼손은 뒤로 치켜든 상태에서 손목만 느슨한 느낌으로 앞으로 숙이고 있었다. 돈 하이메는 언제라도 날랜 고양이처럼 공격을 개시할 수 있는 자세를 취한 그녀의 완벽한 모습에 경탄해 마지않았다. 마치 눈동자 저 너머에서 불이라도 타오르는 듯 열기를 발하고 있는 커다란 두 눈, 그리고 야무지게 다문 턱. 입가의 흉터에도 늘 아름답던 그녀의 입술은 이제 굳게 다물어져 가늘게 변해 있었다. 온몸이 튕겨 오르기 직전의 용수철처럼 온통 긴장해 있었다. 하이메 아스타를로아는 전문가적인 관찰력으로 아델라 데 오테로에게 있어서 검술은 별스러운 변덕에 따라 좌우되는 단순한 취미 이상의 무엇을 의미함을 알아차렸다. 어쨌든 칼을 하나 쥐여 주는 것만으로도 아름답기만 했던 여인이 공격적인 적으로 변하기에는 충분했다. 그리고 사람들의 태도를 통해 그 성격을 파악하는 데 익숙한 하이메 아스타를로아는 신비로 가득 찬 여인 아델라 데 오테로의 내면 깊숙이에 뭔가 매혹적인 비밀이 감추어져 있음을 감지할 수 있었다. 그래서 플뢰레를 앞으로 길게 뻗고, 자신도 그녀와 마주 서 가르드 자세를 취하면서, 연습용이 아닌 진짜 결투용 진검을 든 상대를 마주한 심정으로 아주 세심한 주의를 기울였다. 어딘가에 위험이 도사리고 있는 듯한 예감과 더불어 이 대련이 단순한 놀이의 차원과는 확연한 거리가 있다는 생각이 들었던 것이다. 노검술가의 날카로운 직감은 결코 거짓말을 하지 않았다.

검이 몇 차례 부딪치는 동안, 하이메 아스타를로아는 아델라 데 오테로가 훌륭한 스승의 가르침을 만끽하고 있음을 알아차렸다. 돈 하이메는 상대방의 반응을 알아보기 위해 몇 번 가볍게 공격을 하면서, 상대가 일정한 거리를 유지하고, 신중한 자세로 방어를 하는 등 매우 진지하게 대련에 임하고 있다는 걸 확인할 수 있었다. 그러자 마치 상대가 결투에 익숙한, 검술이 빼어난 남자인 듯한 생각도 들었다. 사실 노련한 검술 교사 하이메 아스타를로아로서는 공격 자세와 칼을 쥐는 모양새만 살피고도 그 사람의 수준을 평가할 수 있을 정도였는데, 아델라 데 오테로는 한마디로 검을 쓸 줄 아는 사람임에 틀림이 없었다. 그녀는 공격성과 신중함이 아주 절묘하게 배합된 태도를 보였고, 깊숙한 공격을 재빨리 처리할 줄 알면서도, 동시에 그가 지속적으로 결정타를 날릴 수 있는 기회를 만들어 줬음에도 만만치 않은 상대를 과소평가하는 우를 범하지 않을 만큼의 냉철함 또한 지니고 있었다. 그래서 아델라 데 오테로는 신중하게 앙 카르트 자세를 취하는가 하면, 하이메 아스타를로아가 바싹 다가와 공격을 하려는 순간에는 티에르스 드쉬로 재빨리 방어했다. 숙련된 검술가들처럼 그녀는 플뢰레 검신을 쳐다보지 않고 상대방의 두 눈을 똑바로 노려보고 있었다.

 돈 하이메가 팡트 드 미즈 앙 티에르스로 공략했다. 물론 이것은 앙 카르트를 시도하기 전에 짐짓 보여 준 아타크 포스로, 상대방의 반응을 재보기 위한 것이었다. 아직은 연습용 플뢰레였지만 아델라 데 오테로를 찌르고 싶지 않았기 때문이었다. 그런데 놀랍게도 그녀는 그의 아타크 포스에 꿈쩍하지 않았을 뿐 아니라, 순간적으로 팡트 드수 앙 스콩드로 공격하는 바람에 그녀의 칼끝이 하이메 아스타를로아의 가슴에서 불과 몇 인치 떨어진 곳을 스쳐 지나갔다. 그와 동시에 경련이라도 일으키듯이 그녀의 입술 사이로 거친 기합 소리가 터져 나오고 있었다. 하이메 아스타를로아는 급히 몸을 피하면서, 좀 더 신중을 기하지 않은 자기 자신에 대해 화가 치밀어 오르는 것을 느꼈다. 아델라 데 오테로는 다시 원기를 회복한 듯, 두 걸음 후퇴하고 다시 한 걸음 전진한 후, 입을 악다물고 똑바로 뜬 두 눈으로 상대의 눈을 노려보면서 대단한 집중력을 발휘하여 다시 한 번 앙 카르트로 공격을 시도했다.

 「흠, 아주 좋아!」 돈 하이메가 그녀의 귀에까지 족히 들릴 정도의 목소리로 혼잣말을 중얼거렸다. 하지만 그녀의 양미간에 가늘게 세로로 주름이 잡혔고, 칭찬 같은 것에는 전혀 개의치 않는 것 같았다. 세상에 태어난 이래 처음으로 두 볼과 관자놀이에서 땀방울이 또르르 흘러내리고 있었다. 기다란 스커트 자락도 그녀의 움직임에 아무런 장애가 되지 않아 보였고, 팔을 살짝 구부린 채 플뢰레를 단단히 움켜쥐고는 미세한 움직임조차 놓치지 않으려는 듯 하이메 아스타를로아를 살피고 있었다. 그는 그런 자세의 그녀가 예전처럼 아름답게 느껴지지만은 않았다. 여전히 매력적이긴 했지만,

그녀가 보여 주는 팽팽한 긴장감으로 그녀의 온몸이 곧 떨리기라도 할 것 같았다. 그래, 분명 그녀에게는 남성적인 면이 있어. 그리고 어딘지 암울하고 야수적인 면도.

아델라 데 오테로는 측면으로는 움직이지 않고 오로지 앞뒤로만 이동하면서 직선 반경 내에서 가르드 하는 모습을 보였다. 그것은 정통 검법을 지키는 검술가들이 지향하는 방식으로, 돈 하이메 역시 학생들에게 그렇게 할 것을 권장하고 있었다. 하이메 아스타를로아가 앞으로 세 걸음 전진하자, 그녀는 뒤로 세 걸음 후퇴했다. 그가 팡트 앙 티에르스로 공략하자, 그녀는 콩트르 파라드 드 카르트로 깔끔하게 방어했고, 상대방의 집중력을 흐트러뜨리기 위해 플뢰레로 상대의 검 쪽으로 작은 원을 그렸다. 하이메 아스타를로아는 말은 안 했지만 그녀가 보여 준 깔끔한 방어술에 경탄을 금치 못하고 있었다. 그것은 기본 파라드에서도 가장 중요하게 생각되는 검법으로, 그 비법을 터득한 사람만이 검술에서도 가장 고난이도의 방어 기술을 터득한 것으로 간주되었던 것이다. 그는 아델라 데 오테로가 곧바로 카르트로 공격해 올 것으로 예상했고, 아니나 다를까 그녀가 그렇게 공격해 오는 것과 동시에 그는 그녀의 아타크를 막아 내면서 과녁을 향해 정확히 명중시키듯이 그녀의 팔에 팡트를 날렸다. 그러나 의도적으로 목표물에서 1인치 정도를 벗어난 곳을 공략했다. 순간, 그의 의도를 알아챈 그녀가 한 걸음 뒤로 물러서더니, 플뢰레를 그대로 치켜든 채 분노로 이글거리는 눈동자로 그를 쳐다보며 말했다.

「이봐요, 돈 하이메, 나를 신참자 데리고 놀듯이 하라고 비싼 대가를 지불하는 게 아니에요.」 그녀의 음성은 솟구치는 분노를 감추지 못하고 있었다. 「찌를 수 있으며 한번 찔러 봐요!」

 하이메 아스타를로아는 그녀의 신경질적인 반응에 너무나 놀라 미안하다는 말만 웅얼거렸다. 그녀는 다시 한 번 양미간을 잔뜩 찌푸리며 정신을 집중하더니, 있는 힘을 다해 순간적인 공격을 시도했다. 하이메 아스타를로아가 겨우 앙 카르트로 그녀의 플뢰레를 막아 내기는 했지만, 엉겁결에 조금 뒤로 밀려 나갈 지경이었다. 그는 거리를 유지하기 위해 다시 앙 카르트를 시도했지만, 그녀는 매번 거친 기합 소리를 내면서 놀랄 만큼 빠른 속도로 후퇴와 전진을 되풀이하는 가운데 아타크를 퍼부었다. 계속되는 그녀의 집요한 공격 속에서 어느 정도 정신을 가다듬은 하이메 아스타를로아는 거의 최면에라도 걸린 듯이 상대의 거친 공격을 지켜보았다. 그가 거리를 벌리면 그녀가 곧바로 다시 좁히고 들어왔다. 그가 다시 거리를 벌렸지만, 아델라 데 오테로가 앙 캥트를 시도하며 다시 따라 들어왔다. 하이메 아스타를로아가 다시 후퇴하자 그녀는 앙 캥트로 정지한 뒤 앙 스공드로 공격을 시도하였다. 〈이 정도면 됐어!〉 돈 하이메는 이제 이런 어쭙잖은 상황을 접어야겠다고 생각했다. 하지만 그녀는 여전히 앙 티에르스로 멈추어 섰다가 그가 미처 대응을 하기도 전에 다시 앙 카르트로 팔을 공격했다. 그는 그녀의 공격을 겨우 피한 뒤 자세를 추스른 후, 그녀가 플뢰레를 완전히 뻗는 것과 동시에 그녀의 칼날을 강하게, 단번에 내리쳐 무장 해제시켜 버리기로 했다. 하이메 아스타를로아는 끝이 무디게 만들어진 연습용 플뢰레를 위로 올렸다가 순간적으로 아델라 데 오테로의 목 앞에 멎게 했다. 칼이 바닥으로 떨어지면서 그녀가 뒤로 한 걸음 후퇴했다. 그녀의 눈이 목 앞에 멈춰 선 하이메 아스타를로아의 위협적인 플뢰레 칼끝을, 금방이라도 그녀를 공격하려는 독사를 쳐다보듯이 노려보았다.

두 사람은 말없이 그렇게 한동안 서로의 눈을 들여다보고 있었다. 이상하게도 하이메 아스타를로아는 어느덧 아델라데 오테로의 분노가 수그러들었다는 생각이 들었다. 매번 공격할 때마다 불꽃을 튀기던 분노는 일종의 아이러니한 뉘앙스가 섞여 있는 미소로 바뀌어 있었다. 그는 여자가 조금 전의 긴장된 순간들을 매우 만족스럽게 생각하고 있음을 발견하고는 화가 치밀어 오르는 것을 느꼈다.

「도대체 무슨 생각으로 이러신 겁니까……? 진짜 검으로 이런 일을 벌였다면, 목숨을 잃었을지도 모릅니다. 검술은 장난이 아닙니다.」

그녀가 고개를 뒤로 젖히면서 즐거운 웃음을 터뜨렸다. 마치 못된 장난질을 치고 난 어린 소녀 같았다. 그녀의 두 볼은 격렬한 대련으로 발갛게 상기되어 있었고, 윗입술에는 이슬 같은 땀방울이 맺혀 있었다. 속눈썹도 촉촉하게 젖어 있었다. 돈 하이메는 ― 물론 곧 사라져 버리긴 했지만 ― 그녀가 사랑을 나눈 후에도 이런 모습일 거라고 생각했다.

「너무 노여워 마세요, 선생님.」 그녀의 음성과 표정은 완전히 달라져 있었다. 그녀의 호흡은 펜싱용 가슴받이 밑의 심장이 여전히 쿵쿵 뛰면서 짧게 끊기고 있었지만, 목소리만큼은 달콤한 매력이 물씬 풍겨나는, 그야말로 부드러움이 가득한 목소리로 바뀌었고, 표정 역시 매혹적인 아름다움 그 자체로 달라져 있었던 것이다. 「그저 봐주실 필요 없다는 걸 보여 드리고 싶었을 뿐이에요. 저는 일단 플뢰레를 손에 쥐었다 하면, 사람들이 저를 단순히 〈여자〉로만 보는 것이 정말 싫거든요. 선생님께서도 보셨겠지만, 저는 얼마든지 멋진 공격을 해낼 만한 자신이 있어요.」 그녀의 목소리에는 자그마하지만 위협적인 메아리가 담겨 있었다. 「상대가 누구든······ 일단 공격을 시도하면 그건 그저 공격일 뿐이지요.」

하이메 아스타를로아는 그녀의 말에 그저 고개를 숙여 줄 뿐 달리 어쩔 도리가 없었다.

「그렇다면, 부인, 오히려 제가 사과를 드려야겠군요.」

그녀는 아주 우아한 태도로 그에게 고개를 숙여 보이며 대답했다. 「사과를 받아들이죠, 선생님.」

목덜미에서 하나로 묶어 두었던 머리카락이 조금 헝클어져, 새까만 머리카락 몇 올이 어깨 위로 흩어져 있었다. 그녀는 두 팔을 뒤로 넘겨 헝클어진 머리를 다시 한 번 자개 핀으로 고정시켰다.

「계속할까요?」

돈 하이메는 고개를 끄덕인 뒤, 바닥에 떨어진 그녀의 플뢰레를 집어 주었다. 그는 그녀의 대담한 태도에 적잖이 놀라고 있었다. 그녀가 공격을 시도할 때면 날카로운 칼끝을 덮고 있는 금속 원뿔이 위험스러울 정도로 그의 얼굴 가까이를 스쳐 지나간 게 한두 번이 아니었는데도 그녀는 도무지 두려워하거나 걱정스러워하지 않았던 것이다.

「아무래도 우리 둘 다 마스크를 쓰는 게 좋겠습니다.」 그가 말했다. 아델라 데 오테로도 이번에는 동의했다. 둘은 보호용 마스크를 쓰고, 다시 가르드 자세를 취했다. 하이메 아스타를로아는 금속 격자가 아델라 데 오테로의 얼굴을 완전히 가려 버린 것이 못내 아쉬웠다. 하지만, 그녀의 두 눈동자에서 타오르는 불꽃, 그리고 깊숙한 공격 후에 잠시 거친 숨을 몰아쉬기 위해 입술을 벌릴 때 드러나는 순백의 치열만은 느낄 수 있었다. 이번에는 아무 문제 없이 대련이 마무리되었다. 아델라 데 오테로는 시종일관 완벽한 자세와 정확한 몸놀림을 보이며 아주 진지한 자세로 연습에 임했다. 그녀는 비록 단 한 번도 투슈를 성공시키지는 못했지만, 하이메 아스타를로아 입장에서는 두어 번인가, 그보다 조금만 덜 숙련된 사람이었더라도 분명 찔리고 말았을 법한 날카로운 공격을 최선을 다해 피해야만 했다. 플뢰레의 검신이 부딪치는 금속성 소리가 연습실 가득히 울려 퍼지는 가운데, 하이메 아스타를로아는 아델라 데 오테로의 검술 실력이 그가 알고 있는 최고의 검술 고수들에게 조금도 뒤지지 않는다고 생각했다. 그리고 한편으로는 그녀의 검에 찔리지는 않았지만 상당히 진중하게 그녀의 공격에 대응한 것도 사실이었다. 두 번인가는 상대의 칼에 투슈당하지 않기 위해 그쪽에서 투슈를 감행하기도 했다. 어쨌든, 아델라 데 오테로는 그날 오후 모두 합해 다섯 번 가슴받이를 찔렸다. 노련한 하이메 아스타를로아의 검술 실력을 고려해 보면 투슈 다섯 번은 결코 많은 수가 아니었다.

시계가 6시를 치는 소리가 들리자, 열의와 열기에 숨이 턱에 차 있던 두 사람은 동작을 멈추었다. 그녀가 마스크를 벗으면서 돈 하이메가 넘겨준 수건으로 땀을 닦아 냈다. 그러고는 심판을 기다리는 듯, 호기심으로 가득 찬 눈초리로 그를 바라보았다.

검술 교사가 미소 지었다.

「상상 이상이었습니다.」 그는 사실대로 말했고, 아델라 데 오테로는 주인이 쓰다듬어 준 암고양이 모양으로 두 눈 가득 만족감을 담아냈다. 「검술을 시작한 지 오래되셨습니까?」

「열여덟 살에 시작했어요.」 돈 하이메는 그 말을 토대로 그녀의 나이를 계산해 보려고 했다. 그런 그의 의도를 알아차렸는지 그녀가 말을 이었다. 「지금 스물일곱이고요.」

하이메 아스타를로아는 그보다는 훨씬 더 어리게 보았다는 듯 깜짝 놀라는 표정을 지었다.

「전 나이를 밝히는 것에 대해서는 별로 신경 쓰지 않아요.」그녀가 말했다. 「늘 나이를 숨기거나 진짜 나이보다 어려 보이도록 애쓰는 것이야말로 정말 바보 같은 일이라고 생각해 왔거든요. 나이를 부정하는 것은 곧 스스로의 삶을 부정하는 것 아닐까요?」

「지혜로운 철학가다운 말씀이십니다.」

「그저 조금 사려 깊은 정도예요, 선생님. 좀 생각이 깊다고나 할까요.」

「여성으로서는 보기 드문 면이지요.」그가 미소 지으며 말했다.

「여성들이 현재 저도 다 갖추지 못한 것들을 얼마나 많이 가지고 있는지 아시면 아마 놀라실걸요.」

누군가 노크를 했다. 아델라 데 오테로가 못마땅한 표정을 지으며 말했다. 「아마 루시아일 거예요. 한 시간 후에 다시 오라고 했었거든요.」

돈 하이메가 양해를 구한 뒤 현관문을 열어 주러 갔다. 정말 루시아였다. 다시 연습실로 가보니 아델라 데 오테로는 벌써 탈의실에서 옷을 갈아입고 있었다. 탈의실 문이 조금 열려 있었다.

하이메 아스타를로아는 플뢰레들을 원래의 장식장에 다시 걸어 놓고, 바닥에 놓여 있던 마스크 두 개를 집어 들었다. 아델라 데 오테로가 예전의 모슬린 드레스를 입고 연습실로 나와 자개 머리핀을 입에 물고 머리카락을 정리했다. 그녀의 머리카락은 어깨 아래까지 기다랗게 흘러내리고 있었고, 아주 새카맣고 부드러워 보였다.

「선생님의 그 비법은 언제쯤 가르쳐 주실 건가요?」

하이메 아스타를로아는 그녀가 2백 에스쿠도 검법을 배울 만한 충분한 자격이 있음을 인정했다.

「모레, 같은 시각에요.」그가 대답했다.「어떻게 공격을 하는지와 그 공격을 어떻게 막아 낼 것인지까지 모두 가르쳐 드릴 겁니다. 제 경험으로 미루어 보아 아마도 레슨을 두세 번 정도 하면 완전히 마스터할 수 있을 겁니다.」

그녀는 만족해하는 것 같았다.

「당신과 연습을 함께하니 정말 좋군요, 돈 하이메.」그녀가 아주 자연스러운 태도로 명쾌하게 말했다.「사실 아주…… 매력적일 만큼 정통 검법을 고수하시는 분과 대련해 본다는 건 정말 기쁜 일일 거라고 늘 상상해 왔었답니다. 선생님이 유서 깊은 프랑스 검술 학교 출신이시라는 건 분명한 것 같아요. 곧게 세운 상체, 앞으로 쭉 뻗은 다리, 정확한 공격 타이밍 등등을 보니 말이에요. 이제 선생님처럼 정통 검법을 구사하시는 분들도 별로 남아 있지 않으시지요.」

「안타깝게도 그렇습니다, 부인. 안타깝게도요…….」

「그리고 제가 보기에도…….」그녀가 말했다.「선생님은 몇몇 검술가들만이 보유하고 있다는 어떤 특별함도 갖고 계신 것 같아요. 그, 뭐라더라……? 전문가들이 하는 말로는, 상티망 뒤 페르…… 맞나요? 흔히들, 그건 타고난 검술가들만이 터득할 수 있다고들 하던데요.」

돈 하이메는 마치 별로 대단한 것도 아니라는 듯이 약간 어정쩡하게 고개를 끄덕였다. 하지만 속으로는 아델라 데 오테로의 놀라운 통찰력에 감탄하고 있었다.

「그저 오랜 경륜의 결과이지 뭐 별것 있겠습니까?」그가 대답했다.「그건 일종의 육감입니다. 말하자면, 플뢰레 위에 놓인 손가락의 촉감을 칼끝으로 전이시킬 정도의 육감 말입니다……. 그건, 상대방의 의도를 미리 예측할 수 있는 일종의 특별한 직관과도 같은 것이지요. 그게 있는 경우, 때로는 상대방이 어떤 동작을 취하기도 전에 순간적으로 먼저 그 동작을 간파하기도 합니다.」

「그것도 좀 배우고 싶군요.」 그녀가 말했다.

「그건 불가능합니다. 단순히 훈련으로 해결될 문제가 아니거든요. 거기에는 특별한 비법도 없고, 또 돈을 주고 배울 수 있는 것도 아닙니다. 그걸 갖추는 데에는 그야말로 평생이 걸리지요. 제가 평생을 바쳤듯이 말입니다.」

그녀가 뭔가 생각난 듯 말했다. 「레슨 비 말인데요……. 현금으로 원하시는지, 아니면 아무 은행에서라도 사용하실 수 있는 지불 명령서가 좋을지 모르겠네요. 예를 들면 이탈리아 은행 같은 곳에서도 쓸 수 있는 것으로요. 2백 에스쿠도 기술을 배우고 난 후에도, 어느 정도까지는 당신과 대련을 계속했으면 싶거든요.」

검술 교사는 정중히 그녀의 뜻을 거절했다. 여성에게 봉사하는 것에 대가를 받을 수 없으며, 봉사하는 것만으로도 그에게는 기쁨이 아닐 수 없다는 등의 이유를 대면서. 그로서는 숙녀와 돈 이야기를 하는 것 자체가 도리에 어긋나는 행동으로 여겨졌던 것이다.

아델라 데 오테로는 차가운 눈빛으로 그를 바라보더니, 자신은 검술 교사라는 직업을 가진 사람으로부터 검술을 배운 만큼, 그에 상응하는 대가를 지불하겠노라고 통고했다. 그렇게 그 문제를 일단락 지은 그녀는 재빨리 목덜미에 늘어져 있던 머리채를 핀으로 틀어 올렸다.

하이메 아스타를로아는 마스크를 제자리에 가져다 놓고

그녀와 함께 거실로 나왔다. 하녀가 층계참에서 기다리고 있었지만 아델라 데 오테로는 전혀 서두를 기색이 없었다. 물을 한 컵 달라고 청하더니, 아주 태연자약하게 책꽂이에 일렬로 꽂혀 있는 장서들을 돌아보기 시작했다.

「어느 분께 사사하셨는지 알려 주시면, 제가 가지고 있는 플뢰레 중 최고의 것을 선물해 드리겠습니다, 오테로 부인.」

「제일 좋은 플뢰레가 어떤 건데요?」 그녀가 고개도 돌리지 않고 한 손가락으로 탈레랑의 『회상록』을 부드럽게 문지르며 물었다.

「다르카디가 직접 주조한 밀라노제 검입니다.」

그녀가 즐거운 표정으로 진지하게 생각해 보겠다는 듯 입술을 실룩거렸다.

「욕심이 나는 제안이기는 하지만 거절하겠어요. 여자가 매력 있으려면, 작은 비밀이라도 베일에 가려 있어야 하는 법이니까요. 다만, 저를 가르치셨던 분도 아주 훌륭한 검술가였다는 것만 말씀드리지요.」

「그러셨을 것 같습니다. 그리고 부인 역시 아주 빼어난 제자였을 것 같고요.」

「고마워요.」

「괜한 소리가 아닙니다. 어쨌든, 제가 나름대로 추측해 본다면, 부인의 스승님은 아마도 이탈리아 분이셨을 것 같습니다. 부인의 검술 동작에서 아주 훌륭한 이탈리아 검술의 전통이 엿보였거든요.」

아델라 데 오테로가 아주 살며시 집게손가락을 입술에 갖다 댔다.

「그 이야기는 다음에 계속하기로 해요, 선생님.」 그녀가 무슨 비밀 이야기라도 나누듯이 낮은 목소리로 말했다. 그러고는 주위를 한 번 돌아보더니 소파를 손가락으로 가리키며 말했다. 「잠깐 앉아도 될까요?」

「물론이지요.」

그녀는 부드러운 치맛자락 스치는 소리를 내며 빛바랜 담뱃잎 색깔의 소파에 앉았다. 하이메 아스타를로아는 왠지 좀 거북하다고 느끼며 그대로 서 있었다.

「선생님께서는 어디에서 검술을 시작하셨어요?」

하이메 아스타를로아는 참 어처구니없다는 시선으로 그녀를 바라보았다.

「부인은 참 대단하십니다. 부인의 어린 시절에 대해서는 말씀하지 않겠다고 하고, 곧바로 저의 과거에 대해 물으시니 말입니다……. 이거, 너무 불공평한 것 아닌가요?」

그녀가 아주 매혹적인 미소를 띠며 말했다. 「남자들에게는 이보다 훨씬 더 불공평하게 대해도 결코 충분치 못할 것 같은데요.」

「너무 잔인한 대답이십니다.」

「진심으로 드린 말씀이에요.」

하이메 아스타를로아는 생각에 잠긴 듯한 눈빛으로 그녀를 쳐다보았다.

「도냐 아델라!」 잠시 후, 그가 갑자기 진지한 표정으로, 그리고 지겹도록 단순하다 싶을 만큼 예절과는 동떨어진 말을 내뱉었다. 「당신의 입에서 그토록 쓰디쓴 반향이 나오도록 만든 남자에게 제 명함과 결투 들러리들을 보내야겠습니다.」

그녀는 처음에는 재미있다는 얼굴로, 그리고 잠시 후 상대가 지금 농담하고 있는 게 아니라는 걸 알고는 무척 놀랜 얼굴로 그를 바라보았다. 그녀는 무슨 이야기를 하려다가는, 입술을 반쯤 벌리다 말고 그만두었다. 마치 조금 전에 들었던 말을 다시금 음미하려는 사람처럼.

「지금 하신 말씀은…….」 마침내 그녀가 말했다. 「제 평생 들어 본 것 중 가장 달콤한 이야기예요.」

하이메 아스타르로아는 옆에 있던 의자 등받이에 기대섰다. 그는 양미간을 잔뜩 찌푸린 채 이게 아닌데 하는 생각에 빠져 있었다. 사실 그는 달콤한 사탕발림 같은 소리를 할 생각은 전혀 없었다. 다만, 자신의 느낌을 솔직하게 전달하고 싶었을 따름이었다. 하지만 이제는 공연한 짓을 한 게 아닌가 하는 걱정이 들고 있었다. 이 나이에…….

그녀는 어색한 분위기를 느끼고는, 얼른 그 분위기를 탈피하기 위해 조금 전 나누던 이야기로 화제를 돌렸다. 「아 참, 어떻게 검술을 시작하게 되셨는지 여쭤 보던 참이었는데…….」

그녀가 화제를 바꿔 준 것이 고마운 돈 하이메가 이제 어쩔 수 없다는 듯 미소를 지으며 대답했다. 「군에 있을 때 처음 시작했습니다.」

그녀가 새로운 관심거리라도 발견했다는 듯한 시선으로 물었다. 「선생님께서 군인이셨다고요?」

「짧은 기간이기는 했지만, 예, 그랬지요.」

「군복을 입으셨을 때, 정말 멋지셨을 것 같아요. 지금도 여전히 멋진 체격을 유지하고 계시니 말이에요.」

「부인, 공연히 제 허영심에 불을 붙이지 말아 주십시오. 원래 나이 든 사람일수록 그런 칭찬에 민감하게 반응하는 법이거든요. 더욱이 부인같이 젊고 아름다우신 분이 그러면…… 모르긴 해도 부군께서도 무척이나…….」

그는 말끝을 맺지 못하고 어물쩍 입을 다물어 버렸다. 아델라 데 오테로는 그가 어떤 식으로 그 문장을 완성하는지 지켜보기라도 하려는 듯 그의 얼굴을 빤히 들여다보고 있었다. 잠시 후, 그녀는 가방 속에서 부채를 꺼내 들더니, 접은 부채를 그대로 입술 위에 지그시 갖다 댔다. 그리고 조금 후 그녀가 입을 열었을 때, 그녀의 눈빛은 상당히 경직되어 있었다.

「선생님께서는 제가 젊고 아름다운 여자로 보이시나요?」

검술 교사는 당혹스러움을 느끼며 할 말을 찾았다.

잠시 후, 그가 최대한 간결하게 대답했다. 「물론 그렇습니다.」

「카지노 같은 곳에서 친구들을 만나시면, 그때 저를 그렇게 묘사하실 건가요? 젊고 아름다운 여자라고?」

하이메 아스타를로아가 마치 모욕이라도 당한 사람처럼 발끈하여 대꾸했다. 「오테로 부인. 분명히 말씀드리는데, 저라는 사람은 카지노를 함부로 드나드는 사람도 아니고, 친구가 많은 사람도 아닙니다. 또한, 설사 제가 카지노를 뻔질나게 드나들고 친구들이 넘쳐흐른다 해도, 카지노 같은 곳에서 함부로 숙녀 이야기를 떠들어 댈 만큼 저속한 인간도 아닙니다.」

그녀는 그의 말속에 담긴 진실을 헤아리기라도 하려는 듯 한참 동안 그를 쳐다보았다.

「조금 전에······.」 돈 하이메가 덧붙여 말했다. 「부인께서도 제 체격에 대해 말씀하셨지만, 저는 그걸 모욕으로 생각하지 않았습니다. 그리고 부인께서도 친구분들과 티타임을 가지면서 저에 대해 그런 식으로 묘사하실 거냐고 묻지도 않았고요.」

아델라 데 오테로가 마침내 미소를 지었고, 하이메 아스타를로아 역시 그렇게 했다. 순간, 그녀가 부채를 카펫 위로 떨어뜨리자 하이메 아스타를로아가 얼른 주워 들었다. 그리고 부채를 집기 위해 바닥에 한쪽 무릎을 꿇은 자세 그대로 그녀에게 부채를 건네주었다. 두 사람의 얼굴이 불과 몇 인치의 거리만을 사이에 두고 마주쳤다.

「저 역시 친구도 없고, 티타임도 갖지 않는답니다.」 그녀가 말했고, 돈 하이메는 처음으로 아주 가까이에서 그녀의 보랏빛 눈동자를 바라보고 있었다. 「선생님은 한 번이라도 친구를 가져 보신 적이 있으신가요? 그러니까, 진정한 친구, 그 친구의 손에라면 선생님의 목숨을 맡겨도 좋을 것 같은 그런 친구 말이에요…….」

돈 하이메가 천천히 몸을 일으켰다. 그리고 힘들여 떠올릴 필요도 없이 자연스럽게 그녀의 질문에 대답했다. 「단 한 번 있었습니다. 정확히 우정이라 표현할 수 있는 것인지는 잘 모르겠지만 말입니다. 뤼시앵 드 몽테스팡 스승님 곁에서 오랜 세월을 함께했었습니다. 제게는 영광이었지요. 그분께서 지금 저의 모든 것을 가르쳐 주셨습니다.」

아델라 데 오테로가 몽테스팡 스승님의 이름을 되뇌었다. 아마도 처음 듣는 이름인 것 같았다. 하이메 아스타를로아가 미소를 지었다.

「아마도 그 당시면 부인께서는 아주 어렸을 때였을 것입니다…….」 그가 잠시 허공에 시선을 두더니, 그녀 쪽을 쳐다보며 말했다. 「그분은 정말 최고셨지요. 그 당시에는 그 누구도 그분을 따를 자가 없었습니다.」

그가 잠시 자신이 한 말에 대해 생각해 보더니 또다시 말했다. 「아무도요.」

「선생님께서는 그럼 프랑스에서 활동하셨나요?」

「예. 11년 동안 검술 교사로 일했습니다. 금세기 중반, 그러니까 정확히 1850년에 스페인으로 돌아왔지요.」

보랏빛 두 눈동자가 그에게 못 박혀 있었다. 마치 노련한 검술 교사의 향수를 자극하여 옛 기억을 이끌어 낸 것에 병적인 만족감이라도 느끼는 것 같았다.

「조국을 그리워하셨던가 보지요. 고향에 대한 그리움이라는 게 어떤 건지는 저도 알거든요.」

하이메 아스타를로아는 한참을 뜸 들이다가 대답했다. 그는 이 여자가 자신에 대한 이야기를 하도록 강요하고 있음을 분명히 간파하고 있었다. 자신을 이야기한다는 것이 그에게는 그다지 익숙지 않은 일이었는데도 말이다. 하지만 아델라 데 오테로에게는 상대방의 속내를 부드럽지만 위험스럽게 이끌어 내는 묘한 매력이 있었다.

「일종의 그런 감정도 없지는 않았습니다.」 마침내 그가 상대방의 마법적인 힘에 경탄을 보내며 말했다. 「하지만, 사실 향수와는 차원이 다른…… 그러니까 좀 더 복잡 미묘한 무엇이라고 하는 게 정확할 겁니다. 어떻게 보면, 도피라고도 할 수 있겠지요.」

「도피라고요? 무언가로부터 도망치는 그런 분으로 보이지는 않는데요.」

돈 하이메가 모호하게 미소 지었다. 추억이 희미하게나마 기억의 저편에서 솟아오르는 게 느껴졌다. 아델라 데 오테로에게 보여 주고자 했던 것 이상의 강도였다.

「비유적으로 말씀드린 것뿐입니다.」 마음이 바뀌었다는 듯 그가 말했다. 「그래요. 뭐 대단한 건 아니라고 할 수도 있지만, 어쨌거나, 도피는 도피였으니까요.」

그녀는 몹시 흥미롭다는 것처럼 아랫입술을 자근자근 씹고 있었다.

「그 이야기 좀 해주세요, 선생님.」

「다음에 기회가 있을 겁니다, 부인. 언젠가는요…… 사실, 별로 기억하고 싶지 않은 일이거든요.」 그가 방금 무슨 생각이 막 떠오른 표정으로 말을 멈추었다.

「그리고 제가 무언가로부터 도망치는 사람이 아닐 것 같다고 한다면, 잘못 보신 겁니다. 모든 사람들은 무엇인가로부터 도망치지요. 저 역시 그렇고요.」

아델라 데 오테로는 입술을 약간 벌린 채, 결심이라도 한 것처럼 보이는 돈 하이메를 멍하니 쳐다보면서 생각에 잠겼다. 그러고는 무릎 위에 두 손을 모아 쥐면서 그에게 아주 상냥한 눈빛을 보냈다.

「언젠가는 말씀해 주셔야 해요. 선생님 이야기요.」 그러고는 검술 교사의 표정에서 확연히 드러나는 곤혹스러움을 읽어 내고는 잠시 뜸을 들였다 다시 말했다. 「선생님같이 대단한 명성을 지닌 분이 어떻게 그러실 수 있는지 이해가 되지 않아서요……. 선생님을 모욕하려는 뜻은 전혀 없어요. 그저 선생님께도 멋진 시절이 있었으리라는 생각이 들었을 뿐이에요.」

하이메 아스타를로아는 자존심이 불끈 치솟는 걸 느꼈다. 방금 여자가 말했듯이 그녀에게는 그를 모욕하려는 의사는 없었을 것이다. 하지만 그는 왠지 모욕당한 기분이 들었다.

「검술이 효용성을 잃어 가는 건 사실입니다, 부인.」 그가 검술에 대한 깊은 애정을 담은 채 말했다. 「명예를 걸고 검으로 결투를 벌이는 일도 점차 드물어지고 있고, 그 대신 훨씬 쓰기에도 편하고 복잡한 규칙 같은 것도 없는 권총을 선호하고 있지요. 검술은 한낱 취미 활동 정도로 전락하고 있고요.」 그는 스스로의 말을 경멸 섞인 태도로 음미하고 있었다. 「그래서 요즈음 사람들은 검술을 일컬어 흔히 〈스포츠〉

라는 이름으로 부르더군요. 마치 민소매 셔츠를 입고 하는 체조 경기라도 된다는 듯이요…….」

그녀가 부채를 펼쳤다. 직접 수작업으로 한 듯한 배경 그림에는 꽃이 활짝 핀 편도나무가 그려져 있었다.

「물론, 당신은 그런 식으로 생각지 않으시겠지요…….」

「당연하지요. 저는 예술을 가르치고 있고, 예전에 배웠던 그대로 예술로서의 검술을 행하고 있습니다. 진지하고 존중하는 자세로요. 저는 워낙 고전적인 사람이거든요.」

그녀가 자개 장식이 된 부챗살로 소리를 내며 고개를 갸우뚱거렸다. 아마도 그녀만이 보고 납득할 수 있는 일련의 이미지들을 머릿속에 떠올리고 있는 것 같았다.

「당신은 너무 뒤늦게 태어난 것 같군요, 돈 하이메.」 마침내 그녀가 무미건조한 목소리로 말했다. 「아니면…… 제때에 죽지 못했던가요.」

그가 놀람을 감추면서 그녀를 쳐다보았다.

「무슨 말씀이신지 잘 모르겠군요.」

「뭐가요?」

「제때에 죽지 못했다는 그 표현요.」 검술 교사가 여태껏 살아 있어 미안하기라도 하다는 듯한 몸짓으로 말했다. 대화가 재미있게 진전되고는 있지만, 그렇다고 상대가 농담을 내뱉고 있는 것 같지는 않았다. 「요즘 같은 세상에는, 특히 어떤 특정한 나이가 되고 나니, 제대로 죽기조차 쉬운 일이 아니더군요.」

「제대로 죽기라는 게 어떤 건지 궁금하네요.」

「아마도 이해하시지 못할 겁니다.」

「글쎄요, 정말 그럴까요?」

「물론, 아닐 수도 있겠지요. 어쩌면 이해하실 수 있을지도 몰라요. 하지만, 그렇다 해도 달라질 건 없습니다. 어차피 아무에게나 말할 수 있는 그런 문제가 아니니까요.」

「여자한테는 말이지요?」

「여자한테는요.」

아델라 데 오테로가 부채를 접고는 천천히 몸을 일으켰다. 그녀 입가의 흉터가 그의 몸에 금방이라도 닿을 듯했다.

「돈 하이메, 당신은 고독할 수밖에 없는 분이세요.」

하이메 아스타를로아가 여인을 뚫어지게 쳐다보았다. 그의 잿빛 눈동자는 이제 더는 즐거운 기색을 담고 있지 않았다. 오히려 섬뜩한 불꽃마저 튀는 듯했다.

「고독합니다.」 그가 고단함이 묻어나는 목소리로 말했다. 「하지만, 그 누구에게도 그 책임을 돌리지는 않습니다. 사실, 저의 고독은 일종의 열정이라고도 할 수 있습니다. 이제는 그 누구도 다니지 않는 잊혀진 옛 거리를 지키고 서 있으면서만 느낄 수 있는 행복하고 친근한 이기주의일 수도 있고요. 어떠십니까? 너무나 어리석은 늙은이 같지요?」

그녀가 고개를 가로저었다. 이제 그녀의 두 눈동자는 달콤함을 담고 있었다.

「아니요. 다만, 저는 당신이 참으로 현실 감각이 없으시다는 데 놀라고 있을 뿐이에요.」

하이메 아스타를로아가 이마를 찌푸리며 말했다. 「제가 지니고 있지 않아서 오히려 감사하게 생각하고 있는 덕목이 있다면, 바로 현실 감각이랍니다, 부인. 부인께서도 이미 파악하셨겠지만 말입니다……. 하지만, 그렇다고 해서 부인으로 하여금 그런 제 태도 속에 어떤 역동적인 도덕관이 있다고 생각하시도록 만들려는 의도는 전혀 없습니다. 다만, 바라건대, 그 문제를 하나의 순수한 미학적 문제로 보아 주셨으면 하는 것뿐입니다.」

「미학이 밥 먹여 주지는 못하지요, 선생님.」 그녀가 비아냥거리듯 말했다. 마치 큰 소리로 말하고 싶지만 참고 있는 것처럼. 「그쯤은 선생님께서도 충분히 이해하실 것 같은데요.」

돈 하이메가 희미한 웃음을 머금은 채 펜싱화 앞부리를 쳐다보고 있었다. 마치 잘못한 일을 고백하러 온 소년과도 같은 표정이었다.

「불행하게도 부인께서 그렇게 생각하고 계시다면, 솔직히 저로서는 참 안타까운 일이 아닐 수 없군요.」 그가 낮은 목소리로 말했다. 「제 경우를 말씀드리자면, 저는 최소한 그렇게 생각하기 때문에 매일 아침 면도를 하기 위해 거울 앞에 섰을 때에 한 점 부끄러움 없이 제 얼굴을 마주 볼 수 있는 것입니다. 그리고, 부인, 그것이야말로 제가 아는 한, 사나이들을 정의할 수 있는 수많은 표현들 중에서도 가장 대표적인 것이 아닐까 싶습니다.」

가로등 불이 하나씩 둘씩 들어오면서 가스등 불빛 아래로 희뿌연 거리의 모습이 드러났다. 높다란 기둥이 즐비한 가운데, 도심의 사람들은 느긋하게 각자의 할 일을 하고 있었으며, 더러는 목을 축이기 위해 가던 길을 멈추고 부근 주점에 들르곤 했다. 아직은 오리엔테 성 쪽으로 석양의 끝자락이 남아 있었고, 그 끝자락을 따라 황실 극장 바로 옆으로 난 건물의 모습들이 그 실루엣을 드러냈다. 석양의 미적지근한 바람이나마 들이기 위해 열려 있는 창문들로 석유등의 너울거리는 빛 그림자가 비치고 있었다.

하이메 아스타를로아는 보르다도레스 골목 모서리의 그늘 아래, 부들로 엮어 만든 통의자에 앉아 한가한 잡담을 나누고 있는 이웃 주민들 곁을 지나면서 〈안녕들 하십니까?〉라고 인사를 건넸다. 아침나절에는 대광장 부근에서 학생들의 집회가 있었지만, 카페 프로그레소에 모이는 동료들 이야기로는 큰 불상사는 없었다고 했다. 돈 루카스 말에 따르면, 일단의 학생들이 〈프림! 자유! 부르봉 왕가는 물러가라!〉라는 구호를 외치다가 공권력의 투입으로 전격 해산되었다고 했다. 물론, 정의에 목마른 애국자들의 집단인 소요 군중들만을 찾아다닌다는 아가피토 카르셀레스의 — 오만으로 굴절되고 무정부주의적 숨결이 가득한 — 버전은 돈 루카스 리오세코의 정보와는 큰 차이를 보이고 있었다. 어쨌든, 카르셀레스의 표현을 빌리자면 — 밉살스러운 떼쟁이에 심술쟁이인 — 이사벨 여왕이 의지하는 최후의 보루라 할 수 있는 공권력과 불운한 왕당파들은 다시 한 번 성스러운 봉기를 무력과 권력으로 짓밟아 버렸다고 했다. 돈 하이메가 확인해 본 바에 따르면, 아직도 둘씩 짝을 지은 과르디아 시빌 경관들이 전통적인 삼각뿔이 달린 모자를 쓰고 말을 탄 채 수상쩍은 기미가 보이는 부근 지역을 순찰하고 있었다.

궁성 앞에 다다른 하이메 아스타를로아는 무장을 한 채 서서 지키고 있는 경비 부대원들을 보고는 정원 쪽으로 난 발코니로 다가가 난간에 팔꿈치를 괴고 기대섰다. 카사 데 캄포는 거대한 시커먼 점으로 변해 있었고, 그 실루엣 너머로 푸르스름한 빛이 어둠에 밀려 파리한 그림자를 던지고 있었다. 여기저기서 몇몇 행인들이 돈 하이메처럼 꼼짝 않고 서서 호젓하고 태평스럽게 사그라지고 있는 하루의 마지막 흔적을 지켜보고 있었.

왜 그런지 정확히 그 이유를 알 수는 없었지만, 하이메 아스타를로아는 자신이 무척이나 감상적이 되어 가고 있음을 느꼈다. 그는 천성적으로 현재를 고려하기보다는 과거 속을 거닐기를 즐겼으며, 노련한 검술 교사 특유의 향수에 젖어 들기를 좋아했다. 하지만 정도가 지나친 적은 없었다. 따라서 그런 감상을 통해 씁쓸한 기분에 빠져들기보다는, 오히려 반대로 달콤 씁쌀하다고 표현할 수 있는 일종의 행복한 몽상 속으로 잠겨 들곤 했었다. 그는 자신이 그런 몽상 속에 빠져 살아가고 있음을 누구보다 잘 알고 있었다. 그리고 늘 그것을 아주 독특한 자신만의 특성으로 규정했으며, 그의 일생에서 소중하게 여길 수 있는 유일한 자산이자 자신의 영혼이 소멸하는 순간 함께 더불어 무덤까지 가져갈 수 있는 고유의 것으로 생각했다. 그는 그 몽상 속에 온 우주를 통째로 집어넣었고, 감각적인 자신의 삶과 소중히 간직해 온 모든 추억도 담아 둔 상태였다. 하이메 아스타를로아는 자기 스스로 영혼의 평화를 온전히 지켜 나가기 위한 방법으로 그 몽상에 의존해 왔다. 영혼의 평화야말로 불완전한 인간이 꿈꿀 수 있는 유일한 지혜였기 때문이다. 그의 눈앞에 펼쳐진, 거대하고 드넓지만 이미 그 끝을 알고 있는 〈인생〉이라는 것은, 결국 마지막에는 바다로 흘러들 수밖에 없는 강물처럼 그에게는 그다지 불확실한 대상으로 인식되지 않았다. 그러나, 그런 깨지기 쉬운 내면의 평화가 그 불안정함을 완전히 드러내는 데에는 보랏빛 두 눈동자의 우연한 등장만으로도 충분할 정도였다.

그는 혹시 과거에 경험했던 열정과는 다른 어떤 불길한 기운이 자신 안에 숨어 있는 것은 아닌지 알아보려 했다. 그것이 현재 자신의 가슴속에서 일렁이며 부드러운 가을의 느낌과 잔잔한 슬픔을 자아내는 것은 아닌지 걱정스러웠던 것이다. 〈정말 그뿐일까······?〉 그는 발코니 손잡이에 몸을 기댄 채, 지평선 저 너머로 불쑥불쑥 솟아오른 장엄한 광경을 목도하며 안도와 좌절이 뒤섞인 한숨을 몰아쉬고 자문해 보았다. 〈내 스스로가 이러한 감정에서 기대할 수 있는 것이 과연 무엇일까……?〉 그는 자신을 되돌아보고, 자신의 모습과, 이제는 시들어 가는 기운을 되새겨 보며 미소 지었다. 그의 영혼은 비록 지치고 쇠잔해지기는 했지만, 그의 신체 기관이 점차적으로 약해지는 것과는 달리 활력을 더하고 있었다. 그리고 노쇠함을 거스르는 그런 감각이 달콤한 위험을 내포하고 있음에도, 하이메 아스타를로아는 아직은 자긍심이 넘치는 영혼이 있었기에 가녀리나마 열정이 빚어내는 노래를 감지할 수 있었다. 그것은 막판 뒤집기의 감동을 연출해 내는, 그야말로 반역적인 감정이었다.

4. 짧은 공격

거리상으로 짧은 공격은 통상적으로
그다지 신중하지도 사려 깊지도 못한 상대를 대상으로 행한다.
그런가 하면, 앞에 장애물이 있거나
바닥이 고르지 않거나 미끄러운 곳에서는 절대로 사용해서는 안 된다.

    무더위와 온갖 풍문 속에서 시간은 느릿느릿 흘러갔다. 돈 후안 프림은 템스 강변에서 여전히 모반을 획책하고 있었고, 한편에서는 사로잡힌 포로의 대열이 마치 뱀이 기어가듯이 햇살이 뿌옇게 내리쬐고 있는 들판을 가로질러 아프리카의 감옥을 향하고 있었다. 하이메 아스타를로아는 이 모든 것들을 무관심하게 흘러보내고 있었지만, 그에게도 파장이 피해 갈 수는 없었다. 카페 프로그레소의 모임에서도 일대 소란이 있었다. 아가피토 카르셀레스가 날짜가 며칠 지난 신문 「신 이베리아」를 깃발처럼 흔들어 대고 있었다. 말도 많고 탈도 많았던 〈마지막 한마디〉라는 제목의 기사는 왕정 체제를 무너뜨리고 총선을 통한 헌정 의회의 수립을 위해 바요나와 좌파 정당 및 자유 연합 측 망명 인사들이 맺은 온갖 비밀 협약에 대해 폭로하고 있었다. 사실, 이런 일들의 기원은 이미 오래전으로 거슬러 올라가는 것들이었지만, 아닌 밤중에 홍두깨 격으로 「신 이베리아」가 이 일을 들추고 나선 것이었다. 어쨌든, 온 마드리드 시내가 이 이야기로 들끓고 있었다.

「늦었지만 모르고 지나간 것보다야 낫지 뭘 그래.」 카르셀레스가 신문을 돈 루카스 리오세코의 찡그린 콧수염 앞에 대고 뒤흔들며 말했다. 「이 계약이 자연의 이치를 거스르는 것이라고 대체 누가 그랬다는 거야? 응? 누구냐고?」 그가 이미 카페의 손님들에게 돌리고 돌려 너덜해진 신문지 위에 의기양양하게 주먹을 내리치며 말했다. 「이제 대대로 내려오던 장애물들도 얼마 남지 않았소이다, 여러분! 그 어리광쟁이 여왕 폐하께서도 원래의 구석 자리로 돌아가실 때가 된 것이지.」

「천만의 말씀! 혁명이라니, 말도 안 돼! 공화국은 더욱더 안 될 말씀이고!」 돈 루카스는 상당히 화가 나 있었음에도 주변 분위기 탓인지 다소 의기소침해 있었다. 「돈 아가피토, 다른 사람들처럼, 다시 말하지만, 다른 많은 사람들과 마찬가지로, 프림 역시 왕정을 유지하면서 시도할 수 있는 예비 해결책을 준비하고 있을 거야. 그의 개혁으로는 침체된 혁명의 기운에 자유의 길을 터줄 수가 없어. 절대로 안 되지! 제 아무리 날고뛰어 봐야 일개 군인에 불과하니까. 어차피, 모든 군인은 애국자이고, 모든 애국자들은 왕당파이니……」

「더 이상 이런 모욕은 참을 수가 없어!」 카르셀레스가 격앙되어 버럭 소리를 질러 댔다. 「지금 한 그 말, 당장 취소하시지, 미스터 리오세코!」

돈 루카스는 입술을 실룩거리며 황당하다는 듯 상대를 쳐다보았다.

「내가 언제 자네를 모욕했다고 그러는 거야, 미스터 카르셀레스?」

약이 바짝 오른 신문 기자 카르셀레스가 하늘과 주변 사람들이 증인이라며 대꾸했다. 「지금 모욕을 주지 않았다, 이거야? 모욕하지 않았다고? 여기 있는 모든 사람들 앞에서

나를 왕당파라고 하는 걸 똑똑히 들었는데도?」

「내가 언제 자네더러……」

「어쭈! 한 입으로 두말하고 있네! 이봐, 돈 루카스, 남아일언중천금이라 했어. 그래, 어디 한번 아니면 아니라고 우겨 봐. 역사가 심판할 테니!」

「이봐, 돈 아가피토, 나도 내 말에는 책임을 질 줄 아는 사람이야. 그리고 역사의 심판 같은 것, 하나도 무섭지 않아. 우리가 하는 이야기와 역사의 심판이 무슨 관계가 있는 것도 아니고…… 젠장! 도대체 무슨 소리를 하고 있는 거야? 완전히 삼천포로 빠진 것 아니냐고!」

카르셀레스의 집게손가락이 돈 루카스의 조끼 세 번째 단추를 가리키고 있었다.

「이봐, 돈 루카스. 자네가 조금 전에 모든 애국자들은 왕당파라고 했어, 안 했어?」

「했지.」

카르셀레스가 빈정거리는 웃음을 터뜨렸다. 죄인에게 막 몰매를 주기 직전에 터뜨리는 그런 웃음 같았다.

「그럼, 내가 왕당파란 말이야? 여러분! 여러분 눈에 내가 왕당파로 보입니까?」

하이메 아스타를로아를 포함해 그 자리에 있던 사람들 중 그 누구도 대꾸하지 않았다. 잔뜩 기고만장해진 카르셀레스가 돈 루카스를 다시 쳐다보며 말했다. 「봤지?」

「도대체 뭘 봤다는 말이야?」

「나는 왕당파가 아니라 이거야. 하지만, 애국자라고. 결국 자네가 날 모욕했으니, 사과를 하게.」

「이봐, 자네는 애국자가 아냐, 애국자 근처에도 못 간다고, 돈 아가피토!」

「뭐라고……?」

이쯤이면 카르셀레스와 돈 루카스가 주먹다짐을 하기 전에 언제나처럼 다른 친구들이 끼어들 시간이었다. 마음을 가라앉힌 일행은 이사벨 2세 여왕의 뒤를 과연 누가 잇게 될 것인가 하는 정치적 음모에 대한 화제로 대화를 이끌어 가기 시작했다.

「아마도 몽팡시에 공작이 아닐까?」 안토니오 카레뇨가 침착한 목소리로 말했다. 「나폴레옹 3세가 반대한다고는 하지만 말이야.」

「하지만 그건…….」 조금 전에 실랑이를 벌이느라 떨어져 내린 외알 안경을 바로 하면서 돈 루카스가 말했다. 「돈 알폰소 왕자에게 왕위를 물려줄 가능성을 배제했을 때 이야기지.」

카르셀레스가 툭 튀어 들며 말했다. 「푸익몰테호? 이봐, 미스터 리오세코, 꿈도 꾸지 말게나. 부르봉 왕가는 더 이상 안 돼. 끝장났다고. 〈*Sic transit gloria borbónica*(부르봉 왕가의 영화는 지나갔다)!〉는 말도 있고, 그 외에도 다른 라틴어 표현들도 있지 않은가. 그간 우리 스페인 국민들은 할아버지 폐하와 어머니 폐하 대를 거치면서 엄청나게 고통을 받아 왔어. 아버지 폐하 대는 증거가 없어 잘 모르겠지만 말이야.」

어떤 배경으로 버티고 있는지는 몰라도 여전히 실직당하지 않고 직업 전선에서 활동하고 있는 안토니오 카레뇨가 기술 관료다운 분별 있는 태도로 중재에 나섰다. 「이봐, 돈 루카스, 자네도 우리 스페인 국민들이 이미 인내심의 한계를 넘어섰음은 인정해야 해. 이사벨 여왕 시대에 겪게 된 위기 가운데 상당수는 제아무리 뻔뻔스러운 사람이라도 얼굴을 붉힐 수밖에 없는 그런 이유에서 기인하고 있거든.」

「중상모략이야!」

「그래, 중상모략이든 뭐든 간에, 비밀 결사대원들 생각은, 이제 우린 참을 만큼 참았다는 거야…….」

돈 루카스가 열의로 얼굴이 벌겋게 달아올라 카르셀레스의 짓궂은 시선을 받아넘기며 왕당파로서의 최후의 변론을 펼치고 있었다. 그는 제발 좀 도와 달라는 듯한 눈빛으로 하이메 아스타를로아를 쳐다보며 말했다. 「이봐, 돈 하이메, 자네도 들었지……? 제발 무슨 말이라도 좀 해보게. 자넨 분별 있는 사람이니 말이야.」

하이메 아스타를로아는 어깨만 한 번 으쓱해 보이고는 스푼으로 조용히 커피 잔을 저었다.

「내 전공은 검술이야, 돈 루카스.」

「검술? 이봐, 왕정이 위기에 처해 있는데 도대체 누가 검술 같은 걸 생각이나 한다고 그래?」

음악 교사인 마르셀리노 로메로는 궁지에 몰린 돈 루카스가 측은하게 생각되었다. 그래서, 토스트를 먹다 말고, 여왕 폐하가 지닌 고결함과 상냥함에 대해 천진스러운 태도로 칭찬을 했다. 사실, 여왕 폐하의 그런 성품은 아무도 부정하지 못할 것이었다. 그 말에 카레뇨가 조소 섞인 웃음을 터뜨렸고, 아가피토 카르셀레스는 피아니스트를 향해 불같이 화를 냈다.

「이봐, 고결함 가지고 나라를 이끌어 갈 수는 없는 법이야!」 그가 주먹을 들이대며 말했다. 「나라를 통치하기 위해서는 애국심이 있어야 하고, 부끄러워할 줄 알아야 한다고!」 그가 돈 루카스를 흘낏 쳐다보며 말했다.

「창피한 부끄러움이지.」 카레뇨가 경망스럽게 끼어들었다.

돈 루카스는 동료들의 압력에 도저히 견딜 수 없다는 듯 지팡이로 바닥을 탕탕 내리쳤다.

「남들을 몰아세우기는 쉬운 법이야.」 그가 고개를 서글프게 설레설레 저으며 말했다. 「힘겹게 서 있는 나무를 베어 불쏘시개로 만들어 버리는 게 얼마나 쉽겠어! 더구나, 자네 아가피토 말이야, 한때 신부였다는 사람이……」

「그만!」 아가피토 카르셀레스가 말을 가로막았다. 「다 지난 옛날 고리짝 얘기는 제발 꺼내지 말자고!」

「옛날 고리짝 이야기일지는 몰라도, 사실은 사실 아닌가.」 돈 루카스는 자신의 말 한마디가 아가피토 카르셀레스의 가장 민감한 부분을 건드렸다는 게 신이나 고집을 부렸다.

카르셀레스가 한 손을 가슴에 올렸다가는 다시 하늘을 향해 쳐들며 말했다. 「나는 철없던 어린 시절, 나 스스로가 우민 정책의 검은 상징인 사제복을 입었던 일을 저주하고 있네!」

안토니오 카레뇨가 카르셀레스의 장황한 연설조의 말에 말없이 경의라도 표하려는 듯 크게 고개를 끄덕였다. 돈 루카스가 계속 말을 이었다. 「한때 신부였던 사람으로서, 돈 아가피토, 자네는 이것 하나만은 그 누구보다도 명백하게 알고 있어야 할 걸세. 자비야말로 기독교 정신에서도 가장 고결한 것이라는 걸 말이야. 따라서, 우리의 여왕 폐하의 역사적 치적을 평가함에 있어서도 관대해야 함과 동시에 애정을 지녀야 한다는 말이야.」

「우리의 여왕 폐하가 아니라 자네의 여왕 폐하겠지, 돈 루카스.」

「자네 마음대로 부르게나.」

「그래? 그럼 마음껏 불러 볼까? 변덕쟁이, 경망스러운 여자, 미신 신봉자, 무식쟁이. 이외에도 줄줄이 댈 수 있지만 그만하도록 하지.」

「자네의 무례함은 정말 참을 수가 없군그래.」

동료들은 다시 한 번 모두를 진정시켜야 했다. 사실, 돈 루카스나 아가피토 카르셀레스는 모기 새끼 한 마리도 죽일 위인이 아니었지만, 매일 오후마다 마치 일과처럼 이런 과정이 반복되곤 했다.

 「우리가 반드시 짚고 넘어가야 할 일은……」 돈 루카스가 콧수염 끝을 한 번 비틀더니, 카르셀레스의 기분 나쁜 시선을 무시한 채 말했다. 「여왕 폐하께서 도무지 잘생긴 구석이라고는 찾아볼 수도 없는 돈 프란시스코 데 아시스와 결혼을 하신 것 자체가 어쩔 수 없는 불행이었다는 점이야…… 공공연한 사실이지만, 부부 사이가 원만치 못하다 보니, 도대체 나라 걱정은 손톱만큼도 않는 귀족들과 정치가들, 왕실 측근들과 온갖 시정잡배들이 제멋대로 나라를 쥐고 흔들도록 방치하게 된 것이지. 오늘날의 이 애처로운 현실도 실은 다 그자들 책임이라니까.」

 카르셀레스가 웬일인지 진득하게 참고 듣는가 싶더니 끼어들었다.

 「그런 애길랑 아프리카로 잡혀간 애국 포로들, 카나리아 섬이나 필리핀 등지로 쫓겨난 망명 동포들, 유럽 각지로 흩어져 나간 수많은 이주민들에게나 하는 게 어떻겠나?」 카르셀레스가 혁명가적 분노에 사로잡힌 듯 손에 들고 있던 「신 이베리아」를 신경질적으로 구기며 말했다. 「현재의 가톨릭 왕실은 앞에서도 충분히 얘기했듯이 너무 과거 지향적이야. 지금 상황이 어떤지는 자네도 알고 있겠지……? 핏줄 속에 민주주의의 핏방울이라고는 단 한 방울조차 섞여 있지 않은 사이비 정치가들과 심지어 왕실 집사들까지도 단지 그 불경한 곤살레스 브라보의 정책을 온전히 지지하지 않을지도 모른다는 이유로 모조리 추방당했던 것 말이야. 책 좀 봐, 돈 루카스. 잡지라도 좀 보라고. 프림에서 크리스티노 마르토스 등을 거쳐 올로사가에 이르기까지 좀 알아 두라고. 조금 전에도 읽었던 것처럼, 심지어 자유 연합마저 오도넬이 천박하게 구는 걸 보고 왕당파를 비웃고 나섰네. 이제 이사벨 여왕의 대의를 지지하는 세력이라고는 기껏해야 갈기갈기 찢어지고 힘도 빠져 버린 온건 세력 일부뿐이고, 그들마저도 이미 자신들의 손에서 권력이 다 빠져 나가 버린 것을 알고는 어디에 몸을 의탁해야 할지 모르는 채 자기들끼리 이전투구만 벌이고 있는 상황이야……. 자네가 그토록 극진히 모시는 여왕 폐하께서는 바닥 모르는 물속으로 한없이 빠져들고 계시다 이 말일세, 돈 루카스. 얕은 물인지, 깊은 물인지 알 수는 없지만.」

「사실은 프림의 세도 한풀 꺾이고 있어.」 안토니오 카레뇨가 살짝 이야기를 흘렸다. 아주 독창적인 생각이었기 때문에 동료들이 하나같이 귀를 쫑긋했다. 그러자 카르셀레스가 이번에는 날카로운 총구를 이쪽으로 들이댔다.

「조금 전에 우리의 친구이신 돈 루카스가 지적했다시피, 프림은 군인이야. 영광스러운 수천의 군인 가운데 하나라고. 제아무리 영광스럽다 해도, 어차피 수천 중의 하나일 뿐이야. 나는 그자의 말이라면 콩으로 메주를 쑨대도 한마디도 믿을 수 없어.」

「프림은 자유주의자잖아?」 카레뇨가 항변했다.

카르셀레스가 대리석 테이블을 주먹으로 쾅 내리치자 커피 잔들의 커피가 넘쳐흐를 뻔했다.

「자유주의자라고? 정말 코웃음도 안 나오는군, 돈 안토니오! 뭐? 프림이 자유주의자라고……? 진정한 민주주의자, 진정한 애국자라면 애초부터 일개 군인의 머릿속에 들어 있는 것 같은 건 믿지 않아. 프림이라고 예외는 아니지. 설마, 자네들 모두 그자가 과거에 얼마나 전횡을 일삼던 자였는지 잊은 건 아니겠지? 얼마나 정치적 야욕이 컸었는지……? 주변 환경이 영국이라는 오리무중의 상황이 그에게 모반을 일으키지 않을 수 없도록 만들었는지는 몰라도, 속을 들여다보면, 장군들치고 앞으로도 계속 말 등에 올라타 긴 칼을 휘두르며 위세를 떨치기 위해 허수아비 국왕을 수중에 쥐고 뒤흔들 생각 안 해본 사람이 누가 있겠느냐 이 말이야……. 이봐, 자네들! 지난 한 세기 동안에도 얼마나 수많은 궐기가 있었는지 알기나 하나? 얼마나 많은 사람들이 공화정을 하겠다고 떠들어 댔는지 아느냐고……? 그래, 그 결과가 뭐야? 민중만이 요구할 수 있고 이룩해 낼 수 있는 그것을 기꺼이 민중에게 선물해 준 사람은 결국 하나도 없었어. 제군들! 내가 보기에는 프림 역시 믿음이 가질 않아. 일단 처내려오고 나면, 아마도 허수아비 국왕부터 하나 옹립할 게 뻔해. 위대한 시인 베르길리우스도 이렇게 노래했었잖은가? *Timeo Danaos et dona ferentis*(제아무리 선물을 가져다준다 해도 그리스인들은 두려울 뿐)이라고.」

몬테라 거리 쪽에서 소란스러운 소리가 들려왔다. 행인들이 길 건너편 창문 아래로 우르르 모여들더니 푸에르타 델 솔 쪽을 손가락으로 가리키고 있었다.

「뭐야, 도대체 무슨 일이지?」 카르셀레스가 프림 일 같은 건 다 잊어버렸다는 듯이 게걸스럽게 물어 댔다. 카레뇨가 문 가까이로 걸어갔다. 사람들의 정치적 집회 따위에는 관심 없다는 듯 한쪽 구석에서는 고양이가 늘어지게 낮잠을 즐기고 있었다.

「아무래도 난투극이 일어나지 않았나 싶습니다, 여러분!」

카레뇨가 알려줬다.「한번 보는 게 좋을 것 같은데요!」

일행이 거리로 몰려 나갔다. 사람들이 푸에르타 델 솔에 잔뜩 모여 있었다. 마차들과 행인들을 다른 길로 유도하고 있는 경찰들의 모습도 보였다. 여자들은 겁에 질린 시선으로 뒤를 돌아보면서 황급히 언덕길을 숨이 차도록 올라가고 있었다. 하이메 아스타를로아가 한 경찰에게 다가갔다.

「무슨 불상사라도 생겼나 보지요?」

경찰은 어깨를 한 번 으쓱해 보였다. 현장 쪽으로 눈길을 보내긴 했지만, 그로서도 사태 분석이 안 되는 것 같았다.

「아직은 저도 잘 모르겠습니다, 선생.」 그는 아주 귀찮다는 태도로 대답하더니, 마주 선 신사의 모습을 제대로 좀 확인해 보려는 듯 손가락 끝으로 선글라스를 고쳐 썼다.「아마도 장군 대여섯 명이 체포된 것 같은데…… 사람들 말이 산 프란시스코의 군 형무소로 이송될 거라고들 하더군요.」

돈 하이메는 동료들에게 돌아가 이 소식을 전해 주었고, 소식을 전해 들은 친구들은 비탄으로 가득 찬 탄식을 해댔다. 몬테라 거리 한가운데서 아가피토 카르셀레스의 활기찬 목소리가 들려오고 있었다.

「여러분! 이미 이럴 줄 알고 있었습니다! 이 얼마나 조잡스러운 일입니까! 이것이야말로 마지막으로 휘두르는 맹목적인 억압의 주먹 아니겠습니까!」

그의 눈앞에는 아름답고 수수께끼 같은 매력을 지닌 여인이 한 손에 플뢰레를 들고 검술 교사의 일거수일투족을 주시하고 있었다.

「아주 간단합니다. 잘 보세요.」 하이메 아스타를로아가 검을 들고는 그녀의 검에 부드럽게 교차시켰다. 어찌나 가볍게 검을 움직였는지, 마치 칼과 칼이 서로를 쓰다듬는 것 같았다. 「2백 에스쿠도 검법은 소위 〈적절한 타이밍〉이라고 하는 것에서부터 출발합니다. 그러니까, 앙 카르트로 접근하면서 아타크 포스를 주어 상대방으로 하여금 그 자세에서 그대로 공격을 하도록 만드는 것이지요……. 그렇지요, 바로 그겁니다. 카르트로 받아 보세요. 좋습니다. 그럼 제가 콩트르 드 티에르스로 막겠지요? 그렇지요……? 막고, 공격합니다. 물론 부인께서는 제가 콩트르 드 티에르스를 하지 못하도록 저지하기 위해 늘 거리를 두어야지요. 그러고 나서 바로 앙 카르트로 다시 공격하세요……. 잘하셨습니다. 방금 해보셨다시피, 여기까지는 그다지 비법이라 할 것도 없습니다.」

아델라 데 오테로가 하이메 아스타를로아의 플뢰레에 시선을 고정한 채 진지한 표정으로 말했다. 「그렇게 거리를 유지한 상태에서 두 번이나 공격을 감행하면 위험하지 않을까요?」

돈 하이메가 고개를 가로저었다.

「전혀 위험하지 않습니다, 부인. 콩트르 드 티에르스를 완벽하게 마스터하면 걱정할 것 없는데, 부인이 바로 그렇습니다. 제 공격이 무척 위험스러운 것은 사실이지만, 검술 기술을 제대로 익히지 못했거나 완벽하게 배우지 못한 사람들의 경우에만 해당되지요. 자칫 잘못 연습했다가는 사람을 죽일 수도 있기 때문에 공연히 어설프게 배우는 과정에 있는 사람들에게는 절대로 이 기술을 가르치지 않습니다……. 처음 부인께서 제게 이 검법을 가르쳐 달라고 하셨을 때 제가 거절했던 이유를 이제 알겠지요?」

그녀가 매력적인 미소를 지었다.

「부디 이해해 주시기 바라요, 선생님. 아마 선생님께서는 잘 모르시겠지만…….」

「예. 저는 잘 모릅니다. 그리고 지금도 여전히 어떻게 부인에게 이걸 가르치게 되었는지 잘 설명되지 않습니다만…….」 그가 잠시 멍한 눈빛으로 말을 멈추더니 다시 입을 열었다. 「좋습니다. 잡담은 이 정도로 마무리하고, 계속할까요?」

「예. 그러세요.」

「좋습니다.」 검술 교사는 말하는 동안 줄곧 아델라의 시선을 피하고 있었다. 「상대가 두 번째 공격을 시도하는 것과 동시에, 두 검이 서로 맞부딪치는 바로 그 순간에 이런 콩트르 파라드로 꺾고 들어가야 합니다. 이렇게…… 곧바로 팔 바깥쪽으로 앙 카르트를 뻗으면서 말입니다……. 보셨지요? 그러면 상대방이 공격을 피하기 위해 팔꿈치를 구부리고 플뢰레를 거의 수직으로 들면서 파라드를 하고, 결국 칼끝이 하늘을 향하게 되겠지요. 바로 그겁니다.」

하이메 아스타를로아는 칼끝을 아델라 데 오테로의 오른쪽 어깨 위에 올려놓은 채 다시 멈추었다. 칼끝이 여인의 육체와 접촉하면서 심장의 박동이 빨라지는 것을 느꼈다. 마치 손가락으로 감싸 쥐고 있는 검을 통해 그녀의 육체가 만져지는 것 같았다. 검이 손가락의 연장이라도 되듯이……. 〈상 티망 뒤 페르…….〉 그가 마음속으로 중얼거렸다. 느껴지지 않을 만큼 그의 온몸이 가늘게 떨렸다. 아델라 데 오테로는 그의 플뢰레를 홀낏 쳐다보는가 싶더니, 입가의 흉터 위로 엷은 미소가 스쳐 지나갔다. 부끄러운 하이메 아스타를로아는 얼른 검을 1인치 정도 들어 올렸다. 그녀가 그의 감정을 모조리 꿰뚫고 있는 것만 같았다.

「좋습니다. 이제 결정적인 순간이 되었습니다.」 돈 하이메가 잠시 동안 완전히 흐트러진 정신을 다시 집중시키기 위해 노력하면서 말했다.「상대의 동작이 시작되는 것과 때를 같이 하여 팔 전체를 쭉 뻗어 찌르는 대신에, 마치 다른 형태의 공격을 시도하기 위해 아타크 포스를 하듯이 잠시 주춤하는 겁니다……. 제대로 보실 수 있도록 제가 천천히 한번 시범을 보이지요. 이렇게 하는 겁니다. 잘 보셨나요? 그렇게 되면 상대가 총체적인 파라드로 들어가지 않을 겁니다. 그 대신 중간쯤에 멈칫하면서 다음 공격을 막으려고 하겠지요. 곧바로 다음 공격이 이어질 거라고 예상하고 말이에요.」

아델라 데 오테로의 두 눈에서 환희의 불꽃이 번쩍거렸다. 제대로 이해하고 있다는 증거였다.

「상대가 실수하는 게 바로 이때로군요.」 그녀가 새로운 것을 배웠다는 기쁨에 큰 소리로 외쳤다.

하이메 아스타를로아도 기꺼이 공범이 되어 주려는 듯 대꾸했다. 「바로 맞추셨습니다. 바로 거기가 허점이고, 그것이 바로 우리에게 승리를 안겨 주는 포인트이기도 하지요. 잘 보세요. 아주 순간적으로 멈칫한 다음, 같은 동작으로 상대방과의 거리를 좁히는 겁니다. 이런 식으로요. 그래야 상대가 뒤로 물러서지 못하게 되고, 움직임의 반경이 비좁아지게 됩니다. 그 지점에서는 칼끝이 4분의 1만 회전하게 되고, 따라서 플뢰레 끝이 2인치 정도밖에는 올라가지 못합니다. 어때요? 아주 간단하지요? 동작을 제대로 익히기만 하면, 얼마든지 상대방의 오른쪽 견갑골 옆으로 해서 목을 공격할 수 있습니다……. 좀 더 정확히 말하자면, 목 한가운데로 명중시킬 수 있다는 겁니다.」

끝이 둥글게 마무리된 플뢰레 끝이 여자의 목덜미를 따라 움직이고 있었다. 아델라 데 오테로는 입술을 약간 벌린 채 하이메 아스타를로아를 쳐다보고 있었고, 그녀의 두 눈동자는 흥분으로 번득이고 있었다. 하이메 아스타를로아는 그녀를 찬찬히 지켜보았다. 코가 벌름거리고 블라우스 자락 밑으로 가슴이 숨 가쁘게 요동치고 있었다. 그녀는 마치 멋진 선물을 받아 들고 막 그 포장지를 벗겨 내는 어린 소녀처럼 빛을 발하고 있었다.

「정말 멋져요, 선생님. 믿을 수 없을 만큼 간단하군요.」 그녀가 감동 어린 뜨거운 시선으로 그를 바라보며 속삭였다. 「믿을 수 없을 정도로 간단해요!」 다시 한 번 진지한 표정으로 말하더니, 한 손에 들고 있던 플뢰레를 열에 들뜬 시선으로 내려다보았다. 그녀는 그 금속성 검을 통해 새롭게 익힌 죽음의 세계에 완전히 빠져 버린 것 같았다.

「그것이 이 검법의 장점일 겁니다.」 하이메 아스타를로아가 말했다. 「검술에서는, 단순한 것이 최선이니까요. 복잡한 것은 잔재주일 뿐입니다.」

그녀가 행복한 웃음을 만면에 띠었다.

「이제 제가 검술 책에도 나오지 않는 비법을 전수받은 셈이로군요.」 마치 그것 때문에 무척이나 은밀한 환희를 느끼는 것처럼 그녀가 중얼거렸다. 「이 비법을 아는 사람이 몇이나 될까요?」

돈 하이메가 모호한 몸짓을 했다.

「글쎄요. 잘 모르겠습니다. 열? 열둘······? 아니, 조금 더 될지도 모르겠네요. 왜냐하면 한 사람이 배우면 그 사람이 또 다른 사람에게 가르쳐 주게 되니까요. 결국, 얼마 지나지 않아 이 비법도 통하지 않게 될지 모릅니다. 부인께서도 보셨다시피, 이 검법을 파악하기만 하면 막아 내는 건 그야말로 식은 죽 먹기니까요.」

「이 검법으로 사람을 죽여 보신 경험 있으세요?」

하이메 아스타를로아가 깜짝 놀라 아델라 데 오테로를 바라보았다. 여성의 입에서 나올 만한 질문이 아니라고 생각되었기 때문이다.

「적절한 질문이 아니라고 생각되네요, 부인……. 아무리 생각해 봐도, 부인께서 하실 질문은 아니라는 생각이 듭니다.」 잠시 말을 멈춘 그의 뇌리에 지난 시절의 어두운 기억이 스쳐 지나갔다. 넓은 풀밭, 몰려든 사람들, 그리고 피……. 그의 칼끝에 찔린 사내의 목에서 솟구쳐 오르는 피를 그 누구도 어찌하지 못하고 손 놓고 있었던 그날. 「설사 있을 수 있는 질문이었다 치더라도, 제가 자부심을 가지고 말씀드릴 만한 일은 없습니다.」

 아델라 데 오테로가 별것 아닌데 뭘 그러냐는 듯 심술궂은 주름을 지어 보였다. 순간, 하이메 아스타를로아는 그녀의 빛나는 보랏빛 두 눈동자에서 어두운 잔혹성을 발견해 내면서 걱정스러운 생각이 들었다.

 먼저 질문을 던진 건 루이스 데 아얄라였다. 아마도 그에게까지 소문이 퍼졌던가 보다.

「세상에, 돈 하이메! 여자를요? 정말 검을 잘 씁니까?」

「대단히요. 저도 처음에 무척 놀랐으니까요.」

 후작이 무척 관심 있다는 표정으로 얼굴을 바싹 앞으로 들이밀며 물었다. 「예쁜가요?」

 하이메 아스타를로아가 무심한 몸짓을 보였다.

「굉장히요.」

「선생님, 엉큼하시네요!」 루이스 데 아얄라가 한쪽 눈을 찡긋거리며 손가락으로 하이메 아스타를로아를 가리켰다. 「아니, 그런 대단한 보석을 도대체 어디서 건지신 거예요?」

돈 하이메가 어물쩍 그게 아니라고 부정했다. 자기 나이에 그런 일은 생각조차 할 수 없는 일이라는 둥, 이러저런 이유를 대면서. 그저 스승과 제자일 뿐이니, 관심 있으시면 후작께서나 한번 알아보시라면서.

　그 말에 루이스 데 아얄라가 곧바로 행동에 옮길 뜻을 비쳤다.

「돈 하이메, 그럼 제가 그녀를 좀 만나 봐야겠습니다.」

　하이메 아스타를로아가 모호하게 대답했다. 사실 알룸브레스 후작과 아델라 데 오테로가 만나는 일은 그로서는 그다지 달가운 일이 아니었다.

「물론, 그러셔야지요. 언제 한번 날을 잡도록 하지요. 별 문제 없을 겁니다.」

　루이스 데 아얄라가 그의 팔을 꽉 붙잡고 흔들었다. 두 사람은 정원의 무성한 버드나무 아래서 산책을 즐겼다. 나무 그늘에서도 푹푹 찌는 듯한 더위가 느껴졌다. 후작은 캐시미어로 된 가벼운 바지에 영국산 실크 셔츠 차림이었으며, 양 소매 깃에는 순금으로 만든 방패 모양의 커프스 버튼을 달고 있었다.

「결혼은 했나요?」

「잘 모르겠습니다.」

「어디 사는지도 모르세요?」

「그 댁에 한 번 가보긴 했지만, 그 여자분과 하녀밖에는 보지 못했거든요.」

「그럼, 혼자 사는 게 틀림없을 겁니다.」

「저도 그런 인상을 받았습니다만, 확신할 수는 없습니다.」
돈 하이메는 그런 식의 질문이 귀찮아지기 시작했다. 그래서 자신의 고객이자 후원자인 후작에게 결례가 되지 않는 한에서 어떻게든 질문을 피해 보려 했다. 「사실 도냐 아델라 양는 자기 자신에 대해 그다지 많은 이야기를 하지 않으시더군요. 후작님께도 말씀드렸다시피, 뭐 안 믿으실지 모르지만, 그분과의 관계가 전적으로 직업상의 관계, 그러니까 검술 교사와 고객의 관계이기 때문에 잘 알 수가 없답니다.」

두 사람은 물을 뿜어 내고 있는, 볼 살이 토실토실한 천사상의 발아래 있는 분수 옆에 잠시 멈춰 섰다. 두 사람이 다가가자 참새 한 쌍이 푸드덕 날아가 버렸다. 루이스 데 아얄라는 그 참새들이 근처의 나뭇가지 사이로 완전히 사라져 보이지 않게 될 때까지 날갯짓을 바라보고 있다가 다시 하이메 아스타를로아 쪽으로 돌아섰다. 건장하고 활기가 넘쳐흐르는 후작의 모습과 다소 여윈 듯한 하이메 아스타를로아의 모습이 극명한 대조를 이루고 있었다. 사실, 언뜻 보아서는, 그 누구의 눈에라도 하이메 아스타를로아가 귀족으로 보일 게 분명했다.

「도저히 안 될 것 같아 보일지도 모르지만 도전은 지금이라도 늦지 않았습니다……」 알룸브레스 후작이 얄궂은 윙크를 보내며 말했다. 돈 하이메는 놀림이라도 당한 듯 화들짝 놀라지 않을 수 없었다.

「후작님, 그런 말씀은 더 이상 마십시오.」 어조가 약간 날카로워져 있었다. 「저는 그 여자분께서 그야말로 남다른 검술 솜씨를 지니고 계시지 않았더라면 절대로 고객으로 받아들이지 않았을 겁니다. 그건 확실히 믿으셔도 됩니다.」

루이스 데 아얄라가 은근히 음흉한 한숨을 몰아쉬었다.

「발전을 해야지요, 돈 하이메. 발전, 이 얼마나 요술과도 같은 단어입니까! 새로운 시절, 새로운 풍습들이 우리 모두를 찾아오고 있습니다. 선생님도 예외는 아니고요.」

「이런 말씀 드려 죄송합니다만…… 아무래도 후작님께서 잘못 알고 계신 것 같습니다.」 하이메 아스타를로아는 후작이 갑자기 대화의 방향을 바꾼 것이 못내 불편했다. 「원하신다면, 이 모든 일을 늙은 검술가의 변덕 때문에 생긴 일이라 생각하셔도 좋습니다. 이건 미학…… 미학의 문제이니까요. 그것을 통해 〈발전〉과 새로운 관습으로의 문을 열 수도 있겠죠. 하지만 제 생각입니다만, 극적인 변화를 진지하게 생각해 보기에는 너무 나이가 들어 버렸습니다. 이제 젊음의 광기도 사라져 버렸고, 별것 아닌 일에 완전히 심취해 버릴 수 있는 나이도 지났습니다.」

알룸브레스 후작이 돈 하이메의 진지한 논변에 만족한다는 표정을 지으며 말했다. 「선생님 말씀에도 일리가 있습니다. 제가 사과를 드려야 할 것 같네요. 그건 그렇고, 선생님은 변화를 별로 좋아하지 않으시지요……?」

「예. 별로요. 저는 평생을 제 자신이 지니고 있는 신념을 지켜 가며 살아왔을 뿐입니다. 세월이 흐르면서 그 가치가 폄하되어 버리는 일련의 것들도 누군가 지켜 나가야 할 테니까요. 그렇지 않으면 모든 것이 그저 순간을 살아가는, 모래성과도 같은 가변적인 것으로 전락하고 말 겁니다. 한마디로 헛것이 되고 마는 것이지요.」

후작이 그의 눈을 똑바로 쳐다보았다. 가볍던 어조는 어느덧 사라지고 없었다. 「돈 하이메, 선생님은 이 세상이 아닌 다른 차원에서 살고 계신 분 같습니다. 괜한 말이 아니라, 선생님 말씀을 들으면서 떠오른 진지한 제 의견입니다. 선생님의 지도를 받은 지도 제법 오래되었는데, 저는 선생님을 만날 때마다 늘 선생님이 독특한 의무감을 느끼고 계신 것에 깜짝깜짝 놀라곤 한답니다. 독단적이지도, 그렇다고 종교적

이거나 윤리적인 냄새를 풍기지도 않는 그런 의무감이요. 스스로에 대한 의무감, 자신의 의지로써 선택한 의무감…… 너무나도 독특한 것이어서 모든 것을 돈으로 사고팔 수 있는 이 시대에는 왠지 어울리지 않는 낯선 느낌을 주지요. 선생님은 그런 것이 이 시대에서 뭘 의미하고 있는지 아십니까?」

하이메 아스타를로아가 상당히 고집스러운 표정으로 양미간을 찌푸렸다. 다시 한 번 대화의 방향이 어긋나면서 아까보다 더한 불편함을 느꼈다.

「잘 알지 못하지만, 별로 알고 싶지도 않습니다, 후작님.」

「그게 바로 선생님만의 특징입니다. 알지도 못하고, 알고 싶지도 않은 것 말입니다. 이거 아세요? 때때로 저는 우리의 이 처량한 스페인에서 불행하게도 사람들의 역할이 온통 뒤바뀌어 버린 건 아닌가 하는 생각을 하곤 합니다. 제가 알고 있는 수많은 사람들과 더 나아가 저 자신이 가지고 있는 이 법적 귀족이라는 신분이 선생님 것이 되었어야 하는 건 아닌가 하고 말입니다.」

「돈 루이스, 그런 말씀 마십시오…….」

「아니, 잠깐만요. 제 말 좀 들어 보세요……. 사실 이제는 작고하셔서 영면을 취하고 계시는 제 할아버지께서 나폴레옹 전쟁 당시 영국과 교역을 하시며 큰돈을 버신 덕에 귀족 작위를 사셨습니다. 어차피 세상이 다 아는 일이지만요. 하지만 진정한 귀족, 내력 있는 귀족의 기품을 영국산 천 조각을 몰래 들여와 판 돈으로 살 수는 없는 법입니다. 그것은 값진 검을 통해 얻을 수 있는 것이지요. 그렇지 않습니까……? 그러니, 선생님, 한 손에 검을 들고 계신 선생님께서 돈 주고 귀족 자리를 산 사람들보다 손톱만큼도 못하다는 생각을 하지 마세요. 저보다도 말입니다.」

하이메 아스타를로아는 고개를 들어 잿빛 눈동자로 루이스 데 아얄라의 두 눈동자를 응시했다.

「돈 루이스, 이렇게 한 손에 검을 들고 있으면 저 역시 다른 누구보다도 스스로에 대해 자부심을 느낍니다.」

한 줄기 가벼운 바람이 불어와 버들가지가 살랑거렸다. 후작은 돌로 만들어진 천사상 쪽으로 시선을 돌리더니, 마치 너무 멀리까지 왔다는 듯 혀를 찼다.

「여하튼, 그런 식으로 고립된 생활을 하시는 건 별로 좋지 않습니다, 돈 하이메. 친구로서 드리는 말씀이에요……. 품격만으로 세상을 살아갈 수 없다는 것은 분명한 사실입니다. 인생이 즐겁지도 않고요. 한참 어린 제가 감히 선생님을 앞에 두고 설교를 한다고는 생각지 말아 주십시오……. 그저 저는 거리에도 관심을 기울이고 주변에서 일어나고 있는 일에도 한 번씩 눈길을 돌려 본다면 인생이 훨씬 재미날 거라는 걸 말씀드리고 싶었던 것뿐이니까요. 더구나 요즘 같은 역사적인 시점에는 말입니다……. 아 참, 최근 일 아시지요?」

「최근 일이라니요?」

「최근에 있었던 봉기 말입니다.」

「그쪽 일은 제가 잘 모릅니다만……. 혹시 군 장성들 체포 사건을 말씀하시는 건가요?」

「허허 참! 그건 벌써 호랑이 담배 먹던 시절 이야기가 돼버렸는데……. 최근에 자유 연합이 진보주의자들과 합의서를 작성한 일이 알려졌습니다. 그자들이 지금까지와는 달리 합법적인 야권이기를 완전히 포기해 버리고 혁명군을 지지하기로 결정했답니다. 그들의 계획은, 우선 여왕을 폐위시킨 뒤, 이번 일에 장장 3백만 레알이라는 거금을 지원하기로 약속한 몽팡시에 공작에게 왕좌를 넘기는 것이라더군요. 이번 일로 마음에 큰 상처를 입으신 이사벨 여왕께서는 여동생과 제부를 포르투갈로 유배 보내기로 하셨답니다. 세라노와 둘세, 사발라, 그리고 기타 몇몇 사람들은 카나리아스로 유배가 확정되었고요. 몽팡시에를 추종하던 세력들은 현재 프림을 압박하여 몽팡시에를 왕권 후계자로 밀어 주도록 추진하고 있지만, 카탈루냐 혈통의 용감하신 프림 그 양반께서 아직은 가타부타 의사 표명을 하지 않고 있다고 합니다. 뭐 현재까지는 상황이 이렇게 진행되고 있지요.」

「대단한 사건이군요!」

「그래서 말씀드리는 것 아닙니까. 저처럼 이렇게 울타리 너머로 모든 세세한 일들을 지켜보는 재미도 만만치 않습니다. 한번 해보세요……! 온갖 것들을 다 경험해 봐야 합니다. 특히 정치와 여자는요. 소화 불량이 되지만 않는다면 말입니다. 그게 바로 제 철학이고, 보시다시피 그 덕분에 제 인생은 늘 즐겁고 흥미진진하지요. 나중에 어떻게 되든 말입니다. 저는 칼라냐스식 모자와 망토로 변장을 하고 산이시드로 초지 주변의 구멍가게들을 돌아다니기도 합니다. 행정부 장관직에 있었던 3개월 동안 과학적인 호기심을 발휘했었던 것처럼 그렇게 호기심이 넘쳐서 말입니다. 사실 그 자리는 돌아가신 호아킨 삼촌 덕에 잠시 맡았던 것이었는데…… 하여튼, 살아남아야 합니다, 돈 하이메. 이것이야말로 어젯밤 입술 가득 거만스러운 미소를 지은 채, 카지노 테이블 위에 사람들 입방아에 오르고도 남을 만한 거금인 3천 두로를 거침없이 올려놓을 수 있었던 활기찬 인생의 주인공이 드리는 말씀입니다. 제 말 이해하시겠습니까?」

검술 교사 하이메 아스타를로아가 따뜻한 미소를 머금고 대답했다. 「대충은요.」

「별로 그러신 것 같지도 않은데요.」

「제가 그런 문제에 대해 어떤 생각을 가지고 있는지는 후작님께서도 잘 아실 겁니다.」

「물론 잘 알지요. 선생님은 모든 사안에 대해 독특한 생각을 하시는 분이시니까요. 만일 예수 그리스도께서 선생님을 앞에 두고 〈모든 것을 놓아두고 나를 따르라〉고 하셨다면, 아마도 선생님은 얼마든지 그렇게 하고도 남으실 분입니다. 그 무엇을 버려 두고 가신다 해도 아쉬워하실 것 같지 않아요.」

「플뢰레 두 자루는 좀 아쉬울 것 같네요. 그것만 허락된다면……」

「플뢰레라면 그럴 만한 가치가 있지요. 선생님이 예수 그리스도나 또 다른 누군가를 따라 나선다면 말이지요. 좀 지나친 상상인가요?」 후작은 재미나다는 듯 말했다. 「그런데, 지금껏 돈 하이메 선생님께 혹시 왕당파이신지 여쭤 보지 않은 것 같습니다. 그러니까 제 말은 우리의 이 가련한 스페인 왕실이 아니라 추상적인 개념에서의 왕정 체제를 말씀드리는 겁니다.」

「조금 전에 후작님께서 저라는 사람이 이 세상에 속해 있지 않은 것 같다고 하시지 않으셨던가요?」

「이 세상뿐 아니라 다른 세상에도 마찬가지입니다. 사실 모든 곳의 주변부에 위치할 수 있는 선생님의 능력이 감탄스러울 뿐입니다.」

하이메 아스타를로아가 고개를 들었다. 그의 잿빛 눈동자가 하늘 높이 떠다니고 있는 구름을 응시했다. 마치 그 속에 친근한 무엇이라도 있는 것처럼.

「어쩌면 제가 너무 이기적인지도 모르겠습니다.」 하이메 아스타를로아가 말했다. 「늙어 빠진 이기주의자……」

후작이 미간을 찌푸리며 대답했다.「선생님, 때로는 그런 부분이 중요할 수도 있습니다. 아주 값진 품성일 수 있다는 겁니다.」

하이메 아스타를로아가 어쩔 수 없다는 듯 두 손바닥을 펴 보이며 어깨를 으쓱거렸다.

「사람은 누구나 환경에 적응하기 마련이지요. 더욱이 다른 대안이 없을 때는 말입니다. 만일 대가를 지불해야 한다면 지불합니다. 그건 살아가는 태도의 문제이니까요. 일정한 순간이 다가오면 삶은 나름대로의 방향을 설정하게 됩니다. 설사 그것이 잘못된 것이라도 말입니다. 즉 이렇게 갈 것인지 저렇게 갈 것인지를 결정한다는 것이지요. 만일 배가 타 버리고 없다면, 다른 모든 방법을 동원해서라도 풍랑에 맞서야 할 겁니다.」

「설사 그것이 잘못된 방법이라 하더라도 말입니까?」

「그럴수록 더욱더 강하게 맞닥뜨려야지요. 그래야만 미학이 파고들 여지가 생기거든요.」

후작이 입을 크게 벌리고 환한 미소를 짓자 그의 반듯한 치아가 빛났다.

「실수의 미학이라. 그것 참 학구적인 주제가 아닐 수 없군요…… 그런 주제라면 할 말도 많을 것 같습니다.」

「저는 그렇게 생각지 않습니다. 사실, 이 세상에 많은 말을 할 수 있는 주제는 없다고 생각합니다.」

「검 빼고 말씀이시지요?」

「맞습니다. 검 빼고 말이지요.」하이메 아스타를로아가 이것으로 대화가 종결되기라도 했다는 듯 입을 꾹 다물더니, 잠시 후 고개를 설레설레 저으며 입을 열었다.「조금 전에 후작님께서도 말씀하셨다시피, 기쁨이란 외적 환경 속에서만 발견할 수 있는 것이 아닙니다. 사람의 특정한 습관으로 이루어진 지조 속에서도 발견되지요. 설사 그 모든 것들이 그 사람을 둘러싸고 무너져 내린다 해도 말입니다.」

후작이 조소 어린 어조로 긍정을 표했다. 「세르반테스도 그런 비슷한 것을 이야기로 썼었지요. 다만 다른 것이 있다면, 선생님은 가슴속에 풍차를 안고 계시기에 시골 귀족 돈키호테처럼 모험을 찾아 뛰쳐나가지는 않는다는 것뿐입니다.」

「어쨌거나 제가 꽉 막히고 이기적인 시골 귀족이라는 점은 기억해 주시기 바랍니다, 후작님. 라만차의 돈키호테가 불의를 타파하고자 했다면, 저는 그저 아무 일 없이 평화롭게 있기만을 바라고 있습니다.」 그는 이렇게 말한 뒤 자신의 감정을 분석해 보기라도 하려는 듯 잠시 생각에 잠겼다.

「그런 저의 태도가 과연 명예로움과 양립될 수 있는 것인지는 저도 잘 모르겠습니다만, 저는 여전히 명예롭게 살아가고자 노력하고 있습니다. 확실히요. 명예로운 삶. 존경받을 수 있는 삶. 어원학 사전에서 〈명예〉를 찾으면 함께 찾을 수 있는 그 온갖 단어들로 점철된 삶을 위해서 말입니다.」 그가 명료하게 덧붙였다. 그의 어조에서 공연한 허영심 같은 것은 전혀 감지되지 않았다.

「역시 선생님답습니다. 선생님의 전형적인 모습이에요.」 후작이 완전히 감탄하여 말했다. 「특히 요즘 같은 세상에 말입니다, 그런데 왜 하필이면 다른 게 아닌 〈명예〉를 고집하시는 거죠? 명예 말고도 얼마든지 다른 가치들이 있는데 말입니다. 돈이라든지 권력, 야심, 증오, 열정 등 말입니다…….」

「어느 날인가 그 어휘를 선택하게 되었습니다. 아주 우연히, 아니면 단순히 발음이 마음에 들었기 때문이었던 것도 같네요. 어쩌면, 그 어휘가 어떤 식으로든 제 돌아가신 선친의 이미지와 부합되었기 때문일 수도 있겠지요. 용맹스러운 아버지의 죽음에 늘 자긍심을 느꼈으니까요. 명예로운 죽음은 모든 것을 정당화시키지요. 심지어 인생 전부를 정당화하기도 하고요.」

「이제는 그 생각도 바뀌고 있습니다만……」 아얄라 후작은 하이메 아스타를로아와의 대화가 지속되는 게 못내 흐뭇한지 미소를 띠며 말했다. 「그 속에는 선생님께서도 아시겠지만 상당히 가톨릭적인 색채가 가미되어 있는 것 같습니다. 선한 죽음을 영생으로 들어가는 문으로 생각하는 사고방식 말입니다.」

「구원이나, 뭐 그런 것을 기대한다면, 부친의 명예로운 죽음은 그리 큰 소용이 없을 겁니다……. 다만, 저는 선친께서 자기 자신 외에 그 어떤 목격자도 없는 상황에서, 영원한 어둠의 문턱을 넘나들며 마지막 전투를 벌이셨던 일을 말씀드리고 있을 뿐입니다.」

「신의 존재는 염두에 두고 있지 않으신가 봅니다.」

「별 관심 없습니다. 신은 인간이 견딜 수 없는 극한까지 견디시는 분이시지요. 그건 무책임하고 모순적인 태도입니다. 신사답다고 할 수가 없지요.」

후작은 진심 어린 존경심을 담은 눈빛으로 돈 하이메를 쳐다보았다.

「선생님!」 후작이 한동안 침묵하다가 말했다. 「저는 늘 자연이 모든 정결한 것을 불결한 것으로 만듦으로써 세상에서 살아남게 한다고 생각해 왔습니다만…… 선생님이야말로 그런 저의 생각이 잘못되었음을 분명하게 드러내는 유일한 증거인 듯싶습니다. 아마도 바로 그런 점이 제가 선생님을 좋아하는 이유겠지요. 검술 솜씨는 물론이고 말입니다. 저는 사실 책 속에나 있을 법한 이야기들과 타협하고 살아가거든요. 그런 것들이 저의 양심마저 잠들도록 만들기도 하지요.」

두 사람 모두 침묵한 채 분수의 물소리를 듣고 있었다. 살며시 불어온 한 줄기 산들바람이 다시 한 번 수양버들 가지들을 흔들어 댔다. 그 순간, 하이메 아스타를로아는 아델라 데 오테로를 떠올렸고, 동시에 루이스 데 아얄라를 흘낏 쳐다보면서 내면에서 솟아오르는, 이유를 알 수 없는 번뇌의 속삭임을 들었다.

그해 여름, 수도 마드리드를 온통 뒤흔들고 있던 어지러운 정치 상황과는 상관없이, 하이메 아스타를로아는 고객들과의 약속을 철저히 이행했으며, 그 속에는 일주일에 세 시간씩 하는 아델라 데 오테로의 개인 교습도 포함되어 있었다. 그녀와의 검술 연습은 주변 상황과는 전혀 상관없이 예정대로 이루어졌을 뿐 아니라, 두 사람이 만나게 된 계기 자체가 검술 기술의 습득이었으므로 오로지 그 목표에만 충실했다. 따라서 그녀가 여전히 화려한 기량을 펼쳐 보이고 있는 공격 기술의 연습 외에는 잠시나마 사소한 잡담을 나눌 여가가 없었다. 당연히 그녀가 두 번째로 연습실에 찾아온 날 오후에 나누었던 속내 깊은 대화 같은 건 더더욱 하기 힘들었다. 요즈음의 대화는, 보통 그녀가 검술에 대한 질문을 몇 가지 하면 하이메 아스타를로아가 눈에 띌 만큼 안도하는 표정으로 아주 기꺼이 그 질문에 답하는 형식으로 이루어졌다. 한편, 하이메 아스타를로아는 태연을 가장하고는 있었지만, 내심 그녀의 신상에 대해 좀 더 자세한 내용을 알고 싶어 했는데, 어쩌다가 그런 문제에 다가서기라도 하면 그녀는 은근히 회피해 버리던가 다른 문제로 비껴가곤 했다. 어쨌든, 지금까지 그가 확실하게 파악한 것이라고는 그녀가 가까운 일가친척 하나 없이 혼자 살고 있다는 것과, 그녀만이 간직하고 있는 어떤 비밀스러운 이유로 인해 현재 마드리드에서 적극적인 사회생활을 하지 않은 채 한발 물러나 있다는 것 정도였다. 그리고 리아뇨 거리의 건물 1층 대신 2층에서 살고는 있지만 아주 풍족하게 지낼 만큼의 여유로운 재산을 가지고 있다는 것과 외국에서 몇 년간 살았다는 것도 짐작할 수 있었다. 그녀와 대화를 하는 가운데 드러나는 몇몇 두드러지는 표현과 소소한 특징들로 미루어 볼 때, 아마도 이탈리아에서 살다 온 게 아닐까 싶었다. 하지만, 여전히 그녀가 미혼인지, 혹은 미망인인지는 알 수가 없었다. 다만, 현재 지내는 모양새로 봐서는 미망인일 가능성이 훨씬 높아 보였다. 아델라 데 오테로의 대범한 성격, 남성에 대한 하이메 아스타를로아의 생각에 반응하는 회의적인 태도 등으로 추측해 볼 때 아직 미혼의 여성으로 보기에는 문제가 있었기 때문이다. 그녀는 분명 사랑을 해보았고, 또 그 사랑으로 상처받아 본 경험이 있을 것이다. 하이메 아스타를로아는 이제 나이가 지긋해진 까닭에, 그녀가 비록 젊지만 그녀의 모습에서 아주 강도 있고 극단적인 인생의 사건들을 극복해 낸 사람들만이 지닐 수 있는 침착함을 감지해 낼 수 있었다. 물론 그런 그의 판단이 옳은지는 알 수 없었지만, 그는 한마디로 그녀를 정의한다면, 〈모험가〉라 할 수 있다고 생각했다. 사정이야 어찌 되었건 틀린 말은 아닐 것이다. 사실 그녀에게서는 아주 특이할 정도의 독립적인 성향이 엿보였는데, 그건 하이메 아스타를로아가 지금까지 보아 온 전통적인 여인상이라고는 도저히 볼 수 없었기 때문이다. 하지만, 그의 양심 한구석에서는 너무나도 쉽게, 어리석을 만큼 단순하게 단정 지어 버린 것은 아닌가 하는 우려도 들려왔다.

아델라 데 오테로는 그녀에 대한 이야기가 불거져 나오려고 할 때마다 입을 다물어 버리곤 했지만, 검술 교사 하이메 아스타를로아 입장에서는 그녀와의 관계가 전반적으로 만족스러웠다. 여성 고객인 아델라 데 오테로의 젊음과 아름다움 덕분에 하이메 아스타를로아는 하루하루 건강한 기운이 솟아오르는 것을 느꼈다. 그녀는 그를 존중해 주었으며, 그런 그녀의 태도 속에는 아주 각별하게 감지되는 요염한 기색도 없지 않았다. 이런 감정은 시간이 흐를수록 점점 더 커져만 갔고, 노련한 검술 교사 하이메 아스타를로아는 자그마한 여행용 가방을 들고 그녀가 자기 집 문 앞에 나타나는 시간을 갈수록 조바심을 내며 학수고대하기에 이르렀다. 그는 이제 자연스럽게 그녀가 사용할 수 있도록 탈의실 문을 조금 열어 두곤 했으며, 그녀가 교습을 마치고 집을 나서면 곧바로 그곳으로 가, 그녀가 허공 속에 흔적처럼 남겨 놓은 은은한 장미향을 천천히 음미해 보곤 했다. 두 사람의 시선이 한동안 마주친다던지, 혹은 격렬한 대련 도중 서로 몸이 살짝 스치게 될 경우, 그는 오랜 수양 덕분에 길러진 아버지와도 같은 푸근한 예의범절 뒤로 가슴속에 일어나는 마음의 혼란을 겨우겨우 감추곤 했다.

그러던 어느 날인가, 찌르기를 연습하던 중, 그녀가 아주 강력한 공격을 시도하다가 돈 하이메의 가슴팍에 부딪친 적이 있었다. 그는 순간 여인의 부드럽고 탄력 있는 육체가 자신의 두 팔 안으로 쓰러져 내림을 느꼈고, 거의 반사적으로 그녀가 균형을 잃지 않도록 그녀의 허리를 감싸 안아 주었다. 그녀는 재빨리 몸을 추슬러 일어섰지만, 금속 마스크로 가려진 그녀의 얼굴이 잠시 그의 얼굴을 마주 보고 있었다.

두 사람의 얼굴이 아주 가까이에 있었기 때문에 그는 여인의 숨결도, 그를 뚫어지게 쳐다보는 여인의 두 눈동자 속에서 타오르는 불꽃도 느낄 수 있었다. 잠시 후, 다시 가르드 자세를 취했지만, 조금 전에 있었던 일로 몹시 당혹스러웠던 그는 미처 제대로 방어를 해보지도 못하고 가슴을 노출시킴으로써 상대방이 깨끗하게 두 번이나 공격을 성공하도록 허용하고 말았다. 두 번이나 연거푸 공격이 성공하자 신이 난 아델라 데 오테로는 앞뒤로 전진과 후진을 반복하면서 전광석화 같은 빠른 공격을 시도했고, 마치 신나는 게임에 몸과 마음을 온통 빼앗겨 버린 소녀처럼 흥에 겨워 불같은 공격을 쏟아부었다. 마침내 원상을 회복한 하이메 아스타를로아는 팔을 뻗어 상대와의 거리를 유지하면서 그녀를 유심히 살펴보았다. 그의 칼에 사정없이 부딪쳐 오는 여인의 플뢰레가 날카로운 금속음을 쏟아 내고 있었다. 아델라 데 오테로는 잠시 공격을 멈추더니 빠르고 효과적으로 깊은 공격을 시도할 만한 허점을 찾는 동작을 취했다. 하이메 아스타를로아는 지금까지 그녀의 모습이 이토록 사랑스러웠던 적은 없었다고 생각했다.

얼마 후, 탈의실로 들어갔던 그녀가 다시 외출복으로 갈아입고 나왔다. 그런데 전과 어딘지 달라진 모습이었다. 안색이 창백하고 불안해 보이기도 했다. 그녀는 한 손을 들어 이마를 짚는가 싶더니, 다른 손에 들고 있던 모자를 바닥에 떨구면서 불안하게 벽에 기대어 섰다. 걱정스러운 표정으로 하이메 아스타를로아가 달려갔다.

「괜찮으십니까?」

「그런 것 같아요.」 그녀가 힘없이 미소 지었다. 「날이 너무 더워서 그런가 봐요.」

그는 그녀가 기댈 수 있도록 한 팔을 내밀었다. 그녀가 머리를 기댔기 때문에 그녀의 뺨이 그의 어깨에 닿을 듯 말 듯 했다.

「도냐 아델라, 부인께서 이런 약한 면을 보이시는 걸 처음 보게 되어 무척 놀랐습니다.」

창백한 여인의 얼굴에 미소가 빛났다.

「선생님만이 특혜를 누리셨다고 생각하세요.」 그녀가 대답했다.

그는 자신의 팔에 느껴지는 여인의 무게를 흐뭇하게 즐기며 그녀를 서재로 데리고 나와 오래되어 가죽이 트기 시작한 소파에 앉도록 했다.

「뭘 좀 마시는 게 좋겠습니다. 코냑을 한 모금 드시면 훨씬 나으실 것 같은데요.」

「너무 신경 쓰지 마세요. 아까보다 훨씬 좋아진 것 같아요.」

하지만 돈 하이메는 고집을 부리면서 코냑을 가지러 찬장 쪽으로 갔다. 잠시 후, 그가 한 손에 유리잔을 들고 돌아왔다.

「한 모금이라도 좀 마셔 보십시오. 혈기가 돌 겁니다.」

그녀가 코냑에 입술을 살짝 적시더니 우아한 미소를 지었다. 하이메 아스타를로아는 바람이 들어올 수 있도록 창문을 활짝 열어 놓고는 다시 적당한 거리를 두고 그녀 앞에 와 앉았다. 이렇게 두 사람은 잠시 아무 말 없이 앉아 있었다. 돈 하이메는 그녀의 건강을 염려한다는 핑계하에 보통 때 같으면 감히 엄두도 내지 못할 만큼 찬찬히 그녀를 관찰했다. 그리고 무의식중에 조금 전 그녀가 기대고 있었던 자신의 팔을 두 손가락으로 문질러 보았다. 아직도 그녀의 체온이 느껴지는 듯했다.

「한 모금만 더 드세요. 벌써 조금 좋아지신 것 같네요.」

그녀가 착한 아이처럼 그의 말을 따랐다. 그리고 잠시 후, 거의 마시지 않은 코냑 잔을 무릎에 가만히 올리고는 그의 두 눈을 마주 보며 감사의 미소를 보냈다. 이제 안색이 정상으로 돌아와 있었다. 그녀는 턱 끝으로 방 안의 물건들을 가리키며 말했다.

「선생님, 이거 아세요?」 그녀가 마치 비밀이라도 말하는 사람처럼 나지막한 목소리로 말했다. 「이 집 전체가 선생님을 닮았다는 사실요. 모든 것이 편안한 느낌을 주도록 아주 잘 유지되고 있는 것 같아요. 안정감도 주고요. 이곳의 모든 것들은 시간의 흐름에서 배제되어 버린 것처럼 완벽하게 보존되어 있어요. 이 사방의 벽들 속에 온전히 다 담겨 있는 것 같아요. 그러니까……」

「제 모든 인생이 말이지요?」

그녀는 그가 딱 맞는 단어를 찾아 주어 만족스럽다는 듯 두 손바닥을 마주칠 자세를 취했다.

「네, 선생님의 모든 인생이요.」 그녀가 고혹적인 목소리로 대답했다.

하이메 아스타를로아는 자리에서 일어나 몇 걸음 내딛으며 그녀가 가리킨 것들을 말없이 둘러보았다. 오래전 파리 검술 아카데미가 발행한 자격증, 자신의 이름이 새겨진 나무 방패, 유리 상자에 들어 있는 낡은 결투용 권총 두 자루, 벽에 걸린 작은 액자 속 녹색 비로드 한가운데에 꽂혀 있는 황실 경비대 중위 계급장……. 그는 한 손을 들어 올리더니 떡갈나무 책장에 가지런히 꽂혀 있는 장서들을 쓰다듬듯 만져 보았다. 아델라 데 오테로는 입을 약간 벌린 채 아주 열심히 그의 모습을 바라보며 그를 둘러싸고 있는 모든 것들로부터 들려오는 가녀린 목소리에 귀 기울이고 있었다.

「모든 것을 체념하고 망각의 손에 맡겨 버리지 않는다는 것은 아름다운 일이지요.」그녀가 말했다.

그는 이 세상 그 누구도 무엇인가를 선택적으로 기억할 수 없다는 것을 충분히 깨닫고 있었기에 무기력한 몸짓을 보이며 말했다.

「아름답다라는 것은 정확한 표현이 아닌 것 같습니다.」그가 장서들과 여러 가지 물건들로 가득 찬 사방 벽면을 가리키며 말했다. 「가끔 나는 마치 무덤 속에 들어앉아 있다는 느낌을 갖곤 하는데…… 그건 상징과 침묵, 그런 것과 유사한 감정이지요.」그는 방금 자신이 한 말을 반추해 보고는 서글픈 미소를 지었다. 「뒤에 남겨 두고 온 온갖 환영들이 질러 대는 그런 침묵의 소리. 말하자면 에네아스가 트로이를 탈출하면서 들었던 망령의 소리 같은 것이라고나 할까요.」

「무슨 말씀이신지 알 것 같아요.」

「아시겠다고요? 어쩌면 그럴 수도 있겠군요. 부인께서는 족히 그러실 수 있으리라는 믿음이 서서히 생기기 시작했으니까요.」

「될 수 있었지만 결국 되지 못했던 그림자들…… 그걸 말씀하시는 것 아닌가요? 늘 우리가 꿈꾸어 왔지만 결과적으로 현실로 만들어 내지 못했던 것들 말이에요.」그녀가 전혀 굴곡이 없는 아주 단조로운 음성으로 말했다. 마치 아주 오래전에 배웠던 시 한 편을 암송해 내기라도 하는 듯한 모습이었다. 「한때 간절히 사랑했었지만 결코 내 사람으로 만들 수 없었던 사람들, 나를 사랑했었지만 나의 못된 마음 때문에, 혹은 미련하고 무지하여 그 바람이 짓밟혀 버리고 말았던 사람들…….」

「맞습니다. 아주 정확하게 이해하고 계시는군요.」

그녀의 흉터 위에 묻어 있는, 더욱 깊어진 미소가 마치 그를 비웃고 있는 것처럼 느껴졌다.

「왜 제가 이해하지 못할 거라고 생각하셨나요? 설마, 남자들만이 등 뒤에서 불타오르는 트로이의 아픔을 간직할 거라고 믿고 계시는 건 아니겠지요?」

그는 뭐라 대답해야 할지 몰라 그저 그녀를 물끄러미 응시할 뿐이었다. 그녀는 두 눈을 지그시 감은 채 머나먼 곳에서 들려오는 무슨 소리를 듣고 있는 것 같았다. 그러고는 잠시 후, 마치 꿈에서 깨어난 사람처럼 두 눈을 몇 차례 깜박이더니 하이메 아스타를로아를 쳐다보았다.

「하지만 돈 하이메, 선생님께 씁쓸함은 남아 있지 않은 것 같아요.」 그녀가 말했다. 「분노도 없고요. 도대체 선생님의 어디에서 무릎을 꿇거나 자비를 구하지 않으면서도 꿋꿋하게 자신을 지탱해 나갈 수 있는 강인한 힘이 나오는지 알고 싶네요……. 늘 영원한 이방인의 분위기를 풍기시잖아요. 마치 부재하시는 분처럼요. 한마디로, 선생님은 구두쇠처럼 생존을 위해 필요한 힘을 내면에 비축하고 계신다 이거예요.」

하이메 아스타를로아가 양 어깨를 으쓱해 보였다.

「그렇지 않습니다.」 그는 겁이라도 먹은 사람처럼 낮은 목소리로 말했다. 「내 나이 벌써 예순이 다 되어 가고, 그 속에서 온갖 영멸을 경험했습니다. 하지만 부인은…….」 그가 망설이다가 고개를 숙이고 말을 멈추었다.

「저는요…….」 그녀의 보랏빛 두 눈동자는 마치 베일을 드리운 듯 무표정하게 변해 있었다.

돈 하이메 역시 어린 소년처럼 순진하게 머리를 끄덕이며 대답했다. 「부인은 아주 젊으세요. 이제 모든 것을 시작하려는 참이고요.」

그녀가 하이메 아스타를로아를 뚫어지게 응시했다. 그리고 잠시 후, 눈썹 끝이 살짝 올라가더니 기쁨이라고는 전혀 담기지 않은 그런 웃음을 지었다.

「저는 존재하지 않아요.」 그녀가 약간 허스키한 목소리로 말했다.

하이메 아스타를로아가 혼란스럽다는 표정으로 그녀를 바라보았다. 그녀가 몸을 숙여 코냑 잔을 테이블 위에 내려놓았다. 그 잠깐 사이에 하이메 아스타를로아는 그녀의 목덜미 부근에서 묶여진 흑옥 같은 머리채 밑으로 드러난 강인하고 아름다운 목선을 보았다. 마지막 석양의 햇살이 창문으로 쏟아져 들어왔고, 붉게 물든 구름이 창틀의 모양을 따라 직사각형으로 비치고 있었다. 그리고 벽면에 그려지던 유리창의 그림자가 점차 희미해져 가더니 완전히 사라지고 말았다.

「이상하군요.」 하이메 아스타를로아가 중얼거렸다. 「저는 일정 시간 동안 플뢰레를 맞대는 행위를 통해 저와 유사한 또 다른 사람을 알아 간다는 사실에 늘 자긍심을 느껴 왔습니다. 서로 맞닥뜨리다 보면 그 사람에 대해 아는 것이 그다지 어렵지 않지요. 검을 다루다 보면 누구든지 어떤 식으로든 자신을 드러내기 마련이니까요.」

그녀가 다른 생각을 하고 있었던 듯 멍한 표정으로 중얼거렸다. 「그럴 수도 있겠군요.」

하이메 아스타를로아는 잡히는 대로 책을 한 권 뽑아 들고는 잠시 있다가 멍하니 다시 제자리에 꽂아 넣었다.

「그런데 부인과는 그게 안 됩니다.」 그가 말했다. 그녀가 아주 천천히 정신을 되찾는 것 같았다. 그녀의 두 눈동자에서 가볍지만 흥미롭다는 눈빛이 번득인 것이다.

「사실대로 말씀드리는 겁니다.」 그가 말했다. 「당신, 도냐 아델라 부인에 대해서는, 그저 활력이 넘치고 공격성이 감지된다는 것밖에는 잘 모르겠어요. 움직임은 차분하고 확신에 차 있습니다. 여자로서는 지나칠 만큼 민첩하고, 남자치고는 너무 섬세하지요. 일종의 자석과도 같은 힘을 분출하기도 합니다. 아주 응집된, 절제된 에너지라고나 할까요……. 때로는 어둡고 설명할 길 없는 증오심 같은 것이 느껴지지만, 도대체 무엇을 향한 증오심인지, 누구를 향한 증오심인지 알 길이 없어요. 아마도 대답은 부인도 잘 알고 계시는 게 분명한, 바로 그 트로이의 잿더미 속에 숨겨져 있겠지요.」

아델라 데 오테로가 그의 말을 곱씹어 보는 듯했다.

「계속해 보세요.」 그녀가 말했다.

하이메 아스타를로아가 뭘 더 계속하느냐는 몸짓을 했다.

「더 드릴 말씀이 없습니다.」 그가 미안한 듯 이어서 말했다. 「저는 부인께서도 보셨다시피 모든 것을 감지해 낼 수는 있지만, 그 동기를 찾아내지는 못합니다. 그저 나이 먹은 검술 교사일 뿐, 철학자나 윤리학자는 아니니까요.」

「나이 먹은 검술 교사치고는 별로 나쁘지 않으시네요.」

그녀가 비아냥거리는 듯하면서도 관대해 보이는 미소를 지었다. 그녀의 보송보송한 피부 아래서 무언가가 천천히 움직이는 것 같았다. 창밖으로 내다보이는 하늘은 캄캄한 어둠을 마드리드의 지붕 위로 드리우고 있었다. 창가로 고양이 한 마리가 느릿느릿 조용히 지나가다가 어둠 속에 잠기기 시작한 방 안을 한 번 흘낏 쳐다보더니 다시 갈 길을 갔다. 그녀가 부드럽게 치맛자락 스치는 소리를 내며 움직였다.

「잘못된 시간…….」 그녀가 회상에 잠긴 듯, 오묘한 분위기로 말했다. 「잘못된 날…… 잘못된 도시.」 덧없는 미소를 지으며 그녀가 어깨를 움츠렸다. 그리고 덧붙였다. 「비극이지요.」

돈 하이메는 어쩔 줄 몰라 그녀를 쳐다보았다. 그가 당황해하는 걸 보더니, 아델라 데 오테로는 살짝 옆으로 비켜 앉으면서 자신의 소파 옆자리를 손바닥으로 두들기며 부드럽게 말했다. 「이리 와서 앉으세요, 선생님.」

창가에 서 있던 하이메 아스타를로아가 점잖게 사양했다. 방 안은 이미 어둠에 잠겨 잿빛 그림자들만이 희미하게 드러나고 있었다.

「사랑해 보신 적 있으세요?」 그녀가 물었다. 점점 짙어만 가는 어둠 속에서 두 사람의 형상도 희미해지기 시작했다.

「여러 번 있었지요.」 그가 추억에 잠긴 목소리로 대답했다.

「여러 번이나요?」 그녀는 놀란 듯했다. 「그럴 것도 같군요. 하지만, 선생님, 제 말은 진심으로 사랑했던 여인이 있었느냐 이거예요.」

「네, 있었습니다. 파리에서요. 아주 오래전 이야기입니다만.」

「아름다웠었나요?」

「네. 무척이나요…… 부인처럼 말입니다. 더욱이, 파리라는 도시가 그녀를 더욱 아름답게 만들었지요. 카르티에 라탱, 생제르맹 거리의 근사한 상점들, 쇼미에르와 몽파르나스의 발레 공연들…….」

추억이 그에게 가슴 아픈 향수를 몰고 왔다. 그가 다시 한 번 등잔 쪽을 쳐다보았다.

「아무래도 등불을 켜야…….」

「누가 먼저 버렸어요, 돈 하이메?」

하이메 아스타를로아는 이제 더 이상 아델라 데 오테로가 자신의 표정을 읽을 수 없다는 것을 알고는 쓴웃음을 지으며 대답했다. 「좀 복잡한 얘기입니다. 그렇게 4년간의 사랑

끝에, 저는 그녀에게 한 사람을 택하라고 했지요. 그리고 그녀는 선택을 했습니다.」

그녀는 이제 꼼짝 않고 있는 그림자로 보였다.

「유부녀였나 보군요?」

「그랬습니다. 부인은 정말 영리한 분이시군요.」

「그래서 그 후에 어떻게 되었나요?」

「모든 것을 청산하고 스페인으로 귀국했습니다. 이미 오래전 이야기지요.」

거리에서는 장대를 든 사람이 가로등의 불을 밝히고 있었다. 희미한 가스등 불빛이 열린 창문을 통해 방 안으로 스며들었다. 아델라 데 오테로가 일어서더니 어둠 속을 가로질러 하이메 아스타를로아 곁으로 다가왔다. 그리고 그와 나란히 창가에 섰다.

「영국에 로드 바이런이라는 시인이 있어요.」 그녀가 나지막이 말했다.

돈 하이메는 아무 말 없이 서 있었다. 거의 닿을 듯이 가까이 다가선 여인의 몸에서 발산되는 열기가 느껴졌다. 그는 목이 바짝바짝 타 들어갔고, 혹시 자신의 심장이 세차게 두근거리는 소리가 그녀의 귀에 들리면 어쩌나 하는 걱정이 들었다. 그리고 아델라 데 오테로의 음성이 그의 몸을 간질이듯이 들려왔다.

「*The Devil speaks truth much oftener than he's deemed, He has an ignorant audience……*.」

그녀는 그에게 조금 더 가까이 다가섰다. 거리에서 흘러드는 불빛에 그녀의 얼굴 하단과 턱 끝과 입술 선이 드러나고 있었다.

「악마는 사람들이 생각하는 것보다 훨씬 더 자주 진실을

며 그녀가 어깨를 움츠렸다. 그리고 덧붙였다. 「비극이지요.」

돈 하이메는 어쩔 줄 몰라 그녀를 쳐다보았다. 그가 당황해하는 걸 보더니, 아델라 데 오테로는 살짝 옆으로 비켜 앉으면서 자신의 소파 옆자리를 손바닥으로 두들기며 부드럽게 말했다. 「이리 와서 앉으세요, 선생님.」

창가에 서 있던 하이메 아스타를로아가 점잖게 사양했다. 방 안은 이미 어둠에 잠겨 잿빛 그림자들만이 희미하게 드러나고 있었다.

「사랑해 보신 적 있으세요?」 그녀가 물었다. 점점 짙어만 가는 어둠 속에서 두 사람의 형상도 희미해지기 시작했다.

「여러 번 있었지요.」 그가 추억에 잠긴 목소리로 대답했다.

「여러 번이나요?」 그녀는 놀란 듯했다. 「그럴 것도 같군요. 하지만, 선생님, 제 말은 진심으로 사랑했던 여인이 있었느냐 이거예요.」

「네, 있었습니다. 파리에서요. 아주 오래전 이야기입니다만.」

「아름다웠었나요?」

「네. 무척이나요…… 부인처럼 말입니다. 더욱이, 파리라는 도시가 그녀를 더욱 아름답게 만들었지요. 카르티에 라탱, 생제르맹 거리의 근사한 상점들, 쇼미에르와 몽파르나스의 발레 공연들…….」

추억이 그에게 가슴 아픈 향수를 몰고 왔다. 그가 다시 한 번 등잔 쪽을 쳐다보았다.

「아무래도 등불을 켜야…….」

「누가 먼저 버렸어요, 돈 하이메?」

하이메 아스타를로아는 이제 더 이상 아델라 데 오테로가 자신의 표정을 읽을 수 없다는 것을 알고는 쓴웃음을 지으며 대답했다. 「좀 복잡한 얘기입니다. 그렇게 4년간의 사랑

끝에, 저는 그녀에게 한 사람을 택하라고 했지요. 그리고 그녀는 선택을 했습니다.」

그녀는 이제 꼼짝 않고 있는 그림자로 보였다.

「유부녀였나 보군요?」

「그랬습니다. 부인은 정말 영리한 분이시군요.」

「그래서 그 후에 어떻게 되었나요?」

「모든 것을 청산하고 스페인으로 귀국했습니다. 이미 오래전 이야기지요.」

거리에서는 장대를 든 사람이 가로등의 불을 밝히고 있었다. 희미한 가스등 불빛이 열린 창문을 통해 방 안으로 스며들었다. 아델라 데 오테로가 일어서더니 어둠 속을 가로질러 하이메 아스타를로아 곁으로 다가왔다. 그리고 그와 나란히 창가에 섰다.

「영국에 로드 바이런이라는 시인이 있어요.」 그녀가 나지막이 말했다.

돈 하이메는 아무 말 없이 서 있었다. 거의 닿을 듯이 가까이 다가선 여인의 몸에서 발산되는 열기가 느껴졌다. 그는 목이 바싹바싹 타 들어갔고, 혹시 자신의 심장이 세차게 두근거리는 소리가 그녀의 귀에 들리면 어쩌나 하는 걱정이 들었다. 그리고 아델라 데 오테로의 음성이 그의 몸을 간질이듯이 들려왔다.

「*The Devil speaks truth much oftener than he's deemed, He has an ignorant audience……*」

그녀는 그에게 조금 더 가까이 다가섰다. 거리에서 흘러드는 불빛에 그녀의 얼굴 하단과 턱 끝과 입술 선이 드러나고 있었다.

「악마는 사람들이 생각하는 것보다 훨씬 더 자주 진실을 말하건만, 청중이 무지하여…….」

영원의 형상과도 같은 완전한 침묵이 감돌았다. 그리고 그 침묵을 더 이상 견딜 수 없을 것 같다는 생각이 들 무렵, 그녀가 다시 입을 열었다.

「누구에게나 나름대로의 사연은 있는가 봐요.」

그녀의 목소리가 얼마나 작았는지, 하이메 아스타를로아는 거의 짐작으로 그 말을 새겨들을 수밖에 없을 정도였다. 아주 가까이에서, 거의 피부로 느낄 수 있을 정도로 가까이에서 그녀의 장미향이 피어나고 있었다. 그는 이성이 마비되어 가기 시작하면서, 거의 절망적으로 현실 감각을 유지시켜 줄 수 있는 무언가를 찾았다. 그래서 등잔 쪽으로 손을 뻗고는 성냥에 불을 붙였다. 연기와 함께 피어난 성냥불이 그의 떨리는 손안에서 춤을 추고 있었다.

그는 리아뇨 거리까지 그녀를 배웅하기로 했다. 그는 그녀의 두 눈을 응시하며 숙녀 혼자서 마차를 잡기에는 너무 늦은 시간이라고 거침없이 말했다. 그래서 프록코트를 걸치고, 지팡이와 실크해트를 집어 든 후 앞장서서 계단을 내려갔다. 건물 입구에 선 그는 아델라 데 오테로의 귀에 들리지도 않을 만큼 자그마한 목소리로 뭔가를 중얼거리더니, 최대한의 깍듯한 예의범절 외에는 아무것도 아니라는 듯 냉정을 가장하고는 그녀에게 한쪽 팔을 내밀었다. 그녀는 그의 팔에 한 손을 얹고 걷기 시작했다. 그리고 함께 걸으면서 틈틈이 조소의 빛이라도 감지하려는 사람처럼 그를 흘낏흘낏 쳐다보곤 했다. 돈 하이메는 사륜마차 마부석에 앉은 채 가로등 밑에서 졸고 있던 마부를 깨우고는 그녀와 함께 마차에 올라탄 뒤 행선지를 말했다. 마차는 아레날 거리를 재빨리 내려가다가 오리엔테 성 앞에서 오른쪽으로 꺾었다. 하이메 아스타를로아는 지팡이 손잡이 위에 두 손을 가만히 모은 채 아무 말 없이 앉아 어떻게든 온갖 생각들로 뒤죽박죽이 되어 버린 머릿속을 비우려고 애쓰고 있었다. 일어날 수도 있었던 일이 결국 일어나지 않았지만, 그는 잘했다고 해야 할지 잘못했다고 해야 할지 판단이 서지 않았다. 지금 현재 아델라 데 오테로가 무슨 생각을 하고 있을지에 대해서는 알고 싶지도 않았다. 그러나 한 가지 분명한 사실이 있었다. 그날 밤, 두 사람의 대화를 통해 외형적으로는 서로 훨씬 더 가까워진 듯해 보였지만, 둘 사이의 무언가가 완전히, 그리고 영원히 단절되고 말았다는 것이다. 그것이 무엇인지는 알 수 없었지만, 그건 중요치 않았다. 중요한 것은, 그의 주변을 둘러싼 많은 것들이 와장창 깨지는 소리를 내며 무너져 버렸다는 것이었다. 아델라 데 오테로는 그의 비겁함을 결코 용서하지 않을 것이다. 아니, 어쩌면 비겁함이라기보다는 체념이라고 하는 것이 나을지도 모르겠다.

두 사람은 붉은 비로드로 덮여 있는 마차 뒷좌석에서 서로 양쪽 끝에 자리 잡고 앉아 그렇게 침묵만 지키고 있었다. 가끔씩 불 켜진 가로등 아래를 지나면서 하이메 아스타를로아가 희미한 불빛 아래 곁눈질로 옆을 쳐다보기라도 할 때면, 멍하니 캄캄한 거리의 어둠을 응시하고 있는 여인의 옆모습만 눈에 들어오곤 했다. 하이메 아스타를로아는 두 사람을 감싸고 있는 이 어색함을 떨쳐 버리기 위해 무슨 말이라도 해보고 싶었지만, 자칫 잘못하여 상황이 더 악화될지도 모른다는 걱정이 앞섰다. 정말 모든 것이 부담스러울 만큼 가슴을 짓누르고 있었다.

마침내 아델라 데 오테로가 그를 쳐다보며 말했다. 「돈 하이메, 검술 교습을 받는 사람들 중에 지체 높으신 분들도 있다고 하셨던 것 같은데, 맞지요?」
「네.」
「귀족들도 있나요? 그러니까 백작이나 공작 같은 분들 말이에요.」

하이메 아스타를로아는 그녀가 조금 전 자기 집에서 나누던 대화와는 완전히 다른 새로운 주제를 꺼낸 것이 반가웠다. 아마도 그녀 역시 앞에서의 대화를 지속한다는 것은 좀 버겁다고 생각했던 것 같다. 그리고 어쩌면, 검술 교사인 그가 불편해하는 것도 같고, 그녀 역시 입장이 난처하다고 생각해서 일부러 냉랭한 분위기를 탈피해 보려는 시도를 한 것인지도 몰랐다.

「몇 분 계시지요.」 그가 대답했다. 「하지만 사실 그다지 많지는 않습니다. 명성 있는 검술 교사가 빈이나 상트 페테르부르크 같은 곳에 입성하기만 해도 온 제국의 귀족들이 우러르던 그런 시절은 지나 버렸거든요……. 오늘날의 귀족들은 검술에는 별로 끌려 하지 않는 것 같습니다.」

「그렇다면 그 명예로운, 예외의 인물들로는 어떤 분들이 계신가요?」

돈 하이메가 어깨를 으쓱하며 말했다. 「두세 분 계시지요. 수에카 백작의 아드님과 알룸브레스 후작님과……」

「루이스 데 아얄라 말씀이세요?」

「돈 루이스를 아십니까?」

「아니요. 하지만 이야기는 많이 들었어요.」 그녀가 아주 무관심한 표정으로 대답했다. 「마드리드 최고의 검객 중 한 분이시라고들 하더군요.」

하이메 아스타를로아가 흐뭇한 표정으로 고개를 끄덕거렸다.

「맞습니다.」

「저보다 더 나으신가요?」 그녀의 목소리에 호기심이 가득 담겨 있었다.

그는 궁지에 몰린 느낌이 들었다.

「그분은 부인과는 스타일이 다르십니다.」

아델라 데 오테로가 즐거운 목소리로 말했다. 「그분과 한번 겨뤄 보고 싶어요. 아주 재미난 분이시라고들 하던데요.」

「그건 안 됩니다. 죄송합니다만, 그건 안 돼요.」

「왜요? 별로 어려울 것 같지도 않은데요.」

「그건…… 음…… 그러니까…….」

「그분과 그저 대련이나 한번 해보았으면 싶어서 그래요. 그분도 2백 에스쿠도 검법을 배우셨나요?」

돈 하이메는 마차 뒷좌석에서 어색하게 몸을 움직거렸다. 공연히 걱정스러운 생각이 들기 시작했다.

「도냐 아델라, 부인께서 말씀하신 일은…… 음…… 그게 좀…… 특이한 경우라…….」 하이메 아스타를로아가 양미간에 주름을 잡으며 말했다. 「글쎄요…… 후작께서 뭐라 하실지…….」

「그분이 선생님을 신뢰하시나요?」

「네. 그분께서 제게 우정을 보여 주시는 것을 늘 영광으로 생각하고 있습니다. 그것이 곧 신뢰의 표현인지는 잘 모르겠지만요.」

아델라 데 오테로는 완전히 그의 한쪽 팔에 매달리다시피 하며 어찌나 들뜬 열의를 가지고 말하는지, 하이메 아스타를로아는 불과 반 시간 전, 자신의 서재에서 그토록 친밀한 대화를 나누었던 사람이 바로 이 여인이었다는 걸 믿기 어려울 지경이었다.

「그럼 아무 문제 없겠네요!」 그녀가 만족스러운 듯 외쳤다. 「그분께 제 이야기를 해주시기만 하면 돼요. 사실 그대로요. 제가 플뢰레를 잘한다고 말씀하시면, 아마 그쪽에서도 저를 만나 보고 싶어 하실 게 분명해요. 검을 쓰는 여인이라면서요!」

돈 하이메는 그다지 설득력 없어 보이는 핑계를 몇 가지 대면서 안 된다고 했지만, 그녀 역시 만만치 않게 졸라 대고 또 졸라 댔다.

「지금쯤은 선생님께서도 아시겠지만, 저는 마드리드에 아는 사람이라고는 하나도 없어요. 유일하게 아는 사람이 선생님이거든요. 하긴, 제가 여자이기는 하지만, 플뢰레 상자를 팔 아래 끼고 무작정 그 댁을 찾아가 벨을 누른다고 해서 문제 될 건 없을 거예요.」

「그런 일은 생각조차 하지 마십시오!」 하이메 아스타를로아의 이번 반응은 그의 신사다움에서 절로 우러나온 것이었다.

「왜, 안 되나요? 수치스러운 일인가요?」

「그런 뜻은 아닙니다. 다만, 돈 루이스 데 아얄라가 워낙 검술과 관련해서는 엄격하신 분이라서요. 어찌 생각하실지 모르겠습니다. 여자분이시라……」

「선생님께서는 저를 받아 주셨잖아요.」

「그건 다른 문제입니다. 저야 직업이 검술 교사이니까 그렇지만, 돈 루이스 데 아얄라는 후작이십니다.」

아델라 데 오테로가 잠시 얄궂으면서도 아주 유쾌한 웃음을 짧게 터뜨렸다.

「첫날, 그러니까 선생님께서 제 집을 처음 방문하셨던 그날, 선생님 역시 원칙 운운하며 저를 받아들일 수 없다고 하셨었지요……」

「결국 제 전문가적 호기심 때문에 그리하지 못했지만요.」

마차는 리리아 성 앞을 지나 프린세사 거리를 가로질렀다. 옷을 멋지게 잘 차려입은 행인 몇이 흔들리는 가로등 불빛 아래서 밤 산책을 즐기고 있었다. 야간 순찰을 돌던 경찰 한 명이 마차를 보더니 알바 공작 댁으로 가는 것이라 지레짐작하고는 가볍게 경례를 붙였다.

「후작님께 제 이야기를 꼭 해주겠다고 약속해 주세요. 네?」

「저는 지키지 못할 약속은 절대로 하지 않는 성격입니다.」

「선생님…… 그러시면, 선생님께서 질투하신다고 생각할 거예요.」

하이메 아스타를로아는 얼굴이 붉어져 왔다. 캄캄해서 서로의 얼굴을 볼 수는 없었지만, 아마도 귀까지 벌겋게 달아올라 있음이 분명했다. 그는 미묘한 감정이 치밀어 오르면서 목구멍이 콱 막히는 것 같아, 아무 말 하지 못한 채 그저 멍하니 입만 벌리고 있었다.

그가 당황해하며 생각했다. 〈당신 말이 맞아요. 당신 말이 꼭 맞아요. 내가 어린애처럼 행동하고 있었네요.〉 그는 스스로의 행동을 부끄럽게 생각하며, 심호흡을 한 번 한 뒤 가지고 있던 지팡이로 바닥을 두들기며 말했다. 「어디…… 한번 해보기로 하지요. 하지만 성공을 장담하지는 못합니다.」

그녀는 기쁨에 겨운 소녀처럼 손뼉을 쳐대더니 그가 앉아 있는 쪽으로 몸을 기울여 한 손을 덥석 움켜쥐었다. 그저 우연히 생각난 일이 이루어진 것에 대한 반응치고는 심하다 싶을 정도였다. 하이메 아스타를로아는 아델라 데 오테로가 두서없는 여인임에 틀림없다고 생각했다.

하이메 아스타를로아는 유쾌한 기분은 아니었지만 어쨌

거나 약속은 지켰다. 알룸브레스 후작 저택에서 검술 교습을 하는 틈을 타, 아주 조심스럽게 이야기를 꺼냈다. 「검술 교습을 받고 있는 그 젊은 숙녀께서…… 누구를 지칭하는 것인지는 잘 아시겠지만…… 그분께서 우연히 후작님 이야기를 꺼내셨는데, 통념을 깨는 그런 말씀을 하시더군요. 그러니까, 그분 역시 검술에 조예가 깊으신 분으로, 지금껏 본 적 없을 만큼 아주 훌륭한…… 빼어난 솜씨를 지니고 계시는데, 후작님께서 괜찮으시다면…….」

루이스 데 아얄라는 흐뭇한 표정으로 멋들어지게 정돈한 콧수염 끝을 쓰다듬고 있었다. 더 말이 필요치 않을 만큼, 그 역시 지대한 관심을 보이는 것 같았다.

「예쁘다고 하셨던가요?」

돈 하이메는 화가 치밀어 오르면서, 이런 천박한 뚜쟁이 노릇을 하고 있는 스스로가 혐오스럽게 느껴졌다. 그러면서도 마음 한구석에서는 아델라 데 오테로가 마차 속에서 했던 말이 고통스럽게 메아리치고 있었다. 자기 같은 나이에 아직도 질투심으로 어쩔 줄 몰라 한다는 것이 너무나도 한심스럽게 생각되었다.

두 사람의 만남은 이틀 뒤, 돈 하이메의 검술 연습실에서 이루어졌다. 아델라 데 오테로의 교습 시간에 우연히 찾아온 척 후작이 들른 것이었다. 두 사람은 깍듯하게 인사를 나누었다. 그리고 폭 넓은 자줏빛 넥타이에 반짝거리는 핀을 꽂아 장식하고, 수놓아진 실크 양말을 신고, 정성 들여 콧수염을 다듬어 한껏 멋을 부린 루이스 데 아얄라가 겸손한 태도로 그녀에게 연습하는 걸 좀 구경해도 되겠는지 물었다. 그러고는 팔짱을 낀 채 벽에 기대어 신중한 얼굴로 연습 장면을 지켜보았다. 그러자 아델라 데 오테로는, 하이메 아스타를로아가 지금껏 보아 온 학생들 중 최고의 기량을 선보이며 태연하게 연습에 임했다. 그 모습에 구석에 서 있던 후작이 정말 매혹당한 표정으로 크게 박수를 보냈다.

「부인, 정말 대단하십니다.」

그녀의 보랏빛 두 눈동자가 얼마나 강렬하게 아얄라 후작의 두 눈을 바라보았는지, 후작은 손을 올려 공연히 목덜미를 만지작거렸다. 두 사람의 눈에서 앞날을 예견케 하는 섬광이 번쩍였다. 후작은 기회가 생기자마자 재빨리 하이메 아스타를로아에게 다가와 한쪽으로 은근히 끌어당기며 말했다. 「정말 멋진 여자네요!」

돈 하이메는 이 모든 상황이 몹시도 불쾌했기 때문에 전문가다운 태도 속에 겨우겨우 감정을 감추고 있었다. 교습이 끝나자 루이스 데 아얄라는 아델라 데 오테로에게 검술 기술에 대한 온갖 장황한 이야기들을 늘어놓았고, 그사이에 하이메 아스타를로아는 플뢰레와 가슴받이와 마스크를 정돈하고 있었다. 알룸브레스 후작은 아주 절묘할 만큼 멋진 태도로 그녀를 자신의 집에 초대했다. 영국인 마부가 모는 그의 사륜마차가 골목길에 대기하고 있으며, 그녀를 그 마차로 모실 수 있다면 영광이겠다며. 아마도 검술이라는 같은 취미를 가지고 있는 만큼 공통된 화제로 이야기를 나눌 수 있을 거라고도 했고, 저녁 9시에 캄포스 엘리세오스 앞뜰에서 음악회가 있는데 함께 갈 수 있으면 좋겠다고도 했다. 대 연출가 가탐비데가 이끄는 교수 협회가 로시니의 「라 가차 라드라」와 「로베르토 엘 디아블로」의 소곡들을 연주할 계획이라고 했다. 아델라 데 오테로는 감사한 마음으로 초대에 응하겠다는 뜻으로 우아하게 고개를 숙여 그의 제안을 받아들였다. 연습을 하느라 두 뺨이 발그스름해져서인지 그녀의 모습은 더욱더 매력적으로 보였다.

그녀가 이번에는 탈의실 문을 꼭 닫고 들어가 옷을 갈아입는 사이, 루이스 데 아얄라 후작은 당연히 사양할 것이라고 생각하면서도 일단 돈 하이메에게 예의상 함께 가자고 초대를 했다. 개밥에 도토리가 되어 버린 기분이 든 하이메 아스타를로아는 정중히 사양하며 어설픈 미소를 지을 뿐이었다. 겉으로 드러낼 수 없는 고뇌를 느끼면서. 후작의 재간이 워낙 뛰어났기에, 하이메 아스타를로아는 손 한 번 써보지 못하고 선수를 빼앗겨 버렸음을 직감할 수 있었다. 두 사람은 서로 팔짱을 낀 채 유쾌하게 대화를 나누며 그의 집을 나섰고, 하이메 아스타를로아는 가슴이 찢어지는 듯한 무기력감에 사로잡힌 채 계단 아래로 멀어져 가는 두 사람의 발자국 소리를 듣고 있었다.

그는 남은 오후 내내 마치 우리 속에 갇힌 사자처럼 온갖 욕설을 퍼부으며 집 안을 서성거렸다. 그러다가 우연히 연습실 벽면의 거울 앞에 멈춰 서서는 그 속에 비친 자신의 모습을 들여다보게 되었다.

「그래, 도대체 뭘 기대했단 말인가?」 그가 스스로에 대한 멸시감을 담아 물었다.

거울 속에는 머리가 허옇게 센 늙은이가 쓴웃음을 지으며 그를 바라보고 서 있었다.

며칠이 지났다. 검열을 통해 언론의 자유를 박탈당한 신문들은 행간을 통해 정치성을 표출해 내곤 했다. 들리는 말에 따르면, 돈 후안 프림이 나폴레옹 3세의 승인을 얻어 비시의 광천수를 손에 넣기로 했다고 했다. 반역의 세력이 점차 가까이 다가오는 것에 불안감을 느낀 곤살레스 브라보 정부는 다양한 경로를 통해 프랑스 황제에게 이쪽의 불쾌감을 전달하고 있었다. 런던에서는 불안한 기운이 팽배한 가운데 프림이 동지들을 규합해 가급적 많은 사람들이 자신의 뒤에서 자금을 댈 수 있도록 독려하고 있었다. 경제적인 뒷받침이 없는 혁명은 한낱 한바탕 소란으로 전락해 버릴 위험성이 다분했기 때문이었다. 따라서 예전의 실패담을 통해 쓰디쓴 교훈을 얻고 있던 카스티예호스의 영웅 프림, 즉 레우스 백작은 탄탄한 정지 작업이 이루어지지 않은 상황에서는 무모하게 일을 감행하려 하지 않았다.

마드리드에서는 곤살레스 브라보가 다소 강경한 어조로 의회의 의장직 취임 연설에서 했던 말을 되풀이하여 떠들어 대고 있었다.

「우리는 반역 세력에 충분히 맞설 수 있는 힘센 정부입니다. 우리는 조국을 튼튼하게 방어하고 있으며, 반역자들은 조그마한 틈새도 찾아내지 못할 것입니다. 현재 정국을 이끌어 가고 있는 사람은 저 혼자가 아닙니다. 우리에게는 나르바에스 장군의 혼령이 늘 함께하고 있습니다.」

하지만 저승으로 떠나 버린 나르바에스 장군의 혼령은 이제 더 이상 이 소란스러운 정국에 손톱만큼의 관심조차 없어 보였다. 상황이 돌아가는 것을 보면, 1년 전에 온 국민을 대상으로 창검을 휘둘렀던 장군들이 최소한의 숨 돌릴 틈조차 주지 않고, 이제 다시 단체로 반역의 무리와 합류해 버렸기 때문이다. 다만, 그들은 거사가 성사될 때까지는 큰 목소리를 낼 기색이 없어 보였다. 이렇게 들끓고 있는 마드리드에서 멀리 떨어진 레케이티오 해안에 나가 있던 이사벨 2세 여왕은 이 모든 일이 마치 남의 일이기라도 한 양, 열성을 다해 자신에 대한 충성을 맹세하면서 사브르 칼자루를 단단히 쥐고 있는 체스테 백작 페수엘라 장군만을 의지하고 있었다. 백작은 이렇게 말하곤 했다. 「왕실을 수호하기 위해서라면 이 한 목숨 바쳐야 할 것이다. 그것이 바로 우리가 존재하는 이유인 것이다.」

잠시나마 이 호방한 장군의 목소리에 믿음을 실어 보내면서, 정부 측 언론에서는 왕실의 통치권에 아무런 문제가 없다는 말을 되풀이하는 방식으로 국민을 안심시키기 위해 노력했다. 관보마다 상단에 이런 노랫말이 실려 있곤 했다.

> 희망이 있는 사람들은
> 행복할 것이로되,
> 푸르름을 짓밟는 사람들은
> 무지한 인간들이로다…….

하이메 아스타를로아는 고객 한 명을 잃고 말았다. 아델라 데 오테로가 검술 교습을 받으러 오지 않게 된 것이었다. 마드리드 곳곳에서 알룸브레스 후작과 함께 다니는 그녀의 모습이 눈에 띄곤 했다. 두 사람은 함께 레티로 거리를 산책하기도 했고, 마차를 타고 프라도 거리를 지나는가 하면, 로시니 오페라나 사르수엘라의 연극을 관람하기 위해 극장에 모습을 드러내기도 했다. 마드리드 전체가, 부채 끝이나 팔꿈치로 옆 사람의 옆구리를 쿡쿡 찔러 가면서 두 사람의 이야기로 꽃을 피웠고, 아얄라 후작의 마음을 온통 사로잡은 저 미지의 여인이 과연 누구일까에 관심이 집중됐다. 그녀가 도대체 어디에서 갑자기 나타난 것인지 아무도 알지 못했고, 그녀의 가족에 대해서도 알려진 바 없었으며, 그녀는 알룸브레스 후작을 제외한 그 누구와도 알고 지내지 않는 것 같았다. 마드리드 최고의 독설가라고 자처하는 사람들이 두 주에 걸쳐 그녀의 뒤를 캐고 조사를 해보았지만 그들 역시 두 손 들고 말았다. 따라서, 그녀와 관련하여 알려진 내용이라고는 고작 최근에 외국에 있다가 왔다는 것과, 외국 생활을 오래 한 탓에 스페인 귀부인들의 전통적인 관습과는 좀 다른 행동을 하는 것 같다는 것뿐이었다.

돈 하이메의 귀에도 이런 소문들은 여지없이 들려왔다. 물론, 돌고 돌다 보니 많이 희석된 형태로였지만, 그는 늘 그랬듯이 태연을 가장했다. 그러면서도 매일 아침마다 하던 루이스 데 아얄라 후작과의 검술 교습을 계속 지속할 수 있었던 것은 순전히 그의 놀랄 만한 절제심 덕분이었다. 그는 단 한 번도 아델라 데 오테로의 안부를 묻지 않았으며, 후작 역시 그에게 그녀의 소식을 전해 줄 의향은 없어 보였다. 딱 한 번인가, 두 사람이 대련을 마치고 언제나처럼 헤레스 잔을 마주하고 있을 때, 후작이 그의 어깨에 한 손을 얹으며 다정다감한 미소와 함께 이렇게 고백한 적이 있었다. 「선생님, 제가 이렇게 행복할 수 있는 건 다 선생님 덕분입니다.」

돈 하이메는 언제나처럼 다소 무관심한 태도로 그의 말을 듣는 척했을 뿐, 다른 반응은 보이지 않았다. 그로부터 며칠 후, 그는 아델라 데 오테로의 서명이 들어 있는 두 번째 지불 명령서를 받게 되었다. 지난 몇 주간의 수업료에 해당되는 금액이 적혀 있었다. 그리고 봉투 속에는 짤막한 편지도 한 통 들어 있었다.

시간 관계상 선생님과의 즐거운 검술 교습을 계속할 수 없게 되어 유감스럽게 생각합니다. 그간의 수고에 감사드리며, 선생님에 대한 기억을 영원히 간직하겠습니다.
그럼, 안녕히 계세요.

아델라 데 오테로 드림.

그는 양미간을 잔뜩 찌푸린 채 심각한 얼굴로 편지를 여러 번 읽고 또다시 읽었다. 그리고 편지를 책상 위에 올려놓고, 연필을 집어 계산해 보았다. 그리고 잠시 후, 편지지를 한 장 꺼낸 뒤 펜 끝에 잉크를 묻혔다.

존경하는 오테로 부인께.
부인께서 보내 주신 두 번째 지불 명령서에 적힌 금액은 한 달 수업료, 즉 아홉 번 수업에 해당되는 금액이더군요. 실제로 저는 이달에 세 번밖에 교습을 하지 않았습니다. 따라서 360레알이 더 온 셈이므로, 차액에 대해 제 명의의 지급 명령서를 작성하여 동봉해 드립니다.
그럼, 안녕히 계십시오.

검술 교사
하이메 아스타를로아.

그는 서명을 한 뒤 신경질적으로 펜을 책상 위에 집어 던졌다. 잉크 몇 방울이 아델라 데 오테로가 보낸 편지 위로 튀었다. 그는 얼른 편지를 흔들어 잉크를 털어 낸 뒤, 섬세하고 모서리가 뾰족뾰족한 그녀의 글씨체를 가만히 들여다보았다. 그녀의 서체는 마치 칼끝처럼 기다랗고 날카로운 느낌을 주고 있었다. 그는 잠깐 동안 편지를 찢어 버릴 것인지 보관할 것인지 망설이다가 그냥 가지고 있기로 했다. 가슴속 아픔이 진정될 무렵에는 이 편지도 하나의 추억으로 남을 것 같기 때문이었다. 돈 하이메의 머릿속에서는 그녀의 편지를 이미 온갖 추억으로 가득 차 넘칠 듯한 가방 속으로 쑤셔 넣고 있었다.

 그날 오후, 카페 프로그레소에 모여 있던 친구들은 평상시보다 좀 일찍 헤어졌다. 아가피토 카르셀레스는 그날 밤 안에「질 블라스」에 넘겨주어야 할 원고를 정리하느라 정신이 없었고, 카레뇨에게는 산미겔 비밀 결사의 특별 집회가 예정되어 있었다. 돈 루카스는 여름 감기가 살짝 왔다고 툴툴거리면서 일찍 자리를 떴고, 결국 하이메 아스타를로아와 피아노 선생 마르셀리노 로메로만 남게 되었다. 두 사람은 초저녁 산들바람이 약하게 불어오는 시간을 이용해 잠시 산책을 하기로 마음을 정하고 산헤로니모 거리를 따라 걸어 내려갔다. 라르디 식당 앞을 지날 때와 아테네오 성문 앞 부근에서 아는 사람을 만날 때마다 하이메 아스타를로아는 실크해트를 벗어 들고 인사를 건네곤 했다. 언제나처럼 조용하고 우수에 젖은 로메로는 무슨 생각인가에 사로잡힌 얼굴로 자기 발끝만 내려다보며 걷고 있었다. 목에 둘러진 넥타이는 온통 구깃구깃했고, 모자는 뒤로 잔뜩 젖혀져 깃이 거의 목덜미에 닿고 있었다. 셔츠 자락도 어딘지 구질구질해 보였다.

 프라도 거리는 나무 그늘 아래 자리 잡고 앉은 사람들로 가득 차 있었다. 철제 벤치에는 병사들과 하녀들이 끼리끼리 모여 앉아 뉘엿뉘엿한 석양 아래서 사랑을 속삭이거나 농담을 주고받고 있었다. 멋지게 차려입은 신사들은 숙녀들을 동반하거나 동료 신사들과 함께 어울려 시벨레스와 넵투노 샘물가 사이를 거닐면서 젠체하며 지팡이를 이리저리 흔들었고, 지체 높은 귀부인이나 눈에 띄는 멋진 숙녀가 치맛자락 스치는 소리라도 내며 지날라치면 얼른 한 손을 모자 깃에 가져다 대며 인사를 건네곤 했다. 양쪽 인도 사이의 중앙 대로에는 알록달록한 모자와 파라솔로 뒤덮인 뚜껑 없는 마차들이 석양의 붉은 빛 속을 달리곤 했다. 가슴에 대각선으로 훙장을 드리운 채 훈장을 달고 사브르를 찬, 얼굴이 불그스름한 잉헤니에로스 대령은 편안한 자세로 여송연을 피워 문 채 부관인 토끼 같은 용모의 대위와 낮은 목소리로 이야기를 나누고 있었다. 부관은 심각한 얼굴로 크게 고개를 끄덕이고 있었는데, 아마도 정치와 관련된 이야기를 하고 있는 것 같았다. 몇 걸음 뒤로 대령의 부인이 따라오고 있었는데, 삐져나오는 살점을 코르셋으로 잔뜩 졸라맨 통에 아주 힘들게 걷고 있었고, 그녀의 앞에서 걷고 있는 하녀용 모자를 쓴 젊은 처녀는 레이스 달린 옷에 검정 스타킹을 신은 사내아이들과 계집아이들을 무려 여섯이나 데려가고 있었다. 콰트로 푸엔테스 광장에는 앞가르마를 똑바로 탄 뒤 머리에 기름을 발라 바짝 넘긴 멋쟁이 청년 둘이 잘 다듬은 콧수염 끝을 쓰다듬으며 한 아가씨에게 뜨거운 시선을 던지고 있었다. 아가씨는 보모의 삼엄한 경계하에서 캄포아모르 시인의 사랑의 시를 읽고 있었는데, 자신의 자그마하고 섬세한 발과 2인치 정도 올라온 곳에 자리 잡은 새하얀 양말 속의 볼록한 복사뼈가 얼마나 청년들의 마음을 애타게 만들고 있는지에는 도무지 관심이 없어 보였다.

하이메 아스타를로아와 로메로는 기분 좋은 저녁 공기를 마시며 조용히 산책을 즐기고 있었다. 유행이 지난 옷을 입었지만 기품이 넘쳐흐르는 돈 하이메의 모습과 구질구질해 보이는 피아니스트의 모습이 대조를 이루었다. 로메로는 잠시 동안 동네 꼬마들에 둘러싸인 채 눈속임용 룰렛 판을 빙글빙글 돌리고 있는 과자 장수를 쳐다보더니, 처연한 얼굴빛으로 돈 하이메를 바라보며 물었다. 「요즘 주머니 사정이 좀 어떠세요, 돈 하이메?」

하이메 아스타를로아가 친근한 미소로 그의 눈빛을 받아내며 말했다. 「설마 저 과자가 먹고 싶은 건 아닐 거고……」

음악 선생의 얼굴이 벌겋게 달아올랐다. 그의 레슨을 받던 학생들 대부분이 휴가를 떠나면서 아마도 형편이 좋지 않게 된 것 같았다. 그래서 늘 여름이면 이렇게 친구들에게 신세를 지곤 했으니까.

돈 하이메가 조끼 주머니에 손을 넣으며 물었다. 「얼마나 필요한데?」

「2백 레알 정도면 될 것 같습니다.」

하이메 아스타를로아가 은화 하나를 꺼내더니 멋쩍게 내민 친구의 한 손에 슬쩍 쥐여 주었다. 로메로는 고맙다는 말을 어렴풋이 웅얼거렸다. 「이거 감사해서……」

하이메 아스타를로아가 괜찮다는 몸짓을 보내며 그의 말을 가로막았다. 상황이 그런 걸 어쩌겠냐는 듯. 로메로가 감사의 마음을 담은 한숨을 내쉬며 말했다. 「우리가 어려운 시대를 살고 있는 것 같습니다, 돈 하이메.」

「어떤 시대인데?」

「번민과 비탄의 시대……」 피아니스트가 마치 지갑을 더듬기라도 하듯이 한 손을 가슴에 대고 문질렀다. 「그리고 고독의 시대이기도 하지요.」

하이메 아스타를로아는 의미 없이 작은 신음 소리를 토해 냈다. 로메로는 그 소리를 자신의 말에 동의하는 뜻으로 받아들였는지 조금 마음이 편안해 보였다.

「돈 하이메, 사랑 말입니다…… 사랑……」 잠시 후, 피아니스트가 서글픈 표정으로 말했다. 「사랑만이 우리를 행복하게 해줄 수 있지만, 역설적이게도 그 사랑이 또한 우리를 가장 극심한 고통으로 몰아넣기도 하지요. 사랑한다는 것은 곧 속박당한다는 것과 같습니다.」

「속박당한다는 것은 타인으로부터 뭔가를 기대하기 때문이야.」

하이메 아스타를로아가 어찌나 뚫어질 듯 쳐다보았는지 로메로는 무척 당혹스러워하며 두 눈만 끔뻑였다.

「그런 사랑은 잘못된 사랑이 분명해. 아무에게도, 아무것도 기대하지 않는다면 사람은 얼마든지 자유로울 수 있거든. 일광욕 통 속에 자리 잡고 있는 디오게네스처럼 말이야.」

로메로가 고개를 가로저었다. 그는 달리 생각했다. 「타인으로부터 아무것도 바라지 않는 세상이라면 그것은 지옥에 다름 아닐 겁니다, 돈 하이메……. 이 세상에서 가장 잔혹한 것이 무엇인지 아십니까?」

「그야 사람마다 다르겠지. 자네에게 가장 잔혹한 것은 무엇인가?」

「저에게는 희망의 부재가 가장 잔혹한 것입니다. 함정에 빠져 버린 듯한 느낌 말이지요……. 그러니까, 도무지 나갈 구멍이 없어 보이는 그런 끔찍한 순간들…….」

「정말로 출구가 없는 함정도 있어.」

「제발 그런 말씀은 하지 말아 주십시오.」

「어쨌거나 이것만은 기억해 두게. 이 세상에 희생자의 묵시적 공모 없이 성공할 수 있는 함정은 없다는 것. 쥐새끼더러 쥐덫에서 치즈 조각을 찾아 먹으라고 강요한 사람은 없다 이거야.」

「하지만 사랑, 행복을 찾는다는 것은…… 저 역시 그렇지만, 멀리 가지 않고도…….」

하이메 아스타를로아가 거칠게 로메로를 향해 돌아섰다. 하이메 역시 자신이 왜 그런지 알 수 없었지만, 사냥꾼에게 쫓기는 노루 새끼처럼 우수에 찬 로메로의 눈빛을 보는 순간 분노가 치밀어 올랐던 것이다. 그의 마음속에서 일종의 잔인함이 고개를 들고 있었다.

「그럼 유괴라도 해버려, 돈 마르셀리노.」

로메로가 침을 꼴깍 삼켰다.

「누굴 말이에요?」

로메로의 질문에 경각심과 당혹감이 가득 담겨 있었다. 또한, 더 이상 듣고 싶지 않다는 간청도.

「내가 누굴 말하는지는 자네가 더 잘 알 텐데. 그 정숙하기 그지없는 유부녀를 그토록 사랑한다면, 대책 없이 평생 그녀의 집 발코니 아래서 위만 바라보며 보내지 말라 이거야. 무작정 쳐들어가 그녀 집에 발을 들이민 후 유혹을 해보던가, 그녀의 정조를 짓밟아 버리던가, 아니면 완력으로 훔쳐 오기라도 하라 이거야……. 그녀의 남편에게 보기 좋게 한 방 먹여 버리던가 아니면 한 방 먹고 오던가! 영웅이 되든 바보가 되든, 어쨌든 뭔가 해야 할 것 아닌가, 이 사람아! 벌써 나이 마흔이나 되어 가지고…….」

예기치 못한 거친 반응에 맞닥뜨린 로메로의 얼굴에서 핏기가 싹 가셨다. 두 볼에 돌던 불그레한 기운이 사라지면서 당장이라도 휙 돌아서 달아나 버릴 것 같았다.

「저는 폭력적인 사람이 못 됩니다.」 마침내 로메로가 모든 것을 정리한 사람처럼 나지막이 중얼거렸다.

돈 하이메가 그를 차가운 눈빛으로 쏘아보았다. 두 사람이 알고 지낸 이래 처음으로 피아니스트 로메로의 우유부단함에 연민보다는 경멸을 느끼고 있었다. 그가 20년만 젊어

로메로 같은 나이였을 때 아델라 데 오테로를 만났더라면, 상황은 완전히 달라져 있었을 것이다!

「카르셀레스가 늘 외쳐 대는 그런 폭력을 말하고 있는 게 아닐세.」 하이메 아스타를로아가 말했다. 「내 말은, 인간이라면 누구나 지니고 태어나는 분노가 있다 이거야.」 그가 자기 가슴을 가리키며 말했다. 「여기에 말이지.」

로메로의 당혹감이 불안감으로 변해 갔다. 그는 돈 하이메의 눈길을 피하면서 초조한 듯 넥타이를 만지작거렸다.

「저는 개인적인 폭력이든, 집단 폭력이든 반대합니다.」

「나는 생각이 좀 다르네. 그 속에는 아주 미묘한 뉘앙스의 차이가 있기 때문이지. 사고나 행동에 있어서 폭력이 발생할 가능성을 배제한 문명은 스스로 자멸하기 마련이야. 최초로 만난 사람의 손에 자신의 목을 맡길 수밖에 없는 양 떼로 변하는 것이지. 사람도 마찬가지야.」

「그렇다면 가톨릭 신앙에 대해서는 어떻게 생각하십니까? 가톨릭은 폭력에 반대하고 있으며, 지난 20세기 동안 폭력의 필요성을 배제하고도 지금까지 살아남지 않았습니까?」

「웃기는 소리 그만하게, 돈 마르셀리노. 기독교를 유지시킨 힘은 콘스탄티누스 대제의 군대와 십자군의 칼이었네. 가톨릭 교회를 지탱한 힘은 종교 재판소의 화형대와 레판토 해전의 갤리선, 합스부르크 보병 연대였지……. 누가 자네를 위해 자네의 소신을 지켜 줄 거라 생각하나?」

로메로가 눈을 내리깔았다.

「실망스럽군요, 돈 하이메.」 잠시 동안 침묵을 지킨 끝에 로메로가 지팡이 끝으로 땅바닥을 휘저으며 말했다. 「아가피토 카르셀레스와 같은 생각을 하고 계신 줄은 정말 몰랐거든요.」

「나는 누구와도 같은 생각을 하지 않네. 아가피토가 주장하는 여러 가지 가운데 평등의 원칙 하나는 신선하다는 생각이 들더군. 그리고 평등이라는 주제가 말하듯이, 나는 카이사르나 보나파르트가 통치하는 걸 선호하지. 왜냐하면, 길모퉁이 잡상인들이 투표를 통해 나의 기호와 관습과 일에 대해 결정을 내리는 꼴을 보기보다는 차라리 맘에 들지 않으면 언제라도 암살을 시도할 수 있는 그 두 사람이 낫기 때문이야……. 돈 마르셀리노, 우리 시대의 드라마에는 천재성이 결여되어 있네. 그건 분노심의 결여나 선의의 결여에 견줄 만한 것이지. 그건 틀림없이 유럽 전역의 장사치들 세력이 제동이 불가능할 정도로 수직 상승한 데 기인한 것일 거야.」

「카르셀레스에 따르면, 그 장사치들이 활개 칠 날도 얼마 남지 않았다잖습니까.」 로메로가 미약하나마 분노를 드러내며 말했다. 그가 연모하는 여인의 남편이 해외 교역으로 널리 알려진 장사꾼이었기 때문이다.

「카르셀레스의 태도는 그야말로 설상가상이지. 그가 제시하는 대안이라는 것은 우리도 너무나 잘 알고 있는 것이니 말이야……. 도대체 뭐가 문제인지나 알겠나? 문제는, 변덕스럽게 이어져 내려가는 3대에 이르는 역사적 세대의 제일 마지막 선상에 우리가 위치하고 있다는 사실일세. 역사의 제1세대는 신을 필요로 했기에 신을 창조했고, 제2세대는 그 신에게 성전을 헌납하고 신을 흉내 내려 했지. 그리고 제3세대는 그 성전의 대리석을 이용하여 각 개인의 탐욕과 욕정과 천박한 열정을 해소하기 위한 매춘굴을 만들었네. 이런 일들은 신들이나 영웅들에게만 일어나는 것이 아니고, 필수 불가결하게 평범한 사람들과 비겁한 사람들, 야비한 사람들 모두에게 일어나는 것이네. 그럼, 잘 가게나, 돈 마르셀리노.」

하이메 아스타를로아는 아무런 회한도 느끼지 않으면서, 힘없이 고개를 떨구고 돌아서 걸어가는 음악가 로메로의 뒷모습을 지팡이를 짚고 선 채 지켜보고 있었다. 보나 마나 그의 발걸음은 오르탈레사 거리에 있는 발코니를 향할 게 분명했다. 하이메 아스타를로아는 온통 자신의 현재 상황에 생각을 몰두시키면서도 눈으로는 행인들을 쳐다보고 있었다. 그가 로메로에게 했던 말 가운데 일부는 그 자신에게도 적용되는 것이었으며, 그 사실이 그를 괴롭혔다. 잠시 후, 그는 집으로 발걸음을 돌렸다. 아토차 거리를 천천히 올라간 뒤, 단골 상점에 들러 술 몇 병과 상처에 바르는 연고를 샀다. 한쪽 다리가 잘려 나가 다리를 저는 젊은 점원이 언제나처럼 친절하게 그를 맞으면서 어디가 아프냐고 물었다.

「걱정 말게나.」 돈 하이메가 대답했다. 「교습생들이 사용할 거라는 걸 알면서 뭘 그래.」

「그런데, 피서는 안 가세요? 여왕께서는 벌써 레케이티오로 가셨다던데요. 돈 후안 프림이 걱정되지 않았더라면, 아마도 궁정 사람들이 모조리 그곳에 가 있었을 겁니다. 프림이야말로 사나이 중에 사나이예요!」 점원이 자신의 잘려 나간 다리를 자랑스럽게 툭툭 치며 말했다. 「아! 선생님께서도 8월의 일요일보다 더 차분한 모습으로 말 등에 올라타 계시던 카스티예호스에서의 그분 모습을 보셨어야 했는데……. 무어인들이 악다구니를 쓰면서 몰려드는 와중에도 말이에요. 당시, 저는 그런 그분 곁에 있다는 것만으로도 영광 그 자체였습니다. 비록 이 한 다리를 조국을 위해 바쳤음에도 말입니다. 제 이 다리가 적들이 쏘아 던진 바윗덩어리에 짓뭉개졌을 때, 그분이 저를 향해 뒤돌아보며 카탈루냐 악센트가 가득 담긴 어조로 이렇게 외치셨지요. 〈이쯤은 아무것도 아니다, 청년이여……!〉 저는 들것에 실려 옮겨지기 직전까지 그 자리에서 만세를 세 번이나 외쳤답니다……. 분명 그분은 지금도 저를 기억하고 계실 거예요!」

 돈 하이메는 팔 밑에 봉투를 끼고 거리로 나서, 산타크루스 궁전 앞을 따라 대광장까지 걸어갔다. 그리고 말 등에 올라탄 펠리페 3세 동상 앞에 잔뜩 모여 군악대의 행진곡 연주에 귀 기울이고 있는 사람들 속에 섞여 들어가 잠시 구경을 한 후, 다시 마요르 거리로 빠져나왔다. 집에 들어가기 전에 페레이라 주막에서 저녁 식사를 하고 갈 요량이었다. 그런데, 순간 무언가에 한 대 얻어맞기라도 한 사람처럼 그는 자리에 멈춰 섰다. 길 건너편에 세워진 마차 창문으로 아델라데 오테로의 얼굴이 반쯤 들여다보였던 것이다. 그녀는 웬 남자와 비밀스러운 이야기라도 나누고 있는 듯 온통 주의를 집중하느라 하이메 아스타를로아가 자신을 쳐다보고 있는 걸 미처 알아채지 못한 것 같았다. 그녀와 이야기를 나누고 있는 남자는 프록코트에 실크해트를 쓰고 지팡이를 든 말쑥한 중년의 신사로, 그녀가 타고 있는 마차의 창틀에 아주 자연스러운 자세로 기대서 있었다.

 돈 하이메는 꼼짝 않고 그 장면을 지켜보며 서 있었다. 그에게 등을 보이고 서 있는 남자는 그녀 쪽으로 잔뜩 고개를 뽑아 늘인 채 조심스럽게 낮은 목소리로 이야기를 나누고 있었다. 그녀는 평상시와는 달리 매우 진지해 보였고, 가끔씩 고개를 가로젓기도 했고, 또 두어 번인가는 아주 심각한 표정으로 동의를 표하기도 했다. 돈 하이메는 그냥 가던 길을 가버릴까 하는 생각도 들었지만, 그보다는 호기심이 훨씬 강했던지라 그 자리에 그대로 머물러 있었다. 물론, 자신이 하고 있는 일이 누가 보아도 남의 행동을 염탐하고 있는 것으로 손가락질 받아 마땅하다는 양심의 소리를 억누르기 위해 애쓰고 있었다. 그는 귀를 쫑긋 세워 두 사람의 대화를 조금이나마 엿들어 보려 했지만, 거리가 너무 멀었기 때문에 도저히 불가능했다.

남자는 여전히 그에게 등을 보이고 있었지만, 하이메 아스타를로아는 분명 자신이 모르는 사람임에 틀림없다고 단정지었다. 갑자기 아델라 데 오테로가 손에 들고 있던 부채를 가로저으며 상대방의 의견에 제동을 걸고 나섰다. 그리고 뭔가를 말하면서 두 눈으로 조심스럽게 거리를 한 번 훑어보았다. 순간, 하이메 아스타를로아의 시선과 그녀의 시선이 마주쳤다. 그는 얼른 손을 들어 인사를 건네려고 했지만 그만두고 말았다. 그녀의 두 눈에서 너무나도 강렬한 경계심이 느껴졌기 때문이었다. 그녀는 얼른 얼굴을 뒤로 빼 마차 안으로 깊숙이 몸을 숨겨 버렸고, 마차에 기대서 있던 남자가 근심 어린 표정으로 돈 하이메를 향해 반쯤 몸을 돌렸다. 그녀가 갑작스러운 명령이라도 내렸는지, 마부석에서 빈둥대고 있던 마부가 흠칫 놀라더니 말고삐를 죄었다. 그녀와 이야기를 나누던 미지의 사내도 기대서 있던 마차에서 몸을 바로 세우더니 지팡이를 짚으면서 반대편으로 걸어가기 시작했다. 아주 잠깐이었지만 하이메 아스타를로아는 그 남자의 얼굴을 볼 수 있었다. 영국식 기다란 구레나룻에 가늘게 손질한 콧수염을 기르고 있었다. 우아한 멋이 넘치는 중키의 잘생긴 외모를 지닌 그 남자는 상아로 만든 지팡이를 짚으면서 무척이나 바쁜 사람처럼 서둘러 걸어갔다.

돈 하이메는 곰곰이 생각해 보았지만, 자신이 목격한 이 장면을 도대체 어떻게 해석해야 할지 알 수가 없었다. 그는 간단한 저녁 식사를 하면서도 줄곧 머리를 회전시켜 보았고,

고독이 감싸 안은 자신의 서재에 도착해서도 어떻게든 이 미스터리를 풀 길은 없을까 생각해 보았지만 헛수고였다. 그는 그녀와 함께 있던 그 남자가 과연 누구일까에 무한한 호기심이 들었다.

물론 그 외에도 석연치 않아 보이는 구석이 있기는 했다. 하이메 아스타를로아가 그녀의 눈동자에서 감지한 것은 지금까지 보아 온 것과는 확연히 다른 무엇이었기 때문이다. 그녀의 두 눈동자에서 포착된 것은 놀람도, 분노도 아닌, 지극히 은밀한 부분을 들켜 버렸을 때 보여 주게 되는 설명하기 어려운 감정이었다. 그 감정은 몹시도 암울하고 불안정한 것으로, 그로부터 꽤 오랜 시간이 지나고서야 자신의 직감이 틀리지 않았음을 확실히 알 수 있었다. 왜냐하면, 그가 아주 순간적이었지만 아델라 데 오테로의 두 눈동자에서 감지한 것은 다름 아닌 〈두려움〉이었기 때문이다.

침대에서 자고 있던 돈 하이메는 소스라치며 잠에서 깨어났다. 악몽을 꾸느라 온몸이 땀에 흠뻑 젖어 있었다. 그는 어둠 속에서 두 눈을 뜨고 있었지만, 그의 망막 위에는 여전히 조금 전 꿈속의 잔상이 선명하게 새겨져 있는 듯했다. 두꺼운 판지로 된 인형 하나가 물에 빠져 죽은 시신처럼 물위에 엎어진 자세로 떠 있었다. 물이끼로 잔뜩 덮여 있는 고인 물 속에서, 머리카락은 수련과 끈적끈적한 물풀 속에 뒤죽박죽으로 엉켜 있었다. 하이메 아스타를로아는 아주 천천히 인형 위로 몸을 굽히고 두 손으로 인형을 감싸 안은 뒤 뒤집어 얼굴을 들여다보았다. 유리알로 만든 인형의 두 눈은 뽑혀져 나가고 없었다. 속이 텅 빈 두 개의 구멍을 본 순간 그의 온몸이 두려움으로 오싹해졌다.

그는 악몽의 기억에서 헤어나지 못한 채 남은 밤 몇 시간을 그렇게 뜬눈으로 지새웠다. 창가에 드리운 블라인드 사이로 청명한 이른 아침의 햇살이 스며들기 시작했다.

루이스 데 아얄라는 불안한 며칠을 보내고 있던 참이었다. 생각이 온통 다른 곳에 가 있어서인지 도무지 검술에 전념할 수가 없었다.

「투슈! 후작님.」

후작이 서글픈 듯한 표정으로 고개를 끄덕이며 미안한 마음을 전했다. 「제가 제대로 못 했지요, 선생님?」

평소 그가 지니고 있던 활달함이 왠지 우수에 자리를 내준 것만 같았다. 아얄라는 자주 망연자실해 있었고, 농담도 예전처럼 잘하지 않았다. 처음에 돈 하이메는 그의 이런 모습이 한창 뜨겁게 달아오르고 있는 정치 현황 때문일 거라고 생각했다. 프림이 비시까지 와 있다가 쥐도 새도 모르게 종적을 감춰 버렸던 것이다. 왕실 사람들은 북부 해안 지대로 피서를 떠난 상태였지만, 주요 정계 인사들과 군부 실력자들은 앞으로 일어날 일에 대비하여 여전히 마드리드에 남아 있었는데, 바람결에 들려오는 풍문조차도 왕실에 유리한 내용은 하나도 없었다.

8월도 깊어 가는 어느 날 아침, 루이스 데 아얄라가 매일 하던 검술 교습을 하지 못하겠다며 하이메 아스타를로아에게 양해를 구했다. 「오늘은 도무지 기운을 낼 수가 없군요, 돈 하이메. 몸이 좋지 않습니다.」

후작은 그 대신 정원을 좀 산책하면 어떻겠느냐고 제안했다. 두 사람은 수양버들 아래를 지나 단아하게 포장된 오솔길을 걸어갔다. 오솔길 끝에는 돌로 만든 천사상에서 샘물이 솟아나고 있었다. 저만큼 떨어진 곳에서는 뜨거운 아침 태양 아래서 정원사가 땀을 뻘뻘 흘리며 쭈그리고 앉아 꽃들을 가꾸고 있었다.

두 사람은 잠시 동안 산책을 하면서 틀에 박힌 이야기들을 주고받았다. 자그마한 철제 예배당 옆에 이르자 알룸브레스 후작이 하이메 아스타를로아 쪽으로 갑자기 돌아서더니 마음에 두었던 말을 하기 시작했다.「선생님…… 실은…… 오테로 부인을 처음에 어떻게 만나게 되셨는지 알고 싶습니다.」

하이메 아스타를로아는 깜짝 놀랐다. 꽤 오래전부터 루이스 데 아얄라를 알아 왔지만 지금까지 그가 자신의 면전에서 대놓고 숙녀의 이름을 들먹거린 예가 없었기 때문이다. 하지만 그는 최대한 자연스러움을 가장하고 몇 마디로 간결하게 대답해 주었다. 후작은 말없이 그의 말을 듣더니 천천히 고개를 끄덕였다. 무척 걱정스러운 듯한 표정이었다. 잠시 후, 후작은 혹시 그녀와 관련된 사람들을 알고 있는지 물어 왔다. 친구나 친척 등에 대해서. 하이메 아스타를로아는 몇 주 전에 했던 이야기를 그대로 되풀이하는 수밖에 없었다. 그녀가 혼자 살고 있으며, 검술 솜씨가 빼어나다는 것 외에는 아는 바가 없다고. 순간, 그는 얼마 전 대광장에서 보았던 그녀와 웬 남자와의 만남에 대해 이야기를 할까 하다가 그만두기로 했다. 여자 입장에서는 비밀스러울 수도 있는 만남을 다른 사람에게 떠들어 대는 것이 될까 염려스러웠기 때문이다.

후작은 자신이 돈 하이메의 집을 찾아갔던 날 이전에 혹시 아델라 데 오테로가 자신의 이름을 운운한 적이 한 번이라도 있었는지와 자신과의 만남에 특별한 관심을 보였었는지에 대해서도 물었다. 잠시 망설이던 끝에, 하이메 아스타를로아는 사실 그랬었다고 대답했다. 그리고 그녀를 바래다 주기 위해 마차를 타고 가면서 나누었던 대화의 내용을 간략하게 간추려 들려주었다.

「후작께서 훌륭한 검술가라는 걸 그 부인도 알고 계시더군요. 그래서 꼭 한 번 만나 보고 싶다고 했습니다.」 하이메 아스타를로아는 루이스 데 아얄라가 이런 호기심을 드러내는 것이 왠지 보통 일은 아닐 거라는 예감이 들면서도 사실대로 말했다. 후작은 더 이상 캐묻지 않고 그저 듣고 있을 뿐이었다. 이제 후작은 메피스토펠레스[6]처럼 냉소적인 미소를 띠고 있었다.

「제가 드린 말씀에 언짢으신 것 같습니다.」 돈 하이메가 날카롭게 지적했다. 그는 후작의 태도 속에서 그녀와의 일에 자신이 담당했던 중매자의 역할을 비웃는 듯한, 왠지 모를 불쾌한 느낌을 감지할 수 있었다. 알룸브레스 후작은 돈 하이메의 말뜻을 금방 알아차리고 대답했다.

「곡해하지 말아 주십시오, 선생님.」 그가 아주 정중하게 부탁했다. 「그저 저 자신에 대해 잠시 생각하고 있었을 뿐이었으니까요……. 선생님께서는 짐작 못 하시겠지만, 선생님께서 들려주신 이야기에서 몇 가지 사항을 발견해 냈습니다. 사실…….」 후작이 다시 미소를 지으며 덧붙였다. 마치 재미난 생각이라도 막 떠올랐다는 듯이. 「선생님 말씀을 통해 최근에 제 머릿속에 맴돌던 몇 가지 생각들을 명료하게 정리할 수 있었거든요. 그 우리의 숙녀분은 정말 빼어난 검술가이더군요. 이제 어떻게 목표물에 칼날을 적중시키는지 한번 지켜봐야겠습니다.」

하이메 아스타를로아는 불안한 생각이 퍼뜩 치밀어 올랐

---

6 『파우스트』에 나오는 악마.

다. 느닷없는 후작의 이야기가 그를 한없는 혼돈 속으로 밀어 넣고 있었던 것이다.

「죄송합니다만, 후작님. 무슨 말씀을 하고 계시는 건지 도무지……」 후작이 그에게 침착하라는 손짓을 보내며 말했다. 「진정하세요, 돈 하이메. 무슨 일이든 순서가 있는 법입니다. 곧…… 전부 말씀드리도록 하겠습니다. 아직 모호한 몇 가지 일만 명확하게 밝혀지면, 그때 이야기 나누기로 하지요.」

하이메 아스타를로아는 난처한 침묵 속으로 빠져들었다. 몇 주 전, 자신도 깜짝 놀랐던 그녀와의 이상한 대화 속에 뭔가가 있었던 것일까? 사랑의 연적에 대해 말하고 있는 것일까……? 어쨌거나, 아델라 데 오테로는 그가 상관할 문제는 아니었다. 더 이상 그와는 아무 상관 없는 사람일 뿐이었다. 그는 어떻게든 대화의 물꼬를 터볼 요량으로 무슨 이야기든 해야겠다 싶어 입을 떼려고 했다. 순간, 루이스 데 아얄라가 그의 어깨에 한 손을 얹었다. 후작의 두 눈에 예사롭지 않은 진지함이 배어 있었다.

「선생님, 부탁드릴 일이 하나 있습니다.」

돈 하이메는 신의와 맹세의 상징으로 허리를 곧게 펴며 말했다. 「무엇이든 말씀하십시오, 후작님.」

후작은 잠시 망설이는가 싶더니, 마지막까지 가슴속에 남아 있던 우려를 몰아내면서 낮은 음성으로 말했다. 「뭘 좀 맡기고 싶습니다. 지금까지 제가 보관해 왔는데, 잠시 동안만 안전한 다른 곳으로 좀 옮겨 놓아야 할 것 같습니다. 이유는 조만간 말씀드리도록 하지요……. 선생님께 맡겨도 되겠습니까?」

「물론입니다.」

「서류 뭉치인데요……. 제게는 목숨처럼 중요한 것입니다.

선생님께서는 믿지 못하시겠지만, 이런 일과 관련해서는 믿을 만한 사람이 별로 없어서요. 선생님만이 제가 다시 돌려달라고 말씀드릴 때까지 그걸 잘 보관해 주실 것 같습니다. 서류 봉투는 밀봉되어 있고, 제 직인이 찍혀 있습니다. 물론, 저는 선생님께서 그 내용물을 열어 보시지도 않을 것이며, 이 일에 대해 철저히 비밀을 지켜 주실 것이라 믿고 있습니다.」

하이메 아스타를로아가 양미간을 잔뜩 찡그렸다. 좀 특이한 일이기는 하지만, 후작이 자신을 철저히 신뢰한다고 말하고 있었다. 그렇다면 더 이상의 말이 필요치 않았다.

「저를 믿으십시오.」

알룸브레스 후작이 겨우 안심이라는 듯 미소를 지었다.

「돈 하이메, 그렇게 해주신다니 두고두고 그 은혜는 잊지 않겠습니다.」

하이메 아스타를로아는 아무 말 하지 않으면서도 혹 이번 일이 아델라 데 오테로와 관계가 있는 건 아닐까 생각하고 있었다. 그리고 후작에게 묻고 싶어 입이 근질거릴 정도였지만 참기로 했다. 후작은 신사로서의 명예를 걸고 그를 믿어 주었는데, 더 이상 무엇이 필요하다는 말인가. 다음에 기회가 되는 대로 자초지종을 말해 주겠다고 약속하지 않았던가.

후작은 주머니 속에서 러시아제 가죽으로 만든 고급 담뱃갑을 꺼내더니 기다란 하바나산 담배를 한 대 꺼내 들었다. 돈 하이메에게도 한 대 권했지만 그는 정중하게 사양했다.

「별로 맛이 없어요. 쿠바산 〈부엘타 아바호〉인데 말이에요. 돌아가신 호아킨 삼촌을 닮아서인지 담배를 좋아하지요. 그런데 길거리 곳곳에서 파는 이 담배는 아주 맛이 형편없어서 좋은 줄을 모르겠더군요.」

담배를 피워 물면서 그는 조금 전의 일은 매듭을 지어 버린 것 같았다. 하지만 하이메 아스타를로아는 한 가지 질문만은 하지 않을 수 없었다. 「그런데 왜 하필 접니까, 후작님?」

루이스 데 아얄라는 담배에 불을 붙이면서 하이메 아스타를로아의 두 눈을 쳐다보았다. 성냥 불빛이 반사되면서 그의 두 눈동자가 번쩍였다.

「아주 근본적인 이유 때문입니다, 돈 하이메. 선생님이 제가 알고 있는, 유일하게 믿을 수 있는 사람이기 때문이지요.」

담배에 불이 붙자, 후작은 아주 만족스러운 표정으로 담배 연기를 길게 빨아들였다.

5. 미끄러지는 공격

미끄러지는 공격은 검술 기술 가운데서도 가장 정확도가 높은 공격법이다. 따라서 방어를 철저히 해야 한다.

여름의 끝자락에서 졸음에 지친 마드리드는 낮잠 속으로 빠져들고 있었다. 마드리드를 휘감고 있는 정치 상황은, 숨 막힐 듯 쪄대는 여름 속을 뚫고 들어온 납빛 구름 아래 무더운 9월의 정적 속을 흐르고 있었다. 공공 언론들은 행간을 통해 카나리아스로 유배된 장군들은 여전히 침묵하고 있다고 전하면서 반역의 무리들이 그 촉각을 군에까지 뻗치고 있다는 사실을 부인하고 나섰다. 군은 교란 작전을 위해 살포된 악의적인 소문들에도, 언제나 그랬듯이 국왕 폐하에 대한 충성을 지켜 오고 있었다. 공공질서 측면에서 보자면, 정부 당국에서 최근에 있었던 민중 폭동의 우두머리들에 대해 일벌백계로 강력한 응징을 한 후 수주째 마드리드 전역에서는 그 어떤 난동도 보고되지 않고 있었으며, 그 우두머리들은 현재 왠지 암울해 보이는 세우타 요새의 그림자 아래서 자투리 시간을 활용해 스스로의 어리석음을 성찰하는 시간을 갖는 듯했다.

안토니오 카레뇨가 카페 프로그레소에 모인 친구들에게 따끈따끈한 소식들을 전해 주곤 했다.

「여러분! 여기 주목! 이건 확실한 소식통인데, 일이 잘되어 가고 있다는군.」

친구들 속에서 회의 섞인 야유가 쏟아져 나왔다. 카레뇨는 모욕이라도 당한 듯 가슴에 한 손을 얹고 말했다. 「물론 내 말을 믿기 어렵겠지만……」

돈 루카스 리오세코가, 그를 못 믿을 사람은 아무도 없지만 그의 소식통의 진실성 여부는 믿기가 힘들다고 했다. 벌써 성자의 도래를 이야기한 것이 1년이 넘었다는 말이었다. 카레뇨는 친구들이 있는 쪽으로 허리를 굽혔고, 그들이 탁자 위에 머리를 납작 엎드려야만 자신의 이야기를 들을 수 있도록 예의 그 신중한 목소리로 말했다. 「이번에는 진짜야, 친구들. 로페스 데 아얄라가 유배된 장군들을 만나 보러 카나리아스 섬을 다녀왔으니까. 그리고, 놀랄 일은, 돈 후안 프림이 런던에 있는 자택에서 자취를 감춰 버렸다는 사실이야. 미지의 종착역이지…… 이게 뭘 의미하는지는 자네들도 잘 알겠지?」

아가피토 카르셀레스가 카레뇨의 말을 믿는 유일한 사람이었다.

「위대한 과업을 준비하고 있다는 걸 의미하는 것이지.」

하이메 아스타를로아가 다리를 꼬고 앉았다. 이런 정치 현황에 대한 이야기는 말로 다할 수 없을 만큼 그를 지루하게 만들었다. 카레뇨는 열띤 목소리로 현재 진행되고 있는 반역의 음모들에 대해서 계속 떠들어 대고 있었다.

「프림이 하인 복장을 하고 리스본에 나타났다고 하더군. 지중해 군은 언제라도 함성을 지를 준비 태세를 완전히 갖춘 채 그가 오기만을 기다리고 있다고 하고.」

「함성이라니, 무슨 함성요?」 정치 쪽으로는 꽉 막힌 마르셀리노 로메로가 물었다.

「무슨 함성이냐고? 이 사람아, 자유의 함성이지.」

돈 루카스가 의도가 의심스러운 웃음을 흘렸다.

「순전히 알렉상드르 뒤마의 연재 소설에나 나올 법한 그런 말을 하는군, 돈 안토니오. 순전히 정기적으로 배본되는 연재 소설 문구 같다 이거야.」

카레뇨는 오랜 친구의 뼈 있는 말에 모멸감을 느낀 듯 침묵했다. 혁명의 열기로 얼굴이 벌겋게 달아올라 있던 아가피토 카르셀레스는 친구를 위해 복수라도 해주려는 듯 돈 루카스에게 무안을 주어 귀까지 빨갛게 만들어 버렸다.

「바리케이드를 치기에 좋은 자리를 물색할 시간이 되었군그래!」 카르셀레스가 마치 연극 「타마요와 바우스」에 나오는 등장인물이라도 된 듯 감동적인 목소리로 단언했다.

「좋아, 그럼 얼른 찾으러 가보자고!」 돈 루카스 역시 연극 배우처럼 성난 목소리로 맞섰다. 「물론, 자네는 바리케이드 저편에, 난 이편에 서겠지만 말이야.」

「당연하지! 그 점이야 너무나도 확실하지 않은가? 미스테리오세코! 자네야 민중을 억압하고 우매화시키는 집단 속에 끼어 있을 테니 말이야.」

「나로서는 영광이지.」

「영광이라고? 진정 영광스러운 스페인은 혁명을 이룬, 참된 스페인뿐이네. 자네의 그 미적지근함을 보고 있으면 어떤 애국지사라도 열불이 터지고 말 걸세, 돈 루카스!」

「자네나 실컷 열불 터뜨리게나.」

「공화국 만세!」

「좋으실 대로!」

「연방주의 만세!」

「좋지! 좋고말고! 아주 그럴싸한걸! 겉만 번드르르해 가지고…… 에잇, 망해 버려라!」
「입법 제국 만세!」
「이 나라에 필요한 유일한 법률은 힘의 법칙뿐이지!」
마드리드 시내 건물의 지붕 위로 천둥소리가 울려 퍼졌다. 하늘은 뱃속을 훤히 열어 보이더니 폭우를 쏟아붓기 시작했다. 건너편 길거리를 지나던 행인들이 갑작스러운 비를 피해 급히 달려가는 모습이 보였다. 하이메 아스타를로아는 커피를 한 모금 마시면서 울적한 마음으로 유리창에 부딪쳐 떨어져 내리는 빗방울을 지켜보았다. 동네라도 한 바퀴 돌아볼까 싶어 나갔던 고양이도 냉큼 뛰어 들어왔다. 비에 젖어 털이 빳빳하게 곤추선 처량하고 지저분한 행색의 고양이가 사악해 보이는 두 눈동자로 하이메 아스타를로아를 노려보고 있었다.

「여러분, 오늘날의 검술은 예술적인 검술에 독특한 기품을 부여해 주던 멋진 자유 동작을 배제하고 있습니다. 따라서 가능성이 상당 부분 제약을 받게 되었지요.」
카소를라 형제와 알바로 살라노바는 플뢰레와 마스크를 팔 아래에 끼고 열심히 검술 교사의 말을 경청하고 있었다. 가족들과 함께 북부 해안으로 피서를 떠난 마누엘 데 소토만 빠져 있었다.
「이런 불행한 환경 탓에 검술은 점차 쇠퇴 일로를 걷고 있습니다.」 하이메 아스타를로아가 계속 말을 이었다. 「예를 들어, 검술가가 마스크를 벗고 관객들을 향해 인사하는 동작을 하지 않았다고 합시다…….」
「하지만 요즘은 관객이 없지 않습니까, 선생님?」 카소를라 형제 중 동생이 조심스럽게 물었다.

「바로 그겁니다. 바로 그게 문제예요. 검술이라는 것이 명예를 걸고 야외에서 행해질 수 있다는 것을 미처 생각지 못하고 있는 겁니다. 스포츠요? 천만의 말씀이지요…… 착각에 불과한 겁니다. 좀 황당한 예가 될지는 모르겠지만, 신부님께서 미사를 집전하시면서 라틴어가 아닌 스페인어를 사용한다고 생각해 봅시다. 물론, 스페인어를 쓰는 게 훨씬 더 실용적이겠지요. 그렇지 않습니까? 훨씬 더 대중적이라고 하는 게 더 적절할지도 모르겠습니다만. 어쨌든, 그렇게 하는 게 보다 시대에 걸맞다 이런 말입니다…… 하지만, 미사의 아름다운 음향 속에서 라틴어만이 갖는 그 신비로운 소리를 배제시켜 버린다면, 참으로 뿌리 깊은 예식의 아름다움이 세속적으로 변해 가면서 퇴색되어 버리고 말 것입니다. 아름다움, 진정으로 승화된 아름다움이란 전통을 존중하고, 수세기를 살아오면서 인류가 늘 반복적으로 행해 온 모든 언행을 철저하게 답습하는 데에서 발견되는 것입니다……. 내 말 이해할 수 있겠습니까?」

세 청년은 크게 고개를 끄덕였다. 물론, 그의 말에 동의해서라기보다는 스승에게 보내는 무언의 존중 때문이었지만. 돈 하이메가 한 손을 들어 마치 플뢰레를 들고 있기라도 하듯이 허공에 대고 검술하는 시늉을 했다.

「물론, 바람직한 개선에 대해 눈을 감아 버려서는 안 될 것입니다.」 그가 자부심 어린 투로 말했다. 「하지만, 그 모든 변화에 앞서, 우리는 아름다움이란 다른 사람들이 폐기시켜 버린 것들 속에 담겨 있음을 명심해야 할 것입니다…… 늘 현재 옥좌에 앉아 있는 국왕보다 선왕의 위엄이 더욱더 빛난다는 생각이 들지 않습니까? 마찬가지로, 우리의 검술도 순수하고 오염되지 않은 상태로 보존되어야 한다는 겁니다. 전통 검법 그대로 말이지요. 전통 그대로. 단순히 기교만 뒤쫓는 자들을 불쌍히 여겨야 합니다. 나의 젊은 제자들인 여러분들은 검술이라는 예술에 입문하는 영예로운 기회를 누리고 있습니다. 검술이란 돈으로는 가치를 헤아릴 수 없는 무엇이며, 여러분들의 머리와 가슴속에 깊이 새겨 놓아야 할 무엇입니다.」

이야기를 마친 하이메 아스타를로아는 존경의 눈빛으로 자신을 쳐다보고 있는 세 청년을 바라보았다. 그리고 카소를라 형제 중 형에게 물었다. 「자, 그럼 이야기는 이 정도에서 마치기로 하지요. 돈 페르난도, 저와 스공드 원형 파라드를 한번 연습해 보도록 하지요. 이 기술은 아주 깔끔하게 처리해야 한다고 말했었습니다. 상대방의 신체 조건이 지나칠 만큼 우월하다 싶을 때에는 절대로 사용해서는 안 됩니다. 아시겠습니까?」

돈 페르난도가 굳은 결의가 빛나는 표정으로 고개를 끄덕였다.

「네, 선생님.」 돈 페르난도는 학교에서 하듯이 얼른 대답했다. 「만일 스공드 원형 파라드를 하게 되면 상대방의 플뢰레와 마주칠 수 없으니까 앙 스공드로 방어하며 상대방의 팔에 앙 카르트로 공격하라 이 말씀이시지요?」

「아주 정확합니다.」

돈 하이메가 칼 걸이에서 플뢰레를 하나 집어 들었다. 페르난도 카소를라는 얼굴에 마스크를 쓰고 있었다. 「준비되었습니까? 자, 그럼 시작합시다. 우선, 인사를 잊지 마세요. 그렇지요…… 팔을 넓게 벌리고 한쪽 손을 올리고, 그렇지요. 마치 모자를 들고 있는 것처럼 하면 됩니다. 왼손으로 아주 우아하게 모자를 벗을 것처럼 말이지요. 그래요, 아주 좋습니다.」

하이메 아스타를로아가 다른 두 학생을 향해 돌아섰다. 「여러분들도 앙 카르트와 티에르스로 인사하는 것은 주변에서 관람하는 관객을 위해서임을 명심하시기 바랍니다. 어쨌거나, 검술로 하는 결투는 늘 훌륭한 가문의 사람들 사이에서만 있기 마련입니다. 만일 상대방이 자신의 명예를 훼손시켰다면 둘 중 하나가 결투를 통해 죽더라도 아무도 이를 탓할 수 없겠지요…… 하지만, 설사 그렇더라도, 가급적 결투 현장에서는 예의 바르게 행동해야 합니다.」

하이메 아스타를로아의 플뢰레가 페르난도 카소를라의 검과 맞부딪쳤다. 돈 페르난도는 손목을 써서 선제 공격에 나선 돈 하이메의 공격을 막아 내고 있었다. 검술 연습실의 사면을 두르고 있는 거울에 두 사람의 모습이 비쳐 마치 방 안에서 여러 쌍의 검술가들이 결투를 벌이고 있는 듯했다. 하이메 아스타를로아의 진지하고 인내심 어린 목소리가 울려 퍼졌다.

「바로 그거예요. 아주 잘했습니다. 자, 공격해 봐요. 좋아요. 자, 이제 앙 스공드 원형 파라드에 신경을 쓰세요……. 아니, 아니에요. 다시 한 번 해봅시다. 그렇지요. 원형 앙 스공드. 크로스! 아니…… 잘 기억해 보세요. 공격을 가하는 것과 동시에 앙 스공드로 칼을 내리며 방어해야 한다고 했지요. 다시 한 번 해보세요. 조금 위쪽으로요. 자, 공격! 파라드! 그래요. 크로스! 좋아요. 이번에는 잘했습니다. 완벽했어요! 팔에 대고 카르트! 아주 훌륭해요!」 돈 하이메의 목소리에서 자신이 완성한 작품을 흐뭇한 표정으로 바라보는 작가와도 같은 만족감이 배어났다. 「다시 한 번만 해볼까요? 조심하도록 하세요. 이번에는 훨씬 더 가까이에서, 더 강도 있게 해볼 테니까요. 조금 위로! 공격! 잘했어요. 파라드! 좋아요. 바로 그겁니다. 크로스! 아니지요! 너무 천천히 움직였어요, 돈 페르난도. 그러면 팡트를 당하게 됩니다. 자, 처음부터 다시 한 번 해봅시다.」

거리에서 소란스러운 소리가 들려왔다. 자갈 포장이 되어 있는 도로 위를 달려오는 말발굽 소리였다. 알바로 살라노바와 카소를라 형제 중 동생인 파키토 카소를라가 창문으로 고개를 내밀었다.

「난투극이 벌어졌습니다, 선생님!」

돈 하이메도 연습을 중단하고 돈 페르난도와 함께 창가로 갔다. 거리에서는 사브르 검들이 빛을 받아 번쩍거리며 춤을 추고 있었다. 말 등에 올라탄 과르디아 시빌이 일단의 폭도들을 해산시키고 있었다. 폭도들은 사방팔방으로 뿔뿔이 흩어져 도망가기 시작했다. 왕립 극장 쪽에서 두 발의 총성이 울렸다. 연습실에 있던 세 청년은 무척 흥분하여 어쩔 줄을 모르고 있었다.

「저 사람들 도망가는 것 좀 봐!」

「때려잡아야 하는데!」

「도대체 뭐가 어떻게 된 걸까?」

「혁명이 일어난 거 아니겠어?」

「그건 아닐 거야!」 알바로 살라노바가 명문가 출신답게 거만하게 윗입술을 뒤틀며 말했다. 「고양이 새끼들처럼 도망치는 것 봤잖아? 경찰한테 혼나 가지고.」

창문 아래에 행인 한 명이 소란을 피해 현관문 옆에 몸을 피하고 있는 게 보였다. 다른 건물 창가에서는 마치 흉조라도 되는 듯이 검은 상복을 입은 할머니 두 분이 코만 빠끔히 내밀고 말없이 이 광경을 지켜보고 있었다. 이웃한 건물마다 발코니에서 사람들이 소리소리 질러 댔다. 어떤 짐들은 난동 세력을 응원했고, 어떤 이들은 경찰 쪽을 지지하고 있었다.

「프림 만세!」 형편없는 차림새를 한 여자 세 명이 소리쳐 댔다. 여자라서 별문제 없을 거라 생각하는 것 같기도 했고, 또 4층이라 안심한 것도 같았다. 「마르포리를 목매달아라!」

「마르포리가 누구지?」 파키토 카소를라가 물었다.

「어떤 장관인데……」 형이 대답했다. 「듣자 하니, 여왕 폐하고 그자가……」

돈 하이메가 이쯤이면 됐다는 듯 학생들의 불만에 찬 웅성거림을 무시한 채 창문의 블라인드를 내려 버렸다.

「자, 여러분, 우리는 검술을 연습하기 위해 이곳에 모인 겁니다.」 하이메 아스타를로아가 그 어떤 불평도 용납하지 않겠다는 어조로 말했다. 「여러분들의 부친들께서 비싼 교습료를 지불하시면서 여러분을 이곳에 보내 주신 것은 유익한 교육을 받으라는 것이지 아무런 관계 없는 저런 소란에 구경꾼이 되라는 의미는 아니었을 겁니다. 그러니, 우리는 하던 일이나 계속합시다.」 그는 닫힌 블라인드를 아주 혐오스러운 눈빛으로 한 번 흘깃 쳐다보더니, 손가락으로 플뢰레 손잡이를 만지작거리며 말했다. 「저 밖에서 일어나고 있는 일과 우리는 아무런 상관이 없습니다. 저런 일은 민중들과 정치가들에게나 맡겨 두도록 합시다.」

모두들 원위치로 돌아왔고, 연습실에는 다시 한 번 플뢰레 부딪치는 소리가 울려 퍼지기 시작했다. 벽에 매달려 있는 칼 걸이에는 여전히 먼지가 뽀얗게 앉아 있었고, 곳곳에 녹이 슬어 있었다. 검술 교사 하이메 아스타를로아의 집 안에서 시간의 흐름을 멈추기 위해서는 그저 창문을 닫아걸어 버리는 것만으로도 충분했다.

계단에서 마주치자마자 그에게 새 소식을 알려 준 사람은 다름 아닌 청소부 아주머니였다.
「안녕하세요? 돈 하이메, 소식 들으셨어요?」
「무슨 소식요?」
그녀가 성호를 그었다. 그녀는 땅딸막한 체구에 혼자된 딸과 살아가는 수다쟁이였다. 매일 산히네스 성당에 가서 하루에 두 번씩 미사를 드렸으며, 혁명 세력에 가담한 사람들은 하나같이 이교도로 취급해 버렸다.
「설마 밖에서 일어나고 있는 일을 전혀 모르신다는 이야기는 아니겠지요? 어머, 정말 모르시는 모양이네!」
하이메 아스타를로아가 눈썹을 찡그리며, 정말로 궁금하다는 듯 예의 바르게 물었다. 「무슨 일인지 좀 말씀해 보세요, 도냐 로사.」
청소부 아주머니는 목소리를 한껏 낮추더니, 혹시 낯말 듣는 새라도 없나 살펴보려는 듯이 주변을 한 번 둘러보고는 말했다. 「돈 후안 프림이 어제 카디스에 상륙했대요. 군부도 술렁거린다는군요……. 우리 가엾은 여왕 폐하께서 이제 큰일 나셨어요!」

하이메 아스타를로아는 카페 프로그레소로 가기 위해 마요르 거리를 따라 푸에르타 델 솔 쪽으로 걸어 올라갔다. 청소부 아주머니의 말이 아니더라도, 뭔가 중차대한 일이 있음에 틀림없어 보였다. 사람들은 여기저기 모여 서서 쑥덕거리기를 멈추지 않았고, 스무 명가량이 한데 모여 저만치 포스타스 거리 어귀에 경찰이 세워 둔 피켓을 쳐다보고 있었다.

목덜미까지 철모를 눌러쓴 군인들은 총구에 검을 꽂아 넣은 장총을 들고, 수염이 덥수룩하게 난 장교의 명령에 따라 대기하고 있었다. 장교는 한 손에 사브르를 든 채 군부대 앞을 줄곧 왔다 갔다 하고 있었다. 신병들은 아직 어린 청년들로 상당히 비장한 표정을 짓고 있었는데, 자신들이 불러일으킨 이런 분위기를 나름대로 즐기고 있는 것 같았다. 잘생긴 신사 하나가 돈 하이메 옆을 지나 중위에게 다가가 물었다.
「무슨 일이라도 있습니까?」

장교는 잔뜩 허세를 부리며 대답했다. 「저는 그저 순찰을 강화하라는 명령을 이행하고 있을 뿐입니다.」

푸른 제복을 입은 근엄한 모습의 경찰들이 사람들 사이로 신문을 팔고 다니던 소년들을 잡고 검문을 실시하고 있었다. 이미 〈전투 태세〉에 돌입한 상태였기 때문에 반란과 관련된 모든 소식의 유포에 검열이 실시되고 있었던 것이다. 최근에 있었던 폭동으로 한바탕 곤욕을 치렀던 경험이 있는 상인들은 얼른 상점 문을 닫아걸고 구경꾼 대열에 합류해 버렸다. 마차마다 과르디아 시빌의 삼각뿔 형태의 모자들이 보였다. 사람들은, 곤살레스 브라보가 여왕 폐하 앞으로 전보를 보내 사임을 청해 왔으며, 프림을 추종하여 일어선 군사들이 이미 마드리드 부근까지 진격해 오고 있다고들 수군거렸다.

카페 엘 프로그레소에는 오늘도 친구 넷이 다 모여 있었고, 그 덕에 하이메 아스타를로아는 곧바로 현 상황을 파악할 수 있었다. 프림은 〈국민의 주권 만세!〉를 외치면서 18일 저녁에서 19일 아침 사이에 카디스까지 진군했으며, 지중해군 역시 혁명을 천명하고 나섰다. 그간 여왕 폐하께 충성을 다 한 것으로 간주되었던 토페테 해군 제독 역시 반란군들 틈바구니에 있는 것으로 확인되었다. 남부와 동부의 수비대는 끝없이 이어지는 민중 봉기에 시달리고 있었다.

「여왕이 왜 이런 태도를 취하는지 도무지 모르겠단 말이야.」 안토니오 카레뇨가 말했다. 「양위를 하지 않으면 내전을 겪게 될 게 뻔한데. 이번 같은 경우는 그저 무모한 한판 싸움의 문제가 아니라 이거야. 내가 이번 일은 확실히 아는데, 프림 쪽 군대는 막강한 데다 점차 그 세가 강해지고 있고, 세라노도 문제의 핵심을 잘 파악하고 있어. 심지어 돈 발도메로 에스파르테로에게 섭정을 맡기는 문제까지 생각 중이라니까.」

「이사벨 2세 여왕은 결코 양위하지 않을걸.」 돈 루카스 리오세코가 이야기를 틀었다.

「두고 보면 알겠지.」 현재 돌아가는 상황에 잔뜩 고무된 아가피토 카르셀레스가 대꾸했다. 「어쨌거나 저항이라도 해보는 게 최선일 테니.」

모두들 이상하다는 듯 그를 쳐다보았다.

「저항이라니?」 카레뇨가 말끝을 물고 늘어졌다. 「그랬다가는 나라를 온통 내전으로 몰고 갈 텐데…….」

「피바다로…….」 마르셀리노 로메로가 한마디 끼어든 것이 흐뭇한 듯 말했다.

「바로 그거야.」 신문 기자 아가피토 카르셀레스가 지적하고 나섰다. 「아직도 이해하지 못하겠나? 내 말 잘 들어 봐. 난 정확히 알 것 같으니까 말이야. 만일 이사벨 여왕이 확실히 하지 않고 모호한 태도로 나서서 계속 버티거나 어린 아들에게 양위하겠다고 한다면, 우리도 같은 방법으로 나서게 될 거라 이거야. 반군 중에도 왕가의 핏줄을 이어받은 사람은 얼마든지 있으니, 만일 그렇게 나온다면 푸익몰테호나 몽팡시에, 그도 아니면 발도메로나 다른 여자라도 옹립하는 수밖에. 그런데 그렇게 되서는 안 되지. 우리가 그토록 오랜 세월을 두고 싸워 왔던 게 이런 결과를 얻기 위해서는 아니었으니까 말이야.」

「그런데, 자네는 도대체 어디서 싸워 왔나?」 돈 루카스가 빈정거리며 물었다.

카르셀레스가 공화주의자로서 경멸감을 가득 담아 상대를 쳐다보며 대꾸했다. 「음지에서 싸웠지. 음지에서.」

「아하, 그러셨군.」

아가피토 카르셀레스는 돈 루카스를 무시하기로 했다.

「내가 하고 싶은 말은 뭐냐면……」 그가 다른 친구들 쪽을 쳐다보며 다시 말을 이었다. 「우리 스페인에 필요한 것은 훌륭한, 피 흘려 싸우는 내전이라는 거야. 수많은 순교자와, 거리거리의 바리케이드와, 주체성을 지닌 민중과, 왕궁에 대한 공격이 필요해. 소위 공공을 구제한답시고 만들어 놓은 위원회들과, 왕실 사람들, 그들의 하수인들을 길바닥으로 끌어내야 한다고.」

그의 표현이 카레뇨의 눈에도 너무 지나치다는 생각이 들었다.

「이봐, 돈 아가피토. 좀 지나치군. 우리 비밀 결사에서……」

하지만 카르셀레스는 이미 잔뜩 흥분해 있었다.

「그 비밀 결사들도 너무 미온적이야, 돈 안토니오.」

「미온적이라고? 비밀 결사가 미온적이다?」

「그래. 미온적이지 뭘 그래. 내 말이 틀렸나? 불만에 가득 찬 군 장성들이 혁명의 불을 댕겼을지 모르지만, 결국에는 합법적인 나라의 주인인 민중의 손으로 모든 것을 마무리 지어야 하는 법이야.」 그의 얼굴이 거의 황홀경으로 빛을 발하고 있었다. 「여러분, 공화국을 쟁취합시다! 더도 말고 덜도 말고 공화국을! 그게 아닌 자들은 단두대로 보내고!」

돈 루카스가 버럭 소리를 질렀다. 그는 왼쪽 눈에 끼우고 있던 외눈 안경을 잔뜩 조이며 말했다. 「마침내 가면을 벗으시는군!」

정의로운 분노에 휘감긴 돈 루카스가 집게손가락으로 카르셀레스를 똑바로 겨누며 말했다. 「마침내 마키벨리아적 얼굴을 만방에 드러냈다 이거야, 돈 아가피토! 내전? 피? 단두대……? 그래, 자네가 진정으로 하고 싶었던 말들이 바로 이거였군!」

아가피토 카르셀레스가 적잖이 놀란 표정으로 친구들을 둘러보았다.

「내가 아는 한, 난 다른 표현은 써본 적이 없네.」

돈 루카스가 자리를 박차고 벌떡 일어났다가, 잠시 한 번 더 생각하는 것 같았다. 그날 오후에는 모두들 커피를 마셨고, 찻값은 하이메 아스타를로아가 지불했다.

「미스터 카르셀레스, 자네는 로베스피에르보다도 더 악독한 인간이야!」 돈 루카스가 이를 갈며 말했다. 「불경하기 그지없는 당통보다도 더한 작자라고!」

「고고한 한 마리 학을 까마귀와 한통속으로 몰아넣지 말게나, 친구!」

「난 자네 친구 아닐세. 자네네 그 패거리들이 우리 스페인을 치욕스럽게 만들고 있어!」

「어이쿠, 이봐, 돈 루카스, 정신 좀 차리시지 그래?」

「내 정신은 말똥말똥하니 걱정 마! 여왕 폐하께서는 더할 나위 없이 훌륭한 콘차 장군을 의회의 의장으로 임명하셨네. 반란군과 용감하게 맞서고 있는 파비아 사령관도 곁에 있고. 노발리슈 후작의 용맹함도 의심의 여지가 없지……. 그러니 자네는 단두대로 목 벨 생각 말고 잔다나 자르고 있는 게 좋을 걸세, 돈 아가피토.」

「그래, 두고 보자고.」

「좋아, 분명 두고 보자 했지?」

「글쎄, 두고 보자니까.」

「좋아, 두고 보지.」

하이메 아스타를로아는 이들의 끝없는 논쟁에 지쳐 평소보다 일찍 카페를 나서기로 했다. 지팡이와 실크해트를 손에 들고, 다음 날 다시 만나자며 거리로 나선 그는 집으로 바로 가지 않고 잠시 산책을 하기로 했다. 거리를 거닐며 그는 골목마다 지겨우리만치 뜨거운 열기가 넘쳐흐르는 것을 보았다. 그리고 그 모든 것들이 너무나도 표피적이라는 생각이 들었다. 그는 이미 카르셀레스와 돈 루카스의 언쟁에도 신물이 나 있었고, 자신이 살아가고 있는 조국의 현실에도 마찬가지였다.

그는 몹시도 언짢은 기분으로 그 젠장맞을 공화주의자들도, 그 망할 왕당파들도, 장광설에 우왕좌왕하는 애국지사들도, 쓸모없이 카페에서 말싸움이나 벌이는 멍청한 친구들도 하나같이 교수형에 처해 버리면 좋겠다는 생각을 했다. 사람들은 아주 하찮은 이유로 혼란이나 갈등을 일으키고 아연실색해 버리기도 하는데, 바로 그런 것들 때문에 서로의 목숨을 빼앗는 일까지 서슴지 않게 되는 것 같았다. 하이메 아스타를로아에게 단 한 가지 바람이 있다면, 그것은 그저 모든 사람들이 자신을 평화롭게 살아갈 수 있도록 내버려두었으면 하는 것이었다. 다른 모든 것은 악마에게나 주어 버리라고 하지…….

하늘 멀찍이서 마른 천둥소리가 들리더니, 한 줄기 세찬

바람이 거리로 휘몰아쳤다. 돈 하이메는 고개를 잔뜩 숙이고 모자를 눌러쓴 다음 발걸음을 재촉했다. 몇 분 지나지 않아 폭우가 쏟아지기 시작했다.

포스타스 거리 모퉁이 부근에 서 있던 군경의 푸른 제복이 빗물에 젖어들었고, 병사들의 얼굴에 굵은 빗방울이 부딪쳐 흘러내렸다. 경찰들은 여전히 겁먹은 태도로 말 등에 올라타 있었고, 총구에 검이 꽂힌 장총을 코 높이로 받쳐 든 병사들은 폭우를 피해 건물 담벼락에 바짝 붙어 서 있었다. 비에 젖은 파이프를 입에 문 채 건물 출입문에 서 있던 중위가 쓸쓸한 표정으로 고여 가는 물웅덩이를 쳐다보고 있었다.

주말 내내 비가 그치지 않고 쏟아졌다. 하이메 아스타를로아는 고독감이 감도는 서재에서 줄곧 등잔 불빛 아래 앉아 책을 읽고 있었다. 천둥소리가 끊이지 않고 들려왔고, 번개가 캄캄한 밤하늘을 가르며 번쩍거릴 때마다 시커먼 건물의 실루엣이 순간적으로 보였다 사라지곤 했다. 지붕 위에서는 세찬 빗방울 소리가 그치지 않았고, 가끔씩 자리에서 일어나 빗방울이 새는 곳에 양동이를 가져다 바쳐야 했다. 새어 든 빗방울이 양동이 속으로 똑똑 소리를 내며 떨어지고 있었다.

그는 아무 생각 없이 손에 들고 있던 책을 뒤적거리다가, 아주 오래전 자신이 밑줄을 그어 놓았던 문장을 발견했다.

〈……그의 모든 감정이 자신도 모르는 사이에 최고의 정점을 향해 고조되고 있었습니다. 그는 참으로 변화무쌍한 인생을 살아왔고, 죽었으며, 또한 되살아났습니다. 가장 뜨거운 열정으로 사랑했었고, 사랑하는 여인과 다시 한 번, 그리고 영원히 이별하기도 했습니다. 마침내 여명이 밝아 올

무렵, 아침 햇살이 어둠을 뚫고 여린 빛을 발할 무렵, 그의 영혼은 점점 커져만 가는 평화를 맛보고 있었습니다. 그리고 수많은 평화의 이미지들이 그 어느 때보다도 명료하고 확실하게 떠올랐습니다……〉

그는 끝없는 슬픔을 느끼며 서글픈 미소를 지었다. 그의 손가락은 여전히 밑줄 그어진 그 문장 위에 놓여 있었다. 그 글귀가 하인리히 오프터딩겐을 위해 쓰인 것이 아니라, 마치 자기 자신을 위해 쓰인 것 같았기 때문이었다. 지난 몇 년 동안 그는 수시로 그 페이지를 열어 보곤 했었다. 그 글귀가 무엇보다도 자신의 인생을 제대로 요약해 내고 있기 때문이었다. 하지만, 지난 몇 주 사이에 뭔가가 잘 들어맞지 않는다는 생각을 하게 되었다. 분명히 찾았다고 생각했던 평화, 그 평화의 명료하고 확실한 이미지들이 알지 못할 이유로 뒤흔들리고 있었던 것이다. 이제 여생을 그 속에 기대어 보낼 수 있을 거라고 믿었던 잔잔한 평화의 빛의 편린들이 가차없이 끄집어내졌다. 그의 존재 속에 새로운 요소가 침입해 버렸고, 신비로우면서도 혼돈스러운 영향력을 발휘하여 그로서는 대답을 회피하고 싶은 새로운 의문들을 제기하고 있었다. 그는 이런 상황이 자신을 어디로 끌고 갈지 알 수 없었다.

그는 책을 거칠게 덮고는 테이블 위로 사정없이 던져 버렸다. 너무나도 고통스럽게 차디찬 고독을 절감했기 때문이었다. 그 보랏빛 두 눈동자가 그에게 있어 자기 자신조차 알 수 없는 무언가를 불러일으켰지만, 그녀의 두 눈동자를 떠올리려 아무리 애써 보아도 왠지 모를 음습한 두려움의 감정만이 느껴질 뿐이었다. 가장 심각한 문제는, 이제 늙고 지쳐 버린 그의 영혼이 평화를 송두리째 **빼앗겨** 버렸다는 데 있었다.

이른 아침의 햇살에 잠에서 깨어났다. 최근 들어 그는 깊은 잠을 이루지 못했다. 늘 불안하고 불쾌한 꿈자리에 시달려야 했다. 그는 세수를 마친 후, 거울 옆에 놓인 작은 협탁 위에 뜨거운 물 한 대야와 면도 용품이 든 상자를 올려놓았다. 그리고 양 볼에 세세하게 비누 거품을 바른 뒤, 언제나처럼 아주 조심스럽게 면도질을 하기 시작했다. 그리고 오래전부터 애용해 온 작은 은제 가위로 콧수염 몇 가닥을 다듬은 뒤, 자개로 만든 빗으로 물기에 젖은 백발을 빗어 넘겼다. 자신의 말끔한 모습에 만족한 그는 점잖은 셔츠로 갈아입은 뒤, 검은색 실크 넥타이를 맸다. 그리고 여름 양복 세 벌 중에서 늘 즐겨 입는 갈색 알파카 천으로 만든 가벼운 양복을 골라 입었다. 뒤로 길게 늘어진 프록 스타일이 유행이 지난 것이기는 했지만, 그가 입으면 금세기 초 멋쟁이의 풍채를 상당히 돋보이게 만들어 주는 옷이었다. 사실 바지 엉덩이 부분이 많이 낡아 있기는 했지만, 뒤로 늘어진 프록이 적당히 가려 주고 있어서 다행이었다. 그는 깨끗하게 손질해 놓은 손수건 중에서 제일 괜찮아 보이는 것을 집어 들고, 그 위에 향수를 몇 방울 뿌린 뒤 주머니에 집어넣었다. 그리고 실크해트를 집어 든 뒤, 팔 아래에 플뢰레 케이스를 끼워 들고 집을 나섰다.

  그날은 하늘이 온통 우중충한 게 다시 큰비가 쏟아질 것 같았다. 지난밤에 밤새도록 비가 내려서인지 거리마다 커다란 물웅덩이가 생겨 있었고, 그 수면 위로 무거운 납빛 하늘 아래 줄지어 선 건물의 추녀가 비치고 있었다. 그는 막 시장바구니를 들고 들어서던 청소부 아주머니에게 정중하게 인사를 건넨 뒤, 길을 건너 초콜릿 한 잔을 곁들인 크로켓으로 아침 식사를 하기 위해 늘 가는 길모퉁이 작은 식당으로 향했다. 그는 늘 제일 안쪽, 불 꺼진 등잔이 매달린 창가 자리에 즐겨 앉곤 했다. 시간은 오전 9시였고, 식당 안에는 단골손님만 몇몇이 자리하고 있었다. 식당 주인 발렌틴이 초콜릿 한 잔과 크로켓 접시를 들고 나타났다.

「오늘 아침에는 신문이 없네요, 돈 하이메. 요즘 곧잘 그렇지만, 아직 안 나왔대요. 제 생각에는 계속 안 나올 것 같지만 말이에요.」

하이메 아스타를로아는 어깨를 한 번 으쓱해 보였다. 사실 조간신문이 안 나온다 해도 그에게는 아무런 문제가 없었다.

「뭐, 새로운 소식이라도 있습니까?」 하이메 아스타를로아는 궁금해서라기보다는 예의상 한번 물어보았다.

식당 주인은 기름기에 찌든 앞치마에 손을 닦으며 말했다. 「노발리슈 후작이 아무래도 군대를 이끌고 안달루시아에 와 있는 것 같습니다. 조만간 반란군과 한바탕 부딪칠 것 같고요……. 사람들 얘기가, 반란을 일으켰던 코르도바가 정부군의 머리털을 보자마자 다음 날로 반란을 포기했다고도 하더라고요. 뭐 확실한 건 아무것도 없습니다, 돈 하이메. 그냥 일이 어디까지 갈 건지 두고 볼 밖에요.」

아침 식사를 마친 그는 다시 거리로 나서 알룸브레스 후작 집을 향해 걷기 시작했다. 마드리드 상황을 고려해 볼 때 루이스 데 아얄라가 과연 검술 연습을 하려고 들지는 알 수 없었지만, 어쨌든 하이메 아스타를로아 입장에서는 약속은 약속인 만큼 평소처럼 자신의 일에 충실해야 한다고 생각하고 있었다. 최악의 경우라고 해봤자, 공연히 힘들여 후작의 자택까지 걸어간 것밖에 없을 터였다. 이미 시간이 좀 지체된 터라, 그는 지나는 길에 누굴 만나는 번거로움을 피하기 위해 대광장 옆에서 손님을 기다리고 있던 빈 마차를 잡아탔다.

「비야플로레스 궁으로 갑시다.」

마부가 채찍을 내려치자 지루하게 서 있던 여윈 말 두 마리가 별로 내키지 않는다는 듯 걸음을 옮기기 시작했다. 포스타스 거리 어귀에는 여전히 군인들이 줄지어 서 있었지만, 전에 보이던 중위는 어디 가고 없었다. 우체국 앞을 지나면서 보니 시 소속 과르디아 시빌들이 궁금해서 몰려드는 구경꾼들을 통제하고 있었지만, 그다지 열의는 보이지 않았다. 개개인의 미래가 걸려 있는 퇴직 연금을 받을 수 있을지 없을지조차 알 수 없게 된 시 공무원들은 내일은 누가 이 나라를 통치하게 될지, 혹시 연금을 다 날려 버리게 되는 것은 아닌지 의심스러워하고 있었다.

어제 오후 무렵에 카레타스 거리에서 보았던 말 등에 올라탄 과르디아 시빌들은 이제 보이지 않았다. 하이메 아스타를로아는 조금 더 내려와서야 삼각뿔 모자를 쓰고 의사당과 넵투노 샘물 사이를 순찰하고 있는 그들과 맞닥뜨렸다. 그들은 끝자락이 위로 치켜 올라간 스타일의 콧수염을 기르고 있었고, 사브르는 그대로 칼집에 꽂아 넣은 채 날카로운 눈초리로 인상을 잔뜩 쓰며 지나는 행인들 하나하나를 살펴보고 있었다. 결과적으로 어느 쪽이 승리를 거두든지 간에 공공질서를 지키는 일만은 과르디아 시빌이 계속 맡아 할 게 틀림없어 보였다. 이미 진보적 색채 혹은 온건 색채의 양쪽 체제하에서 모두 검증되었다시피, 스페인의 과르디아 시빌은 결코 실업 대열에 끼어 본 적이 없었던 것이다.

돈 하이메는 마차 뒷좌석 등받이에 몸을 기댄 채, 멍하니 지나가는 거리의 모습을 지켜보고 있었다. 하지만 비야플로레스 성 가까이에 오자 그는 옷자락을 정돈하고 정신을 바짝 차린 후 창밖을 내다보았다. 알룸브레스 후작의 저택 앞도 왠지 어수선한 분위기가 감돌고 있었다. 1백 명은 족히 넘어 보이는 사람들이 성 앞 거리에 몰려 있었고, 성문 앞에는 경비병들 여럿이 지키고 서 있었다. 몰려든 사람들은 대부분 인근에 사는 이웃 주민들로 다양한 계층의 사람들을 총망라하고 있었는데, 그중 상당수는 호기심으로 이곳저곳을 기웃거리는, 특별한 직업이 없는 사람들이었다. 남의 일에 관심 많고 배포까지 있는 몇몇 사람들은 철책을 기어올라 성 내부의 정원을 들여다보기도 했다. 소란을 틈타 잡상인들이 멈춰 선 마차 사이를 오가며 물건을 팔고 다니기도 했다.

뭔가 불길한 예감을 느끼면서 돈 하이메는 마부에게 마차삯을 지불한 뒤 서둘러 사람들 사이를 뚫고 성문 앞으로 걸어갔다. 몰려든 사람들은 어떻게든 좀 더 잘 보려고 정신없이 서로를 밀쳐 대고 있었다.

「이를 어째…… 이를 어째…….」 나이 많은 아주머니 몇이 성호를 그으며 중얼거렸다.

백발이 성성하고 프록코트에 지팡이를 짚은 신사도 발뒤꿈치를 잔뜩 치켜들고 사람들 너머를 쳐다보느라 여념이 없었다. 그의 팔에 팔짱을 끼고 선 아내도 궁금해서 못 견디겠다는 듯 남편에게 물었다. 「뭐 좀 보여요, 파코?」

여자들 몇이 이제 좀 알겠다는 듯 고개를 끄덕이며 부채질을 해댔다.

「밤사이에 그랬다나 봐. 경비원 중 하나가 내 제부의 사촌인데, 그러더라고. 판사님도 다녀가셨대.」

「이런 비극이 있나.」 누군가 말했다.

「어떻게 발견되었지?」

「아침에 하인들이 발견했다던걸.」

「멍청하게 당했다고들 하던데…….」

「그건 모략이야. 그분이 얼마나 신사인데…… 게다가 자유로운 사고를 지닌 분이기도 하고. 장관까지 지내셨던 것 기억하지?」

한 여자가 다시 방정맞게 부채질을 해댔다.

「정말 비극이야! 그렇게 멋지게 생기신 양반이!」

가슴이 쿵 하고 내려앉는 느낌을 받으며 돈 하이메는 여러 개의 출입구 중 경비원이 있는 한 출입구로 다가갔다. 제복을 차려입은 시경 소속 경찰 하나가 그의 앞을 단호하게 가로막고 섰다.

「들어가실 수 없습니다.」

하이메 아스타를로아는 약간 어색한 태도로 팔에 끼고 있던 플뢰레 케이스를 가리키며 말했다. 「저는 후작님의 친구입니다. 오늘 아침에 약속이 있었는데…….」

경찰은 그를 위아래로 훑어보더니, 상대가 기품 있는 용모를 지니고 있음을 알아차리고는 태도를 조금 누그러뜨렸다. 그리고 철책 건너편의 동료에게 말했다. 「마르티네스 하사님! 여기 이 신사분께서 후작님의 친구분이시라는데요. 아마 오늘 아침에 약속이 있으셨나 봅니다.」

배가 불룩하고, 군복의 금단추가 유난히도 반짝거리는 마르티네스 하사가 오더니 수상쩍은 눈길로 하이메 아스타를로아를 살펴보았다.

「실례지만 누구신지요?」

「하이메 아스타를로아입니다. 돈 루이스 데 아얄라 후작님과 오전 10시에 약속이 있었습니다.」

그가 고개를 끄덕이더니 철책을 조금 열고 말했다. 「저를 따라오십시오.」

하이메 아스타를로아는 하사를 따라 친숙한 버드나무 아

래 자갈이 깔린 오솔길을 걸어갔다. 현관문 앞에는 더 많은 경찰들이 있었고, 대리석 석상과 도자기들로 장식된 층계 아래에 마련된 현관 대기실에는 일단의 신사들이 모여 이야기를 나누고 있었다.

「잠깐만 기다리십시오.」

하사가 일단의 사람들에게 다가가 그중 키가 작달막하고 날렵한 외모에 콧수염을 검게 염색하고 대머리에 반가발을 쓴 남자에게 낮은 목소리로 뭔가를 보고하는 눈치였다. 그 남자는 어딘지 옷 입는 취향이 좀 저속해 보였고, 알이 파란색 유리로 된 코안경을 걸치고 있었다. 코안경에 매달린 체인은 프록코트 옷깃과 연결되어 있었고, 프록코트 단춧구멍에는 시 소속 공무원들이 즐겨 사용하는 십자가 장식이 반짝거리고 있었다. 하사의 보고를 받은 그는 하이메 아스타를로아 쪽을 잠시 돌아보더니 옆에 있던 사람에게 귀엣말로 뭔가 말하고 나서 돈 하이메 쪽으로 걸어왔다. 영리해 보이고 물기가 많은 그의 두 눈동자가 안경 너머에서 반짝였다.

「저는 경찰서장 헤나로 캄피요입니다만, 누구신지요?」

「하이메 아스타를로아입니다. 검술 교사지요. 돈 루이스와는 오래전부터······.」

경찰서장이 몸짓으로 그의 말을 가로막았다.

「알고 있습니다.」 서장은 하이메 아스타를로아를 가늠하기라도 하듯 뚫어지게 쳐다보았다. 그리고 잠시 후, 그의 시선이 돈 하이메가 팔에 끼고 있던 플뢰레 케이스에 가 멈췄다. 서장이 검문이라도 하려는 듯한 태도로 플뢰레 케이스를 가리키며 물었다. 「선생 검인가요?」

하이메 아스타를로아가 고개를 끄덕였다.

「제 플뢰레입니다. 아까도 말씀드렸다시피 돈 루이스와

저는…… 그러니까, 매일 아침마다 이곳에서 만났다는 말씀을 드리려는 겁니다.」

하이메 아스타를로아는 말을 멈추고 경찰서장을 멍하니 쳐다보았다. 멍청하게도, 그제야 그는 무슨 일인가가 일어났다는 사실을 깨달았다. 왜 더 빨리 그런 느낌을 갖지 못했는지는 알 수 없지만, 어쨌든, 그의 머리는 온통 모든 것으로부터 차단되어 버린 듯 너무나도 뻔한 사실을 인정하려 하지 않았던 것이었다.

「후작님께 무슨 일이라도 일어난 겁니까?」

경찰서장이 심각한 표정으로 그를 쳐다보았다. 하이메 아스타를로아가 보여 준 당혹스러운 태도가 과연 얼마나 진실된 것인가를 평가하고 있는 것 같았다. 마침내 그가 마른기침을 몇 번 내뱉더니, 주머니에 손을 넣어 하바나산 담뱃갑을 꺼내 들었다.

「이런 말씀 드려 안됐습니다만, 미스터 아스타를로아……」 그는 막대기로 담배를 꾹꾹 밀어 넣으면서 아주 느릿느릿하게 대답했다. 「정말 유감스럽습니다만, 알룸브레스 후작님께서는 오늘 검술 교습을 받으실 만한 상황이 못 되십니다. 법적 차원에서 말씀드리자면, 건강 상태가 양호하지 못하다고 해야겠군요.」

그는 이렇게 말하면서 한 손으로 돈 하이메에게 저쪽 방으로 가자는 몸짓을 취했다. 하이메 아스타를로아는 심호흡을 한 뒤, 그가 가리킨 작은 방 안으로 들어섰다. 지난 2년간 거의 매일 들어왔던 방이기에 익히 잘 알고 있는 곳이었다. 그곳은 후작과 검술 연습을 하던 연습실 바로 앞에 있는 대기실이었다. 두 사람이 이야기를 나누곤 했던 문지방 옆 마룻바닥에 사람이 하나 꼼짝 않고 누워 있었고, 담요로 덮여 있는 것이 보였다. 그곳에서 기다란 핏자국이 나와 방 가운데 부근에서 두 갈래로 갈라지고 있었다. 핏자국은 그렇게 두 갈래로 갈라지다가 커다란 원형을 그리며 굳어 있었다.

하이메 아스타를로아는 플뢰레 케이스를 의자 위에 떨구듯 놓고 의자 등받이에 몸을 기댔다. 너무나도 당혹스러웠다. 그는 뭔가 설명이라도 구하는 듯한 심정으로 경찰서장을 바라보았다. 그저 악몽이라고 말해 주기를 바라면서. 하지만 서장은 어깨를 한 번 으쓱거리고, 성냥불을 켠 뒤 파이프를 길게 한 번 빨아들였을 뿐이었다. 물론, 하이메 아스타를로아의 반응 하나하나를 놓치지 않고 지켜보고 있었다.

「죽었습니까?」 돈 하이메가 물었다. 얼마나 바보스러운 질문이었던지, 경찰은 아이러니하게 두 눈썹을 찡그리며 대답했다.

「완벽하게요.」

하이메 아스타를로아가 침을 꼴깍 삼켰다.

「살해당했나요?」

「선생께서 좀 봐주시지요. 사실, 전문가로서의 선생 견해를 좀 듣고 싶습니다.」

헤나로 캄피요는 담배 연기를 한 모금 내뿜더니 허리를 굽히고 시신을 덮고 있던 담요를 허리 부분까지 내린 후 뒤로 한 발자국 물러서서는 하이메 아스타를로아의 반응을 살펴보았다. 루이스 데 아얄라는 자신이 죽게 되었다는 사실에 몹시도 놀란 듯한 표정을 짓고 있었다. 그는 얼굴을 위로 한 채 누워 있었고, 오른쪽 다리는 왼쪽 다리 쪽으로 삼각형 형태로 굽어져 있었으며, 반쯤 뜨고 있는 눈은 을씨년스러운 분위기를 풍기고 있었고, 아랫입술은 축 늘어져 있는 것이, 분명 고뇌로 일그러진 게 분명해 보였다. 그는 셔츠 차림이었고, 넥타이는 매고 있지 않았다. 목 오른쪽 부위에는 완벽하게 동그란 구멍이 나 있었는데, 그 구멍이 목덜미까지 관통하고 있었다. 그 구멍을 통해 피가 샘솟듯이 흘러나와 온 방바닥을 적신 것이었다.

하이메 아스타를로아는 시신을 확인한 순간, 곧 깨어나게 될 악몽 속을 헤매는 듯한 기분에 빠져 도무지 생각을 집중시킬 수가 없었다. 방, 누워 있는 시신, 흘러내린 피, 그리고 그 주변을 둘러싸고 있는 모든 것들. 그는 두 다리에서 힘이 쭉 빠지는 것을 느끼고 깊은숨을 들이켰다. 도저히 기대고 있던 의자에서 몸을 일으킬 수 있을 것 같지 않았다. 그리고 잠시 후, 겨우겨우 몸을 추스르고 나자, 마침내 생각이 점차 정리되어 갔다. 현재 일어난 모든 상황이 마치 그의 영혼 한 가운데를 칼로 찌른 것처럼 그를 당혹스럽고 고통스럽게 만들었다. 그는 놀란 눈으로 경찰서장을 쳐다보았다. 서장은 얼굴을 잔뜩 찡그린 채 동의의 눈길을 되돌려 보내고 있을 뿐이었다. 그 역시 돈 하이메와 같은 생각을 하고 있는 것 같았다. 하이메 아스타를로아는 시신 위로 자세를 낮추고, 마치 손가락으로 상처를 만져 보기라도 할 듯이 한 손을 상처 쪽으로 뻗었다. 하지만 2~3인치 정도 떨어진 곳에서 손을 멈췄다. 잠시 후, 일어서는 그의 얼굴은 완전히 넋이 빠진 사람 같았고, 두 눈은 휑해 보였다. 너무나도 두려웠기 때문이었다. 그의 전문가적 시선이 그런 상처를 못 알아볼 리 없었다. 루이스 데 아얄라는 분명 플뢰레에, 그것도 단 한 방에 목을 찔려 죽어 있었다. 〈2백 에스쿠도〉 공격법이었다.

「미스터 아스타를로아, 알룸브레스 후작을 마지막으로 만난 게 언제였는지 말씀해 주실 수 있습니까?」

두 사람은 시신이 있는 방과 이어진 옆방에 앉아 있었다. 방 전체는 황금빛 몰딩이 되어 있었고, 플랑드르산 직물 벽걸이와 아름다운 베네치아식 거울로 장식되어 있었다. 하이메 아스타를로아는 이제 10년은 더 늙어 보였다. 그는 앞으로 몸을 수그린 채 두 팔꿈치를 무릎 위에 받치고 앉아 있었다. 아무런 표정도 담겨 있지 않은 그의 잿빛 눈동자는 바닥만 뚫어지게 쳐다보고 있었다. 경찰서장의 목소리는 악몽의 바다 저 너머 머나먼 곳에서 들려오는 소리 같았다.

「금요일 아침이었습니다.」 하이메 아스타를로아에게는 자신의 목소리마저도 낯설게만 느껴졌다. 「검술 교습이 끝나고, 11시 조금 넘어서 헤어졌습니다……」

헤나로 캄피요는 자신이 처리해야 할 막중한 사안들보다 담뱃불이 똑바로 타 들어가는 것이 훨씬 중요하기라도 한 것처럼 잠깐 동안 담배 끝을 노려보고 있었다.

「그날, 무슨 특별한 조짐이라도 있었습니까? 이런 목숨을 건 결투가 있으리라는 걸 암시하는 뭐 그런 것요.」

「전혀 없었습니다. 평상시와 똑같았고, 언제나와 마찬가지로 그렇게 헤어졌습니다.」

담뱃재가 떨어지려고 했다. 경찰서장은 하바나산 담배를 손가락 사이에 조심스럽게 끼고는 재떨이를 찾아 주위를 두리번거려 보았지만 재떨이는 눈에 띄지 않았다. 그는 시신이 누워 있는 방문 쪽을 신경질적으로 한 번 쳐다보더니 그냥 카펫 위에 담뱃재를 떨어 버렸다.

「고인의 자택을, 에헴…… 꽤 자주 찾아오시곤 했었는데, 혹시 살해당할 만한 동기 같은 게 있는 것 같습니까?」

돈 하이메가 고개를 가로저으며 대답했다. 「그런 건 없었던 것 같은데, 혹 도둑 소행은 아닌지……」

서장은 담배 연기를 한 번 길게 빨더니 고개를 가로저으며 대답했다. 「벌써 하인 둘하고 마부, 요리사, 정원사에게도 물어보았습니다. 일단, 그 사람들이 한번 둘러본 결과, 값진 물건 중에 사라진 것은 없다고 합니다.」

경찰서장은 잠시 말을 멈추었다. 서장의 말에 그다지 주의를 기울이고 있지 않던 하이메 아스타를로아는 나름대로의 생각을 정리하느라 여념이 없었다. 그는 분명 이 사건의 열쇠를 자신이 쥐고 있다는 확신이 들었다. 문제는 저 경찰서장이라는 사람을 믿을 것이냐, 아니면 더 이상 진전되기 전에 풀어헤쳐져 있는 모든 것들을 수습하여 꽁꽁 싸매 두느냐 하는 것이었다.

「제 말 듣고 계십니까, 미스터 아스타를로아?」

하이메 아스타를로아는 흠칫 놀라더니, 마치 자신의 생각을 상대방에게 들켜 버리기라도 한 것처럼 얼굴이 벌겋게 달아올랐다.

「물론입니다.」 하이메 아스타를로아가 얼른 대답했다. 「그럼 단순 도둑의 소행일 가능성은 배제해야겠군요……」

서장은 신중해야 한다는 몸짓을 하더니, 가발 밑으로 집게손가락을 쑤셔 넣어 왼쪽 귀 위를 살짝 긁적거렸다.

「일단은 그렇습니다. 최소한 전통적인 도둑질의 가능성에 대해서는 말이지요.」 서장이 구체적으로 말했다. 「육안 검사에 따르면…… 제가 뭘 말씀드리는지는 아시지요?」

「눈으로 살펴보는 검사를 말하는 것 아닌가요?」

「아주 재미있군요.」 헤나로 캄피요가 유감스럽다는 듯 그를 쳐다보았다. 「선생에게 유머 감각이 있으시다는 걸 확인했습니다. 한 사람은 누군가의 칼에 찔려 죽었는데, 한 사람은 농담을 하고 있다……」

「농담은 서장님께서 먼저 하신 것 같은데요.」
「그랬지요. 하지만 저는 이번 사건을 책임지고 있는 사람입니다.」
두 사람은 말없이 서로를 잠시 동안 쳐다보았다.
「육안 검사에 따르면…….」 마침내 서장이 말을 이었다. 「누군가, 아니 어쩌면 누구인지 모르는 여러 사람이 밤사이에 후작의 개인 서재로 들어간 것으로 확인되었습니다. 얼마간 서재에 머물면서 자물쇠를 부숴 버리고 서랍을 뒤졌지요. 그리고 물론 금고도 열어 보았더군요. 열쇠로요. 이 댁의 금고는 영국 런던의 〈보섬 앤 선스〉사 제품으로 아주 최고급품이었지요……. 어때요, 이 정도면 질문이 생기지 않습니까?」
「질문은 서장님 몫인 것 같은데요.」
「보통은 그렇지만, 그게 꼭 규정이라고는 할 수 없지요.」
「뭔가를 가져갔나요?」
서장이 묘한 미소를 지었다. 마치 하이메 아스타를로아가 마침내 핵심적인 부분에 접근했다는 듯한 표정이었다.
「그게 참 이상합니다. 살인자인지 살인자들인지는 금고 속에 들어 있던 엄청난 양의 현금과 값진 보석들에는 손도 대지 않았거든요. 저로서는 납득하기 어려운, 그야말로 별난 범죄가 아닐 수 없네요. 그렇지 않습니까……?」 서장은 담배 연기를 길게 빨아들였다가 공중을 향해 천천히 내뿜었다. 담배 맛도, 자신의 추리 결과도 제법 맘에 드는 표정이었다. 「결론적으로 말씀드리자면, 금고 속에 원래 들어 있던 것이 무엇이었는지 모르기 때문에 뭐가 없어졌는지를 확인하는 것 자체가 불가능하다는 겁니다. 사실, 살인자들이 찾고 있던 물건이 그 속에 있었는지 없었는지 역시 확실히 알 수 없고요.」
돈 하이메는 감정을 드러내지 않으려 애썼지만, 내심으로는 온몸이 오싹해지는 느낌이 들었다. 살인자들이 찾으려고 했던 것을 찾지 못했을 거라고 생각할 만한 뚜렷한 이유가 그에게는 있었기 때문이었다. 아마도, 살인자들이 찾던 것은 지금 그의 집 서가 책갈피 사이에 끼워 놓은 밀봉한 봉투였음에 틀림없었다……. 그의 머리는 최대한의 속도로 회전하고 있었다. 이 비극적 사건과 관련된 조각조각들을 적당한 자리에 끼워 넣어 그림을 완성해야 했다. 외형적으로는 아무런 관계가 없어 보였던 수많은 상황들, 최근에 주고받았던 말들과 취했던 행동들이 이제는 아주 서서히, 아주 고통스럽게 끼워 맞춰지고 있었다. 그 모든 것들이 얼마나 정확하게 맞아떨어졌던지 그는 고통스러울 정도의 번민에 시달려야만 했다. 아직은 모든 상황을 종합적으로 직시할 수는 없었지만, 초반에 발견한 몇 가지 정황만으로도 자신이 이 사건에서 얼마나 중요한 역할을 수행하고 있는지 짐작할 수 있었다. 그리고 그런 상황을 깨닫는 것과 함께 비탄과 자괴감과 공포의 감정이 사정없이 파고들었다.

경찰서장은 검열관 같은 눈빛으로 하이메 아스타를로아를 지켜보면서, 자기 생각에 깊이 빠져 버린 돈 하이메로서는 제대로 알아듣지도 못했을 게 뻔한 질문에 대한 답을 기다리고 있었다.

「뭐라고 하셨지요?」

마치 어항 속 물고기의 눈처럼 물기가 촉촉하고 툭 튀어나온 경찰서장의 눈이 파란색 안경 너머에서 그를 응시하고 있었다. 그의 눈빛에서는 일종의 친근함을 불러일으키는 너그러움이 느껴졌지만, 그것이 그의 본래의 성품을 반영하고 있는 것인지, 아니면 상대방의 신뢰감을 얻어 내기 위한 전문가적 수완 때문인지 알 수가 없었다. 어쨌든, 서장을 잠시 지켜보던 하이메 아스타를로아는 헤나로 캄피요가 외모나 옷차림에서는 도대체 야무진 데라고는 찾아볼 수 없는 사람이었지만 결코 바보가 아니라는 결론을 내렸다.

「미스터 아스타를로아, 혹시 사건 수사에 도움이 될 만한 일들에 대해 자세히 들려주실 수 있으신지 물었습니다.」

「물론 그래야지요.」

「정말이십니까?」

「저는 빈말은 하지 않는 성격입니다, 캄피요 서장님.」

서장은 잘 알겠다는 태도를 취했다.

「그럼 솔직하게 말씀드려도 되겠습니까, 미스터 아스타를로아?」

「그러십시오.」

「사실, 선생은 고인과 정기적으로 가장 빈번하게 접촉하신 분들 가운데 한 분이신데도, 아무런 도움이 안 되고 계십니다.」

「고인과 규칙적인 만남을 지속해 온 사람들은 저 말고도 많습니다. 그리고 조금 전에 서장님께서 말씀하신 걸 들으니 그분들의 증언 역시 큰 도움이 되지 못한 것 같던데…… 왜 유독 제 증언에 그렇게 큰 기대를 걸고 계신지 모르겠군요.」

캄피요가 담배 연기를 지그시 쳐다보다가 미소 지었다.

「글쎄요, 실은 저도 왜 그런지 잘 모르겠습니다.」 그가 심각한 얼굴로 잠시 말을 멈추었다가 다시 입을 열었다. 「아마도, 선생의 외모에서 풍기는 분위기가…… 진실해 보인다고나 할까요? 예, 아마 그래서인 것 같습니다.」

돈 하이메가 손을 내저었다.

「저는 일개 검술 교사에 불과합니다.」 그가 가급적 무덤덤한 목소리를 내려고 애쓰면서 대답했다. 「후작님과의 관계는 전적으로 일을 전제로 한 만남이었지요. 돈 루이스께서는 저를 그 이상으로 생각지 않으셨습니다.」

「지난 금요일에 후작을 만나셨다고 했지요? 혹시 긴장하고 있다던가, 다른 때와 다르지는 않았습니까……? 조금이라도 특이한 행동을 했다던지…….」

「특별히 달라 보이지 않았습니다.」

「그 전에는요?」

「글쎄요, 제가 눈치를 못 채서 그랬는지…… 잘 생각이 나지 않습니다. 어쨌거나, 늘 만나다 보면 좀 심기가 불편해 보이는구나 할 때도 더러 있었지만, 특별히 그랬던 기억은 없습니다.」

「혹시 정치에 대해서 이야기를 나누셨던가요?」

「제 생각에, 돈 루이스는 정치와는 거리를 유지하고 사시는 분 같았습니다. 늘 자신은 멀찍이서 그저 지켜보는 게 제일 마음 편하다고 말씀하곤 했으니까요. 그저 심심풀이식으로요.」

경찰서장이 거참 이상하다는 표정을 지었다.

「심심풀이라고요? 흐흠…… 그렇군요……. 하지만, 선생께서도 아시겠지만, 고인은 한때 정부에서 요직을 역임하신 적도 있었습니다. 장관으로 임명되셨지요. 맞아요, 지금은 타계하신 돈 호아킨 바예스핀이 그분 외삼촌이셨지요.」 캄피요가 스페인 귀족 사회가 얼마나 족벌 체제로 운영되고 있는지 알 만하다는 듯 냉소적인 웃음을 지으며 말했다. 「물론, 오래전 이야기이기는 하지만, 그런 일이라는 게 언제나 적을 만들 수 있는 일이라서요……. 저 같은 사람을 봐도 그렇지요. 바예스핀 그 양반이 장관으로 재직 당시에 6개월 동안이나 제가 승진하지 못하도록 징계를 내린 적이 있거든요…….」

서장이 씁쓸한 기억을 되살리듯이 혀를 끌끌 차며 말했다.
「인생이라는 게 얼마나 요지경 속인지…….」

「그럴 수도 있을 겁니다. 하지만, 후작님은 별로 그럴 만한 분이 아니시라고 생각합니다.」

캄피요는 담배를 다 태웠지만 꽁초를 마땅히 버릴 곳을 찾지 못해 그대로 손가락 사이에 끼고 있었다.

「물론, 훨씬 가능성이 높은 다른 측면도 생각해 볼 수 있습니다.」

결국 서장은 꽁초를 중국산 도자기 항아리 속에 던져 넣었다.

「후작이 워낙 치마를 밝히시던 양반이시라…… 무슨 말씀인지 아시겠지요? 어쩌면 질투심에 사로잡힌 남편이…… 충분히 이해하시리라 생각합니다. 명예가 훼손되었다던가 뭐 그런 생각을 할 수 있었다는 말이지요.」

하이메 아스타를로아는 두 눈을 깜빡거렸다. 그로서는 가장 피하고 싶은 주제였던 것이다.

「캄피요 서장님, 죄송합니다만, 그 문제에서도 제가 큰 도움이 될 것 같지는 않습니다. 그저 한 가지 말씀드릴 것이 있다면, 루이스 데 아얄라 후작은 신사 중에서도 신사이셨다는 점입니다.」 그는 서장의 물기 많은 두 눈을 마주 보다가 시선을 조금 들어 약간 헝클어진 부분 가발을 쳐다보았다. 그러자 어느 정도 원기가 회복된 듯 그의 목소리의 어조가 조금 높아졌다. 「그리고, 또 한 가지는, 서장께서도 같은 생각이시리라 믿지만, 돌아가신 분을 놓고 이런 문제를 이야기하고 싶지 않습니다.」

서장은 곧바로 손가락 끝으로 가발 언저리를 만지작거리며 다소 불편한 심기로 미안하게 되었다고 사과했다. 물론 그건 자신도 마찬가지라며. 그리고 서장은 자신의 말을 곡해하지 말아 주기 바란다면서, 그저 형식적인 조사 과정의 일환으로 이해해 달라고도 했다. 결코 고인을 모독할 생각은 아니었다고…….

돈 하이메는 서장의 말을 거의 듣는 둥 마는 둥 하고 있었다. 그의 가슴속에서 소리 없는 싸움이 일고 있었다. 그는 현재 이 비극적 사건의 동기가 무엇이었는지를 명쾌하게 밝혀 줄 수 있을지도 모를 중요한 자료를 고의적으로 감추고 있기 때문이었다. 그는 자신이 현재 누군가를 보호하려 하고 있음을 잘 알고 있었다. 방 안에 눕혀진 죽은 후작의 시신을 보는 순간에 그 누군가의 혼란스러운 영상이 그의 뇌리를 스쳐 지나갔다. 보호한다? 아니, 좀 더 정확히 말하자면, 그의 행동은 보호라기보다는 덮어 주고 지나가려는 것이라는 게 맞았다. 결국 그의 행동은 위법이기도 했고, 그의 평생을 지탱해 온 도덕적 원칙에도 정면으로 위배되는 것이었다. 하지만 그 모든 것에도 불구하고 그는 사실을 밝히고 싶지 않았다. 상황을 분석할 시간이 필요했다.

캄피요는 손가락으로 의자 팔걸이를 톡톡 두들기면서 양미간을 살짝 찌푸린 채 하이메 아스타를로아를 주시하고 있었다. 그 순간에야 비로소 돈 하이메는 처음으로 자신도 경찰에게는 용의자 가운데 하나가 될 수 있다는 사실을 깨달았다. 더욱이 루이스 데 아얄라 후작이 플뢰레에 찔려 살해당하지 않았는가.

하이메 아스타를로아가 제발 나오지 않았으면 하고 바랐던 이름을 서장이 언급한 것은 바로 그때였다.

「혹시 아델라 데 오테로라고 아십니까?」

노련한 검술 교사 하이메 아스타를로아의 심장이 순간 몇어 버리는 것 같더니, 이번에는 다시 요란하게 뛰기 시작했다. 그는 침을 한 번 꿀꺽 삼킨 뒤 대답했다.

「네.」 그는 가급적 최대한 냉정한 표정을 유지하려고 했다. 「제 검술 교습소의 고객이었습니다.」

캄피요가 그것참 신기하다는 듯 그에게 바짝 다가앉으며 물었다. 「그건 금시초문이군요. 지금은 안 배우나요?」

「네. 벌써 그만둔 지 몇 주 되었습니다.」

「몇 주쯤요?」

「글쎄요. 한 달 반쯤 되었을까요?」

「왜 그만두었습니까?」

「그건 저도 모릅니다.」

경찰서장은 의자 등받이에 깊숙이 몸을 기대더니 다시 주머니에서 담뱃갑을 꺼내면서 심각한 얼굴로 돈 하이메를 쳐다보고 있었다. 이번에는 막대기로 담배를 쑤셔 넣는 대신 담배 끝을 이로 자근자근 씹어 댔다.

「선생은 그 여인이 후작과…… 그러니까 사귀던 걸 알고 계셨나요?」

하이메 아스타를로아가 크게 고개를 끄덕였다.

「피상적으로는요.」 그가 대답했다. 「제가 알기로는, 그 여자분이 제 교습소를 그만둔 후 후작님과 만나기 시작한 것으로 알고 있습니다. 그 후로 저는…….」 그는 잠시 망설이다가 말했다. 「두 번 다시 그 여자분을 뵙지 못했고요.」

캄피요가 담뱃불을 붙인 후 담배 연기를 뿜어내자 하이메 아스타를로아는 코가 따끔거리는 것을 느꼈다. 그의 이마에 땀방울이 맺혔다.

「이 댁의 하인들에게 물어보았더니…….」 경찰서장이 잠시 뜸을 들이다가 말했다. 「오테로 부인이 이 댁을 자주 방문했다더군요. 하나같이 고인이 된 후작과 그 부인이 아주, 에헴, 그 뭐랄까, 아주 가까운 사이였다고들 말하고 있습니다.」

돈 하이메는 자신과는 아무런 상관도 없다는 듯 서장의 두 눈을 똑바로 응시하고 있었다.

「그런데요?」 하이메 아스타를로아가 무관심을 가장하고 되물었다. 서장이 손가락으로 염색한 콧수염 끝자락을 한번 스치듯 훑으며 미소 지었다.

「어젯밤 10시 무렵에……」 서장은 옆방의 시신이 혹시 듣기라도 할까 봐 걱정된다는 듯 아주 낮은 소리로 말했다. 「후작이 하인들을 모두 내보냈다고 합니다. 그러니까, 그렇고 그런…… 멋쟁이 남자들이 기다리고 있던 손님이 올 시간이 다가오면 늘 그렇듯이 말입니다. 하인들은 모두 정원 건너편에 있는 별채로 물러갔지요. 이상한 소리는 들리지 않았다고 합니다. 그저 밤새도록 비 내리는 소리와 천둥소리만 들렸다더군요. 오늘 아침 7시경에, 하인들이 다시 본채로 들어오다가 후작의 시신을 발견했습니다. 방 한쪽 구석에는 피로 물든 플뢰레가 팽개쳐져 있었고요. 후작의 시신은 차갑게 식어 있었고 경직된 것으로 보아 이미 사망한 지 여러 시간이 지났던 것으로 보입니다. 완전히 차갑게 식어 있었으니까요.」

하이메 아스타를로아는 온몸에 소름이 쫙 끼쳐 경찰서장처럼 편안한 마음으로 이야기를 들을 수 없었다.

「방문객의 신원은 밝혀졌나요?」

「아니요. 다만, 성 반대편의 쪽문으로 들어왔던 것으로 추정하고 있습니다. 막다른 골목 옆에 붙어 있어서 가끔 후작이 마차를 세워 두곤 하던 곳이지요……. 주차장치고는 아주 훌륭한 장소지요. 말만 해도 다섯 필에 이륜마차, 인력거, 사류마차, 영국인 마부까지 있었으니……」 서장은 죽은 후작이 참으로 부러울 것 하나 없이 생활하고 있었다고 생각해서인지 다소 우울한 느낌의 한숨을 내쉬었다. 「그건 그렇고, 다시 본론으로 돌아오자면, 살인자가 여자인지 남자인지, 한 사람이었는지 여럿이었는지를 확인시켜 줄 만한 증거라고는 하나도 없습니다. 폭우가 쏟아지고 있었는데도 발자국 하나 남기지 않았으니까요.」

「정말 상황이 어렵군요.」

「그렇습니다. 어려운 데다, 시기적으로도 아주 좋지 않아요. 요즘이 정치적으로 아주 혼란스러운 시점이고, 온 나라가 일촉즉발의 내전 직전 상황인지라, 다른 모든 정황과 더불어 도무지 수사가 효율적으로 진행될 것 같지 않아서 드리는 말씀입니다. 지금 국왕의 왕좌가 오락가락하는 마당에, 일개 후작의 살인 사건 정도는 아무 일도 아닌 것으로 여겨질 수도 있지 않겠습니까……? 선생도 짐작하셨겠지만, 이번 살인 사건은 아주 적시를 골라 자행된 것 같습니다.」

캄피요가 담배 연기를 한 움큼 뱉어 낸 뒤 담배를 물끄러미 내려다보았다. 돈 하이메는 그가 피우는 담배가 〈부엘타 아바호〉라는 걸 알아차렸다. 루이스 데 아얄라 후작이 즐겨 피우던 담배였던 것이다. 아마도, 수사를 하는 과정에서 경찰서장은 후작의 담뱃갑에 손을 댈 기회가 있었던 것 같았다.

「그건 그렇고, 괜찮으시면 도냐 아델라 데 오테로 문제로 다시 돌아가 볼까요? 일단 그 여자분이 미혼인지 기혼인지 잘 모르겠는데…… 혹시 아십니까?」

「아니요. 하지만 제가 늘 부인이라고 불렀는데 그쪽에서 한 번도 아니라고는 하지 않았습니다.」

「미인이라고 하던데요. 대단한 미모를 지녔다고요.」

「보는 사람에 따라서는 그렇게 볼 수 있을 것 같습니다.」

「정말 그런가 보네요. 검술을 배울 때에는……」 캄피요가 한쪽 눈을 찡긋거리며 말했다. 하이메 아스타를로아는 정말 더는 참을 수가 없다고 생각했다. 그가 자리를 박차고 벌떡 일어섰다.

「아까도 말씀드렸지만, 저는 그 여자분에 대해 아는 게 별로 없습니다.」 그가 바싹 마른 음성으로 말했다. 「그러니, 그 여자분에 대해 그렇게 관심이 많으시면, 직접 만나서 물어보십시오. 리아뇨 거리 14번지에 살고 있으니까요.」

경찰서장은 자리에서 꼼짝하지 않았다. 하이메 아스타를로아는 뭔가 문제가 있음을 알아차렸다. 캄피요가 손가락 사이에 담배를 끼고 의자에 앉은 채 그를 쳐다보았다. 안경알 너머로 물고기 같은 그의 두 눈동자가 짓궂은 빛을 발하고 있었다. 마치 한쪽 객석에서 재미난 공연을 관람하고 있는 사람처럼.

「당연히 그래야겠지요.」 그는 마지막 장면을 위해 아껴 놓았던 농담을 음미하는 사람처럼 이 순간을 즐기고 있는 듯했다.

「그런데, 미스터 아스타를로아, 왜 제가 선생에게 그 여자에 대해 묻는지 모르실 겁니다. 당연히 모르시겠지요……. 그러니까, 선생의 옛 고객이었던 아델라 데 오테로 부인이 자택에서 사라져 버렸습니다. 참 묘한 우연 아닙니까……? 후작이 살해되었고, 여자는 흔적 없이 사라져 버렸고. 마치 대지가 꿀꺽 삼켜 버리기라도 한 것처럼 말입니다.」

6. 강력한 대응

강력한 대응이란, 상대가 그것을 통해
이득을 얻을 수 있는 대응법을 말한다.

공식적인 심문 절차가 마무리되자, 경찰서장은 하이메 아스타를로아를 문 앞까지 바래다주면서 다음 날 경찰서로 찾아와 달라고 요청했다. 「여건이 허락되시면 부탁합니다.」 그는 시절이 하도 수상하니 어쩌겠냐는 듯한 암시를 보내며 찡긋 미소를 지었다.

하이메 아스타를로아는 우울한 기분으로 그곳을 나왔다. 비극적 사건이 일어난 곳을 떠났다는 것과, 경찰서장의 불쾌한 심문에서 벗어났다는 사실이 그에게 안도감을 주었지만, 동시에 또 다른 불편한 현실과 마주쳐야 했기 때문이다. 이제부터 혼자 조용히 최근에 일어났던 일들을 되새기며 생각을 정리해야 했고, 지난 기억을 되살린다는 것이 그다지 유쾌할 것 같지는 않았다.

그는 레티로 공원 앞에 멈춰 섰다. 그리고 쇠로 된 창살에 이마를 대고 공원의 나무들을 둘러보았다. 루이스 데 아얄라 후작에 대한 기억, 그의 죽음이 가져다준 고통스러울 정도의 정신적 충격도 그가 느끼고 있는 분노감보다 더하지는 않았다. 이 모든 일과 어떤 형식으로든 관계된 것이 틀림없는 여인의 그림자가 처음부터 그로 하여금 모든 일을 객관적으로 바라볼 수 없게 만들었다. 돈 루이스는 살해당했고, 그는 자신이 평소 높이 평가하던 인물이었다. 그 두 가지 사실만으로도 범행을 저지른 자들에게 정의의 심판이 내려지기를 바랄 만한 충분한 이유가 될 수 있었다. 그런데, 도대체 왜 캄피요에게 알고 있는 모든 사실들을 털어놓지 못한 것일까?

그는 맥없이 고개를 가로저었다. 그래, 아델라 데 오테로가 이 사건의 책임자라 할 수는 없지……. 잠시 동안 이렇게 저항해 보았지만, 결국 너무나도 명확한 현실의 무게에 굴복하지 않을 수 없었다. 자신을 속일 수는 없었다. 아델라 데 오테로가 직접 알룸브레스 후작의 목에 플뢰레를 꽂았든 그렇지 않았든 간에, 어떤 형태로든 그녀가 이 살해 사건에 관여하고 있다는 것만은 부인할 수 없는 사실이었다. 예기치 못했던 그녀의 등장, 루이스 데 아얄라를 무척이나 만나고 싶어 했던 점, 지난 몇 주 동안의 그녀의 행적, 그리고 너무나 시기적절했던 미심쩍은 행방불명까지……. 이 모든 것들, 세세한 세부 사항, 심지어 그녀가 내뱉었던 마지막 말 한마디 한마디까지도 지금 와 생각하니 완벽하고 철저하게 계산된 계획에 따른 것이었다는 생각이 들었다. 더구나 후작을 살해한 공격법은 다름 아닌 〈그의〉 검법이었다.

도대체 목적이 무엇이었을까? 이쯤 되면, 그가 알룸브레스 후작에게 접근하기 위해 일종의 통로로 이용되었음은 의심의 여지가 없었다. 그렇지만, 도대체 왜? 범죄란 원래 그 자체만으로는 설명될 수 없는 법. 늘 그 범죄 사실의 이면에는 범죄자의 입장에서 볼 때 그런 대담한 일을 벌일 수밖에 없었던, 그 범죄를 정당화시킬 수 있을 만한 확실한 목적이 있기 마련이었다. 이런 논리를 종합해 볼 때, 결국 하이메 아스타를로아의 생각은 서재 책장에 감추어 둔 밀봉한 봉투로 귀결되지 않을 수 없었다. 갑작스럽게 마음이 조급해진 그는 창살에서 고개를 들고, 재빨리 알칼라 성문을 향해 총총걸음으로 걸어가기 시작했다. 한시라도 빨리 집으로 돌아가 봉투를 열고 그 내용을 읽어 봐야 했다. 분명, 그 속에 모든 일의 열쇠가 담겨 있을 것이었다.

그는 마차 한 대를 잡아타고 집 주소를 말해 주었다. 순간적으로 모든 것을 경찰 손에 넘겨 버리고 자신은 그저 구경꾼으로서 이 일에서 벗어나는 게 낫지 않을까 하는 생각도 들었지만, 곧 그럴 수는 없다는 결론을 내렸다. 누군가가 그에게 이 모든 일에서 이미 예정되어 있던 그의 역할을 담당하도록 강요하고 있는 것 같았다. 마치 무심한 얼굴로 꼭두각시 인형에 매달린 줄을 조종하고 있는 사람처럼. 따라서 그의 자존심이 꿈틀거리고 있었다. 그 누군가가 자신을 꼭두각시처럼 조종하고 있다는 사실에 몹시도 모멸감이 느껴졌고 동시에 분노가 치솟았다. 그래, 경찰에는 좀 더 있다가 가도 될 거야. 그전에 도대체 무슨 일이 일어나고 있는지부터 확인하도록 하자. 그는 아델라 데 오테로가 허공 속에 남기고 간 미해결의 문제를 바로잡을 기회가 있기를 바랐다. 사실, 그의 심정 밑바닥에는 알룸브레스 후작의 원수를 갚겠다는 그런 생각은 없었다. 하이메 아스타를로아가 진정으로 바랐던 것은 스스로를 배반했던 자신의 감정에 만족감을 부여하는 것뿐이었다.

흔들리는 마차 뒷좌석에서 그는 등받이에 몸을 기대고 앉았다. 이제 조금씩 평온함을 되찾기 시작했다. 그리고 아주 전문가적인 시각에서 그는 모든 일을 전통적인 검법을 적용하여 조심스럽게 되짚기 시작했다. 일반적으로 검법을 적용해

보는 것은, 복잡하게 꼬인 상황을 분석하고 생각을 정리하는 데 아주 유용하곤 했다. 적, 혹은 적들은 첫 공격을 아타크 포스로부터 시작하는 치밀한 계획을 세워 놓았다고 볼 수 있었다. 그에게 접근한 것은 실질적인 또 다른 목적을 위해서였다. 즉, 아타크 포스는 정말로 상대방을 찌를 또 다른 공격을 하기에 앞서 상대방을 위협하는 것에 불과했던 것이다. 다만, 그들은 그를 찌르는 대신 루이스 데 아얄라 후작을 찔렀고, 하이메 아스타를로아는 너무나도 멍청하게 상대방의 움직임 속에 숨겨진 진실을 간파하지 못했던 것이다. 아니, 오히려 적들의 공격을 용이하게 해주는 씻지 못할 과오를 저지르고 말았다.

이렇게 상대방은 퍼즐 조각을 끼워 맞추기 시작한 것이었다. 첫 번째 동작이 마무리되면, 두 번째 동작으로 넘어갔다. 아름다운 여인 아델라 데 오테로로서는 후작에게 검술에서 소위 〈공격을 야기하기〉라고 하는 기술을 사용하는 것은 전혀 어려울 게 없는 일이었을 것이다. 상대방으로 하여금 공격을 야기시키는 일, 즉 플뢰레를 휘두르도록 만드는 것은 상대가 공격을 감행하기에 앞서 그 상대방의 약점이 무엇인지를 찾아내기 위한 방편이었다. 그리고 루이스 데 아얄라의 약점은 바로 검술과 여자였던 것이다.

그럼, 그 후에 무슨 일이 있었던 것일까? 빼어난 검술가였던 후작은 상대방이 자신의 방어 자세를 흐트러뜨리기 위해 〈공격을 야기하기〉 하고 있다는 것을 직감적으로 알아차렸을 것이다. 천부적인 자질이 있었던 후작은 즉각 가르드 동작을 취했을 것이다. 그가 취한 가르드 동작이란 다름 아닌 상대방의 움직임 속에서 공격의 목표를 발견해 낸 것이었다. 그 목표가 바로 밀봉된 봉투였을 것이고. 그런 위험을 감지했음에도, 루이스 데 아얄라는 검술가임과 동시에 도박꾼이기도 했다. 돈 하이메는 후작의 성향을 잘 알고 있었기에, 후작이 상대방이 최종 공격을 감행하기에 앞서 그 공격을 차단하는 대신 자신의 운을 너무 믿었던 게 아닐까라는 생각을 하게 되었다. 후작은 모든 게임이 백일하에 드러나게 되면, 적이 깊숙한 공격을 감행하더라도 결국 최후에는 그 칼날이 빗나가고 말 것이라 믿고 있었던 것 같다. 아얄라 같은 검술의 고단자는 옆구리를 훤히 드러내는 것은 파라드 드 아타크만큼이나 위험하다는 것을 누구보다도 먼저 알았음에 틀림없었다. 특히, 그런 공격이 아델라 데 오테로 같은 여인을 통해 이루어졌다면.

돈 하이메의 생각대로, 공격의 목적이 정말로 후작이 지니고 있던 밀봉된 봉투였다면, 살인자들이 아직 공격을 마무리 짓지 못했다고 보아야 했다. 결국 우연이었지만, 본의 아니게 하이메 아스타를로아가 끼어들어 그들의 일을 실패로 돌아가게 만든 것이었다. 처음부터 아얄라의 목구멍에 팡트 드 카르트 단 한 방을 가함으로써 해결되었어야 할 일이었다면, 결국에는 팡트 드 티에르스가 된 셈이었고, 앞으로 그렇게 쉽게 해결되지도 않을 터였다. 그렇다면, 이제 돈 하이메의 생존이 걸려 있는 가장 중요한 문제는 과연 적들이 후작의 신중한 태도 때문에 완결 짓지 못한 임무를 여전히 계속 완수하려 하는가를 알아내는 것이었다. 과연 그들은 그 서류 뭉치가 하이메 아스타를로아의 집에 안전하게 보관되어 있다는 사실을 알고 있을까……? 그는 침착하게 그 문제를 생각해 보았고, 결국 그걸 알아내기는 불가능하다는 결론에 도달했다. 아얄라는 아델라 데 오테로는 물론, 그 누구에게도 그런 비밀을 함부로 발설할 만한 부주의한 인물이 아니었다. 후작 스스로의 입으로 이 세상에 이런 중대한 일을 부탁하고 믿을 만한 인물이 그밖에 없다고 하지 않았던가.

　마차는 산혜로니모 거리를 서둘러 올라가고 있었다. 돈 하이메는 어서 집에 들어가 봉투를 찢고 수수께끼를 풀고 싶은 마음에 조바심이 생겼다. 이제 몇 발자국만 내디디면 모든 문제가 해결될 터였다.

　보르다도레스 거리 모퉁이에 내려서자마자 다시 비가 쏟아지기 시작했다. 그는 현관문 안으로 들어선 뒤 모자의 물을 털어 내고는 곧바로 흔들거리는 철제 난간을 잡고 삐걱거리는 계단을 올라 제일 꼭대기층으로 갔다. 계단 층계참에 이르러서야 그는 비야플로레스 성에 플뢰레 케이스를 놓고 왔다는 것을 깨달았다. 공연히 화가 치솟았다. 주머니 속을 뒤져 열쇠를 꺼내면서 나중에 찾으러 가리라 생각했다. 열쇠를 돌려 잠긴 문을 연 후 문짝을 밀고 들어갔다. 문짝의 무게가 유난히도 무겁게 느껴지면서 텅 빈 캄캄한 집 안으로 들어선 그는 왠지 모를 두려움에 휩싸였다.
　불안한 마음에 온 집 안 곳곳을 돌아보고 나서야 그는 완전히 평정을 되찾았다. 당연히 집 안에는 그 외에는 아무도 없었다. 그는 공연한 상상으로 불안해하던 자신의 모습이 부끄럽게 느껴졌다. 모자를 벗어 소파 위에 올려놓고, 프록코트를 벗은 후, 희뿌연 빛이나마 들어올 수 있도록 창문에 드리워 놓았던 블라인드를 올렸다. 그리고 책장 앞으로 가서 한 손을 책들 사이로 집어넣어 루이스 데 아얄라에게서 받은 봉투를 꺼내 들었다. 그의 두 손이 떨리고 있었다. 봉투의 밀봉을 뜯어낼 때에는 가슴이 조마조마해지는 것을 느꼈다. 봉투는 2절지 크기로, 두께가 대략 1인치 정도 되었다. 그는 겉봉을 찢어 내고 리본으로 묶여 있는 편지철을 꺼냈다. 그 속에는 친필로 쓴 문서들이 여러 장 들어 있었다. 매듭을 푸는 손이 얼마나 떨렸는지, 편지철을 벌리자마자 종이 뭉치가 책장 바닥으로 통째로 떨어져 흩어져 버리고 말았다. 그는 바보 같은 자신의 행동에 욕지기를 내뱉으며 바닥에 웅크리고 앉아 흩어진 종이들을 주워 모은 후, 다시 일어섰다. 문서들은 대부분 공문서 형식을 띠고 있었고, 거의 다 서신이거나 메모지였다. 그는 책상 위에 서류들을 올려놓고 앉았다. 처음에는 너무 흥분되어 있던 터라 글귀들이 눈앞에서 춤을 추고 있는 것만 같아서 단 한 구절도 눈에 들어오지 않았다. 그는 눈을 감고 마음속으로 열을 세었다. 그리고 깊은 심호흡을 한 번 한 뒤 읽기 시작했다. 정말 대부분의 문서들은 서신이었다. 하이메 아스타를로아는 서신에 나와 있는 서명을 보고 온몸이 부르르 떨리는 것을 느꼈다.

마드리드 행정부
안보 조사관 겸 행정 경찰
돈 루이스 알바레스 렌드루에호 귀하

현재 아래에 열거한 인물들에 대한 밀착 감시가 진행되고 있습니다. 이들은 여왕 폐하의 정부에 대해 반역을 꾀하고 있는 것으로 의심되는 자들입니다.
이들 외에도 일부 인사들이 이들과 연루된 것으로 의심되는바, 조사는 매우 은밀하게 진행되고 있으며, 준비가 되는 대로 결과를 직접 보고드리도록 하겠습니다.

마르티네스 카르모나, 라몬. 변호사. 마드리드 프라도 거리 16번지.

미라발스 에르난데스, 도미시아노. 사업가. 마드리드 코레데라 바하 거리.

카소를라 롱고, 브루노. 이탈리아 은행 은행장. 마드리드 플라사 데 산타 아나 거리 10번지.

카냐바테 루이스, 페르난도. 철도 기술자. 마드리드 레가니토스 거리 7번지.

폴리에 이 오스본, 카르멜로. 금융인. 마드리드 인판타스 거리 14번지.

보안상, 본 건에 관련된 모든 문서는 개인적으로만 보관하시기 바랍니다.

1866년 10월 3일, 마드리드에서
행정부 장관
호아킨 바예스핀 안드레우.

마드리드 행정부
돈 호아킨 바예스핀 안드레우 귀하

호아킨께.

어제 오후에 나누었던 장관과의 대화 내용을 곰곰 생각해 본 결과, 장관의 제안이 타당하다는 생각이 들었습니다. 사실 그자를 지원하고 싶은 생각은 전혀 없지만, 그럴 만한 가치는 충분히 있다고 판단되는군요. 하긴, 요즘 같은 시절에 불로 소득이 어디 있겠습니까?

카르타헤나 산악 지역의 광산 이양 문제는 이미 완료되었습니다. 페피토 사모라와 이야기를 나누었으며, 그도 아무런 이의를 제기하지 않더군요. 물론, 세부적인 상세한 이야기는 하지 않았습니다. 어쨌든, 이러나저러나 마찬가지이긴 하지만, 그래도 제가 큰 위험을 무릅쓰고 일을 진행 중이라는 것을 알아주시기 바랍니다. 사실, 저는 주변의 새로운 비방에 맞서기에는 너무 늙었습니다. 저는 필요하다고 생각되는 모든 일을 장관께 알려 드릴 것이며, 우리의 참새는 배불리 먹을 수 있을 것으로 믿습니다. 로하에서도 그랬었으니까요. 제가 원래 이런 방면에는 빼어난 후각을 자랑하지요.

그럼 잘 지내십시오. 물론, 위원회에도 이 문제만큼은 언급하지 마시기 바랍니다. 알바레스 렌드루에호 역시 이번 일에서는 빼는 게 좋을 것 같고요. 지금 이 순간 이후로, 이 문제는 오로지 장관과 저만 아는 일이어야 할 것입니다.

11월 8일
라몬 마리아 나르바에스.

마드리드 행정부
안보 조사관 겸 행정 경찰
돈 루이스 알바레스 렌드루에호 귀하

여왕 폐하의 정부에 대해 반역을 꾀하고 있는 것으로 의심되는 아래 인물들에 대한 체포령을 내려 주시기 바랍니다.

마르티네스 카르모나, 라몬.
폴리에 이 오스본, 카르멜로.
미라발스 에르난데스, 도미시아노.
카냐바테 루이스, 페르난도.
마자라사 산체스, 마누엘 마리아.

이들 전원은 체포 즉시 따로따로 수감하여 상호 통신이 불가능하게 할 것입니다.
11월 12일, 마드리드에서
행정부 장관
호아킨 바예스핀 안드레우.

범죄인 및 반역자 조사국
마드리드 행정부 장관
돈 호아킨 바예스핀 안드레우 귀하

안녕하십니까?
마르티네스 카르모나 라몬과 폴리에 이 오스본 카르멜로, 미라발스 에르난데스 도미시아노, 카냐바테 루이스 페르난도 이 네 사람은 오늘부로 카르타헤나 형무소에 송치하였습니다. 조만간 아프리카에 있는 형무소에서 남은 형기를 마치도록 이송할 계획입니다.
여왕 폐하께 충성을 맹세하며, 이만 인사드립니다.
1866년 11월 28일, 마드리드에서
범죄인 및 반역자 조사관
에르네스토 데 미겔 마린.

마드리드 위원회 위원장
돈 라몬 마리아 나르바에스 귀하

장군님.
오늘 밤 제가 입수한 서신을 통해서 알게 된 내용을 본 서신에 동봉합니다. 이처럼 두 번째 결과를 알려 드리게 되어 기쁘기 한량없습니다. 좀 더 세부적인 내용을 준비하시기 바랍니다.

12월 5일, 마드리드에서
호아킨 바예스핀 안드레우.
(원본입니다.)

마드리드 행정부 장관
돈 호아킨 바예스핀 안드레우 귀하

호아킨께.
단지 한 단어만 생각나는군요. 정말 〈훌륭했습니다〉. 우리의 참새가 가져다준 것은 그야말로 우리 원수 JP에게 먹일 수 있는 아주 어마어마한 한 방이 될 것 같군요. 별첨하여 구체적인 지침을 보내 드리니, 그대로 이번 일에 대처하시기 바랍니다.
철권을 휘둘러야 합니다. 다른 방도가 없으니까요. 연루된 군부와 관련해서는 최고 실력자인 상고네라가 좋을 것 같습니다. 큰 벌을 내려야 할 것입니다.
그럼, 힘내시고, 곧 또 연락합시다.

12월 6일
라몬 마리아 나르바에스.

마드리드 행정부
안보 조사관 겸 행정 경찰
돈 루이스 알바레스 렌드루에호 귀하

여왕 폐하의 정부에 대하여 최고 반역죄를 저질렀으며,

또한 중대한 범죄 음모를 꾀한 아래 인물들에 대한 체포령을 내려 주시기 바랍니다.

 델 라 마타 오르도녜스, 호세. 사업가. 마드리드 론다 데 토레도 22번지 2층.
 페르난데스 가레, 훌리안. 중앙 정부 공무원. 마드리드 세르반테스 거리 19번지.
 갈 루페레스, 올레가리오. 기술병 대위. 하리야 병영. 알칼라 데 에나레스.
 세브리안 루시엔테스, 산티아고. 보병 연대 중령. 트리니다드 병영. 마드리드.
 암브로나 파에스, 마누엘. 기술병 사령관. 하리야 병영. 알칼라 데 에나레스.
 피게로 로블레도, 히네스. 상인. 마드리드 세고비아 거리 16번지.
 에스플란디우 카살스, 하이메. 보병 연대 중위. 비칼바로 병영.
 로메로 알카사르, 오노프레. 〈로스 로시오스〉 농장 관리인. 톨레도.
 비야고르도 로페스, 비센테. 보병 연대 사령관. 비칼바로 병영.

 이번에 포함된 군인들은 해당 군 당국과의 협의하에 체포 영장을 집행할 것인바, 이미 전쟁부 장관의 명령서를 입수해 놓은 상태입니다.

1866년 12월 7일, 마드리드에서
행정부 장관

호아킨 바예스핀 안드레우.
(사본입니다.)

안보 조사국 및 행정 경찰
행정부 장관
돈 호아킨 바예스핀 안드레우 귀하

안녕하십니까?
어제 내려 주신 지침에 따라, 오늘 아침에 군 당국자와의 공조하에 행정부 관리들을 통해 일찌감치 조치를 취했음을 알려 드립니다. 말씀하신 모든 자들을 체포하였습니다. 건강하시기 바랍니다.
1866년 12월 8일, 마드리드에서
안보 조사관 겸 행정 경찰
루이스 알바레스 렌드루에호.

범죄인 및 반역자 조사국
마드리드 행정부 장관
돈 호아킨 바예스핀 안드레우 귀하

안녕하십니까?
오늘부로, 아래와 같은 자들을 카디스 형무소에 수감하였으며, 조만간 필리핀으로 이송할 계획임을 알려 드립니다.

델 라 마타 오르도녜스, 호세.
페르난데스 가레, 훌리안.

피게로 로블레도, 히네스.
로메로 알카사르, 오노프레.

이상입니다. 안녕히 계십시오.

1866년 12월 19일, 마드리드에서
범죄인 및 반역자 조사관
에르네스토 데 미겔 마린.

전쟁부
마드리드 행정부 장관
돈 호아킨 바예스핀 안드레우 귀하

호아킨께.

  오늘 오후 증기선 〈로드리고 수아레스〉 편에 세브리안 루시엔테스 중령, 암브로나 파에스 사령관과 비야고르도 로페스 사령관을 카나리아스로 유배시켰음을 공식 통보 드리는 바입니다. 올레가리오 갈 루페레스 대위와 동생 호세 마리아 갈 루페레스는 아직 카디스 군 형무소에 수감 중이며 다음번 배로 페르난도 포로 유배될 것입니다.
  안녕히 계십시오.

12월 23일, 마드리드에서
전쟁부 장관
페드로 상고네라 오르티스.

전쟁부
마드리드 행정부 장관
돈 호아킨 바예스핀 안드레우 귀하

호아킨께.

　오늘은 가슴 아픈 소식을 전해 드리고자 이렇게 펜을 들었습니다. 여왕 폐하께서 사면령을 내려 주시지 않으셨으므로, 판결 내용에 따라, 오늘 새벽 4시에 오냐테 요새의 참호에서 모반과 최고 반역 및 범죄 음모의 혐의로 사형 언도를 받은 하이메 에스플란디우 카살스 중위에 대한 사형이 집행되었습니다.
　안녕히 계십시오.
12월 26일, 마드리드에서
전쟁부 장관
페드로 상고네라 오르티스.

　그 밖에도 일련의 서신들과 나르바에스와 행정 장관이 최근에 서로 교환한 극비의 짤막한 편지들이 계속 철해져 있었는데, 그 문서들은 하나같이 스페인 국내외에서 암약하고 있는 프림의 첩자들의 다양한 활동 상황에 대해 기술하고 있었다. 문서들을 훑어본 하이메 아스타를로아는 정부가 모반자들의 동태를 아주 가까이까지 접근하여 파악했음을 알 수 있었다. 그 외에도 많은 사람들의 이름과 장소들이 언급되었으며, 누구에 대해서는 감시를 강화할 것과 또 다른 누구에 대해서는 체포할 것 등을 권고하는 내용도 있었다. 그런가 하면 바르셀로나에서 가명으로 암약하고 있던 프림 하수인의 실명이 거론되기도 했다……. 하이메 아스타를로아는 문서상의 날짜들을 다시 한 번 확인해 보았다. 서신들은 대략 1년 정도의 기간 동안 주고받은 것인데 갑작스레 중단되고 있었다. 기억을 돌이켜 본 하이메 아스타를로아는 갑작스럽게 서신이 중단된 시기가 대부분 편지에서 수신인으로 되어 있는 호아킨 바예스핀이 마드리드에서 사망했던 시기와 일치한다는 것을 알아낼 수 있었다. 그가 기억하는 바에 따르면, 바예스핀은 아가피토 카르셀레스가 소위 검은 야수들이라고 부르는 자들 가운데 하나로, 나르바에스 장군과 왕실에 전적으로 충성하던 대표적인 인물이었으며, 온건파의 선두 주자로 장관직을 수행하면서 철권을 휘둘러야 한다는 의견을 굽히지 않았던 사람이었다. 심장 발작으로 사망했으며, 나르바에스 장군의 주도하에 직위에 걸맞은 성대한 장례식이 공식적으로 치러졌었다. 그리고 그의 사망 이후 얼마 되지 않아 나르바에스 장군마저 세상을 등졌으니, 이로써 이사벨 2세 여왕은 주요 정치적 후원을 상실하게 된 것이었다.

하이메 아스타를로아는 너무나 혼란스러워 머리를 쥐어뜯고 싶은 심정이었다. 도대체 어디서 시작해서 어디서 끝나는 것인지⋯⋯. 그는 정계의 실력자들 간의 음모에 대해서는 아는 바 없었지만, 루이스 데 아얄라의 죽음의 직접적 원인이 된 것이 틀림없어 보이는 이 문서들을 읽어 보아도 그다지 감추지 않으면 안 될 만한 내용은 없다는 인상이 들었다. 더구나 살인까지 해가면서는. 그는 몇 장의 문서를 다시 한 번 정신을 집중하고 읽어 보았다. 혹시나 처음에 읽으면서 놓쳐 버린 중대한 요소가 있을지도 모른다고 생각했기 때문이었다. 하지만 결국 헛수고였다. 다만, 두 번째 서신을 읽으면서 뭔가 있을지도 모른다는 생각을 하며 한참을 생각해 보았다. 그것은 나르바에스 장군이 바예스핀에게 보내는, 아주 친근한 어조의 짤막한 서신이었다. 그 편지에 보면 나르바에스 장군이 행정 장관이 제시한 것으로 보이는 어떤 제안에 대해 언급하는 부분이 있었다. 서신에 따르면, 그는 그 제안에 대하여 〈타당하다〉고 생각한 것으로 보이며, 그 제안은 외견상으로는 소위 〈광산의 이양〉 문제와 관련이 있었을 것으로 보였다. 나르바에스는 그 문제를 〈페피토 사모라〉와 상의했던 것으로 보이는데, 그 페피토 사모라라는 사람은 분명 그 당시 광산부 장관을 맡고 있던 호세 사모라를 말하는 것 같았다……. 하지만 그게 전부였다. 더 이상의 힌트도, 더 이상의 이름도 없었다. 나르바에스는 〈그자를 지원하고 싶은 생각은 전혀 없지만〉이라고 썼는데…… 그자란 도대체 누구를 말하는 것일까? 아마도 거기에 문제의 해답이 있는 것 같았다. 단 한 번도 언급되지 않았던 그 이름 속에…… 아니, 어쩌면 언급되었을지도 모를 그 이름 속에…….

하이메 아스타를로아는 한숨을 내쉬었다. 이런 문제에 일가견이 있는 사람이라면, 모든 것이 나름의 의미를 지니고 있었을 텐데……. 하지만 그로서는 그 어떤 결론도 도출해 낼 수 없었다. 도대체 이 문서들이 어떤 이유로 그것을 지니고 있다는 이유만으로 살해의 대상이 될 수 있을 만큼 중요하고도 위험한 것인지 이해할 수가 없었다. 그리고 또 루이스 데 아얄라는 왜 그것을 그에게 맡긴 것일까? 누가 그 문서를 탐냈을까? 왜……? 한편, 정치와는 거리가 멀다고 스스로 외치고 다니던 알룸브레스 후작이 죽은 행정부 장관의 사신이라 할 수 있는 이런 문서들을 어떻게 손에 넣게 된 것일까?

하긴, 마지막 질문에 대해서는 최소한의 논리적 설명이 가능할 것 같았다. 돈 하이메의 기억이 틀리지 않는다면, 호아킨 바에스핀 안드레우가 알룸브레스 후작의 외삼촌이었다. 아얄라 후작이 비록 짧은 기간 동안이었지만 나르바에스 정권하에서 장관직을 역임할 수 있었던 것도 실은 그 덕이었다고 할 수 있었다. 날짜가 일치하나? 정확히 기억할 수는 없었지만, 아얄라 후작이 장관직을 맡았던 것이 편지의 날짜보다 조금 뒤인 것 같았다……. 하지만 중요한 것은, 알룸브레스 후작이 장관직을 수행하는 기간에, 혹은 외삼촌의 사망을 계기로 그 문서들을 손에 넣게 되었으리라는 점이었다. 그건 충분히, 정말 얼마든지 가능한 일이었다. 하지만, 그랬다손 치더라도, 그게 정확히 무슨 의미를 갖는 걸까? 왜 그토록 극비로 보관해야 했던 걸까? 살인을 정당화시킬 수 있을 만큼 그렇게 위험하고, 또 위태로운 것이었을까?

그는 자리에서 일어나 방 안을 왔다 갔다 해보았다. 자신의 분석 능력으로는 턱없이 부족한 복잡한 문제에 넌더리가 날 지경이었다. 모든 것이, 특히 이 비극적인 이야기 속에서 자신의 의지와는 전혀 상관없이 떠맡아 버린 — 그리고 지금도 계속해서 떠맡고 있는. 그 생각을 하자 그는 소름이 끼쳤다 — 이 역할이 너무나도 부조리하게만 생각되었다. 그 온갖 음모와 서신들, 수많은 사람들의 이름과 아델라 데 오테로는 도대체 무슨 관계란 말인가? 문서상에 언급된 이름 중에서 그가 알 만한 친숙한 이름은 하나도 없었다. 물론, 문서에서 언급된 사건들 중에서는 신문지상에서 읽었거나, 카페에서 친구들의 입을 통해 얻어들은 이야기들도 있었다. 하나같이 프림이 권력을 쟁취하기 위해 모종의 사건을 일으키고 난 전후의 이야기들이었다. 그리고 그 가엾은 하이메 에스플란디우 중위 건도 기억이 났다. 하지만 그 이상은 아니었다. 그는 도무지 헤어날 길 없는 막다른 골목에 처한 기분이었다.

그는 경찰을 찾아가 모든 문서를 넘기고 이 일에서 손을 털어 버릴까도 생각해 보았다. 하지만, 일이 그렇게 간단치는 않을 것 같았다. 그는 아침나절에 아얄라 후작의 시신 옆에서 경찰서장과 주고받았던 이야기들을 상기하면서 불안감을 느끼지 않을 수 없었다. 그는 캄피요에게 봉인된 서류 봉투의 존재를 숨기고 거짓말을 했던 것이다. 만일 그 문서들이 누군가를 위태롭게 만들었다면, 그 자신 역시 위태로울 수 있었다. 제아무리 결백하게 떠맡았다 하더라도…… 결백? 그는 그 단어를 떠올리는 순간 입주을 비죽거리며 쓴웃음을 지었다. 이제 문제가 무엇인지 설명해 줄 수 있는 아얄라 후작은 더 이상 존재하지 않았고, 결백을 판단할 사람들은 재판관들뿐이었다.

그는 평생 이렇게 혼란스러웠던 적이 없었다. 워낙 타고난 성품이 정직했기 때문에 그는 자신이 거짓말을 했다는 사실이 괴로웠다. 하지만, 달리 선택의 여지가 없지 않았던가? 신중한 본능이 아직은 늦지 않았으니 그 문서들을 파기해 버리고 악몽에서 제 발로 벗어날 것을 충고했다. 그렇게 한다면, 아무도 모를 것이 분명했다. 아무도. 그는 두려운 심정으로 스스로에게 강조했다. 하지만, 그러면 역시 사건의 전모를 모르게 될 터였다. 하이메 아스타를로아는 도대체 이 모든 것들의 저변에 무슨 비밀스러운 사연이 도사리고 있는지 알아내야만 했다. 그에게는 그럴 만한 권리와 그래야만 할 수 많은 이유가 있었다. 그 미스터리가 명확히 밝혀지지 않는 한, 결코 다리 뻗고 편안히 잠을 이룰 수 없을 게 뻔했다.

문서들을 파기해 버릴 것인지, 아니면 경찰에 넘길 것인지는 좀 더 후에 결정해도 늦지 않을 것 같았다. 지금 더 시급한 것은 열쇠를 찾아내는 일이었다. 문제는, 그의 힘으로는 도저히 해결할 수 없을 것이라는 사실이었다. 아무래도 정치 문제에 해박한 누군가의 도움이 필요할 터였다…….

그는 아가피토 카르셀레스를 떠올렸다. 그래, 그라면 될 거야. 그는 친구인 데다, 온 나라의 정치 문제에 대해서는 빠짐없이 알고 있는 사람이기도 하니까. 분명, 그라면 이 문서 속에 나온 이름이며 사건들에 대해 속속들이 알고 있을 게 분명했다.

그는 황급히 서류들을 한데 모은 후, 다시 서가 뒤쪽에 숨겨 놓고는, 지팡이와 모자를 집어 들고 거리로 나섰다. 현관을 나서며 조끼 주머니 속 시계를 꺼내어 시간을 확인해 보았다. 오후 6시가 다 되어 가고 있었다. 분명 카르셀레스는 카페 프로그레소에 와 있을 터였다. 카페는 몬테라 거리에 있었으니, 걸어서 10분이면 충분히 갈 수 있는 가까운 거리였다. 하지만 그의 마음은 급하기만 했다. 그는 지나던 마차를 세워 탄 뒤, 마부에게 최대한 빨리 카페 프로그레소로 가 달라고 했다.

하이메 아스타를로아는 언제나 친구들이 모이는 카페의 구석 자리에서, 스페인의 운명과 관련하여 오스트리아 왕조와 부르봉 왕조가 맡아 온 악역에 대해 혼자 열광적으로 떠들어 대고 있는 카르셀레스를 찾아냈다. 그의 맞은편 자리에는 목에 구깃구깃한 넥타이를 두른 채 언제나처럼 도무지 구제할 길 없는 우수에 젖은 표정을 띤 마르셀리노 로메로가 앉아 있었다. 로메로는 카르셀레스의 이야기는 귓전으로 흘린 채 하릴없이 막대 사탕을 빨며 친구의 얼굴을 들여다보고 있었다. 하이메 아스타를로아는 평소의 점잖은 걸음걸이는 잊어버렸다. 그는 피아니스트 로메로에게 양해를 구한 뒤, 카르셀레스를 한쪽 구석으로 끌고 가 자신이 처한 문제에 대해 간략하게 설명했다.

「본의 아니게 내 손안에 들어온 문서들이 있는데, 경험 있는 누가 몇 가지 의문을 좀 해소해 줬으면 싶네. 물론, 비밀리에 해야 해.」

신문 기자 카르셀레스는 무척 호기심을 느끼는 것 같았다. 그렇지 않아도 오스트리아 왕조와 부르봉 왕조의 쇠락에 대한 일장 연설을 마친 데다가 음악가 로메로는 함께 있어야 별로 유쾌하지도 않은 상대였기 때문이다. 두 사람은 로메로에게 양해를 구한 뒤 카페를 나섰다.

두 사람은 보르다도레스 거리를 함께 걸어갔다. 가는 길에, 카르셀레스는 이미 마드리드 전역의 가십거리가 되어 버린 비야플로레스 성에서의 비극적 살인 사건에 대해 떠들어 댔다. 그도 루이스 데 아얄라 후작이 돈 하이메의 고객이었다는 사실을 대충은 알고 있던 터였다. 그래서 신문 기자다운 호기심으로 자초지종에 대해 좀 설명해 달라고 했지만, 하이메 아스타를로아는 자신의 문제에 너무 깊이 빠져 있었기 때문에 어물쩍 답변을 회피하고 있었다. 카르셀레스는 평소 느끼던 귀족 계급에 대한 경멸감을 드러낼 절호의 기회다 싶었는지, 지인 가운데 한 사람이 죽었는데도 전혀 슬픈 빛을 보이지 않았다.

돈 하이메가 질책의 눈길을 보내자 카르셀레스는 재빨리 주제를 바꾸어 침울한 표정으로 말했다. 「때가 오면, 나는 민중의 주권을 위해 일할 생각이야.」 하지만 얼마 지나지 않아 다시 후작 사건으로 돌아가 치정 문제로 살해되었을 거라는 나름대로의 가설을 열심히 늘어놓았다. 신문 기자인 카르셀레스의 눈에는 모든 것이 너무나도 명료하기만 한 것 같았다. 명예를 훼손당한 누군가가 〈푹〉 찔렀을 거라는 것이었다. 그는 사브르와 무슨 검법인가를 들먹거리며 〈그렇지 않아?〉 하고 물었다. 아마도 돈 하이메는 잘 알 것 같다면서.

하이메 아스타를로아는 저만치 자신의 집 출입구가 보이

자 조금 안심이 되었다. 카르셀레스는 돈 하이메의 집에 처음으로 왔기 때문에 호기심 어린 눈초리로 자그마한 그의 집을 이리저리 둘러보았다. 그는 서가에 책들이 줄지어 있는 것을 보고는 곧장 책장 앞으로 걸어가더니 날카로운 눈빛으로 책 제목들을 훑어보았다.

「음…… 괜찮군.」 마침내 카르셀레스가 이 정도면 봐줄 만하다는 태도로 말했다. 「개인적으로는, 우리가 살아가는 이 시대를 이해하기 위해 기본적으로 필요한 책들이 좀 빠진 것 같다는 생각이야. 루소나 뭐 볼테르 같은…….」

하이메 아스타를로아에게는 우리가 살아가고 있는 이 시대 같은 건 하등 중요치 않았을뿐더러, 더구나 아가피토 카르셀레스의 문학 혹은 개똥철학적 취향 같은 것은 더욱 말할 것도 없었다. 그는 가능한 한 예의에 크게 벗어나지 않는 선에서 친구의 이야기를 자른 후, 본론으로 들어갔다. 카르셀레스는 책 이야기는 곧 잊어버리고 호기심 어린 표정으로 새로운 문제에 맞닥뜨릴 태세를 갖췄다. 돈 하이메가 숨겼던 봉투를 꺼내 놓았다.

「미리 말해 두는데…… 돈 아가피토, 우정과 신사로서의 명예를 걸고 이번 일에 대해 철저히 비밀을 지키겠다고 약속해 주게.」 하이메 아스타를로아가 아주 진지한 목소리로 말했다. 아마도 그의 목소리만으로도 카르셀레스는 충분히 사태의 심각성을 파악한 것 같았다. 「약속할 수 있겠나?」

카르셀레스가 한 손을 가슴에 올리고 근엄한 표정으로 대답했다. 「맹세하지. 확실히 맹세하고말고.」

돈 하이메는 너무나도 쉽게 맹세하는 동료를 보며, 순간 자신이 큰 실수를 한 것 같다는 생각이 들었다. 하지만 이제 와서 물릴 수도 없는 상황이었다. 그는 봉투 속에 들어 있던 문서들을 꺼내 탁자 위에 올려놓았다.
「자네에게 밝힐 수 없는 무슨 이유로, 물론 그 이유가 나에게 해당되는 비밀은 아니지만, 어쨌든 이 서류들이 내 손에 들어오게 되었네……. 그 속에 어떤 숨겨진 의미가 들어 있는 것 같네. 나로서는 그걸 찾아낼 수가 없지만, 정말 중요한 문제이기 때문에 꼭 밝혀내야겠어.」

이제 카르셀레스의 얼굴에는 진지한 주름이 잡혀 있었다. 꾸민 게 아닌, 친구의 이야기를 들으며 자연스럽게 잡힌 주름이었다.

「문제는, 내가 정치에 너무 문외한이라는 데 있네. 내 짧은 식견으로는 도무지 그 속에 담겨진 의미를 해석해 낼 수가 없어……. 그래서 이 방면에 훤한 자네를 찾은 걸세. 그러니, 이 서류들을 좀 읽어 보고, 도대체 뭐가 핵심인지 자네 의견을 좀 들려주게나.」

카르셀레스는 잠시 동안 꼼짝 않고 하이메 아스타를로아의 얼굴만 들여다보고 있었다. 아마도 무척이나 감명받은 것 같았다. 잠시 후, 그는 입술에 침을 한 번 묻히더니 탁자 위에 있는 서류들을 쳐다보았다.

「돈 하이메.」 그가 어딘지 주눅 든 듯한 목소리로 말했다. 「난 사실 이런 일일 거라고는 생각지……」

「나도 그건 마찬가지일세.」 하이메 아스타를로아가 말을 자르고 대꾸했다. 「정말이지 그 서류들은 내 의사와는 전혀 상관없이 들어오게 된 걸세. 하지만 이제는 나로서도 다른 선택의 여지가 없네. 그 내용을 파악해야만 해.」

카르셀레스는 다시 한 번 서류를 쳐다보고도 아직 손을 댈지 말지 결정하지 못한 것 같았다. 아마도 그 속에 뭔가 중대한 내용이 담겨 있으리라고 본능적으로 직감한 것 같았다. 마침내, 갑자기 결심이 서기라도 했다는 듯이 그가 책상 앞에 가 앉더니 서류를 손에 들었다. 돈 하이메는 그 옆에 그대로 서 있었다. 그리고 상황이 상황이니만큼, 하이메 아스타를로아는 예의 같은 것도 잊어버린 채 친구의 어깨너머로 전의 그 서류들을 다시 읽어 보았다.

처음 몇 장에 나와 있는 직책들과 서명들을 본 카르셀레스가 크게 들릴 정도로 침을 꼴깍거리며 삼켰다. 두어 번인가 그는 하이메 아스타를로아 쪽을 믿을 수 없다는 얼굴로 돌아보았지만, 아무 말도 하지 않았다. 카르셀레스는 아무 말 없이 한 장 한 장 주의 깊게 문서들을 읽어 나갔고, 편지 속에 씌 있는 몇몇 이름에는 집게손가락을 갖다 대고 주시하기도 했다. 서류 뭉치를 절반쯤 읽어 내려가던 그가 느닷없이 무슨 생각이 떠올랐다는 듯 황급히 앞으로 되돌아가 앞에 철해진 서신들을 다시 한 번 읽어 내려갔다. 마치 미소처럼 보이는 엷은 주름이 면도조차 제대로 하지 않은 그의 얼굴에 잡혔다. 카르셀레스는 다시 서류를 읽기 시작했고, 돈 하이메는 끼어들어야 할지 말아야 할지 모른 채 막연한 기대를 가지고 어정쩡한 자세로 서 있었다.

「뭐 좀 알겠나?」 마침내 더 이상 참을 수 없어진 돈 하이메가 물었다. 카르셀레스는 조심스러운 태도를 보였다.

「그런 것도 같네. 하지만 지금으로서는 다만 짐작할 수 있는 정도에 불과해……. 우리가 방향을 제대로 잡고 가고 있는지 좀 확인해 봐야겠어.」

기자는 양미간을 잔뜩 찌푸린 채 다시 읽기에 열중했다. 그리고 한참 후, 마침내 천천히 고개를 끄덕였다. 마치 오랫동안 찾아 오던 해답을 드디어 알아낸 사람 같아 보였다. 그는 다시 문서를 내려다보다가 고개를 들고 멍하니 천장을 바라보았다.

「뭔가 있기는 있는데……」 그가 혼잣말처럼 중얼거렸다. 「정확히 기억은 나지 않지만, 분명 뭔가 있었어……. 지난해 초 무렵에 말이야. 그래, 무슨 광산 문제였지. 나르바에스에 반대하는 시위가 벌어졌는데, 사람들 말이 뭔가 거래가 있었다는 거였어. 그게 뭐였더라……?」

하이메 아스타를로아는 평생 이렇게 초조해 본 적이 없었다. 순간, 카르셀레스의 얼굴이 환하게 밝아졌다.

「맞아! 아, 이런 바보같이……」 그가 손바닥으로 책상을 탁 내리치며 소리쳤다. 「그런데, 이름을 확인해 봐야겠는데…… 혹시 그것 아닐까……?」 그는 다시 맨 앞으로 돌아가 재빨리 처음 몇 장을 다시 훑어보았다. 「원, 세상에! 이봐, 돈 하이메! 여기 이 속에 들어 있는 게 얼마나 대단한 스캔들인지 알겠나? 이건 정말이지……!」

누가 문을 두드렸다. 카르셀레스는 순간적으로 입을 다물어 버리고는 걱정스러운 얼굴로 현관 쪽을 쳐다보았다.

「누가 오기로 되어 있었나?」

하이메 아스타를로아도 도대체 누가 온 건지 모르겠다는 얼굴로 고개를 가로저었다. 예기치 못했던 방문객의 개입으로, 카르셀레스는 서류들을 주섬주섬 챙기더니 주변을 한 번 돌아보고는 재빨리 일어나 소파 뒤에 그것들을 밀어 넣었다. 그리고 잠시 후 돈 하이메에게로 돌아왔다.

「누구든 얼른 돌려보내!」 그가 귀엣말로 속삭였다. 「우리끼리 할 이야기가 있으니까.」

몹시 당황한 하이메 아스타를로아는 기계적으로 넥타이를 고쳐 매고 거실을 가로질러 현관문 앞으로 걸어갔다. 자신에게 아델라 데 오테로가 다가오게 만들고, 루이스 데 아얄라의 생명을 앗아 간 미스터리의 베일이 막 벗겨지려 한다는 사실이 그에게 비현실감을 불러일으키고 있었다. 순간, 그는 갑자기 꿈에서 깨어나면서 지금까지의 모든 것들이 몽롱한 꿈이었고, 그의 상상 속에서 벌어졌던 일이었음을 확인하게 되는 건 아닐까 자문해 보았다.

현관문 밖에는 경찰관이 서 있었다.

「돈 하이메 아스타를로아십니까?」

하이메 아스타를로아는 목덜미의 머리털이 쭈뼛거리며 서는 듯했다.

「그렇습니다만.」

경찰이 가볍게 기침을 했다. 경관의 집시풍의 얼굴에는 쥐가 뜯어 먹은 듯 삐죽삐죽한 턱수염이 덥수룩하게 나 있었다.

「돈 헤나로 캄피요 서장께서 보내셨습니다. 괜찮으시면 잠시 경찰서까지 동행해 주시면 좋겠다고요. 도와주실 일이 있습니다.」

돈 하이메가 무슨 말인지 못 알아들었다는 듯 되물었다.

「뭐라고요?」 그가 시간을 끌 요량으로 물었다. 경찰관은 상대방이 당황해하자 조용히 미소 지었다.

「걱정 마십시오. 그냥 요식 행위일 뿐이니까요. 제 생각에는 알룸브레스 후작 살인 사건과 관련하여 뭔가 새로운 단서가 발견된 것 같습니다.」

하이메 아스타를로아는 느닷없는 경찰의 등장에 화가 치솟아 눈만 끔뻑이고 있었다. 하지만 어쨌거나 경찰이 새로운 단서가 발견되었다고 하지 않는가. 아마도 중요한 단서이리라. 어쩌면 아델라 데 오테로가 있는 곳을 알아냈을지도 몰랐다.

「잠시 기다려 주실 수 있겠습니까?」

「물론이지요. 천천히 준비하십시오.」

하이메 아스타를로아는 경관을 문밖에 남겨 둔 채 카르셀레스가 기다리고 있는 집 안으로 되돌아왔다. 카르셀레스도 두 사람의 이야기를 듣고 있었다.

「어떡하지?」 돈 하이메가 낮은 목소리로 물었다. 카르셀레스가 침착하라는 시늉을 했다.

「자네는 일단 가보게.」 그가 말했다. 「나는 여기 남아서 서류들을 다시 한 번 꼼꼼히 읽어 보겠네.」

「뭐 좀 알아냈는가?」

「그런 것 같네. 하지만 아직은 분명치 않아. 좀 더 심도 있게 확인해 봐야겠어. 안심하고 어서 다녀오게나.」

돈 하이메가 고개를 끄덕였다. 달리 대안이 없었다.

「가급적 빨리 돌아오겠네.」

「걱정 말게나.」 아가피토 카르셀레스의 눈동자에서 빛이 반짝였다. 그것이 오히려 하이메 아스타를로아를 불안하게 했다. 「저 일이……..」 카르셀레스가 현관문 쪽을 가리키며 말했다. 「내가 읽은 이 문서들과 관계가 있나?」

하이메 아스타를로아의 얼굴이 달아올랐다. 도무지 자신을 주체할 수가 없었다. 이미 얼마 전부터 걷잡을 수 없는 피로감을 느끼고 있었다.

「아직은 나도 몰라.」 이제는 카르셀레스를 속이는 것도 유치해 보이기만 했다. 「내 말은…… 돌아와서 얘기하세. 머리를 좀 정리하고 나서 말이야.」

그는 친구의 손을 한 번 잡아 준 뒤 나와 경찰관을 따라갔다. 골목 저 아래에 관용 마차가 대기하고 있었다.

「어디로 갑니까?」 그가 물었다.

경찰관은 물웅덩이를 발로 차면서 물방울을 튀겨 댔다.

「시체 보관소로 갑니다.」 경찰이 대답했다. 마차에 올라타 자리를 잡은 경찰관은 요즘 유행하는 대중가요를 휘파람으로 불어 댔다.

캄피요가 경찰청사에서 그를 기다리고 있었다. 이마에는 땀방울이 맺혀 있었고, 가발은 비스듬히 비뚤어져 있는 데다. 색안경은 벗어서 허리띠에 대롱대롱 매달아 놓고 있었다. 서장은 하이메 아스타를로아가 들어오는 것을 보자 정중한 미소를 띠며 자리에서 일어섰다.

「미스터 아스타를로아, 그렇지 않아도 어수선한 마당에 이렇게 하루에 두 번씩이나 오시게 해서 죄송합니다…….」

돈 하이메는 의혹 어린 눈초리로 주위를 둘러보았다. 그는 마지막 순간까지 침착하게 생각하기 위해서는 원기를 저장해야 한다고 스스로에게 다짐하고 있었다. 마치 온몸의 세포 하나하나에서 기가 빠져나가는 것 같은 느낌이 들었기 때문이다. 그런 현상은 어렵잖게 감정을 통제하고 조절하던 기능이 이미 한계선을 넘어서 버린 데에서 출발하고 있었다.

「도대체 무슨 일입니까?」 그가 불안감을 감추지 못하고 물었다. 「중요한 일을 하고 있던 참이었는데요…….」

헤나로 캄피요가 미안하다는 시늉을 했다.

「잠시만 시간을 내주시면 됩니다. 정말로요. 이런 상황이 선생께는 무척 귀찮으시리란 걸 저도 충분히 이해합니다. 하지만, 예기치 못했던 일이 일어나서요…….」 그가 이 모든 일이 마치 자기 탓이라는 듯 혀를 찼다. 「무슨 일이 하루 종일 이렇게 터지는지! 조금 전에 들어온 소식도 역시 만만치 않군요. 반란군이 마드리드까지 진격해서 여왕 폐하께서 프랑스로 피신하셔야 할 거라는 풍문이 자자합니다. 마드리드 시내가 온통 난장판이 되어 버리는 건 아닐지……. 요즘 시국이 어떤지는 선생도 아시지요? 그런데, 이런 정치판과는 전혀 상관없이, 정의는 정의대로 그 칼날을 가차없이 휘둘러야 하니, 이거야 원…… *Dura lex, sed lex*(악법도 법)라더니, 그렇지 않습니까?」

「죄송합니다만, 캄피요 서장님, 저는 정말 혼란스럽군요. 이런 곳에서 그런 이야기를 나눈다는 게 별로 적절해 보이지도 않고요…….」

경찰서장이 한 손을 들어 좀 침착하라는 신호를 보냈다.

「저를 따라오시지요.」

그가 집게손가락으로 복도를 가리켰다. 두 사람은 계단을 한참 내려간 뒤, 하얀색 타일이 발려 있고 천장에는 습기 때문에 듬성듬성 얼룩이 져 있는 어두컴컴한 복도를 지났다. 그들이 도착한 지하실에는 가스등이 켜 있었고, 가스등 불이 바람에 흔들리고 있었다. 얇은 여름용 프록코트를 입고 온 하이메 아스타를로아는 서늘한 냉기에 온몸이 오싹거렸다. 두 사람의 발자국 소리가 지하 통로 전체에 괴기스러운 메아리를 일으키며 복도 저편 끝으로 사라졌다.

캄피요는 반투명 유리문 앞에 멈춰 서더니 문을 밀고 들어서며 하이메 아스타를로아에게 먼저 지나가라고 했다. 시커먼 나무로 만든 낡아 빠진 파일 박스가 있는 방이었다. 책상 뒤에 서 있던 시 경찰청 직원 한 명이 방 안으로 들어서는 두 사람을 바라보고 있었다. 비쩍 마른 체구에, 나이를 가늠하기 어려운 그 사람은 누런색 약물이 여기저기 튀어 있는 흰색 가운을 입고 있었다.

「17번 좀 보여 주게나, 루시오.」

직원은 탁자 위에 놓여 있던 유인물을 한 손에 집어 들고는 방 맞은편에 있는 문 가운데 하나를 밀고 들어갔다. 경찰서장은 주머니에서 하바나산 담뱃갑을 꺼내더니 돈 하이메에게도 한 대 권했다.

「미스터 캄피요, 감사하지만, 아침에도 말씀드렸다시피 저는 담배를 피우지 않습니다.」

서장이 질책이라도 하듯 눈썹을 잔뜩 찡그렸다.

「이제부터 보게 될 것이 그리 유쾌한 장면이 아니라서요.」 서장이 말하면서 담배를 입에 물고 성냥불을 켰다. 「담배 연기가 이런 일을 견뎌 내는 데 큰 도움이 되지요.」

「이런 일이라니요?」

「곧 보시게 될 겁니다.」

「무슨 일인지는 모르겠지만, 저는 담배 같은 건 필요치 않습니다.」

경찰서장이 어깨를 으쓱거리며 말했다. 「뭐, 좋으실 대로.」

두 사람은 천장이 낮고 얼룩이 진, 역시 사방의 벽이 흰 타일로 발려 있는 널찍한 방으로 들어갔다. 한쪽 구석에는 커다란 욕조 같은 것이 있었고, 수도꼭지에서는 계속해서 물이 똑똑 떨어지고 있었다.

돈 하이메는 자기도 모르게 발걸음을 멈추었다. 방 안에 감도는 몹시도 차가운 냉기가 뼛속까지 파고드는 듯했다. 그는 지금껏 단 한 번도 시체실에 와본 적이 없을뿐더러, 이렇게 황량하고 침울한 분위기일 거라고는 상상조차 하지 못했다. 여섯 개의 대리석 테이블이 한쪽 벽면을 따라 줄지어 놓여 있었고, 그중 네 개에는 덮개가 덮여 있었는데, 덮개 아래로 꼼짝 않고 있는 사람의 형태가 드러났다. 하이메 아스타를로아는 순간적으로 두 눈을 감았다. 가슴 가득 심호흡을 해보았지만 그대로 구토를 할 것만 같았다. 공기 중에 기묘한 냄새가 가득 차 있었다.

「페놀 냄새입니다.」 서장이 설명했다. 「소독제로 사용하고 있지요.」

돈 하이메가 아무 말 없이 고개만 끄덕였다. 그의 두 눈은 대리석 테이블 위에 놓인 시신에 고정되어 있었다. 덮개 끝부분으로 두 발이 삐져나와 있었다. 누르스름한 피부였지만, 가스등 불빛 아래서 약간 파르스름한 빛을 띤 것처럼 보이기도 했다.

헤나로 캄피요가 돈 하이메의 시선을 따라갔다.

「저쪽 시신은 아까 확인한 것이고……」 그가 쾌활한 목소리로 말했다. 하이메의 귀에는 그 쾌활함이 오히려 괴기스럽게 느껴졌다. 「이번에 보실 것은 이쪽입니다.」

그가 담배를 낀 손가락으로 그다음에 놓인, 역시 덮개가 덮인 테이블을 가리켰다. 덮개 밑의 시신은 후작의 시신보다 작고 연약한 느낌을 주었다.

경찰서장은 짙은 담배 연기를 한 번 뿜어내더니 돈 하이메를 덮개로 덮인 시신 옆에 서도록 했다.

「오늘 정오쯤에 만사나레스에서 발견됐습니다. 대략 선생과 제가 비야플로레스 성에서 기분 좋게 이야기를 나누고 있을 무렵이었지요. 아마도 지난밤에 강물로 내던져진 것 같습니다.」

「내던져졌다고요?」

「그렇습니다.」 서장이 냉소적인 웃음을 터뜨렸다. 마치 아무리 좋게 보아 주려 해도 그럴 수가 없다는 태도였다.

「최소한 자살이나 사고사는 아닌 것 같다 이겁니다…… 정말 담배 한 모금 피우시지 않으시겠어요? 뭐 원하신다면 어쩔 수 없지만요. 다만, 걱정되는 것은, 미스터 아스타를로아, 지금 보시게 될 장면을 잊게 될 때까지 제법 시간이 걸릴 거라는 겁니다. 좀 잔혹해서요. 하지만 시신의 신분 확인을 위해 선생의 증언이 꼭 필요하니 어쩔 수 없군요. 확인이 워낙 쉽지 않아서요……. 그 이유는 직접 보시면 알 겁니다.」

서장은 이렇게 말하면서 직원에게 신호를 보냈고, 직원이 시신을 덮고 있던 덮개를 걷어 냈다. 하이메 아스타를로아는 저 뱃속 깊은 곳에서부터 구토가 치밀어 오르는 것을 느꼈다. 그는 허겁지겁 숨을 몰아쉬었지만, 호흡을 하는 것조차 힘겨울 정도였다. 다리의 힘이 쑥 빠져 버리는 바람에 쓰러지지 않기 위해 대리석 테이블에 몸을 기대야 했다.

「이 여자를 알아보시겠습니까?」

돈 하이메는 옷을 모조리 벗겨 놓은 시신으로 할 수 없이 시선을 보냈다. 젊은 여인이었다. 중간 정도의 키에, 얼마 전까지만 해도 아주 아름다운 몸이었을 것 같았다. 피부는 밀랍 같았고, 배에는 엉덩이뼈 부근까지 커다란 구멍이 뚫려 있었고, 살아 있었다면 참으로 아름다웠을 유방이 허리선을 따라 똑바로 놓여 있는 가늘고 곧은 두 팔 쪽으로 늘어져 있었다.

「참 아름다운 몸매지요. 그렇지 않습니까?」 캄피요가 그의 등 뒤에서 웅얼거렸다.

각고의 노력으로 하이메 아스타를로아는 아마도 얼굴이었음에 분명한 부분을 다시 한 번 쳐다보았다. 얼굴은 굴곡 대신에 피부 조각과 뼈와 살점만이 뒤엉켜 있었다. 코는 잘려 나가고 없었으며, 입도 입술이 잘려 나간 채 단지 시커먼 구멍만이 뚫려 있었고, 그 안으로 부서진 치아 몇 개가 드러나 보였다. 두 눈이 있던 자리 역시 안구는 없고 불그스름한 빛을 띤 텅 빈 구멍 두 개만이 뚫려 있을 뿐이었다. 칠흑같이 검은 숱 많은 머리카락은 강바닥의 진흙이 묻어 지저분하게 뒤엉켜 있었다.

더 이상 그 광경을 지켜볼 수 없었을 뿐 아니라 온통 공포에 사로잡힌 하이메 아스타를로아는 대리석 테이블에서 튕기듯 떨어져 나왔다. 겨드랑이 아래로 경찰서장이 손을 받쳐 부축해 주었다. 담배 냄새가 나고, 뒤이어 그의 낮은 목소리가 들려왔다.

「알아보시겠습니까?」

돈 하이메가 고개를 가로저었다. 그의 머릿속으로 얼마 전의 악몽이 떠올랐다. 저수지 위에 떠 있던 눈이 없는 인형의 꿈. 하지만 죽음과도 같은 냉기를 아주 천천히 그의 영혼 저 깊숙한 구석으로 밀어 넣은 것은 곧이어 들려온 캄피요의 한마디였다.

「미스터 아스타를로아, 얼굴이 많이 훼손되긴 했지만, 잘 보도록 하세요……. 한때, 선생의 교습생이었던 도냐 아델라 데 오테로니까요.」

7. 불러내기

검술에서 불러내기란, 상대방으로 하여금
가르드 동작에서 빠져나오도록 만드는 것을 말한다.

하이메 아스타를로아는 한참이 지나서야 아까 경찰서장이 왜 그런 말을 했는지 이해할 수 있었다. 두 사람은 지하실에서 나와 경찰청 1층의 작은 사무실에서 마주 앉았다. 하이메 아스타를로아는 꼼짝 않고 의자 등받이에 몸을 기댄 채 공허한 눈빛으로 벽에 걸린 난해한 판화 작품을 바라보고 있었다. 그림 속 장면은 호수와 전나무가 어우러진 북구의 풍경이었다. 그는 아무런 표정도 없이 두 팔을 팔걸이에 늘어뜨리고 있었고, 그의 잿빛 눈동자에서는 멍한 빛만이 감돌았다.

「……톨레도 교각 아래, 강 좌측 기슭 쪽으로 골풀 속에 뒤엉켜 있었습니다. 어젯밤에 그렇게 큰비가 내렸는데도 강물에 휩쓸려 내려가지 않은 게 참 이상했습니다. 그래서 해가 뜨기 직전에 강물 속으로 던져 넣었으리라고 추정하게 된 거지요. 지금도 알 수 없는 것은, 왜 시신을 그냥 집에 두지 않고 굳이 강까지 옮기는 수고를 하게 된 것일까 하는 것입니다.」

캄피요는 잠시 뜸을 들이다가 마치 질문이라도 기다리는 사람처럼 하이메 아스타를로아를 쳐다보았다. 하지만 아무런 반응이 없자 어깨만 한 번 으쓱했다. 그는 여전히 하바나 산 담배를 문 채 주머니에서 꺼낸 구깃구깃한 손수건으로 안경알을 닦고 있었다.

「시신이 발견되었다는 보고를 받은 후, 그녀의 집을 강제 수색하라고 시켰습니다. 좀 더 일찍 문을 따고 들어가 볼 걸 그랬나 봅니다. 집 안이 그야말로 아수라장이었거든요. 격투의 흔적도 있었고, 가구도 곳곳이 부서져 나가 있었고, 피도 있었습니다. 사실은 온통 피투성이였지요. 침실에도 피가 낭자했고, 복도에도 마찬가지였습니다……. 이런 표현을 써도 좋을지 모르겠지만, 그야말로 송아지 목이라도 딴 것 같았지요.」 서장은 이렇게 말한 후, 자신의 표현이 불러일으킨 반응을 지켜보고 있었다. 마치 자신의 너무나도 사실적인 표현이 상대방에게 감흥을 일으켰는지를 확인하고 싶어 하는 것 같았다. 하지만 효과가 신통치 않자, 그는 잔뜩 인상을 쓴 채 안경알을 더 세차게 문질러 대더니, 곧이어 더 이상 인정사정 볼 것 없다는 듯 온갖 잔혹한 세부 사항들을 줄기차게 쏟아 냈다. 「너무나도…… 그러니까 최대한 잔혹하게 여자를 죽인 다음, 시신을 옮겨 강물 속으로 던져 넣은 것으로 보입니다. 그 중간 단계가 있었는지는 저도 잘 모릅니다. 그러니까 고문이나 뭐 그런 것 말입니다. 시신에 해댄 짓을 보아서는 고문을 당했을 가능성이 훨씬 크지만 말입니다. 어쨌든 분명한 것은, 완전히 죽은 상태로 리아뇨 거리에 있는 자택에서 옮겨지기 전까지 오테로 부인이 무척 험한 꼴을 당했을 것이라는 겁니다…….」

캄피요는 잠시 말을 멈추고는 아주 조심스럽게 안경을 코끝에 걸치더니 상이 명확히 보이자 만족스러운 미소를 지었다.

「완전히 죽은 상태로요…….」 서장은 심각한 얼굴로 조금 전 하던 말을 계속 이어 가려는 듯 같은 말을 되풀이했다. 「침실에서는 머리카락도 몇 움큼이나 발견되었는데, 확인해 본 결과 고인의 것이었습니다. 뿐만 아니라, 찢어진 파란색 옷감 조각도 하나 찾아냈는데, 아마도 격투 중에 찢어져 나간 것으로 보입니다. 강물에 던져질 때 입고 있던 옷에서 떨어져 나간 것으로 확인되었습니다.」

서장이 조끼 주머니에 손을 집어넣더니 조그마한 은반지 한 개를 꺼냈다. 「시신 왼손 약지 손가락에 이 반지가 끼워져 있었습니다. 혹시 보신 적 있으신가요?」

눈을 반쯤 감고 있던 하이메 아스타를로아가 꿈에서 깨어나기라도 한 듯 두 눈을 큼지막하게 떴다. 그리고 캄피요를 향해 천천히 고개를 돌렸을 때, 그의 얼굴은 몹시도 창백해 보였다. 마치 얼굴에 있던 마지막 한 방울의 피마저 빠져나가고 없는 사람 같았다.

「뭐라 하셨지요?」

경찰서장이 의자에서 몸을 움직거렸다. 사실 하이메 아스타를로아로부터 큰 도움을 받을 수 있을 거라고 기대했었는데, 마치 몽유병 환자와도 같은 그의 태도에 슬슬 화가 치밀기 시작한 것이다. 처음에 좀 충격을 받는가 싶더니, 돈 하이메는 완전히 침묵 속으로 빠져들고 말았다. 마치 이 모든 비극과 자신은 전혀 상관없다는 듯.

「혹시 이 반지 보신 적 있으시냐고 물었습니다.」

하이메 아스타를로아가 한 손을 뻗어 손가락 사이에 가느다란 은반지를 걸어 보았다. 가무잡잡한 여인의 손가락 위에 끼워져 있던 은반지가 가슴 아픈 기억을 불러일으켰다. 그는 반지를 탁자 위에 올려놓았다.

「아델라 데 오테로의 것입니다.」 그가 무감각한 목소리로 말했다.

「미스터 아스타를로아, 도무지 이해할 수 없는 것은, 도대체 왜 저토록 잔혹한 방법을 동원했는가 하는 것입니다. 혹시 복수극은 아니었을까요……? 아니면 뭔가 자백을 받아 내려고……?」

「모르겠습니다.」

「혹시 적이 있었습니까?」

「모릅니다.」

「어쨌든, 그런 일을 당해 참 마음이 아픕니다. 참으로 아름다웠을 것 같은데요.」

돈 하이메는 자개 핀으로 목덜미 부근에서 묶은 검은 머리칼과 그 아래로 드러나던 보송보송한 목선을 떠올리고 있었다. 그리고 빠끔히 열린 탈의실 문 속에서 들려오던 치맛자락 스치는 소리, 그 치맛자락 아래로 보이던, 그를 들끓는 나른함 속으로 빠져들게 했던 두 발을 기억했다. 언젠가 그녀는 〈저는 존재하지 않아요〉라고 말했었다. 모든 것이 가능했었지만 아무 일도 일어나지 않았던 그 밤에. 그리고 이제 분명해졌다. 더 이상 그녀는 존재하지 않는다. 대리석 테이블 위에 썩어 가는 살덩이만이 남아 있을 뿐이었다.

「무척요.」 하이메 아스타를로아가 마침내 대답했다. 「아델라 데 오테로는 정말 대단히 아름다운 여인이었습니다.」

경찰서장은 검술 교사와 너무 오랜 시간을 보냈다는 생각이 들었다. 그는 반지를 다시 주머니 속에 넣더니 담배꽁초를 쓰레기통에 던져 버리고 자리에서 일어섰다.

「하루 종일 여러 사건에 시달리시느라 힘드셨을 겁니다. 본의 아니게 그렇게 되었군요.」 서장이 말했다. 「괜찮으시면, 내일 오전에, 좀 쉬고 기운도 회복하신 후에 다시 한 번 이야기를 나누도록 하지요. 저는 후작의 죽음과 이 여인의 죽음이 직접적으로 연관되어 있다고 확신하고 있으며, 선생은 몇몇 특기할 만한 일에 대해 증언해 주실 수 있는 몇 안 되는 사람들 중의 하나이십니다……. 10시에 제 집무실로 와주실 수 있을까요?」

하이메 아스타를로아가 마치 처음 보는 사람처럼 서장의 얼굴을 응시하며 물었다. 「저도 용의자입니까?」

캄피요가 물고기 같은 눈으로 찡긋 윙크를 해 보였다.

「요즘 같은 시절에, 그 누구인들 용의 선상에서 벗어날 수 있겠습니까?」 서장이 유쾌한 어조로 대꾸했다. 하지만 그 정도 대답으로는 만족할 수 없었다.

「저는 지금 진지하게 말하고 있는 겁니다. 제가 정말 혐의를 받고 있는지 알아야겠습니다.」

캄피요가 바지 주머니에 한 손을 찌른 채 다리를 떨며 말했다. 「꼭 들으셔야겠다면 할 수 없지만, 선생만 용의 선상에 올려놓은 것은 아닙니다.」 잠시 뜸 들이던 서장이 말했다. 「실은 모두가 의심스럽지만, 우리 수중에 잡아 놓을 수 있는 사람이 선생밖에 없었던 것도 사실입니다.」

「축하드려야겠군요.」

서장이 양해해 달라는 듯한 미소를 지었다.

「언짢아하지 마십시오, 미스터 아스타를로아.」 서장이 말했다. 「어쨌거나, 제 입장에서는 이번 두 사건이 서로 연결된 것으로 보입니다. 선생의 교습생 둘이 죽었고, 둘 사이의 공통점이 있다면 바로 검술을 들 수 있겠지요. 둘 중 하나는 플뢰레에 찔려 죽었고. 모든 정황이 같은 점을 중심으로 일어나고 있습니다. 하지만 핵심적인 두 가지를 아직 모르겠습니다. 하나는, 모든 사건이 벌어지게 만든 그 중심점이 과연 무엇이냐 하는 것이고, 또 하나는 이 모든 일에서 선생이 담당한 역할이 과연 무엇인가 하는 것입니다. 선생이 정말로 뭔가 역할을 담당하셨다면 말입니다.」

「무슨 말씀인지 알겠습니다. 하지만 아무런 도움이 되어 드리지 못해 유감스럽군요.」

「제가 더 죄송스럽지요. 하지만 선생도 지금 상황이 어떤지를 충분히 이해하실 것으로 보고, 또 용의 선상에서 선생을 제외시킬 수 없는 이유도 이해하시리라 봅니다……. 제 경력쯤 되면요, 그러니까 경찰 생활 이만큼 해보고 나면, 이런 사건에서는 제아무리 저를 낳아 주신 어머니일망정 용의 선상에서 빼놓을 수는 없는 법이니까요.」

「간단히 말해, 제가 감시 대상이라는 말이군요.」

캄피요는 하이메 아스타를로아의 표현이 좀 과하다는 듯 얼굴을 찡그리며 말했다. 「미스터 아스타를로아, 우리는 선생의 협조가 필요합니다. 그 증거가 바로 내일 아침에 제 집무실로 와달라는 것 아니겠습니다. 그리고 정중히 부탁드리는데, 마드리드를 벗어나지 마시고 늘 현 위치를 지켜 주십시오.」

돈 하이메가 무심한 표정으로 말없이 고개를 끄덕였다. 그리고 자리에서 일어서더니 모자와 지팡이를 집어 들면서 물었다. 「그 댁 하녀에게는 물어보셨나요?」

「하녀라니요?」

「도냐 아델라 댁에서 일하던 하녀 말입니다. 이름이 루시아였던 걸로 기억됩니다만.」

「아……! 예…… 무슨 말씀인지 미처 몰랐었습니다. 그렇지요…… 하녀…… 물론 그래야겠지요……. 그런데, 아직 못 물어보았습니다. 그러니까, 도무지 찾아낼 수가 없어서요. 수위 말로는, 한 일주일쯤 전에 나가서는 아직 소식을 모르겠다더군요. 지금 온 사방 천지를 이 잡듯이 뒤지고 있습니다.」

「수위가 다른 말은 안 하던가요?」

「수위도 별 도움이 안 되고 있습니다. 어젯밤에는 마드리드 전역이 천둥으로 온통 뒤흔들렸었기 때문에 다른 소리는 듣지 못했다고 합니다. 오테로 부인에 대해서도 거의 아는 게 없더군요. 아니, 어쩌면 아는 것이 있지만 두려워서 입을 다물어 버린 것일지도 모르지요. 집도 자기 집이 아니었습니다. 3개월쯤 전에 중개업자를 가운데 내세워 세냈는데, 그 중개업자도 도통 쓸모가 없었습니다. 어쨌든, 세간 몇 개만 달랑 들고 들어온 모양이더군요. 어디에서 왔는지 아는 사람도 하나 없고요. 다만, 얼마간 해외에서 살았던 건 분명한 것 같은데……. 그럼, 미스터 아스타를로아, 내일 뵙기로 하지요. 약속 잊지 마시기 바랍니다.」

하이메 아스타를로아가 차가운 눈빛으로 서장을 바라보며 대답했다. 「잊지 않겠습니다. 안녕히 계십시오.」

그는 지팡이를 짚은 채 한동안 길거리 한복판에 멍하니 서서 시커먼 하늘만 올려다보고 있었다. 짙게 드리워진 먹구름 틈새로 별빛이 비치고 있었다. 만일 누군가가 그 순간 그의 곁을 지나며 가스등 불빛에 비친 창백한 그의 얼굴을 보았더라면 무섭다는 생각을 하지 않을 수 없었을 것이다. 군살 하나 없이 날씬한 돈 하이메의 옆모습은 뜨겁게 타오르던 화산에서 분출된 용암이 찬바람에 순간적으로 굳어 버리면서 만들어진 석상 같은 느낌을 주었다. 얼굴만 그런 게 아니었다. 그의 심장은 아주 느릿느릿하게, 조용히 뛰고 있었고, 관자놀이의 맥도 천천히 뛰고 있었다. 왜 그런지 모르겠다. 아니, 그 이유를 알고 싶지도 않았다. 하지만, 아델라 데 오테로의 훼손된 시신을 보고 난 이후, 지난 몇 시간 동안 그의 머릿속을 온통 뒤흔들어 놓던 혼란스러움이 깨끗이 사라지는 것을 느꼈다. 시체 보관실의 냉기가 그의 내면 깊숙이에까지 그 흔적을 남겨 놓은 것 같았다. 그의 머릿속은 이제 맑아져 있었다. 그의 몸 구석구석까지 완벽한 감정의 통제가 가능할 것 같았다. 그것은 마치 그를 둘러싼 세상 전체가 원래의 제자리를 회복한 듯한 느낌이었으며, 이제야 조금 떨어진 객관적인 위치에서, 그가 늘 그래 왔던 것처럼 차분하게 세상을 직시할 수 있을 것 같았다.

도대체 그의 내면에 무슨 변화가 있었던 것일까? 하이메 아스타를로아 스스로도 의문스러웠다. 다만, 이유는 정확히 알 수 없었지만, 아델라 데 오테로의 죽음이 그를 자유롭게 해준 것 같았다. 말하자면, 지난 몇 주 동안 그를 미치도록 휘감아 온 수치심과 자괴감이 사라져 버린 것이다. 지금껏 자신을 기만해 온 당사자가 아델라 데 오테로가 아닌 또 다른 살인자라는 것을 확인한 지금, 그는 뒤틀린 만족감이나마 느끼게 된 것이다. 그 사실은 모든 정황을 뒤바꾸어 놓았다. 지금껏 그녀가 음모를 꾸몄던 것이 아니라, 사악하고 잔인한 살인자, 인정머리라고는 손톱만큼도 없는 누군가 저지른 잔인무도한 행위에 그녀 역시 당한 것임을 알게 된 것은 씁쓸하나마 위안이 되어 주었다. 어쨌거나, 이제는 그 살인마도 곧 모습을 드러낼 터였다. 아가피토 카르셀레스가 보르다도레스 거리의 자기 집에서 대충 해독해 낸 서류들이 있으니. 바야흐로 책장을 다시 뒤로 넘길 순간이 되었다. 이제 꼭두각시 인형 놀음은 끝났다. 인형에 매달린 줄을 그가 끊어 버린 것이다. 그는 이제 자신의 계획대로 움직여 볼 심산이었다. 그래서 경찰에도 말하지 않은 것이었지만. 일단 마음의 동요가 사라지고 나자, 그의 가슴속에서는 차가운 분노가 치밀어 올랐다. 거대하고, 고요하지만 활활 타오르는 증오의 덩어리였다.

그는 길을 우회해서 가야 했다. 이미 시간은 밤 11시를 넘겼지만, 거리는 온통 사람들로 북적거리고 있었다. 군인과 기마경찰들이 곳곳에서 순찰을 돌고 있었고, 일레라스 거리 모퉁이에는 여전히 바리케이드가 부분적으로나마 남아 있었으며, 운집해 있던 군중들이 공권력의 통제하에 해산되는 모습들도 보였다. 대광장 쪽에서는 군중의 외침이 멀찍이서 들려오고 있었고, 경찰 순찰대가 장총에 단검을 꽂아 든 채 왕실 극장 앞을 지나고 있었다. 온밤이 뜨겁게 달아오르고 있었지만, 하이메 아스타를로아는 주변에서 일어나고 있는 일에는 관심조차 두지 않고 오로지 자신의 생각에만 몰두했다. 그는 기다리고 있을 카르셀레스를 만나기 위해 허겁지겁 계단을 뛰어 올라가 현관문을 열어젖혔다. 하지만 그는 집에 없었다.

아가피토 카르셀레스가 없어 적잖이 놀란 돈 하이메는 성냥불을 켜고 석유등에 불을 붙였다. 불길한 예감이 스치며, 그는 침실과 검술 연습실을 돌아보았지만 헛수고였다. 서재로 돌아온 그는 소파 뒤와 서가의 책 뒤쪽을 샅샅이 뒤져 보았지만, 서류 봉투 역시 찾을 수 없었다. 참 이상하네……. 그는 생각했다. 아가피토 카르셀레스는 그에게 말도 하지 않고 함부로 나갈 리가 없는데……. 서류들은 어디에 둔 걸까……? 불현듯 걱정스러운 생각이 머리를 스쳤다. 혹시 서류 뭉치를 가지고 간 건 아닐까?

순간 책상 위에 있는 작은 쪽지가 눈에 들어왔다. 카르셀레스가 나가기 전에 써놓은 것 같았다.

돈 하이메에게.
일은 잘되어 가고 있네. 몇 가지 확인해 볼 것이 있어 잠깐 다녀와야겠어. 날 믿게.

쪽지에는 서명조차 되어 있지 않았다. 하이메 아스타를로 아는 쪽지를 잠시 들고 있다가는 확 구겨서 바닥에 내동댕이쳐 버렸다. 카르셀레스가 서류를 들고 간 게 분명했고, 그 때문에 순간적으로 화가 치솟았다. 그는 카르셀레스를 믿었던 자신이 원망스러워 큰 소리로 스스로의 우매함을 탓하였다. 도대체 루이스 데 아얄라와 아델라 데 오테로의 목숨을 앗아 간 그 서류를 들고 그 작자가 지금 어디를 헤매고 있다는 말인가……?

곧 그는 마음을 정하고 더 이상 생각해 볼 것도 없이 계단을 뛰어 내려갔다. 카르셀레스의 집에 가본 적이 있었던 그는, 그의 집으로 쳐들어가 서류를 되찾아 오고, 도대체 알아낸 게 뭔지 들어 봐야겠다고 생각했다. 완력으로 서류를 빼앗아 와야 할지도 모르겠지만.

그러다가 그는 잠시 층계참에 멈추어 선 채 생각을 정리했다. 이번 일은 장난이 아니었다. 따라서, 그는 하마터면 잃을 뻔했던 마음의 평정을 되살리며 〈또다시 무모한 짓을 해서는 안 되지〉라고 다짐해 보았다. 그리고 아무도 없는 어두컴컴한 층계참 벽에 기대선 채 앞으로 어찌해야 할 것인가를 생각했다. 물론, 우선은 카르셀레스의 집으로 가야 했다. 그건 분명했다. 하지만 그다음에는……? 가장 논리적인 것은,

곧장 헤나로 캄피요에게 가는 것이었다. 이미 서류 일을 숨긴 것부터가 비웃음을 사도 싸다고 할 수 있었다. 그는 자신이 이번 일을 숨김으로써 허비한 시간이 얼마나 되는지 씁쓸한 심정으로 헤아려 보았다. 그리고 똑같은 실수를 다시는 되풀이하지 않겠다고 다짐해 보았다. 서장을 만나 아얄라 후작이 서류를 넘겨준 일에 대해 다 털어놓고 법의 심판을 받을 생각이었다. 그는 내일 아침, 후작이 맡겨 놓은 서류를 내놓는 자신을 바라볼 캄피요 서장의 얼굴을 상상하며 쓴웃음을 지었다.

그는 또한 카르셀레스를 만나러 가기 전에 경찰서부터 들를까 하는 생각도 해보았다. 하지만 그건 좀 문제가 있을 것 같았다. 카르셀레스부터 만나면 문제의 서류를 내밀 수 있지만, 경찰서부터 가게 되면 서류 이야기를 해본들 믿어 줄지 알 수 없기 때문이었다. 사실, 서류와 관련된 이야기는 그가 오늘 하루 동안 캄피요 서장을 두 번씩이나 만난 자리에서 했던 말들과 상당히 모순되는 것이기도 했다. 더구나, 카르셀레스가 무슨 생각을 하고 있는지 잘은 모르겠지만, 그 작자가 모든 걸 부인하고 나설 수도 있었다. 쪽지에 서명도 남기지 않았고, 자신이 하고 있는 일에 대한 최소한의 단서조차 남기지 않은 것으로 보아……. 아냐. 분명해. 우선 카르셀레스 그자에게서 서류부터 되돌려 받아야 해.

그런 생각과 함께 그에게 불길한 예감이 엄습하면서 온몸이 부르르 떨려 왔다. 이 모든 일의 배후에 있는 자가 누구인지는 모르지만, 벌써 두 사람의 목숨을 앗아 갔고, 앞으로도 필요하다면 얼마든지 제3의 살인을 저지를 수도 있을 터였다. 하지만, 하이메 아스타를로아는 자신 역시 다른 두 사람처럼 살해당할 수 있으리라는 생각이 들면서도 극도로 불안하지는 않았다. 더구나 돈 하이메는 내심 두려움보다는 호기심이 커져 가는 자신을 보고 깜짝 놀라지 않을 수 없었다. 또한 모든 일이 훨씬 단순하게 생각되었고, 머릿속에서 좀 더 명확하게 그 형태를 그려 낼 수 있을 것 같았다. 지금까지 그를 무기력하게 만들며 압박해 온 주변의 모든 정황들이 제삼의 누군가에 의해 조정된 불행이었고, 그 때문에 지금까지 그는 혼란스럽고 경악하지 않을 수 없었다. 하지만, 자기 자신이 다음번 희생자라면 모든 것이 훨씬 쉽게 풀릴 수도 있었다. 유일한 해결책은 살인자들의 피에 물든 얼굴과 직접 맞닥뜨리는 것뿐이었다. 살인자들의 얼굴과…… 하이메 아스타를로아의 맥박이 점차 빨라졌다. 그는 지금까지 살아오면서 수많은 칼날을 막아 낸 바 있기에, 등 뒤에서 내지르는 칼질조차 걱정스럽지 않았다. 아마 루이스 데 아얄라나 아델라 데 오테로는 상대의 공격을 미리 알아차리지 못했을 터였다. 하지만, 그는 충분히 공격을 감지하고 있지 않은가. 그가 늘 학생들에게 말했듯이, 팡트 드 티에르스는 팡트 드 카르트처럼 그렇게 쉽게 되는 공격이 아니었다. 하지만 그는 앙 티에르스를 막아 내는 데에는 선수급이었다. 그리고 앙 티에르스로 공격하는 데에도.

그는 결심을 굳혔다. 그날 밤 안으로 루이스 데 아얄라의 서류들을 되찾아 올 생각이었다. 그리고 마음을 다시 정하고 나자, 그는 계단을 되올라가 현관문을 열고 들어간 뒤, 지팡이를 우산통에 꽂아 넣었다. 그리고 은 손잡이가 달린 마호가니 지팡이를 골라 들었다. 아까 것보다 조금 묵직한 지팡이였다. 그는 한 손에 마호가니 지팡이를 든 채, 공연히 계단참의 손잡이를 한 손으로 훑으면서 계단을 내려왔다. 마호가니 지팡이 손잡이를 잡아 뽑으면 면도칼만큼이나 날카롭게 날이 선 최상급의 검이 뽑아져 나올 터였다.

그는 잠시 건물 입구에 멈춰 서 어두컴컴하고 황량한 골목길로 나서기에 앞서 좌우를 살펴보았다. 그리고 아레날 거리 모퉁이까지 걸어 내려간 뒤, 산히네스 성당의 벽돌담 옆에 붙어 선 가로등 불빛에 시계를 비춰 보았다. 20분 후면 벌써 자정이었다.

잠시 걸어 내려가는 동안에도 거리에서는 거의 인기척을 느낄 수 없었다. 나라 안 정황이 시끄럽다 보니 사람들이 하나같이 집 안에 틀어박혀 버린 것이다. 희미한 가로등 불빛 아래 유령 같은 몰골로 돌아다니는 웬 몽유병 환자 같은 사람 하나만 스쳐 지나갈 뿐이었다. 포스타스 거리 모퉁이 쪽에 몰려 있던 병사들도 장총을 서로 엇갈리게 포개어 세워 둔 뒤 인도 위로 올라 망토를 뒤집어쓴 채 잠들어 있었다. 불침번을 서고 있던 군모 쓴 병사 하나가 하이메 아스타를로아가 인사를 건네자 답례의 의미로 한 손을 모자 끝에 갖다 댔다. 우체국 건물 앞에는 어깨에 총을 멘 과르디아 시빌 몇 명이 한 손에 사브르를 든 채 보초를 서고 있었다. 산헤로니모 거리 저 끝 쪽으로는 불그스름한 보름달이 시커먼 건물 위로 둥실 떠올라 있었다.

운이 좋았다. 마차를 잡아타기는 다 틀린 것 같다고 포기할 무렵, 마침 알칼라 길모퉁이를 막 지나는 빈 마차 한 대를 만난 것이다. 마부도 이제 그만 집으로 들어가려던 참이었는지 마지못해 그를 태워 주었다. 돈 하이메는 뒷좌석에 올라탄 뒤, 푸에르타 데 톨레도 부근에 있는 아가피토 카르셀레스의 낡아 빠진 집 주소를 알려 주었다. 사실, 정말 우연찮게 그 집에 한 번 가본 일이 있었는데, 지금 생각하니 천만다행이었다. 언젠가 아가피토 카르셀레스가 자신이 직접 쓴 희곡의 1, 2부를 선보이고 싶다며 카페 프로그레소에 모이는 친구들을 한꺼번에 초대한 적이 있었던 것이다. 그가 썼다는 희곡의 제목은 〈모든 것을 한 사람에게 맡길 것인가, 민중 전체에 맡길 것인가〉였는데, 극장에서 공연도 되었다고 했지만, 그 처음 두 페이지의 내용이 얼마나 과격한 자유시 형태로 되어 있었는지, 만일 그 작품이 뻔뻔스럽게도 〈푸엔테오베후나〉를 그대로 표절했다는 것이 알려졌기에 망정이지 그렇지 않았다면 아마 꽤나 오랜 세월을 아프리카의 수용소에서 보내고도 남았을 것이다.

마차 창밖으로 내다보이는 좁다란 골목길은 어두컴컴하고 황량하기만 했다. 들려오는 소리라고는 오로지 마차를 끄는 말발굽 소리와 가끔씩 내려치는 마부의 채찍 소리뿐이었다. 하이메 아스타를로아는 아가피토 카르셀레스를 만나면 어떻게 처신하는 게 좋을지 생각해 보았다. 아마도 그자는 유용하게 활용할 수 있는, 뭔가 대단한 걸 발견해 낸 게 틀림없었다. 그리고 무엇보다도, 바로 그런 점이 하이메 아스타를로아로서는 자신의 신뢰가 이용당했다는 확신을 갖게 만들었고, 화가 나 참을 수가 없었다. 하지만 그는 마음을 진정시키면서, 어쩌면 아가피토 카르셀레스가 아무런 악의 없이 서류들을 가지고 갔을지도 모를 가능성에 대해서도 생각해 보기로 했다. 어쩌면, 뭔가 확인해 볼 일이 있어서, 자기 집에 있는 자료를 찾아보기 위해 그 서류들을 들고 나왔을 수도 있었다. 어쨌거나, 모든 의문은 곧 풀릴 것이다. 마차가 멈춰 서면서 마부가 그를 돌아보고 말했다. 「타베르나 거리에 다 왔습니다.」

눈앞에 어두컴컴하고 좁다란 막다른 골목길이 나 있었다.

고약한 쓰레기 냄새와 시큼한 술 찌든 냄새도 풍겼다. 돈 하이메는 마부에게 30분만 기다려 달라고 했지만, 마부는 너무 늦었다며 가야 한다고 했다. 하는 수 없이 그는 마차 삯을 지불했고, 마차는 떠나 버렸다. 하이메 아스타를로아는 골목길로 들어서며 아가피토 카르셀레스의 집을 찾아보았다.

  어렵잖게 그의 집을 발견할 수 있었다. 아치형 문 안쪽으로 마당이 있었던 기억이 난 것이다. 일단 카르셀레스가 살고 있는 건물을 찾아낸 그는 어둠 속에서 난간을 붙잡고 계단을 따라 올라갔다. 한 칸씩 올라갈 때마다 나무로 만든 계단이 삐걱거렸다. 사방 모두에 현관문이 달려 있는 계단 끝 층계참에 이르자 그는 주머니에서 성냥갑을 꺼내어 한 개비에 불을 켰다. 집을 잘 찾아야지, 까딱 잘못했다가는 성난 이웃 주민들에게 구차한 해명을 늘어놓느라 시간을 낭비해야 할 게 뻔했다. 사람들을 깨우기에는 너무 늦은 시간이었다. 그는 지팡이 손잡이로 카르셀레스의 집 현관문을 세 번 두드렸다. 그리고 또다시 세 번 두드렸다.

  기다렸지만 대답이 없었다. 그는 다시 한 번 문을 두드린 후 혹시 무슨 소리라도 들릴까 해서 문짝에 귀를 바짝 갖다 대었다. 하지만 안쪽은 아주 조용하기만 했다. 기운이 쭉 빠져 버린 하이메 아스타를로아는 아마도 그가 집에 없는가 보다고 생각했다. 도대체 이 시간에 어딜 가서 그를 찾는담? 그는 어찌해야 할지 모른 채 잠시 망설이다가 다시 한 번 지팡이 손잡이로 좀 더 세차게 문을 두드렸다. 어쩌면 카르셀레스가 깊은 잠에 곯아떨어져 있을지도 모르기 때문이었다. 하지만 다시 귀를 기울여 봐도 아무 소리도 들리지 않았다.

  그는 몇 걸음 물러나 계단 난간에 몸을 기대고 섰다. 이렇게 하릴없이 하룻밤을 허비해야 한다고 생각하니 절로 힘이 빠졌다. 지금 당장 카르셀레스를 만나야 했다. 아니, 최소한 문서만은 되찾아야 했다. 잠시 이 생각 저 생각을 하던 그는 결국 이건 절도에 다름 아니라는 결론을 내렸다. 이유야 어쨌든 간에, 카르셀레스가 그의 집에서 문서를 들고 나간 것은 명백한 도둑질이었던 것이다. 그러자 견딜 수 없이 화가 치밀어 올랐다.

그는 크게 기대하지는 않으면서도 다시 한 번 문 앞으로 다가가 노크를 해보았다. 이제 더 이상 생각이고 뭐고 할 것 없었다. 그는 안쪽의 반응을 기다려 보지도 않고 자물쇠를 더듬어 보았다. 그리고 성냥 하나를 더 그어 자물쇠를 자세히 살펴보았다. 물론, 문을 때려 부술 수는 없는 일이었다. 그랬다가는 이웃 사람들이 다 달려올 것이기 때문이다. 어쨌거나, 자물쇠는 그리 튼튼해 보이지는 않았다. 그런데 이상한 것은, 그가 허리를 숙이고 자물쇠 구멍에 한쪽 눈을 갖다 대고 들여다보니, 안쪽에서 자물쇠에 열쇠를 꽂아 놓았는지 구멍에 열쇠 꼭지가 보인 것이었다. 화가 치밀어 오른 그는 벌떡 일어서며 마구 문손잡이를 돌려 댔다. 어쨌거나, 카르셀레스가 집 안에 있는 게 분명하지 않은가. 그가 찾아온 것을 짐작하고, 마치 집에 없는 척하며 아예 문을 열지 않는 게 분명했다. 하이메 아스타를로아로서도 그런 결론을 내린다는 것은 결코 달갑지 않았지만 그는 카르셀레스에게 기필코 대가를 치르도록 하고야 말 거라고 생각했다. 하지만, 그 전에 일단 안으로 들어가는 게 급선무였다.

그는 문을 딸 만한 게 없을까 하고 주변을 둘러보았다. 이런 일을 해본 적은 없었지만, 기다란 꼬챙이 같은 것이 있으면 쉽게 따버릴 수 있을 것 같았다. 그는 한 손바닥으로 바람막이를 하면서 성냥불을 켜 들고 층계참 여기저기를 비춰 보았다. 하지만 쓸 만한 게 아무것도 없자 또다시 기운이 빠졌다. 이제 성냥도 달랑 세 개비밖에 남지 않았는데…….

완전히 절망감에 사로잡히려고 하는 바로 그 순간, 마치 사다리처럼 생긴 쇠막대가 벽을 따라 세워져 있는 것이 눈에 띄었다. 위를 쳐다보니 층계참 천장 위로 구멍이 하나 나 있는 게 보였다. 아마도 지붕으로 올라가는 구멍인 듯했다. 그의 맥박이 빨라지기 시작했다. 예전에 카르셀레스의 집에 갔을 때, 현관문 맞은편으로 조그마한 베란다가 나 있었던 기억이 떠오른 것이다. 아무래도 현관문으로 들어가는 것보다는 베란다로 들어가는 게 훨씬 쉬울 것 같았다. 그는 모자와 프록코트를 벗어 놓고, 지팡이를 입에 물고는 구멍에 매달렸다. 구멍을 덮고 있는 뚜껑은 생각보다 수월하게 열리면서 별빛 가득한 밤하늘이 눈앞에 펼쳐졌다. 그는 겨우겨우 밖으로 기어 나가 지붕을 조심스럽게 밟고 섰다. 자칫 미끄러지기라도 했다가는 그대로 3층 아래 땅바닥으로 굴러떨어질 게 뻔했다. 하지만 평생을 검술로 단련해 온 덕에 적지 않은 나이에도 불구하고 균형을 유지할 수 있었다. 하지만, 제아무리 검술가라 해도 결코 그는 원기 왕성한 청년은 아니었다. 그래서 단단히 붙잡을 만한 것을 찾아 가며 최대한 조심스럽게 움직였고, 기왓장 한쪽 끝으로 매번 발을 뗄 때마다 나머지 세 모서리도 발끝으로 짚어 보며 균형을 맞춰 내디뎠다. 저 멀리서 시계가 자정을 알렸다. 지붕 위를 기어가다시피 이동하면서 하이메 아스타를로아는 자기 꼴이 얼마나 기가 막힐까를 생각하고는 그나마 어두운 밤이라 자신의 이런 황당한 모습을 아무도 볼 수 없는 게 다행이라 생각했다.

그는 사람들이 깨지 않도록 소리를 죽여 가며 아주 신중하게 움직였다. 신통하게도 기왓장 한 장 떨어뜨리지 않고 간신히 아가피토 카르셀레스네 집 발코니로 연결되는 추녀 끝까지 올 수 있었다. 그는 우수용 배관을 타고 내려가 별 무리 없이 안전하게 발코니에 내려섰다. 셔츠와 조끼 차림에 한 손에 지팡이를 든 그는 잠시 그대로 발코니에 선 채 숨을 골랐다. 그리고 잠시 후, 성냥을 켜 들고 문으로 다가갔다. 문은 바깥에서도 얼마든지 열 수 있는 걸쇠 하나만 달린 유리문이었다. 그는 문을 열기에 앞서, 유리창 너머로 집 안을 한번 살펴보았다. 집 안은 아주 깜깜했다.

하이메 아스타를로아는 이를 악다물고 최대한 소리가 나지 않게 조심하면서 창문을 들어 올리고는 수도꼭지가 달린 싱크대가 놓여 있는 좁다란 부엌에 내려섰다. 창문으로 희미한 달빛이 새어 들어와 식탁 위에 놓인 그릇이며 먹다 남은 음식들이 눈에 들어왔다. 그는 마지막 남은 성냥개비 두 개 가운데 하나에 불을 켜서 혹시 등잔 같은 게 없나 살피다가 선반 위에서 양초를 하나 찾아냈다. 그는 안도의 한숨을 내쉬며 촛불에 불을 옮겨 붙이고 앞쪽을 비춰 보았다. 마룻바닥을 기어다니던 바퀴벌레들이 그가 발을 내딛자 부지런히 도망 다녔다.

부엌은 군데군데 벽지가 찢어져 나간 짧은 복도로 연결되었고, 그 끝에 커튼이 드리워져 있었다. 커튼 너머는 방으로 연결된 것 같았는데, 바로 그 순간 왼쪽 방문 너머에서 무슨 소리가 들리는 것 같았다. 그는 멈칫거리며 귀를 기울여 보았다. 하지만 들리는 건 자신의 숨소리뿐이었다. 입안이 바짝바짝 마르면서 혀가 입천장에 들러붙어 버리는 것 같았고, 귓전에서는 북이라도 쳐대듯이 맥박 뛰는 소리가 쿵쿵 울려 대고 있었다. 그는 마치 자신이 비현실 속에 놓여 있거나 잠시 후면 깨어나게 될 꿈결을 헤매고 있는 듯한 느낌이 들었다. 그는 천천히 방문을 밀어젖혔다.

 그곳은 아가피토 카르셀레스의 침실이었고, 바로 그곳에 카르셀레스가 있었다. 하지만, 그를 만나면 무슨 말을 어떻게 할 것인지만을 열심히 생각했던 하이메 아스타를로아는 그를 마주친 순간 자신의 눈을 믿을 수가 없었다. 신문 기자 아가피토 카르셀레스는 옷이 완전히 벗겨진 채 침대 위에 누워 있었고, 두 팔과 다리는 침대 네 모서리에 묶여 있었다. 가슴 아래서부터 넓적다리 위까지 온통 난자당하여 피투성이가 되어 있었고, 시뻘겋게 피에 젖은 침대 위에 놓인 면도칼이 촛불에 반사되어 빛나고 있었다. 하지만 카르셀레스는 아직 살아 있었다. 불빛이 움직이는 걸 감지한 카르셀레스가 기운 없이 고개를 돌리더니, 방금 들어선 사람이 누군지 알아보지 못한 채 퉁퉁 부은 입술 사이로 거친 신음 소리를 토해 냈다. 그것은 동물적 본능인 공포가 가득 담긴, 뼛속 깊은 곳에서 터져 나오는 소리로, 무슨 말인지 제대로 알아듣기는 힘들었지만 뭔가 애걸하는 듯했다.

 하이메 아스타를로아는 할 말을 잃고 있었다. 그저 온몸의 피가 얼어붙은 사람처럼 기계적으로 침대에 두 걸음 다가가 고문으로 엉망이 되어 버린 친구를 멍한 얼굴로 들여다볼 뿐이었다. 아가피토 카르셀레스는 누군가 다가온 걸 느끼고는 꺼져 가는 목소리로 애원했다.

「그만…… 제발 그만……」 힘없이 중얼거리는 그의 입에서는 단내가 풍겼고, 두 볼 위로는 눈물과 핏물이 뒤범벅이 되어 흐르고 있었다. 「제발 그만…… 이제 그만…… 제발…… 그게 다예요…… 다 말했어요…… 제발 살려 주세요…… 그만…… 제발 좀 그만하라고요!」

 애원은 이제 울부짖음으로 변했다. 휘둥그렇게 뜬 두 눈은 촛불에 고정되어 있었고, 처참해진 카르셀레스의 가슴에서는 거친 호흡 소리가 터져 나오고 있었다. 하이메 아스타를로아가 그의 이마에 손을 올렸다. 불이라도 타오르는 듯 열로 펄펄 끓고 있었다. 돈 하이메의 목소리가 두려움에 주눅든 양 속삭임처럼 울려 나왔다. 「도대체 누가 이런 거야?」

카르셀레스는 말을 건넨 사람이 누군지 알아보려고 애쓰며 천천히 눈동자를 돈 하이메 쪽으로 향했다.

「악마……」 카르셀레스의 힘없는 목소리에 무한한 고뇌가 담겨 있었다. 누르스름한 거품이 입꼬리에서 흘러나왔다. 「그자들…… 악마들이야……」

「서류는 어디 있어?」

카르셀레스의 눈동자가 허옇게 뒤집어지더니 온몸을 부르르 떨며 울먹였다. 「날 좀 꺼내 줘요, 제발…… 제발 그만하라고요…… 제발 부탁이니, 날 좀 꺼내 줘요……. 아스타를로아, 그가 가지고 있었어요…… 난, 아무 상관 없다고요, 정말이에요…… 아스타를로아에게 가봐요, 그가 알고 있을 거예요. 난 그저…… 난 더 이상은 몰라요…… 제발…… 난 더 이상은 아무것도 모른다고요……!」

돈 하이메는 다 죽어 가는 카르셀레스의 입에서 자기 이름이 튀어나오자 소스라치게 놀랐다. 살인자들이 누구인지는 몰라도, 아가피토 카르셀레스가 그들에게 자기 이름을 털어놓은 건 분명했다. 머리털이 쭈뼛 서는 느낌이 들었다. 이렇게 허비할 시간이 없었다. 지금 당장…….

등 뒤에서 인기척이 느껴졌다. 직감적으로 누군가 있는 걸 느낀 하이메 아스타를로아가 살짝 뒤를 돌아보았는데, 그 덕에 목숨을 건진 게 분명했다. 뭔가가 얼굴 바로 옆을 스치며 그의 목을 가격한 것이다. 어마어마한 통증에 충격을 받기는 했지만, 그래도 재빨리 옆으로 몸을 날릴 정도의 여력은 있었다. 웬 시커먼 그림자 하나가 자신을 향해 덤벼듦과 동시에 손에 들고 있던 초가 바닥으로 떨어지면서 불이 꺼지고 말았다.

그는 뒤로 화들짝 물러서다가 어둠 속에서 가구에 부딪치고 말았다. 바로 앞 어디선가 자신을 공격했던 자의 거친 숨소리가 들려오고 있었다. 하이메 아스타를로아는 힘이 많이 빠져 버린 상태였지만 여전히 오른손에 들고 있던 마호가니 지팡이를 단단히 쥐고 앞으로 뻗어 상대가 바로 코앞에 있는지 확인해 보았다.

아마도 스스로가 당시의 정황을 분석해 볼 만한 여유가 있었다면, 그는 자기 자신이 손톱만큼의 두려움도 느끼지 않고 오히려 놀랄 만큼 냉철한 결단력으로 가득 차 있는 것을 알고는 놀랐을 것이다. 이제 그에게 적과 맞서 싸울 힘을 주고 있는 원동력은 바로 증오심이었다. 그 증오심이 그의 팔에 용수철 같은 탄성을 불어넣었고, 지금 그의 면전에서 움직이고 있는 살인자를 처단하고자 하는 욕망에 힘을 실어 주었다. 그는 루이스 데 아얄라와 카르셀레스, 그리고 아델라 데 오테로를 떠올렸다. 하이메 아스타를로아는 하늘에 맹세코, 이번만은 살인마들이 절대로 다른 희생자들처럼 자신을 없애 버리지 못할 것이라 생각했다.

아니, 생각만 그런 게 아니었다. 하이메 아스타를로아는 두 다리에 힘을 주고 어둠 속에서 똑바로 선 채 본능적으로 검술에서 하던 가르드 동작을 취하고 있었다.

「덤벼!」 그가 어둠 속에서 도발적으로 외쳤다. 순간 아주 가까운 거리에서 거친 숨소리가 들리더니 뭔가가 뻗고 있는 지팡이 끝에 닿았다. 상대방의 손이 지팡이를 빼앗으려는 듯 지팡이 반대편 끝을 힘껏 잡아당겼다. 하이메 아스타를로아는 지팡이 겉껍데기가 칼날을 따라 미끄러지듯 벗겨져 나가는 소리를 들으며 소리 없이 미소 지었다. 바로 그가 바라던 바였던 것이다. 물론 의도적으로 그런 것은 아니었지만, 상대방이 그에게 위치와 거리를 알려 주는 것은 물론, 자기 손으로 칼집까지 벗겨 준 것이었다. 하이메 아스타를로아는 팔을 뒤로 빼면서 공격 자세를 취한 뒤, 둥그렇게 휜 오른쪽 다리를 이용해 연속 세 걸음 전진하면서 어둠 속을 향해 깊숙한 공격을 세 번 시도했다. 세 번째 공격에 뭔가 단단한 물체가 찔리는가 싶더니 고통에 겨운 비명 소리가 들려왔다.

「덤벼!」

돈 하이메가 문 쪽으로 아타크 아방을 시도하며 나아갔다. 가구가 바닥으로 쓰러지는 소리가 들렸고, 뭔가가 그의 옆을 휙 스쳐 지나면서 벽에 부딪쳐 산산조각 나는 소리도 들렸다. 아까 벗겨져 나간 지팡이 겉껍데기가 힘없이 그의 팔에 와서 부딪쳤다. 적이 그의 뒤쪽에 있는 것 같았다.

「잡아!」 불과 두 뼘도 떨어지지 않은 곳에서 누군가 소리쳤다. 「문으로 도망칠지도 몰라……. 나를 찔렀어!」

아마도 상대는 가벼운 부상 정도만 입은 것 같았다. 게다가 더 큰 문제는 상대가 혼자가 아니라는 점이었다. 하이메 아스타를로아는 문을 등지고 복도 쪽으로 나가면서 어둠 속을 향해 칼을 겨누고 소리쳤다.

「덤벼!」

출구는 분명 아까 들어올 때 보았던 커튼이 쳐진 곳의 맞은편, 그러니까 복도 끝에서 왼쪽에 있을 터였다. 시커먼 그림자 하나가 그의 앞에 불쑥 나타나더니 뭔가가 그의 머리통을 스치면서 벽에 부딪쳤다. 돈 하이메는 얼른 머리를 숙이고는 계속 칼을 치켜든 채 앞으로 전진했다. 헐떡거리는 숨소리가 들리는가 싶더니, 손 하나가 불쑥 튀어나와 그의 셔츠 목 자락을 휘어잡았다. 시큼한 땀 냄새가 확 풍겨 나면서 힘센 팔뚝이 그를 잡으려 했다. 단검이 그의 가슴 바로 앞을 휙휙 스쳤다. 어찌나 세차게 몰아붙이는지 하이메 아스타를로아는 칼을 내지를 만한 거리를 확보할 수 없자, 자유로운 왼손을 앞으로 뻗어 수염이 덥수룩한 상대방의 얼굴을 가격했다. 그리고 있는 힘을 다해 상대방의 머리털을 움켜잡은 뒤 힘차게 머리통으로 상대의 얼굴을 들이받아 버렸다. 뻑 소리가 나는 것과 동시에 그 역시 양미간에 심한 통증을 느꼈다. 뜨끈하고 끈적끈적한 액체가 얼굴을 타고 흘러내렸다. 그 피가 자신의 얼굴에서 나는 것인지, 아니면 상대방이 코뼈라도 부러지면서 터진 것인지 알 수 없었지만, 어쨌든 그를 덮쳤던 적의 팔로부터 자유로워진 것만은 분명했다. 그는 벽에 등을 기대고 칼로 계속 반원을 그리며 경계하면서 벽을 따라 조금씩 옆으로 이동했다. 그리고 저 바닥에 있는 뭔가를 확 뒤집어 엎었다.

「덤벼, 이 새끼들아!」

정말로 누군가가 덤벼들었다. 그러나 그자가 미처 하이메 아스타를로아를 덮치기 전에, 그는 바닥을 딛는 상대방의 발자국 소리를 듣고 곧바로 어둠을 향해 무작정 칼끝을 휘둘러 상대방을 저지했다. 그리고 다시 벽에 등을 기대고는 가쁜 숨을 몰아쉬며 잠시 숨을 골랐다. 이제 기운도 다 빠져 버려 그다지 오래 버틸 수 있을 것 같지 않았다. 하지만 너무 어두워 도무지 출구를 찾을 수가 없었다. 아니, 설사 출입문까지 갔다 하더라도 적이 또다시 공격하기 전에 열쇠를 찾아 한 바퀴 돌리고 문을 열 만한 충분한 시간이 있을지도 의문이었다. 〈그래도 지금까지는 아주 잘했어, 친구!〉 그는 거의 절망적으로 주변을 가득 채운 어둠 속을 응시하면서 마음속으로 스스로에게 말했다. 사실, 이곳에서 이렇게 죽는다 해도 서운할 건 없었다. 다만, 아쉬운 것이 있다면 왜 죽어야 하는지 그 이유도 모른 채 가야 한다는 것이었다.

오른쪽에서 무슨 소리가 들렸다. 하이메 아스타를로아는 소리 나는 쪽을 향해 칼을 날려 보았으나 뭔가 단단한 것에 부딪치면서 칼날이 휘었다. 살인자들 중의 하나가 그를 향해 다가오면서 자기 몸을 보호하기 위해 의자로 앞을 가리고 온 것이었다. 하이메 아스타를로아는 다시 벽을 따라 왼쪽으로 조금씩 이동했지만, 곧 어깨가 가구에 부딪쳤다. 그가 채찍 흔들 듯이 칼날을 마구 휘둘러 대자 날카로운 칼날이 허공을 가르며 매서운 소리를 자아냈다. 분명 적들도 그 소리를 들었을 게 틀림없었고, 그 소리는 상대방에게 좀 더 신중할 것을 강조하고 있었다. 그리고 그 시간만큼 하이메 아스타를로아의 생명이 연장되고 있음을 의미했다.

다시 그들이 가까이 다가와 있었다. 하이메 아스타를로아는 적들이 행동을 개시하기도 전에 이미 느낌으로 알 수 있었다. 그래서 그는 순간적으로 앞으로 튕겨져 나가면서 뭔지 모를 가구에 부딪쳐 그 위에 있던 것들을 모조리 바닥으로 쏟아 버리면서 반대편 벽으로 가 붙어 섰다. 그리고 그곳에서 꼼짝 않고 숨을 골랐다. 자기 자신의 입과 코로 거친 숨이 들고나는 소리 때문에 상대방의 소리를 들을 수가 없었다. 뭔가가 큰 소리를 내며 그의 왼쪽 아주 가까이로 떨어져 내리는 것 같았다. 하이메 아스타를로아는 머뭇거릴 여유도 없이 왼쪽 다리를 벽에 기댄 채 두 번 앞을 향해 칼날을 찔러 댔다. 다시 한 번 성난 신음 소리가 들려왔다. 「또 찔렸어!」

분명 바보 같은 녀석임에 틀림없었다. 하이메 아스타를로 아는 그 틈을 타 재빨리 자리를 이동했다. 이번에는 앞에 거치적거리는 게 아무것도 없었다. 그는 가슴속으로 미소 지으며 이 모든 것들이 마치 어린 시절 친구들과 하던 놀이와 하나도 다를 게 없다고 생각했다. 그는 과연 앞으로 얼마나 더 버틸 수 있을지를 가늠해 보았다. 모르긴 해도 그리 오래 버틸 수는 없을 터였다. 하지만 그다지 형편없는 모양새로 죽는 것도 아닐 것 같았다. 언젠가 노인 수용소에서 시들시들 죽어 가고, 마지막까지 침대 밑에 숨겨 놓았던 몇 푼 되지도 않는 돈을 성직자들이 빼내 가는 꼴을 당하고, 또 하늘나라에까지 가서 평생 단 한 번도 제대로 믿어 보지 않았던 하느님에게 거부당하는 꼴을 보느니 차라리 이렇게 가는 게 나을 것도 같았다.

「덤벼!」 이미 지칠 대로 지쳐 버린 그의 목소리가 공허하게 울려 퍼졌다. 그림자 하나가 그의 곁을 획 하고 지나가는가 싶더니 깨진 도자기를 자근자근 밟으며 멀어져 갔다. 그러고는 곧이어 벽면에 직사각형의 불빛이 비쳤다. 조금 전의 그림자가 재빨리 열린 문틈으로 빠져나가더니, 그 뒤를 이어 또 다른 그림자 하나가 절뚝거리며 따라 나갔다. 현관문 밖 계단참에는 난투극 소리에 잠에서 깬 이웃들이 잔뜩 몰려와 있었다. 발걸음 소리와 블라인드 올리고 문 여는 소리, 놀라 서로의 안부를 묻는 소리, 여자들의 비명 소리가 들려왔다. 하이메 아스타를로아는 비틀거리며 문간으로 걸어 나가 문턱에 다다르자, 거의 실신할 지경으로 문틀에 기대섰다. 그리고 맑은 밤공기를 가슴 가득 들이마셨다. 셔츠 자락 아래로 온몸이 땀에 흠뻑 젖어 있었고, 칼을 쥔 손은 사시나무 떨리듯 하고 있었다. 어쨌거나 자신이 여전히 살아 있다는 사실을 깨닫는 데만도 어느 정도의 시간이 걸렸다.

조금씩 그의 주변으로 잠옷 차림에 공포에 떨고 있는 이웃 사람들이 몰려들기 시작했다. 사람들은 호기심에 두리번거리면서 손에 촛불이나 등잔을 치켜든 채 감히 집 안으로 들어설 엄두는 내지 못하며 안쪽이 궁금해 못 견디겠다는 표정을 지었다. 한 손에 등잔과 곤봉을 든 야간 순찰대원이 계단을 올라왔다. 주민들이 길을 열어 주자 앞으로 다가온 순찰대원은 돈 하이메의 손에 여전히 쥐여진 칼을 의심스러운 눈초리로 쳐다보았다.

「잡았습니까?」 하이메 아스타를로아가 크게 기대하지는 않으면서도 물어보았다.

순찰대원이 모자 아래로 목덜미를 긁적거리며 대답했다. 「못 잡았습니다, 선생. 주민 한 명과 경비원이 거리 아래쪽으로 줄행랑을 치는 사내 둘을 뒤쫓아 가긴 했습니다만, 푸에르타 데 톨레도 부근에서 기다리고 있던 마차에 올라타고 달아나는 바람에 대책 없이 놓치고 말았다는군요……. 뭐 다른 불상사는 없었나요?」

돈 하이메가 집 안을 가리키며 말했다. 「저 안에 들어가면 심한 부상을 당한 사람이 있을 겁니다. 아직 살아 있을지 모르겠네요. 의사부터 부르는 게 좋을 것 같습니다.」

결전을 치르는 동안 솟아났던 힘이 이제 빠져나가기 시작하면서, 극심한 피로감이 몰려왔다. 그는 자신이 급속히 늙고 지쳐 버린 듯한 느낌이 들었다.

「그리고 경찰에도 연락해 주시면 좋겠습니다. 돈 헤나로 캄피요 서장께 급히 알려야 하니까요.」

순찰대원이 그의 말대로 하겠다고 했다.

「지금 바로 실행하겠습니다.」 그는 온통 피가 튀어 있는 하이메 아스타를로아의 얼굴을 가만히 들여다보며 물었다. 「그런데, 선생은 어디 다치신 데 없으십니까?」

하이메 아스타를로아는 손가락으로 이마를 만져 보았다. 눈썹 부위가 부어올라 있었다. 아마도 격투 중에 상대방을 들이받으면서 생긴 상처 같았다.

「이 피는 제 피가 아니니 걱정 마십시오.」 하이메 아스타를로아가 힘없이 미소 지으며 대답했다. 「아 참, 이 방에 있던 두 남자의 인상착의를 말씀드리고 싶지만, 그다지 큰 도움이 안 될 것 같군요……. 그저 확실한 게 있다면, 한 놈은 코뼈가 부러졌고, 또 한 놈은 어딘지 몰라도 칼에 두 군데가 찔렸다는 겁니다.」

물고기 같은 서장의 두 눈이 안경알 너머에서 차갑게 노려보고 있었다.

「그게 다입니까?」

하이메 아스타를로아는 두 손에 들고 있는 커피 잔 바닥에 남은 침전물을 쳐다보고 있었다. 여전히 부끄러운 심정을 감출 수 없었다.

「그게 답니다. 이번에는 제가 알고 있는 모든 걸 다 말씀드린 겁니다.」

캄피요 서장은 책상에서 일어서더니, 방 안을 몇 걸음 오락가락하다가 허리띠에 손가락을 걸치고 서서 창밖을 내다보았다. 그리고 잠시 후, 천천히 돌아서더니 험악한 눈초리로 하이메 아스타를로아를 노려보았다.

「이보십시오, 미스터 아스타를로아…… 이렇게 말씀드리면 언짢으실지 모르겠지만, 선생은 이번 일에서 초지일관 어린애처럼 행동하셨습니다.」

돈 하이메가 눈을 커다랗게 떴다.

「저도 인정합니다.」

「인정한다고요? 정말 기가 막히는군요. 그래, 이제 와서 선생이 인정하고 말고가 뭐가 중요한지 모르겠습니다. 저 카르셀레스라는 양반은 완전히 생선회처럼 포가 떠진 상태인데 말입니다. 이게 다 선생의 그 로컴볼 게임에 친구를 밀어 넣은 때문이지요.」

「저는 그저……」

「선생이 뭘 하려 했는지는 저도 잘 압니다. 선생을 지금 당장 감옥 속으로 처넣어 버리지 않기 위해서라도 그 일은 더 이상 생각지 않으려 합니다.」

「저는 그저 도냐 아델라 데 오테로를 보호하고 싶었을 뿐입니다.」

경찰서장이 빈정거림이 가득한 웃음을 터뜨렸다.

「잘도 보호하셨군요!」 서장은 마치 가망 없는 환자를 진단한 의사처럼 고개를 가로저으며 말했다. 「선생이 얼마나 잘 보호하셨는지 알 것 같습니다. 그래, 그렇게 보호하신 덕분에 한 명은 죽어 나갔고, 또 한 명은 죽기 직전이고, 겨우 선생 혼자 기적적으로 살아나신 거랍니까? 루이스 데 아얄라 후작은 제쳐 놓고도 말입니다.」

「저는 깊이 관여치 않으려고 했을 뿐입니다.」

「그나마 다행이군요. 만일 깊이 관여라도 하시려 들었으면, 그야말로 난장판이 됐을 테니까요.」 캄피요 서장은 주머니에서 손수건을 꺼내더니 조심스럽게 안경알을 닦아 냈다. 「미스터 아스타를로아, 저는 정말이지 선생이 이 사안의 심각성을 제대로 인식하고 계신지 모르겠습니다.」

「잘 알고 있습니다. 그리고 그 결과를 이렇게 직접 경험하고 있기도 하고요.」

「선생은 후작의 살인 사건에 연루되었을지도 모를…… 아니, 좀 더 정확히 말하자면 확실히 연루된 것으로 보이는 누군가를 보호하려 하셨습니다. 후작이 죽었음에도 그 사건에 깊이 연루되어 있다는 사실을 숨기려고요. 그게 이렇게 커진 겁니다. 아마도 그 때문에 그 여자도 죽었겠지만 말입니다…….」

캄피요는 잠시 말을 멈추더니 안경을 쓰고 이번에는 손수건으로 얼굴에 흐르는 땀을 닦았다.

「한 가지만 물어봅시다, 미스터 아스타를로아…… 도대체 왜 그 여자 일을 감춘 겁니까?」

얼마간의 시간이 흘렀다. 잠시 후, 하이메 아스타를로아가 천천히 고개를 들더니 저 멀리, 서장의 등 뒤에 서 있는, 눈에 보이지 않는 무엇이라도 바라보는 듯한 눈빛으로 먼 곳을 응시했다. 그의 동공이 큼지막해지더니, 잿빛 눈동자에 고통이 서렸다.

「그 여자를 사랑했습니다.」

열린 창문으로 저 아래 길거리를 오가는 마차의 소음이 들려왔다. 캄피요는 말없이 꼼짝 않고 서 있었다. 아마도 무슨 말을 해야 할지 모르는 것 같았다. 그는 방 안을 공연히 몇 발자국 왔다 갔다 하더니 목이 막힌 듯 헛기침을 해댔다. 그리고 하이메 아스타를로아의 얼굴을 쳐다보지도 않고 책상 앞으로 가 앉았다.

「그랬었군요.」 마침내 그가 말했다.

하이메 아스타를로아는 아무 말 없이 고개만 끄덕였다.

「솔직하게 말씀드리겠습니다.」 캄피요 서장은 앞서 두 사람이 나누었던 마지막 대화의 여운이 완전히 사라질 정도의 충분한 시간을 두고 다시 말을 이었다. 「시간이 갈수록 이번 사건은 점점 더 실마리를 풀어내기가 쉽지 않아지고 있습니다. 도무지 범인들의 인상착의에 대한 단서조차 없으니 말입니다. 선생의 친구이신 카르셀레스 그 양반만이 유일하게 살아 있는 목격자인데, 과연 살아서 우리에게 뭔가를 들려줄 수 있을지도 의심스럽고…… 정말 카르셀레스를 혹독하게 고문한 그자들 가운데 한 놈의 얼굴도 모르겠습니까?」

「불가능한 일입니다. 완전히 캄캄했었으니까요.」

「어젯밤에는 정말 운이 좋으셨습니다. 까딱 잘못했으면 지금쯤 일전에 가보셨던 그곳 대리석 탁자 위에 누워 있을 수도 있었으니까요.」

「맞습니다.」

서장이 처음으로 희미한 미소를 지었다.

「그놈들과 맞붙어 싸우는 게 쉽지는 않았을 텐데요.」 서장이 허공을 향해 마치 칼을 휘두르듯 팔을 두어 번 내지르며 말했다. 「더구나 선생 나이에…… 어쨌든 누구나 할 수 있는 일은 아니었습니다. 선생 정도의 연배에 전문 킬러 둘과 맞붙어 싸운다는 게…….」

하이메 아스타를로아가 어깨를 으쓱하더니 대답했다. 「목숨을 걸고 싸웠으니까요, 캄피요 서장님.」

서장이 담배를 입에 물며 말했다. 「그래서 가능했겠지요.」

서장이 고개를 끄덕이며 반복했다. 「그래서 가능했을 겁니다. 여전히 담배는 안 태우시나요?」

「네, 안 합니다.」

「선생, 그런데 참 이상한 건요…….」 캄피요 서장이 성냥으로 담배에 불을 붙인 후, 아주 행복한 표정으로 담배 연기를 깊게 한 모금 빨아들였다. 「선생의 그…… 그러니까 이번 사건에서 보여 주셨던 그 다소 무분별한 행동에도 불구하고 선생이 밉지 않다는 겁니다. 정말이에요. 비유를 해서 설명해도 괜찮겠습니까? 물론, 선생을 폄하하려는 건 아니고요.」
「괜찮습니다.」
「그러니까 선생에게는 뭐랄까…… 순수함, 그래요, 순수함 같은 게 있어요. 말하자면, 전혀 사실은 그렇지 않은데도 마치 수도원에 은둔해 있다가 느닷없이 세상의 소용돌이 속에 휘말리게 된 수도사 같은 면이 있다 이 말입니다. 이해하시겠습니까? 이번의 이 비극적인 사건이 지속되는 동안에도 줄곧 선생은 세상이라는 현실과는 상관없다는 듯, 너무나도 특이한 개인적 의미의 현실 속에서 그렇게 세상의 언저리를 배회하더라 이겁니다……. 물론, 선생의 그 현실은 진정한 현실과는 완전히 동떨어진 것이고 말이지요. 어쩌면 바로 그 현실에 대한 무감각, 이런 표현을 써도 좋을지 모르겠습니다만, 그 무감각이 역설적이게도 선생과 제가 시체실이 아닌 이 사무실에서 다시 얼굴을 맞댈 수 있게 만든 이유일지도 모른다는 생각이 드는군요. 정리하자면, 저는 지금까지, 아니 지금 이 순간에도 선생께서 지금 선생이 처해 있는 현실의 심각성을 제대로 파악하고 있지 못한다고 생각한다는 겁니다.」

하이메 아스타를로아가 커피 잔을 탁자 위에 내려놓더니 양미간을 찌푸리며 서장을 쳐다보았다.

「캄피요 서장님, 제가 바보 멍청이라는 뜻이 아닌가 싶네요.」
「아니, 아닙니다. 물론 그런 뜻으로 말씀드린 건 아니에요.」 서장이 조금 전에 자신이 했던 말을 집어 담기라도 하려는 사람처럼 두 손을 황급히 내저으며 말했다. 「제 설명이 좀 미진했나 봅니다, 미스터 아스타를로아. 만일 그랬다면 양해해 주시기 바랍니다. 저는 그저…… 살인 사건이 일어났을 경우에는, 더구나 이번 경우처럼 냉혹하고 전문적인 킬러들 손에 살인이 자행되었다면, 당연히 그들만큼 전문적인, 어쩌면 그들보다 훨씬 더 전문적일 수 있는 사람들 손에 모든 것을 맡겼어야 하는 것이 아닌가 하는 말을 하고 싶었을 뿐입니다. 아시겠습니까……? 이 일과 상관없는, 그러니까 선생 같은 분이 살인자들과 희생자들 사이를 헤집고 다니는 것은 바람직하지 않다 이겁니다. 정말 운이 좋아 이렇게 멀쩡하게 살아 계실 수 있었지만 말입니다. 정말이지 선생이 이렇게 무사한 건 천운이었다고밖에는 볼 수 없습니다. 하지만 운이라는 것도 언젠가는 다하기 마련입니다. 러시안룰렛 게임 아시지요……? 최신식 권총을 가지고 하는 그거 말입니다. 그 예를 보면 알겠지만, 지금까지 운이 좋았더라도 여전히 총신 안에 총알이 한 알 들어 있음을 잊어서는 안 된다 이겁니다. 게임을 계속하고 방아쇠를 당기다 보면 언젠가는 총알이 발사될 겁니다. 빵! 그렇게 끝나지요. 아시겠습니까?」

하이메 아스타를로아가 말없이 고개를 끄덕였다. 자신의 비유가 내심 만족스러웠는지, 캄피요 서장은 손가락에 담배를 끼운 채 의자 등받이에 깊숙이 몸을 기댔다.

「그러니 앞으로는 이 일에서 쑥 빠져 있도록 하십시오. 안전을 위해 더 좋은 방법은 잠시 거처를 다른 곳으로 옮기는 겁니다. 험한 일을 많이 겪으셨으니 여행을 좀 떠나 보는 것도 좋겠지요. 어쨌거나, 현재는 살인자들이 선생이 한때 그 문서들을 지니고 있었다는 걸 알고 있으니, 영원히 선생의 입을 봉해 버리고 싶어 할지도 모릅니다.」

「생각해 보지요.」

캄피요 서장은 충고는 해줄 수 있을지 모르지만 최종 선택은 결국 하이메 아스타를로아의 것이라고 말하듯 손바닥을 위로 하고 돈 하이메를 향하여 내밀었다.

「뭔가 공식적인 보호 조치를 취해 드리면 좋겠지만, 지금으로서는 방법이 없습니다. 워낙 시국이 불안정해서요. 세라노와 프림이 이끄는 반란군이 이미 마드리드를 향해 진격해 오고 있기 때문에 결전은 불가피할 것 같습니다. 왕가는 마드리드로 복귀하지 않고 그냥 산세바스찬에 머물 예정이랍니다. 여차하면 프랑스로 피신해야 할 테니까요……. 따라서, 짐작하시겠지만, 제 직책이 직책이니만큼, 이번 살인 사건 말고도 더 중요한 일들이 많습니다.」

「그럼, 살인자들을 잡을 길이 없다는 건가요?」

서장이 모호한 몸짓을 취했다.

「누군가를 잡으려면, 도대체 그자가 누군지를 알아야 하는데, 현재로서는 도무지 단서가 없습니다. 핵심이 없어요. 달랑 시체 두 구와, 완전히 난자당해 반쯤 미쳐 버린, 아마도 살아나기 힘들어 보이는 가엾은 사내 하나밖에 없으니까요. 아마도 그 문제의 서류들을 자세히 읽어 보면 뭔가 단서를 찾아낼 수 있었겠지만, 선생의 그…… 황당할 정도의 부주의로 그만 그것들도 사라져 버렸으니……. 아마도 영원히 되찾을 수 없겠지만 말입니다. 이제 남은 유일한 희망이라고는 카르셀레스뿐입니다. 좀 회복이 되고 나면, 살인범들이 그 문서가 그의 손에 있다는 걸 어떻게 알게 되었는지, 그리고 그 속에 무슨 내용이 담겨 있었는지, 어쩌면 그 속에 우리가 찾고 있는 누군가의 이름이 나와 있었는지 등에 대해 말해 줄 수 있겠지요. 정말 선생은 아무것도 기억나지 않습니까?」

하이메 아스타를로아가 힘없이 고개를 가로저었다.

「제가 알고 있는 모든 것은 이미 말씀드렸습니다.」 그가 웅얼거렸다. 「겨우 한 번밖에 읽어 보지 않은 데다, 그것도 대충대충 훑어보는 정도였거든요. 그저 몇몇 직위와 이름들,

주로 군인들 이름이 포함되어 있었는데, 그 정도밖에는 기억 나지 않습니다. 그나마 저로서는 아무런 의미도 발견할 수 없었고요.」

캄피요가 그것참 신기하다는 표정으로 그를 쳐다보았다.

「미스터 아스타를로아, 정말이지 선생을 보고 있으면 제가 다 맥이 풀려 버립니다. 나라 사람 전체가 길모퉁이를 돌아서기 무섭게 서로에게 총질을 해대고, 두 사람이 언쟁이라도 벌일라치면 족히 2백 명은 몰려들어 그다음에 벌어질 일을 운운하며 이 사람이 옳네, 저 사람이 옳네 하고 싸워 대는 때에 어쩌면 이렇게 초연할 수가 있는지……. 정말 궁금합니다…….」

노크 소리가 들리더니, 경찰관 한 명이 문간에 나타났다. 캄피요가 들어오라는 고갯짓을 하자, 경관은 책상 가까이로 다가와 서장의 귀에 대고 뭔가를 속삭였다. 서장이 이맛살을 잔뜩 찌푸리더니 심각하게 고개를 끄덕였다. 경관이 경례를 붙이고 나가자 캄피요가 돈 하이메를 쳐다보며 말했다.

「방금 우리의 마지막 희망마저 사라졌다는군요.」 서장이 침울한 어조로 말했다. 「카르셀레스도 이제야 고통에서 벗어났을 겁니다.」

하이메 아스타를로아의 두 손이 무릎 위로 힘없이 떨어져 내렸다. 그는 잠시 숨을 멈추었다. 잔주름이 가득 잡힌 두 눈이 서장에게 고정되었다.

「뭐라고 하셨습니까?」

서장이 책상 위에 놓여 있던 연필을 잽싸게 집어 들더니 양 끝을 잡고 두 동강 내버렸다. 그리고 잘라진 연필이 무슨 의미라도 담고 있다는 듯 하이메 아스타를로아의 면전에 들이댔다.

「카르셀레스가 방금 병원에서 숨을 거뒀답니다. 우리 쪽 사람들은 아무런 정보도 얻어 내지 못했고요. 마지막 순간까지 제정신을 차리지 못한 채, 공포심으로 완전히 미쳐서 죽었답니다.」 물고기 같은 서장의 두 눈이 하이메 아스타를로아의 시선을 그대로 맞받고 있었다. 「미스터 아스타를로아, 이제 모든 사슬을 연결시켜 줄 수 있는 마지막 고리는 선생뿐입니다.」

캄피요가 잠시 침묵하더니 부러진 연필 조각으로 가발 밑을 긁적거리며 말했다.

「제가 선생이라면······.」 서장이 차갑게 빈정대는 말투로 말했다. 「그 칼 지팡이를 결코 손에서 놓지 않을 겁니다.」

8. 진검 승부

진검으로 승부할 때에는
명예를 지켜야 한다는 기본적인 도리에서 어긋나지 않는 한
다른 때처럼 생각해서도 안 되고,
방어를 위해 그 어떤 주변 상황에 대한 분석도 놓쳐서는 안 된다.

하이메 아스타를로아가 경찰서를 나선 것은 거의 오후 4시 무렵이었다. 한낮의 더위에 숨이 막힐 듯해, 그는 잠시 근처 서점의 차양 아래서 발걸음을 멈춘 채 마드리드 시내 한복판을 지나는 마차들을 멍하니 바라보았다. 몇 걸음 떨어진 곳에서 냉차 장수가 냉차를 사라고 소리 높여 외치고 있었다. 하이메 아스타를로아는 냉차 수레 앞으로 가 냉차를 한 잔 청했다. 파파야 열매로 만든 시원한 음료가 그의 마른 목을 축여 주면서 다소나마 안도감을 전해 주었다. 쨍쨍한 햇볕 아래서 집시 여인이 시들시들한 카네이션 꽃다발을 팔고 있었고, 맨발의 어린애 하나가 그 여인의 검정 치맛자락에 매달려 있었다. 그 애는 진땀을 흘리는 승객들로 가득 찬 합승 마차가 지나갈 때마다 마차 옆을 따라 뛰어가다가는 마부가 휘두르는 채찍이 겁나는지 누런 코를 훌쩍거리며 다시 엄마에게 달려오곤 했다.

햇살을 받은 돌길이 반짝반짝 빛을 반사하고 있었다. 하이메 아스타를로아는 모자를 벗고 이마에 맺힌 땀방울을 좀 식혔다. 그리고 발걸음을 멈추었다. 정말이지 어디로 가야

할지 몰랐던 것이다.

　잠시 카페 프로그레소로 가볼까 하는 생각도 했지만, 밤사이 카르셀레스의 집에서 있었던 소란을 전해 들은 친구들이 질문 공세를 퍼부을 게 뻔했고, 지금은 그들의 질문에 답할 기분이 아니었다. 그러고 보니, 검술 교습생들과의 약속도 지키지 못했고, 거기에 생각이 미치자 지난 며칠 동안보다 훨씬 더 화가 치밀어 올랐다. 그는 우선 교습생들에게 사과의 편지부터 보내야겠다고 결심했다…….

　길거리에 군데군데 모여서 잡담을 나누던 무리들 가운데 한 사람이 자신을 쳐다보는 것 같았다. 노동자 같은 인상을 주는, 평범한 옷차림의 젊은이였다. 하이메 아스타를로아가 청년을 마주 보자 젊은이는 재빨리 시선을 돌리고는 산헤로니모 거리 모퉁이에 모여 서 있던 다른 네 명의 일행들과 다시 이야기를 나누는 척했다. 내심 걱정이 된 하이메 아스타를로아는 그 미지의 청년을 의심스러운 눈초리로 살펴보았다. 그를 감시하고 있었던 걸까? 그런데 처음에 일었던 우려가 점차 자기 자신에 대한 분노로 바뀌어 갔다. 그리고 나서 보니, 지나는 행인 하나하나가 다 의심스럽게 보였고, 이런저런 이유로 그를 한 번씩 흘낏 쳐다보며 곁을 지나는 사람 모두가 살인자처럼 느껴졌기 때문이었다.

　집을 떠나 마드리드를 벗어나라. 캄피요 서장의 충고였다. 그것만이 살길이라고. 한마디로 도망가라는 것이었다. 서장의 충고를 되새겨 보니 불쾌감만 점점 커져 갔다. 엿이나 먹으라고 하라지! 그가 내릴 수 있는 유일한 결론이었다. 모조리 엿 먹으라고 해! 그는 이제 와 겁먹은 토끼 새끼처럼 어딘가로 숨어들기에는 너무 나이가 많았다. 더구나 그런 생각을 하는 것만으로도 자신이 야비해지는 것 같았다. 그는 오래 살았고, 또한 많은 경험을 했으며, 오늘 이 순간까지 자신의 삶을 얼마든지 정당화시킬 수 있을 만큼 충분한 추억도 지니고 있었다. 그런 그가, 무엇 때문에 이제 거의 마지막 순간을 코앞에 두고 불명예스럽게 도망침으로써 지금까지 지켜 온 자기 자신의 이미지에 먹칠을 해야 한다는 말인가? 더구나 누구로부터 도망쳐야 하는지, 무엇으로부터 도망쳐야 하는지도 모른 채. 그는 여생을, 모르는 사람과 부딪칠 때마다 의심하며 살아갈 수 없었다. 그리고 새삼스럽게 낯선 곳에 둥지를 틀고 새로운 삶을 시작하기에는 그의 어깨에 내려앉은 세월의 무게가 결코 가볍지만은 않았다.

때때로 아델라 데 오테로의 보랏빛 눈동자와 알룸브레스 후작의 해맑은 미소와 가엾은 카르셀레스의 눈에서 타오르던 열정의 빛을 떠올릴 때면 찢어질 듯이 마음이 아팠다……. 그는 그 모든 것을 기억 속에서 떨쳐 버리기로 했다. 그렇지 않으면 평생을 우수와 혼돈 속에 끌려가야 할 것 같았고, 애당초 그에게는 없었던 두려움으로 매사를 바라보아야 할 것 같았기 때문이다. 그는 자신이 무엇에 두려움을 느낄 나이도 아니고, 그렇게 타고나지도 않았다고 생각했다. 제아무리 최악의 상황이래야 죽기밖에 더하겠는가. 그리고 얼마든지 죽을 마음의 준비는 되어 있었다. 그리고 꼭 그것만도 아니라고 만족스럽게 생각했다. 사실, 지난밤에 그는 거의 절망적인 상황의 결투에서 대담하게 행동했었고, 그의 눈빛 속에는 자신의 그런 행동에 대한 은근한 자부심마저 감돌았다. 그가 이제는 늙어 빠진 외로운 늑대일지 몰라도, 아직은 날카로운 이빨을 가지고 있다는 것을 보여 준 셈이었다.

그는 도망가지 않기로 했다. 오히려 적과 정면으로 마주쳐 볼 생각이었다. 덤벼! 그는 낯익은 기합 소리를 마음속으로 외쳐 보았고, 그것만이 바로 자기가 할 일이라 생각했다. 그자들이 다시 찾아오기를 기다리는 일. 그는 내심 미소 지었다. 그는 늘 사나이라면 싸우다가 죽을 수 있는 기회를 만들어야 한다고 생각해 왔었다. 이대로라면 머지않아 늙고 병들어 어느 노인 요양소에서 천천히 생을 마감하거나 예기치 않았던 총탄 세례로 종지부를 찍게 될지도 몰랐다. 하지만 파리 검술 아카데미 출신의 검술 교사인 하이메 아스타를로아에게는 그런 구질구질한 운명을 거부하고, 남들 같으면 무서워서 엄두도 못 낼 운명을 자발적으로 선택할 수 있는 기회가 주어진 것이었다. 그는 살인범들이 누구인지도, 어디에 있는지도 모르기 때문에 그들을 찾아 나설 수는 없었다. 하지만 캄피요 말에 따르면, 그자들은 사슬을 이어 주는 마지막 연결 고리인 그를 없애 버리기 위해 조만간 찾아올 것이다. 그는 언젠가 어느 프랑스 소설에서 읽었던 글귀가 떠올랐다. 〈마음만 평온하다면, 온 세상이 그를 향하여 음모를 꾸민다 하더라도 그 어떤 슬픔도 느끼지 못할 것이다…….〉 미련한 살인범들에게 노련한 검술 교사 하이메 아스타를로아의 진가가 무엇인지를 보여 주고야 말 테다…….

이렇게 마음을 정하자 훨씬 기분이 나아졌다. 그는 온 세상을 향해 도전장을 던진 사람처럼 주변을 한 번 휙 둘러보더니, 어깨를 곧게 펴고 지팡이를 짚으며 집으로 향했다. 사실, 그를 스쳐 지나는 사람들 눈에는 하이메 아스타를로아의 모습이 비쩍 마른 체구에 유행이 지난 옷을 입은, 그저 기분이 좀 언짢아 보이는 노인네로 비쳤을지도 모른다. 지쳐 버린 뼈마디에 원기를 불어넣기 위해 매일 조금씩 산책을 즐기곤 하는 평범한 노인네의 모습으로. 하지만 그의 눈을 조금만 주의 깊게 들여다보았다면, 그의 잿빛 눈동자 속에서 타오르는 결연한 의지와 플뢰레 칼끝과도 같은 날카로움을 발견하고 놀라지 않을 수 없었을 것이다.

그는 야채 스튜로 저녁 식사를 한 뒤 포트에 커피를 넣고 불을 붙였다. 커피가 끓기를 기다리면서 서가에서 책을 한 권 뽑아 들고 낡아 빠진 소파에 앉았다. 그리고 곧 10년인가 15년쯤 전에 밑줄을 긋고 되새기고 또 되새기곤 했던 문장을 찾아냈다.

〈사람의 심성은 가을날과 같다. 가을날 잎사귀가 떨어지듯이 사람들은 나이를 먹고, 꽃이 지듯이 세월이 흐르며, 구름이 사라지듯 총기도 사라지고, 햇살이 약해지듯 지성도 흐릿해진다. 햇살의 열기가 식듯 사랑도 식고, 강물이 점차 얼어붙듯 심장도 얼어붙는다. 우리의 운명은 이런 비밀스러운 씨실과 날실의 짜임새니…….〉

그는 조용히 입술을 움직이며 그 구절을 읽고 또 읽었다. 그의 무덤에 묘비로 쓰면 딱 좋을 것 같다는 생각이 들었다. 그는 자신이 아니라면 그 누구도 감지하지 못할 정도의 아이러니를 담은 몸짓으로 책을 그대로 소파 위에 펼쳐 놓고 자리에서 일어섰다. 커피 향이 그윽한 걸 보니 커피가 다 끓은 것 같았다. 그는 부엌으로 가 커피 한 잔을 따랐다. 그리고 한 손에 잔을 들고 다시 서재로 돌아왔다.

밤이 되었다. 창문 너머 하늘 저 멀리에서 샛별이 반짝거리고 있었다. 그는 선친의 초상화 아래에 서서 커피를 한 모금 마셨다. 〈잘생긴 분이세요.〉 아델라 데 오테로가 말했었다. 이번에는 액자 틀에 끼워진 황실 경비대의 낡은 기장 앞으로 가 짧았던 군 생활을 추억했다. 그 옆에는 파리 검술 아카데미에서 발행한 자격증이 있었다. 세월의 무게에 누렇게 변색되었을 뿐 아니라, 여러 해의 습한 겨울을 지내면서 양피지 곳곳에 얼룩도 생겼다. 유럽 각지의 명망 있는 검술 대가들이 모인 가운데 그 증서를 두 손으로 받아 들던 장면이 어렵잖게 떠올랐다. 탁자 건너편에 앉아 수제자를 바라보는 노쇠한 뤼시앵 드 몽테스팡의 두 눈에 자긍심이 어려 있었다. 〈청출어람이구나.〉 훗날 스승이 말했었다.

그는 활짝 펼쳐진 부채가 담긴 자그마한 상자를 손가락 끝으로 매만져 보았다. 그 옛날, 파리를 떠날 수밖에 없는 이유가 되었던 한 여인이 그에게 남긴 유일한 물건이었다. 지금쯤 그녀는 어디에 있을까? 아마도 멋진 할머니가 되었을 게 틀림없었다. 여전히 아름답고, 여전히 부드러운 모습으로 손자들의 재롱을 지켜보고 있을 테지. 자수를 놓던 참으로 아름다운 그녀의 두 손으로 지금쯤은 감추어 놓았던 젊은 시절의 추억을 말없이 더듬고 있을지도 몰라. 아니, 어쩌면, 지금쯤 하이메 아스타를로아라는 사람을 완전히 망각했을지도 모르지만.

벽 더 저쪽으로 오랜 세월을 지니고 다녀 낡고 거무스름해진 나무 묵주가 걸려 있었다. 프랑스 전쟁 영웅의 미망인 아멜리아 베스코스 데 아스타를로아가 죽는 날까지 평생을 지니고 다니던 묵주였다. 마음씨 착한 한 친척이 가지고 있다가 나중에 아들인 하이메 아스타를로아에게 전달해 준 것이었다. 그것을 지켜보는 하이메 아스타를로아의 가슴속에 특별한 감상이 일었다. 어머니에 대한 기억의 편린들은 세월과 함께 거의 희미해져 이제는 거의 얼굴조차 기억할 수 없을 정도였다. 다만, 무척 아름다운 분이셨다는 것과 어린 그의 머리를 쓰다듬어 주시던 부드럽고 가녀린 손길의 감촉, 그리고 뭔가 속상한 일이 있을 때면 매달리곤 한 어머니의 목덜미에서 느껴지던 따뜻한 혈관의 고동만이 기억날 따름이었다. 어머니의 모습은 낡은 사진틀 속의 모습으로만 기억할 뿐이었다. 어두컴컴한 거실 한편의, 아직 붉은 열기가 남은 큼지막한 벽난로 앞에 쪼그리고 앉아 불쏘시개로 뒤적거리고 있는 여인의 모습으로.

하이메 아스타를로아는 추억에서 벗어나려는 듯 얼른 커피 잔을 비웠다. 그리고 잠시 그대로 서 있었다. 그 어떤 생각도 지금의 마음의 평화를 깨뜨리지 못하게 하려는 것처럼. 그리고 커피 잔을 탁자 위에 내려놓더니 장롱 앞으로 걸어가 서랍을 열고는 기다랗고 납작한 상자 하나를 꺼냈다. 그리고 자물쇠를 열어 안에 들어 있던 헝겊으로 잘 싸놓은 묵직한 물건을 꺼내 들었다. 헝겊을 풀어내자 그 속에서 르포쇼 제품의 리볼버 한 자루가 모습을 드러냈다. 나무로 된 개머리판이 달려 있고, 큼지막한 탄약 다섯 발이 장전된 것이었다. 한 5년쯤 전에 교습을 받던 어느 고객이 선물로 준 것이었는데, 지금껏 단 한 번도 써볼 생각은 하지 않았다. 그가 생각하고 있는 명예관에 따르면, 화기라는 것은 멀리 떨어진 곳에서 상대를 공격하는 비겁한 자들이나 사용하는 것이기 때문이다. 하지만 지금은 상황이 상황이니만큼 다른 생각을 할 여력이 없었다.

그는 리볼버를 탁자 위에 올려놓고 탄약 구멍 하나하나에 총알을 집어넣으며 조심스럽게 장전했다. 준비가 끝나자 그는 총을 손바닥 위에 올려놓고 무게를 가늠해 본 다음, 다시 탁자 위에 내려놓았다. 두 손을 양 허리에 받치고 잠시 주변을 한 바퀴 돌아본 그는 큰 의자를 집어 들어 현관문이 마주 보이는 위치로 옮겨 놓았다. 그리고 자그마한 협탁도 하나 의자 옆으로 끌어다 놓은 뒤 그 위에 등잔을 하나 올려놓고 그 옆에 성냥도 한 갑 놓아두었다. 모든 준비가 다 되었는지 다시 한 번 돌아본 후, 그는 집 안에 밝혀 두었던 가스등을 하나씩 꺼버리고 현관문과 서재 사이에 매달린 작은 등잔 하나만 그대로 켠 채 남겨 두었다. 그 등잔도 심지를 최대한 낮춰, 푸르스름하고 희미한 불빛만이 어두컴컴한 현관과 거실 쪽을 어슴푸레하게 비추고 있었다. 그리고 마호가니 지팡이에서 칼을 빼어 탁자 위에 놓아두었던 리볼버와 함께 큰 의자와 마주 보도록 끌어다 놓은 협탁 위에 양쪽으로 다시 놓아두었다. 그렇게 잠시 지켜본 그는 만족스러운 기분이 되었다. 이번에는 현관으로 가 문의 빗장을 풀어놓았다.

그는 휘파람을 불며 부엌으로 가 포트에 커피를 더 채워 넣은 후 새 커피 잔 하나를 준비했다. 그리고 포트와 잔을 들고 의자 앞으로 간 뒤 그것도 등잔과 성냥, 리볼버와 칼 옆에 나란히 놓았다. 그리고 심지를 아주 작게 올린 등잔에 불을 붙이고, 커피 잔에도 커피를 가득 채운 뒤, 한 모금 마시면서 기다리기 시작했다. 상대가 몇 명이 될지는 몰랐지만, 앞으로 밤이 무척이나 길게 느껴질 것임에는 틀림이 없었다.

그는 눈을 감았다. 꾸벅 졸면서 머리가 떨어지는 바람에 목줄기가 당겨 아팠다. 그는 정신이 멍한 듯 눈을 끔뻑거렸다. 그리고 희미한 등잔 불빛 아래서 커피포트로 손을 뻗어 커피를 조금 따랐다. 주머니에서 시계를 꺼내 보았다. 새벽 2시 15분이었다. 커피는 이미 식어 버렸지만, 그는 한 모금에 다 마셔 버리고 얼굴을 잔뜩 찡그렸다. 주변은 온통 정적만이 감돌아, 그는 적들이 오늘 밤에는 나타나지 않으려나 보다고 생각했다. 탁자 위에 놓은 리볼버와 칼집에서 빼놓은 기다란 칼날이 석유등이 발하는 부드럽고 메마른 불빛을 받아 빛을 반사하고 있었다.

열려 있는 창문으로 거리를 지나는 마차 소리가 들려와 잠시 신경을 집중시켰다. 그는 숨을 죽이고 조금이라도 위험을 암시하는 소리가 들릴까 귀를 기울여 보았지만, 마차 소리는 거리 저 아래쪽으로 사라져 버렸다. 순간, 계단에서 삐걱 소리가 나는 것 같았다. 그는 희미하게 보이는 현관문 쪽에 시선을 고정시켰다. 그리고 오른손으로 리볼버의 방아쇠를 가만히 만지작거렸다.

천장에서 생쥐 한 마리가 오락가락하고 있었다. 하이메 아스타를로아는 눈을 들어 천장을 노려보면서 생쥐가 대들보 사이를 오가며 나지막하게 갉아 대는 소리에 귀를 기울였다. 며칠 전에도 쥐를 잡으려고 시도해 보았고, 밤마다 부엌의 식료품 통을 습격하는 생쥐가 주로 드나드는 길목인 난로 앞 구멍에 쥐덫을 두 개나 놓아둔 상태였다. 하지만 생쥐 녀석이 꽤나 영리한 게 틀림없었다. 덫에 놓아둔 치즈를 용케 갉아먹으면서도 한 번도 덫에 걸리지 않았으니 말이다. 어찌 보면 단순히 잡느냐 잡히느냐의 문제를 떠나 서로 두뇌 게임을 하는 것 같다는 생각이 들기도 했다. 어쨌든, 지붕 위에서 미끄러지듯 옮겨 다니는 생쥐 소리를 들으며 하이메 아스타를로아는 아직 그 쥐를 잡지 못한 것이 다행이라 생각했다. 기나긴 기다림이 가져다주는 깊은 고독을 생쥐가 천장 위에서 함께 나누고 있다는 생각에 조금이나마 위안이 되었기 때문이다.

비몽사몽간에 온갖 괴이한 영상들이 그의 뇌리를 뒤흔들고 있었다. 세 번인가는 현관 앞에 뭔가 서 있는 것 같아 화들짝 놀라 일어섰다가 아무것도 아님을 확인하고는 털썩 주저앉기도 했다. 멀지 않은 곳에 있는 산히네스 성당의 시계가 세 번 울렸다.

 이번에는 분명했다. 무엇이 스치는 듯한 소리를 내며 계단을 올라오고 있었다. 하이메 아스타를로아는 천천히 몸을 앞으로 숙이고는 온몸의 신경을 총집중하여 소리에 귀를 기울였다. 뭔가가 그의 집 현관문 밖에서 아주 조심스럽게 움직이고 있었다. 그는 숨을 멈추었다. 극한 긴장감으로 목구멍이 갈라지는 것 같았다. 그는 램프 불을 꺼버렸다. 이제 유일하게 빛을 발하고 있는 것은 현관에 매달린 희미한 등잔불 하나뿐이었다. 그는 그대로 의자에 앉은 채 오른손으로 리볼버를 집어 들고, 다리 사이에 총신을 끼우고 조심스럽게 격철을 세운 뒤 탁자 위에 팔꿈치를 괸 후 총구로 현관문을 겨누었다. 그는 총을 잘 쏘는 사람은 아니었지만, 이 정도 거리라면 과녁을 빗나가지는 않을 거라 자신하고 있었다. 더구나 총알이 다섯 발이나 있지 않은가.
 조심스럽게 문을 두드리는 소리를 들은 그는 깜짝 놀라지 않을 수 없었다. 살인자가 피해자의 집으로 들어서면서 허락을 구하는 것은 이상하기 짝이 없는 노릇이었다. 그는 잠시 어둠 속에서 꼼짝 않은 채 아무 말 없이 기다리고 있었다. 아마도 그가 자는지 확인하기 위해서인 것 같았다.
 다시 한 번 노크 소리가 들렸다. 너무 세게는 아니었지만, 아까보다는 조금 강도 있게 두드리고 있었다. 누구인지는 모르지만, 이웃들이 깨지 않도록 조심하는 눈치였다. 하이메 아스타를로아는 혼란스러워지기 시작했다. 적들이 현관문을 밀어붙이며 쳐들어올 것이라 예상하고 있었지, 새벽 3시에 노크를 할 것이라고는 전혀 예상치 못했던 것이다. 어쨌든 그는 이미 빗장을 풀어놓은 상태였기 때문에, 누구인지 몰라도 문을 밀기만 하면 열고 들어올 수 있을 게 뻔했다. 그는 숨을 잔뜩 몰아쉰 후 그대로 호흡을 멈추고 리볼버를 겨냥한 채 집게손가락을 방아쇠에 걸고 대기했다. 누구든 들어서기만 하면 끝장을 내버릴 작정이었다.

금속이 맞부딪치며 내는 삐걱 소리가 들렸다. 아마도 문을 밀어 보고 있는 것 같았다. 문에 달린 경첩이 돌아가면서 가볍게 삐걱 소리를 울려 댔다. 하이메 아스타를로아는 조금씩 멈추었던 숨을 내쉬고는 다시 한껏 공기를 들이마신 후 숨을 멈추었다. 집게손가락이 방아쇠를 단단히 거머쥐고 있었다. 그림자가 현관에 나타나기가 무섭게 총알을 날려 버릴 생각이었다.

「돈 하이메?」

속삭임처럼 낮은 목소리가 들려왔다. 하이메 아스타를로아는 심장이 철퍼덕 내려앉고 혈관이 확장되면서 사지가 굳는 것만 같았다. 손가락의 힘이 풀리면서 리볼버가 탁자 위로 떨어져 내렸다. 그는 한 손을 이마에 가져다 대면서 마치 시체처럼 자리에서 일어섰다. 현관에서 들려온 조금 허스키한 그 목소리, 약간 외국인 악센트가 담긴 그 목소리는 저승에서 들려오는 소리였다. 바로 아델라 데 오테로의 목소리였던 것이다.

여자의 모습이 희뿌연 현관의 불빛 아래로 드러나더니 문지방 부근에서 멈춰 섰다. 가볍게 치맛자락 스치는 소리와 함께 다시 한 번 그녀의 목소리가 들려왔다.

「돈 하이메?」

하이메 아스타를로아는 어둠 속에서 손을 뻗어 성냥갑을 집어 들었다. 성냥 하나를 긋자, 자그마한 불꽃이 기괴한 느낌을 주며 어둠 속에서 너울거렸다. 등잔에 불을 붙이는 그의 손끝이 떨리고 있었다. 등잔을 높이 들자 조금 전에 그의 심장을 멎을 듯하게 만든 등장인물의 모습이 비쳤다.

아델라 데 오테로는 검은 드레스 앞쪽으로 두 손을 가지런히 모은 채 여전히 현관문 앞에 꼼짝 않고 서 있었다. 검은 리본이 둘러진 짙은 색 밀짚모자를 쓰고 있었고, 머리카락은 여전히 목덜미 부근에서 묶여 있었다. 그녀는 왠지 겁먹은 듯도 하고 불안해 보이기도 했다. 마치 밤늦은 시간에 귀가해 부모님께 잘못을 비는 어린 소녀 같은 모습이었다.

「설명드릴게요, 선생님.」

하이메 아스타를로아는 침을 한 번 꿀꺽 삼키고는 등잔을 탁자 위에 내려놓았다. 그의 머릿속으로 시체 보관실의 대리석 테이블 위에 놓여 있던, 얼굴이 심하게 훼손된 여자의 영상이 스쳐 지나갔다. 그리고 아델라 데 오테로가 무슨 말을 어떻게 할지 모르지만 웬만한 설명으로는 부족할 것이라는 생각도 들었다.

「혼자 왔어요, 돈 하이메. 제 이야기 들어 주실 거죠?」

하이메 아스타를로아가 혼자서 나지막이 욕지기를 내뱉으며 대답했다.「들어 봅시다.」

그녀가 조금 앞으로 다가왔다. 탁자 위에 놓인 등잔 불빛에 그녀의 턱과 입, 그리고 입가의 작은 흉터가 드러났다.

「이야기가 아주 길어요······.」

「죽은 여자는 누굽니까?」

침묵이 이어졌다. 그녀의 입과 턱이 불빛의 반경에서 벗어났다.

「조금만 기다려 보세요, 돈 하이메. 차례대로 말씀드릴게요.」그녀가 낮지만 달콤한 목소리로 대답했다. 그녀의 목소리는 여전히 약간 허스키한 음색을 띠었고, 그 음성은 하이메 아스타를로아의 가슴에 수많은 감상을 되살리고 있었다.
「시간은 얼마든지 있으니까요.」

하이메 아스타를로아가 침을 삼켰다. 잠시 눈을 감았다 뜨기라도 하면, 꿈에서 깨어나면서 아델라 데 오테로가 사라져 버릴지도 모른다는 생각에 두려웠다. 마치 처음부터 그곳에 있지도 않았던 것처럼.

그녀의 손이 불빛 아래서 천천히 움직였다. 마치 아무것도 감출 것이 없다는 듯 손가락을 쭉 펴고 있었다.

「돈 하이메, 이제부터 제가 말씀드리려는 것을 당신이 제대로 이해하게 하자면, 아주 오래전으로 거슬러 올라가야 할 것 같네요. 대략 10여 년 전으로요.」 마치 머나먼 곳에서 들려오는 소리처럼 그녀의 목소리에는 아무런 느낌도 실려 있지 않았다. 하이메 아스타를로아는 그녀의 눈을 볼 수 없었지만 저 멀리 무한으로 이어지는 어느 점을 바라보고 있을 것이라 생각했다. 아니, 어쩌면, 이건 훨씬 뒤에 든 생각이지만, 그녀가 하는 이야기가 돈 하이메의 가슴속에 불러일으킨 감상을 그의 얼굴을 통해 살피고 있었는지도 모르겠다.

「그 시절, 한 소녀가 아름다운 사랑을 하고 있었지요. 그 사랑이 영원하리라 믿으면서요……」

그녀는 자신의 표현이 야기한 효과를 평가라도 하듯이 잠시 침묵했다.

「영원한 사랑이……」 그녀가 다시 한 번 되뇌었다. 「하지만, 당신이 언짢아하실지 모르니 세세한 이야기는 하지 않겠어요. 어쨌든 그 아름다운 사랑은 그로부터 불과 여섯 달 뒤, 이국땅에서 맞이한 어느 겨울날 오후, 물안개가 피어오르던 강어귀에서 끝나 버리고 말았지요. 남은 것은 눈물과 절대적인 고독감뿐이었어요. 그 잿빛 강물은 소녀를 미치도록 만들었답니다. 이해하시겠어요? 어찌나 미칠 듯이 소녀를 사로잡았던지, 소녀는 그 강물 속에서 시인들이 소위 달콤한 망각의 평화라고 부르곤 하는 그것을 시도하려고도 생각했지요……. 당신 생각도 그렇겠지만, 제 이야기의 첫 부분은 이렇게 삼류 소설 같은, 너무나 세속적인 연애 소설 나부랭이 같은 것이랍니다.」

아델라 데 오테로는 콘트랄토로 아주 낮게 웃었다. 즐거움과는 전혀 상관없는 그런 웃음이었다. 하이메 아스타를로아는 손가락 하나 까딱하지 않고 말없이 그녀의 이야기를 듣고 있었다.

「바로 그때 새로운 사건이 일어난 거예요.」 그녀가 말했다. 「그 소녀가 안개의 벽을 막 넘어서려는 순간, 그녀의 인생에 또 다른 남자가 등장한 거예요…….」

그녀가 다시 말을 멈추었다. 그 순간 그녀의 목소리가 거의 감지하기 어려울 정도이기는 했지만 부드러워지고 있었다. 그때가 그녀가 이야기를 마칠 때까지 처음이자 마지막으로 음성에 부드러움을 담아냈던 유일한 순간이었다.

「그 남자는 아무런 대가도 요구하지 않고, 오로지 자비로운 마음으로 잿빛 강가에서 모든 것을 상실해 버린 소녀를 어루만져 주고 상처를 치료해 주었으며 그녀에게 웃음을 되찾아 주었답니다. 그 남자는 소녀가 한 번도 경험해 보지 못했던 아버지의 따사로움을 알게 해주었고, 한 번도 가져 보지 못했던 오빠의 자애로움을 느끼게 해주었으며, 결코 가져 보지 못할 남편의 사랑을 느끼게 해주었답니다. 그러면서도 끝까지 숭고함을 잃지 않았고, 단 한 번도 자신이 베풀어 준 은혜에 상응하는 대가를 요구하지 않았지요……. 제 말 무슨 뜻인지 아시겠지요, 돈 하이메?」

하이메 아스타를로아는 여전히 그녀의 눈을 볼 수 없었지만, 아델라 데 오테로가 지금 자신의 두 눈을 쳐다보고 있으리라는 걸 알 수 있었다.

「조금은 알 것 같습니다.」

「다 알기는 무리겠지요.」 그녀가 너무 작은 소리로 말했기 때문에 그녀의 말을 겨우 알아들을 수 있었다. 그리고 오랜 침묵이 이어졌다. 하이메 아스타를로아는 이러다가는 아델라 데 오테로가 이야기를 중단해 버리는 게 아닐까 걱정이 되기 시작했다. 하지만 잠시 후, 그녀가 다시 이야기를 시작했다.「2년 동안에 걸쳐, 그분은 저를 흐르는 강물을 쳐다보며 두려움에 떨고 있던 예전의 소녀에서 완전히 다른 새로운 여인으로 탈바꿈시켜 주셨어요. 그리고 여전히 아무런 대가를 요구하지 않으셨고요.」

「매우 이타적인 분이셨나 봅니다.」

「아니요, 돈 하이메. 아마도 그건 아닐 겁니다.」 그녀가 마치 질문에 대해 답변을 곰곰이 생각하는 사람처럼 잠시 말을 멈추었다.

「단순히 그런 것은 아니었다고 봐요. 그분의 행동이 전혀 이기적이 아니었다고는 할 수 없겠지요……. 왜냐하면, 아마도 그분 역시 나름대로 저를 만들어 가면서 만족감을 느끼셨을 것이고, 소유권을 마구 휘두르지는 않았지만 늘 제자리에 있는 일종의 소유물을 바라보는 긍지를 느끼셨을 수도 있으니까요.〈너는 내가 창조해 낸 것 가운데 가장 훌륭한 작품이란다〉라고 언젠가 한번 말씀하시더군요. 아마 그 말이 맞을 거예요. 그분은 저라는 작품을 만들어 내기 위해 노력과 돈과 인내심을 아낌없이 투자하셨으니까요. 예쁜 옷도 얼마든지 사주셨고, 발레 교습도 시켜 주셨고, 승마도, 음악 교육도…… 검술까지 무엇 하나 빠짐없이 해주셨지요. 그래요, 돈 하이메. 그 처녀는 어떤 운을 타고났는지는 모르지만 천부적으로 검술에 자질이 있었어요……. 그러던 어느 날, 그분은 일 관계로 귀국해야 할 처지가 되셨지요. 그분은 처녀의 어깨에 두 손을 얹더니 거울 앞으로 데려가서는 거울 속의 자기 모습을 한동안 들여다보게 하시더군요. 〈너는 아름답단다. 그리고 이제 자유야.〉 그분이 말씀하셨어요. 〈네 모습을 잘 보거라. 이 모습 그 자체가 내게는 보답이란다.〉 그분은 유부남이셨고, 가족이 있었으며, 감당해야 할 의무가 있으셨어요. 하지만 그럼에도 자신의 작품을 지속적으로 보살필 마음의 준비도 되어 있으셨습니다. 그래서 귀국하시기 전에 선물로 편안히 살아갈 수 있는 집을 하나 마련해 주시더군요. 그리고 몸은 먼 곳에 떨어져 있었지만, 여전히 빈틈없이 저를 주시하면서 그 무엇도 부족함 없이 살 수 있도록 배려해 주셨지요. 그렇게 7년의 세월이 흘렀답니다.」

그녀가 다시 입을 다물었다가 잠시 후 나지막한 목소리로 〈7년이요〉라고 되뇌었다. 그 말을 하면서 그녀가 조금 몸을 움직거리는 바람에 그녀의 보랏빛 눈동자가 잠시 불빛 속으로 들어왔다. 그녀의 눈동자 속에 흔들리는 등잔 불빛이 반사되었다. 입가의 흉터는 언제나처럼 수수께끼 같은 미소를 만들어 내고 있었다.

「돈 하이메, 이젠 그분이 누구신지 아실 겁니다.」

하이메 아스타를로아는 깜짝 놀라, 하마터면 큰 소리로 아니라고 말할 뻔했다. 하지만 왠지 모를 기묘한 분위기에 그는 입을 다물어 버렸다. 까딱하면 둘 사이의 신뢰가 단절될지도 모른다는 생각이 들었던 것이다. 그녀가 침묵의 의미를 파악하려는 듯 그를 쳐다보았다.
「그분과 이별하는 날…….」 그녀가 순간적으로 말을 이었다. 「처녀는 그간 큰 은혜를 베풀어 주셨던 그분께 그저 큰 빛을 졌다는 마음을 이렇게 말 한마디로 표현할 수밖에 없었지요. 〈언젠가 제 도움이 필요하시면 꼭 불러 주세요. 지옥 끝까지라도 갈 수 있으니까요…….〉 선생님, 만일 선생님께서도 그 처녀의 성품을 알 기회가 있으셨다면, 아마도 그녀의 입에서 그런 말이 나오는 건 너무도 당연하다고 생각하셨을 거예요.」
「놀라지는 않았을 것 같네요.」 돈 하이메가 인정했다. 그녀는 입가의 미소가 깊어지면서 마치 일장 연설이라도 듣고 있는 사람처럼 몇 차례 가볍게 고개를 끄덕였다. 하이메 아스타를로아는 대리석처럼 차가워진 이마에 한 손을 갖다 댔다. 퍼즐 조각들이 천천히, 아주 고통스럽게 제자리를 찾아가고 있었다.
「그리고 마침내…….」 하이메 아스타를로아가 말했다. 「지옥 끝까지 가야 할 날이 찾아온 것이로군요.」
아델라 데 오테로가 돈 하이메의 정확한 지적에 놀란 눈으로 그를 쳐다보았다. 그리고 두 손을 들어 올리더니, 아주 천천히 앞으로 모아 소리 없이 박수를 보내는 시늉을 했다.
「정말 대단한 판단력이세요, 돈 하이메. 아주 훌륭하시네요.」
「당신이 한 말을 되풀이했을 뿐입니다.」
「어쨌거나 아주 훌륭하세요.」 그녀의 목소리에 빈정거림이 묻어났다. 「지옥 끝까지 내려가라……. 그것이 그분의 부탁이었지요.」
「당신이 진 빛이 그토록 무거운 것이었습니까?」
「큰 빛이었다고 말씀드렸잖아요.」

「이번 일을 거절할 수 없을 만큼요?」

「네. 저는 그분으로부터 받을 수 있는 모든 것을 다 받았습니다. 더 중요한 것은, 그분의 존재 그 자체만으로도 저는 모든 걸 다 가질 수 있었다는 거예요. 제가 그분을 위해 무슨 일을 한들 그분이 제게 해주신 것에 비교할 수 있겠습니까만……. 조금 더 이야기를 하자면…… 지금 우리가 이야기하고 있는 그분은 사회적으로 요직을 차지하고 계신 분이셨습니다. 그러다 보니 아주 자연스럽게 일종의 정치 게임에 얽혀 들게 되셨고요. 아주 위험천만한 게임이었지요, 돈 하이메. 그분의 이재와 관련된 부분이 어쩌다가 프림과 얽히게 되었고, 그러다 보니 프림이 선동한 몇몇 봉기 가운데 하나를 재정적으로 지원하는 실수를 저지르셨지요. 문제는 그 봉기가 완전히 실패하게 되었고, 설상가상으로 그 배후가 모조리 드러나게 되었다는 겁니다. 그건 그분에게는 유배나 파멸을 의미하는 것이었지요. 하지만 그분이 워낙 사회적으로 명망 있으신 분인 데다 몇 가지 추가적인 요소들 덕분에 구명을 할 수 있었습니다.」 아델라 데 오테로는 이 부분에서 잠시 말을 멈추었다. 그리고 다시 입을 열었을 때에는 목소리에서 다소 금속성이 느껴질 만큼 훨씬 더 냉랭하고 감정이 배제되어 있었다. 「그래서 나르바에스와 손을 잡기로 하셨지요.」

「프림이 배신한 사실을 알고 어떤 조치를 취하던가요?」

그녀가 심각한 얼굴로 아랫입술을 자근자근 씹으면서 적당한 어휘를 찾아내고 있었다.

「배신이라고요……? 하긴, 그렇게 부를 수도 있겠군요.」 그녀가 마치 그와 비밀이라도 공유한 어린 소녀처럼 악의가 깃든 눈빛으로 그를 바라보며 말했다. 「프림은 끝내 그걸 몰랐어요. 몰랐을 겁니다. 지금도 여전히 모르고 있고요.」

이제 하이메 아스타를로아의 머릿속은 온통 뒤죽박죽이 되어 버리고 말았다.

「그렇다면, 당신은 자기편을 배신하려 든 그 남자를 위해 이 모든 일을 저질렀다는 겁니까?」

「당신은 제 말을 하나도 이해하지 못하셨군요.」 아델라 데 오테로의 보랏빛 눈동자에 경멸이 가득했다. 「하나도 이해하지 못했어요. 당신은 아직도 선과 악, 정의와 불의를 믿나 보지요……? 프림 장군이고 또 다른 누구고, 그런 사람들이 제게 무슨 상관이란 말이에요? 저는 단지 제가 큰 빚을 지고 있던 그분에 대해 들려주기 위해 이 밤중에 여기까지 찾아왔어요. 당신은 늘 제게 잘해 주시고 충실하셨나요? 혹시 저를 배신하지는 않으셨나요……? 제발 그 위선적인 배려나마 버리지 말아 주세요. 당신이 무슨 판단을 내릴 수 있겠어요?」

하이메 아스타를로아는 천천히 숨을 내뱉었다. 그는 몹시 고단했고, 당장이라도 침대 위로 쓰러져 누워 버리고 싶었다. 너무나도 잠이 자고 싶었다. 모든 것을 떨쳐 버리고, 그저 아침 동이 트면 사라지는 악몽에 불과했다고 치부해 버리고 싶었다. 이젠 그녀의 이야기를 더 듣고 싶은지 아닌지조차 판단할 수 없을 지경이었다.

「혹시 발각되면 어쩌려고 그럽니까?」 그가 물었다.

아델라 데 오테로가 상관없다는 몸짓을 했다.

「결코 발각되지 않을 거예요.」 그녀가 대답했다. 「그 일을 알고 있는 사람은 위원회 위원장, 그리고 그와 직접 연락을 주고받았던 행정부 장관 단둘뿐이었으니까요. 다행히 두 분 다 돌아가셨지요……. 자연사로요. 이제 마치 아무 일도 없었던 것처럼 프림과 접촉을 하더라도 문제를 일으킬 장애물은 하나도 없는 셈이었지요. 이론상으로는 귀찮은 목격자들이 하나도 남지 않았으니까요.」

「마침, 요즘은 프림 일파가 승승장구하고 있으니……」

그녀가 미소 지었다.

「그래요. 승승장구하고 있어요. 그리고 그분이야말로 프림에게 자금을 대준 사람들 중의 하나이고요. 앞으로 그로 인해 생길 이익을 한번 상상이라도 해보세요.」

하이메 아스타를로아는 두 눈을 휘둥그레 뜨고는 멍한 표정으로 고개만 끄덕였다. 이제 모든 것이 명백하게 밝혀지고 있었다.

「그런데 느닷없이 돌발 변수가 생겼나 보지요.」 그가 말했다.

「맞아요.」 그녀가 대답했다. 「루이스 데 아얄라가 바로 그 돌발 변수였어요. 잠시 공직 생활을 하는 동안에 저의 그분과 막역하게 지내시던 전 행정부 장관 바예스핀이 그의 외삼촌이었기 때문에 곁에서 요직을 맡고 있었지요. 바예스핀이 사망하면서, 아얄라가 우연히 외삼촌의 개인 서류를 손에 넣게 되었는데, 그 속에서 이 이야기의 상당 부분이 담겨 있는 문서들을 발견하게 된 거예요.」

「난 후작님이 그걸로 도대체 무슨 이익을 얻을 수 있었는지 알다가도 모르겠습니다……. 그분은 정치와는 담을 쌓고 산다고 늘 말씀하셨는데 말이에요.」

아델라 데 오테로의 눈썹 끝이 치켜져 올라갔다. 돈 하이메의 말이 참으로 재미있다는 표정이었다.

「아얄라는 파산 상태였어요. 빚은 늘어만 갔고, 대부분의 재산도 이미 저당 잡힌 상태였지요. 노름과 여자……」 여자라는 말을 하는 아델라 데 오테로의 목소리에 무한한 경멸이 서려 있었다. 「이 두 가지가 그에게는 치명적인 약점이었고, 또 이 둘 다가 많은 돈을 필요로 하는 것들이었지요.」

하이메 아스타를로아는 그녀의 말이 좀 지나치다는 생각이 들었다.

「지금 후작께서 공갈 협박이라도 하셨다고 암시하고 있는 겁니까?」

그녀가 비웃음을 터뜨리고 있었다.

「암시가 아니라, 정말 그랬어요. 루이스 데 아얄라는 그 서류를 공개하겠다고 협박했어요. 심지어 그 서류를 직접 프림 앞으로 보내겠다고도 했지요. 자신이 그간 잃은 전 재산, 아니 그보다 조금 못한 것까지는 봐주겠다면서, 그 재산을 원상으로 회복시킬 만큼의 돈을 대주지 않는다면 말이에요. 우리의 후작님께서는 자신의 침묵을 상당히 고가로 팔아넘기려고 하시더군요.」

「그럴 리가 없어요.」

「믿으시든지 말든지 마음대로 하세요. 어쨌든, 아얄라 후작의 요구는 상황을 매우 미묘하게 변화시켰어요. 저의 그분은 다른 선택의 여지가 없었지요. 모든 위험 요소를 제거하기 위해 후작의 입을 닫게 만들고, 문제의 서류를 회수해야만 했어요. 하지만 아얄라는 제법 신중한 사람이더군요……」

하이메 아스타를로아는 두 손으로 탁자 모서리를 붙잡은 채 고개를 푹 떨구고 있었다.

「신중한 분이셨지요.」 그가 흐릿한 목소리로 중얼거렸다. 「하지만, 여자를 너무 좋아했어요.」

아델라 데 오테로가 관대한 미소를 보내며 말했다. 「검술도 좋아했고요, 돈 하이메. 그 덕분에 당신과 제가 만난 것이기도 하잖아요.」

「하느님, 맙소사!」

「너무 자책하지 마세요. 당신은 아무것도 몰랐으니까요……」

「맙소사!」

그녀가 한 손을 내밀어 그의 팔을 잡으려 했다. 하지만 중간에 손을 멈추고 말았다. 하이메 아스타를로아가 마치 뱀이라도 스멀스멀 기어온다는 듯이 몸을 뒤로 피해 버렸기 때문이었다.

「그래서 제가 이탈리아에서 온 거예요.」 그녀가 다시 말했다. 「그리고 당신을 이용해 아무런 의심도 사지 않고 그에게 접근했지요. 하지만, 그때만 해도 문제가 이렇게 복잡해지리라고는 생각지 않았어요. 아얄라가 서류를 당신에게 맡겨 놓았을 것이라고는 상상조차 하지 못했으니까요.」

「결국 그는 공연히 개죽음을 당한 거로군요.」

그녀가 정말 놀랍다는 듯 그를 쳐다보았다.

「공연한 개죽음요? 천만에요. 어차피 그는 죽어야 할 운명이었어요. 서류를 가지고 있든, 그렇지 않든 말이에요. 그자는 너무 위험스럽고, 너무 영악했거든요. 최근에는 저에 대해서도 의심하기 시작하고는, 대하는 태도가 달라지더라고요. 결국, 골칫거리는 없애 버리는 게 상책이지요.」

「당신이 직접 했습니까?」

여자의 시선이 날카로운 칼끝처럼 그에게 쏠렸다.

「물론이지요.」 그녀의 목소리가 어찌나 무감각하고 차분했던지 돈 하이메는 오싹 소름이 끼쳤다. 「아니면 다른 방법이 있나요? 사안이 급하고 시간은 촉박했는데……. 그날 밤에도 다른 때처럼 거실에서 식사를 했지요. 아주 친근한 분위기 속에서요. 아얄라 그 사람, 그날따라 지나칠 만큼 상냥하더군요. 아마도 제 뒤를 추적하고 있는 게 분명했어요. 하지만 저는 별로 걱정할 필요가 없었지요. 어차피 우리가 만나는 것도 그것이 마지막이라는 걸 알고 있었으니까요. 우리는 둘 다 속으로는 다른 생각을 하면서도 겉으로는 유쾌한 듯 샴페인을 터뜨렸지요. 그는 그날따라 정말 멋져 보이더군요. 멋진 구레나룻, 남성다운 용모, 새하얗고 고른 치열, 그리고 늘 웃음 띤 얼굴까지. 심지어 그런 운명을 점지해 주신 하느님이 야속하다는 생각까지 들더라고요.」

그녀는 마치 모든 일이 운명의 탓이라는 듯 어깨를 으쓱거렸다.

「그전에도 그에게서 비밀을 캐내기 위해 여러 차례 시도해 보았지만……」 그녀가 잠시 후 말을 이어 나갔다. 「다 소용이 없었어요. 공연히 의심만 사게 되었고요. 뭐 그래 봤자 결국은 마찬가지였겠지만 말이에요. 그래서 더 빙빙 돌릴 필요 없이 직접 부딪치기로 했지요. 저는 그에게 원하는 바를 그대로 말했어요. 서류를 내주면 충분한 대가를 지불하겠다는 제안을 한 거지요.」

「그런데 후작이 거절했군요.」 그가 말했다.

「맞아요. 사실, 저의 제안도 결국 시간을 끌기 위한 수단에 불과했지만, 아얄라 역시 제 의도를 간파하고 있더군요. 그는 제 면전에 대고 웃음을 터뜨렸어요. 그러면서 서류는 안전한 곳에 따로 보관해 두었다고 하더군요. 따라서 저의 그분은 그 서류가 프림의 손에 들어가지 않게 하려면 평생 대가를 치르며 살아가야 할 거라고도 하고요. 그리고 저더러는 창녀라고 하더군요.」

아델라 데 오테로가 입을 다물어 버렸다. 그녀의 마지막 한마디가 허공 속을 떠돌아다니는 듯했다. 그녀는 〈창녀〉라는 단어를 아무런 회한 없이, 마치 남의 일인 양 그렇게 발음했다. 하이메 아스타를로아는 그날 밤, 후작의 성에서 그녀가 취한 태도 역시 지금과 마찬가지였을 거라고 생각했다.

흥분하지도, 신경질적인 반응을 보이지도 않은 채, 철저히 계산된 대로 상대방의 열정에 불을 지피고 있었을 것이다. 검술 공격에서 보여 주던 날렵하고 냉정한 자세로.

「후작이 그런 말을 했다고 해서 죽였을 리는 없을 것 같은데⋯⋯.」

그녀는 돈 하이메의 말이 그대로 정곡을 찔러 놀랐다는 표정으로 그를 쳐다보았다.

「당신 말이 맞아요. 그 말 때문에 죽인 건 아니에요. 다만, 그는 이미 죽어야 하는 것으로 정해져 있었기 때문에 죽였을 뿐이에요. 저는 검술 연습실로 가서 말없이 끝이 뾰족한 진검 플뢰레를 하나 집어 들었지요. 그는 제가 장난을 치고 있다고 생각했던 것 같더군요. 그래서인지 제가 뭘 어떻게 하는지 두고 보겠다는 듯 팔짱을 낀 채 서 있더라고요. 〈루이스, 당신을 죽이겠어요.〉 제가 차분하게 말했지요. 〈방어하는 게 좋을걸요⋯⋯.〉 그는 마치 재미난 게임 제안을 받아들인 사람처럼 너털웃음을 한 번 터뜨리더니 다른 진검 플뢰레를 하나 집어 들더군요. 아마도 게임이 끝나고 나면 저를 침실로 데려가서 사랑을 나눌 생각이었겠지요. 그는 하얀 이를 드러내며 예의 그 시니컬한 미소를 지으며 제 쪽으로 다가왔습니다. 잘생긴 얼굴, 멋진 몸매, 걷어붙인 셔츠⋯⋯. 그와 저의 칼날이 부딪칠 때면 그는 왼손 끝으로 제게 장난스러운 입맞춤을 보내더군요. 순간 저는 그의 눈을 쳐다보았고, 칼을 들어 아무런 예비 동작 없이 그대로 그의 목을 찔렀습니다. 짧게 찌르고 다시 빼기. 제아무리 날랜 검술가라도 어찌하지 못했을 거예요. 아얄라 역시 마찬가지였지요. 그가 당혹스럽기 그지없다는 눈으로 저를 쳐다보더니 바닥으로 나동그라지더군요. 즉사했지요.」

아델라 데 오테로는 도전적인 시선으로 돈 하이메를 노려보았다. 마치 못된 장난 한 번 친 것 정도 외에는 아무것도 아니라는 듯한 뻔뻔스러운 표정이었다. 하이메 아스타를로 아는 그녀의 얼굴에 나타난 표정을 들여다보면서 너무나도 황당해 도저히 그녀의 얼굴에서 눈을 뗄 수 없었다. 그녀의 얼굴에는 증오심도, 회한도, 한 조각의 열정도 들어 있지 않았다. 그저 한 가지 이념, 단 한 사람에 대한 맹목적인 충성만이 담겨 있을 뿐이었다. 그녀의 놀랄 만한 아름다움 속에는 최면에 걸린 듯한, 사람을 전율케 만드는 무엇이 감추어져 있었다. 마치 죽음의 사자가 그녀의 몸을 통해 환생한 것이 아닌가 하는 생각이 들 정도였다. 그의 생각을 짐작하기라도 했는지, 그녀가 조금 뒤로 물러나 등잔 불빛의 사정거리 밖으로 얼굴을 감추었다.

「그를 처치한 후 온 집 안을 샅샅이 뒤져 보았어요. 큰 기대를 가지고 있지는 않았지만요.」

어둠 속에서 이번에는 얼굴 없는 그녀의 목소리만이 들려왔다. 하이메 아스타를로아는 그녀의 목소리와 얼굴 중 어느 것에 더 큰 불안감이 담겨 있는지 판단할 수가 없었다.

「거의 동이 틀 무렵까지 찾아보았지만, 아무것도 찾을 수가 없더군요. 하지만, 어쨌거나, 폭동은 이미 카디스에서까지 발발하고 있었고, 이러나저러나 아얄라는 죽을 수밖에 없었어요. 서류를 되찾든 못 찾든 상관없이 말이지요. 다른 해결 방안이 없었어요. 저는 재빨리 그곳을 떠났지요. 그가 그토록 꼭꼭 숨겨 놓았다면, 그래서 제가 찾아내지 못한 거라면, 어차피 다른 누구라도 찾아내지 못할 거라 생각하면서요……. 일단 제가 처리할 수 있는 일은 다 했기 때문에 그곳을 나왔고, 이제 다음에 해야 할 일은 아무런 흔적도 남기지 않고 마드리드에서 사라져 버리는 것이었지요. 예전의……」 이 부분에서 그녀는 적합한 표현을 찾는 것 같았다. 「예전의 어둠 속으로 되돌아가야 했어요. 아델라 데 오테로는 무대에서 완전히 사라지는 거지요. 그것 역시 이미 예정되어 있었던 것이기도 하고요……」

하이메 아스타를로아는 더 이상 서 있을 기운이 없었다. 두 다리의 힘이 쭉 빠지고, 심장의 맥도 힘없이 수그러드는 것 같았다. 그는 천천히 의자에 주저앉았다. 마치 그대로 죽을 것만 같았다. 다시 그가 입을 열었을 때에는, 너무나도 잔혹한 대답을 예견해서인지 거의 속삭임에 가깝게 두려움에 떠는 목소리만이 울려 퍼졌다.

「그럼, 루시아는…… 그 하녀는……?」 하이메 아스타를로아가 침을 삼키고는 고개를 들어 자기 앞에 서 있는 여인의 어두운 실루엣을 바라보았다. 「당신과 키도 비슷하고…… 대충 나이도 비슷한 것 같고, 머리카락 색깔도 같았지요…… 도대체 루시아는 어떻게 된 거요?」

이번에는 침묵이 길었다. 마침내, 아무런 감정도 섞이지 않은, 그 어떤 회한의 그림자조차 묻어나지 않는 아델라 데 오테로의 목소리가 들려왔다.

「당신은 이해하지 못할 거예요, 돈 하이메.」

하이메 아스타를로아가 한 손을 들어 올리더니 손가락으로 그녀를 가리켰다. 그의 손목이 부들부들 떨리고 있었다. 그럴 수밖에 없었다.

「아니, 당신이 잘못 안 거요.」 하이메 아스타를로아는 자신의 목소리에 증오심이 묻어나고 있음을 깨달았다. 아마도 아델라 데 오테로 역시 그런 사실을 감지하고 있을 터였다. 「난 완벽하게 이해하고 있소. 너무 늦었지만 말이오. 하지만,

확실히 이해하고 있다 이거요. 당신네들이 용의주도하게 그녀를 선택한 것이지요. 그렇지 않소? 외모가 최대한 비슷한 아가씨로…… 심지어 그런 소소한 부분까지도 처음부터 완벽하게 각본이 짜여져 있었던 것 아니오?」

「우리가 당신을 너무 과소평가했나 보군요.」 그녀의 목소리에도 분노가 묻어나고 있었다. 「아주 날카로우신걸요.」

「그녀도 당신 손으로 해치웠소?」 그가 경멸이 가득한 목소리로 말꼬리를 삼키며 물었다.

「아니요. 이 일에 대해서는 아무것도 모르는 전문 킬러들을 고용했어요……. 둘이었지요. 지난번 당신이 친구 집에서 맞닥뜨린 그 사람들이에요.」

「나쁜 자식들!」

「그자들이 월권을 저지른 것 같아요.」

「아니요. 내 생각에 그 자식들은 당신과 당신의 그 한 패거리가 시킨 대로만 했을 거요.」

「뭐, 마음대로 생각하세요. 그렇게 생각하시는 게 마음이 더 편하시다면요. 어쨌든, 그 아이, 숨이 끊어진 다음에 얼굴을 그렇게…… 만들었다니까, 고통스럽지는 않았을 거예요.」

하이메 아스타를로아는 자신의 귀를 도저히 믿을 수 없다는 듯 입을 떡 벌리고 그녀의 말을 듣고 있었다.

「대단히 인정이 많으신 분이로군, 아델라 데 오테로……. 이게 당신의 본명인지 아닌지는 모르겠지만, 하여간 정말 인정도 많아. 그 가엾은 아가씨가 고통스럽지는 않았을 거라고요? 여성으로서의 감성이 정말 대단하시군그래.」

「특유의 유머 감각을 되찾으신 걸 보니 다행이에요, 선생님.」

「나를 선생이라 부르지 마시오. 나 역시 당신을 〈부인〉이라 부르지 않을 테니까.」

이번에는 그녀가 깔깔대며 웃음을 터뜨렸다.

「투슈! 돈 하이메! 잘하셨어요, 미스터 아스타를로아. 어때요? 좀 더 듣고 싶으세요? 아니면 이제 다 알았으니 이쯤에서 그칠까요?」

「불쌍한 카르셀레스 건은 어찌 알게 되었는지 좀 들어 봅시다.」

「아주 간단해요. 우리는 서류 건은 잊어버리기로 했어요. 물론, 당신일 거라고는 생각지도 않았고요. 그런데, 갑자기 당신 친구가 우리 집을 찾아온 거예요. 중요한 일로 급히 이야기를 좀 나누었으면 좋겠다면서요. 들어오라 해놓고 보니 할 말이 있다고 하더군요. 무슨 문서를 가지고 있는데, 그 이해 당사자가 대단한 재산가임을 알고 있으니, 그 서류를 돌려주고 자신이 입을 봉하는 대가로 어마어마한 돈을 내놓으라는 것이었어요…….」

하이메 아스타를로아가 이마에 손을 얹었다. 억장이 와르르 무너져 내리는 것 같았다.

「카르셀레스마저도!」 그의 목소리는 거의 절규에 가까웠다.

「왜 아니겠어요?」 그녀가 말했다. 「그자는 탐욕스럽고 천박한 인간이에요. 다른 사람들과 마찬가지로요. 그러니, 그 서류들로 구질구질한 현실에서 벗어나고 싶었겠지요.」

「그는 정직한 사람 같았소.」 돈 하이메가 소리쳤다. 「얼마나 급진주의자였는지 몰라요…… 강경파이기도 했고…… 난 그를 믿었소.」

「당신 나이의 사람들은 사람을 너무 잘 믿어 버리는 게 탈이에요.」

「맞아요. 그래서 당신도 믿어 버렸지.」

「아하……!」 그녀는 화가 치민 듯했다. 「지금 그렇게 빈정거려 봐야 무슨 소용이 있겠어요? 이야기 그만할까요?」

「아니요, 계속해 보시오.」

「카르셀레스를 좋게 달래어 일단 돌려보냈지요. 그리고 한 시간 후에, 우리쪽 두 남자가 그의 집으로 찾아갔습니다. 물론…… 충분히 설득된 당신의 친구가 알고 있던 모든 걸 다 털어놓았더군요. 당신의 이름까지 말이에요. 바로 그때 당신이 온 거예요. 당신이 우리를 얼마나 당혹스럽게 만들었는지 알아요? 저는 바깥쪽 마차 속에서 대기하고 있었는데, 그들이 마치 귀신이라도 본 사람들처럼 허겁지겁 도망쳐 오더군요. 정말이지 상황이 이렇게 다급하지만 않았더라도 너무나 재미있다는 생각을 했을 거예요. 당신, 젊은 나이도 아닌데 정말 대단하더군요. 한 사람은 코뼈가 부서져 버렸고, 다른 사람은 팔과 허벅다리를 찔렸더라고요. 그들 말이, 당신이 마치 루시퍼라도 된 듯 동에 번쩍 서에 번쩍 했다더군요.」

아델라 데 오테로는 잠시 입을 다물었다가 놀랍다는 듯이 덧붙였다.

「이번에는 제가 하나 물을게요. 왜 그 카르셀레스라는 작자를 개입시킨 거죠?」

「개입시킨 게 아니오. 내 의사와는 전혀 상관없는 일이었으니까. 내가 그 서류들을 한번 훑어보았지만, 도무지 뭐가 뭔지 이해할 수 없었소.」

「지금 장난하시는 거예요?」 그녀가 정말로 깜짝 놀라며 물었다. 「서류를 읽어 보았다고 했잖아요?」

하이메 아스타를로아가 혼란스럽다는 표정으로 고개를 끄덕였다.

「그랬소. 하지만, 도무지 이해할 수가 없었소. 사람들 이름도 줄줄이 나오고, 편지며, 기타 등등 온갖 서류가 있었지만, 도무지 그 속에 담긴 의미가 뭔지 모르겠더라 이거요. 워낙 그쪽에는 관심이 없었으니까. 읽으면서, 누가 다른 누군가의 꼬투리를 잡았고, 그것이 정치와 깊은 관련이 있으리라는 것 정도만 감을 잡았을 뿐이었고. 그래서 꼬투리를 잡힌 그 사람이 누구인지를 알아보기 위해 카르셀레스를 불러들인 것이오. 그라면, 이쪽 방면으로 훤하기 때문에 뭔가 알아낼 수 있을 거라고 생각했기 때문이었소.」

아델라 데 오테로가 한 걸음 앞으로 다가섰다. 등잔 불빛이 다시 그녀의 얼굴을 밝게 비추었다. 그녀의 양미간에 걱정스러운 듯한 작은 주름이 잡혔다.

「아니, 지금 뭔가 서로 오해가 있는 것 같네요, 돈 하이메. 그러니까 당신은 저의 그분 이름을 모른다는 거예요……? 제가 지금까지 한참 동안 이야기했던 그분이 누구인지 모른다는 말이냐고요?」

하이메 아스타를로아가 어깨를 으쓱거렸다. 그의 맑은 잿빛 눈동자는 검열이라도 하는 듯한 그녀의 시선 앞에서도 아무런 흔들림이 없었다.

「모르오.」

아델라 데 오테로가 고개를 살짝 갸우뚱거리며 말이 안 된다는 눈빛으로 그를 쳐다보았다. 그녀의 머리가 빠른 속도로 회전하고 있었다.

「하지만, 당신이 서류를 봉투에서 꺼냈다면, 분명 그 편지를 읽었을 텐데…….」

「편지?」

「바예스핀이 나르바에스에게 보낸 가장 핵심적인 편지예요. 거기에 바로 그분의…… 그분의 이름이 써 있어요. 경찰에 넘겨준 건 아니겠지요? 아직 가지고 있나요?」

「도대체 무슨 귀신 씻나락 까먹는 소린지 난 도무지 모르겠소. 도대체 무슨 편지가 있다는 건지…….」

이번에는 아델라 데 오테로가 돈 하이메 앞으로 바싹 다가와 앉았다. 매우 긴장된 걱정스러운 표정이었다. 입가의 흉터에도 더 이상 미소가 묻어나지 않았고, 오히려 매우 당혹스러운 주름으로 변해 버린 듯했다. 돈 하이메가 그녀의 이런 모습을 보는 것은 처음이었다.

「이봐요, 돈 하이메. 날 좀 봐요……. 제가 오늘 밤 여기에 온 건 뚜렷한 목적이 있어서예요. 루이스 데 아얄라의 서류 가운데는 행정부 장관이 쓴 편지가 한 통 있었어요. 그 편지 속에는 프림의 음모에 대한 정보를 넘겨주는 첩자의 개인 신상 정보가 적혀 있었고요……. 루이스 데 아얄라가 저의 그분을 찾아와 협박을 했을 당시 그 편지의 사본을 가지고 왔었지요. 그런데 카르셀레스의 집에서 가져온 서류 봉투 속에 그 편지가 없더라고요. 그래서 당신이 보관하고 있을 거라 생각했는데…….」

「난 그런 편지 본 적 없소. 만일 그 편지를 읽었더라면, 아마도 곧바로 이런 일을 저지른 자를 찾아가 심장을 칼로 꿰뚫어 놓고 말았을 거요. 그랬다면 가엾은 카르셀레스도 아직 살아 있을 테고……. 나는 카르셀레스가 그 서류들을 읽고 뭔가 유추해 내기를 바랐소…….」

아델라 데 오테로가 이 시점에서 카르셀레스 같은 인간은 하등 알 바 아니라는 듯한 태도를 취하며 말했다.

「유추해 냈지요.」 그녀가 말했다. 「그 핵심적인 편지는 빠져 있었지만, 최근 몇 년간의 정치 상황에 관심을 가지고 있는 사람이라면 얼마든지 유추해 낼 수 있었을 거예요. 문서들 중에 카르타헤나의 광산을 언급한 것이 있었는데, 그 문제가 저의 그분과 직접 연관이 되는 부분이었지요. 당시 경찰은 의심이 가는 고위직 인사들에 대한 감시 활동을 하고 있었는데, 그 고위 인사 가운데에 그분도 끼여 있었어요. 하지만 다른 서류에 나와 있는 체포자 명단 속에는 이름이 빠져 있더군요……. 때문에 일련의 증거들을 취합해 보면 어렵잖게 바예스핀과 나르바에스가 신임하고 있던 그 인물이 누구인지 알아낼 수 있어요. 당신이 주변 상황에 담을 쌓고 사는 사람만 아니었더라면, 얼마든지 다른 사람들처럼 쉽사리 알아낼 수 있었을 거예요.」

아델라 데 오테로는 일어서더니 방 안을 이리저리 오가며 생각에 몰두했다. 상황이 지극히 공포스러웠음에도 하이메 아스타를로아는 그녀의 냉철한 태도에 경탄하지 않을 수 없었다. 무려 세 건의 살인 사건에 연루되어 있으면서도, 더구나 언제든 경찰이 덮칠 수 있는 그의 집에 와 있으면서도 그 잔혹한 이야기를 얼굴색 하나 변하지 않고 읊어 대는가 하면, 이제는 돈 하이메가 테이블 위에 리볼버와 검을 놓아둔 걸 뻔히 보고도 아무렇지도 않은 듯 태연하게 서재를 거닐며 오로지 그 편지 한 장의 행방만을 걱정하고 있으니……. 도대체 그 무엇이 그가 한때 아델라 데 오테로라 불렀던 저 여인을 이렇게 만들어 버린 것일까?

우스운 일이었지만, 하이메 아스타를로아도 그 의문의 편지가 과연 어디에 있을지를 생각해 보았다. 도대체 어찌 된 일이지? 그렇다면 루이스 데 아얄라도 그를 완전히 믿지 못했던 것일까? 분명 그는 그런 편지는 도무지 읽은 기억이 없는데…….

순간 그가 멈칫했다. 입이 떡 벌어졌고, 거의 숨이 멎어 버리는 듯한 느낌이었다. 마치 번갯불처럼 어떤 기억 하나가 그의 뇌리를 스치고 지나갔다. 그는 그 기억의 편린을 붙잡으려 애썼다. 그리고 해내고 말았다. 그의 얼굴 근육이 거의 경련을 일으킬 지경이었다. 아델라 데 오테로가 놀란 눈으로 그를 쳐다보았다. 말도 안 돼! 생각만 해도 너무나 바보스러운 일이었다. 기가 막힐 노릇이었다! 하지만…….

「왜 그래요, 돈 하이메?」

하이메 아스타를로아는 아무 말 없이 천천히 자리에서 일어섰다. 그리고 등잔을 들어 올리더니 잠시 꼼짝 않고 선 채 깊은 잠에서 막 깨어나기라도 한 사람처럼 주변을 휘휘 돌아보았다. 이제야 기억이 났다.

「뭐 생각나는 거라도 있어요?」

여자의 목소리가 마치 멀리서 들려오는 것 같았다. 그의 머리는 빠른 속도로 회전하고 있었다. 아얄라 후작이 죽고, 서류 봉투를 개봉한 후, 읽기 시작하기 전에 서류를 정리했던 기억이 있었다. 들고 있던 서류 뭉치를 떨어뜨리는 바람에 바닥에 온통 흩어졌기 때문이다. 서류 뭉치를 떨어뜨린 곳은 서재 한구석에 있는 호두나무로 만든 서랍장 옆이었다. 돌연 기억이 떠오른 그는 아델라 데 오테로 앞을 지나 묵직한 서랍장 앞에 쭈그리고 앉았다. 그리고 한 손을 서랍장 밑으로 집어넣어 바닥을 더듬어 보았다. 그가 다시 일어섰을 때, 그의 손에는 종이가 한 장 쥐여져 있었다. 그가 종이를 뚫어지게 내려다보았다.

「여기 있군.」 그가 허공 속에 종이를 흔들며 중얼거렸다. 「처음부터 줄곧 여기 있었는데…… 내가 정말 바보짓을 했어!」

아델라 데 오테로가 그의 곁으로 다가서면서 믿을 수 없다는 듯 그 종이를 쳐다보았다.

「지금 그 편지를 서랍장 밑에서 찾아냈다는 거예요? 그 밑에 떨어져 있었다고요?」

하이메 아스타를로아의 얼굴에서도 핏기는 찾아볼 수 없었다.

「세상에……」 그가 나지막이 중얼거렸다. 「가엾은 카르셀레스! 제아무리 고문을 해대도 모르는 걸 어찌 말할 수 있었을까! 공연히 상대방을 화나게 만들어 그 꼴이 돼버렸어……」

그는 등잔을 서랍장 위에 올려놓은 뒤 편지를 불빛 가까이로 가져갔다. 아델라 데 오테로가 그의 곁에 선 채 편지를 열심히 들여다보고 있었다.

「읽지 마세요, 돈 하이메.」 그녀의 음울한 어조는 명령과 애원이 반씩 섞인 듯한 느낌을 주었다. 「읽지 말고 그냥 제게 넘겨주세요. 부탁이에요. 그분은 당신도 죽여야 한다고 하셨지만, 제가 알아서 하겠다고 설득했어요. 그렇게 할 수 있게 되어 다행이고요. 아직은 시간이 있으니……」

하이메 아스타를로아의 잿빛 눈동자가 그녀를 차갑게 쳐다보았다.

「무슨 시간 말이오? 죽은 사람들에게 생명을 되돌려 줄 시간? 아니면 나에게 당신의 결백함을 믿도록 만들 시간? 그도 아니면 당신에게 은혜를 베풀어 주신 그 양반의 훌륭함에 대해 생각할 시간……? 웃기지 마시오.」

그는 눈을 크게 뜨고 흐릿한 등잔불 아래서 편지를 읽어 내려가기 시작했다. 정말 그 속에 모든 열쇠가 담겨 있었다.

위원회장 돈 라몬 마리아 나르바에스 장군님 귀하

장군님.
지난번 사석에서 말씀드렸던 그 일이, 제 생각에는 전혀 예기치 못했던 방향으로 전개되는 것으로 보입니다. 프림 건에는 마드리드 주재 이탈리아 은행장인 브루노 카소를라 롱고가 연루되어 있습니다. 아마도 이자의 이름은 익히 들어 아실 줄로 생각됩니다. 북부 지역 철도 사업과 관련하여 살라망카와 손을 잡고 있으니까요. 그 카소를라 롱고가 프림 측에 거액의 자금을 댔다는 증거를 확보하고 있습니다. 두 사람은 산타 아나 광장의 호화 집무실에서부터 상당히 밀접한 관계를 유지해 온 것으로 보입니다. 제가 제법 오랜 시간 동안 그 참새를 감시해 온 결과, 지금쯤이면 우리 쪽에서 크게 한번 도박을 해보아도 될 시기가 무르익었다는 판단이 드는군요. 우리 입장에서는 그자의 거대한 스캔들을 폭로할 모든 자료를 손안에 쥐고 있으니, 언제든 그를 완전히 파멸로 이끌고 갈 수도 있고, 아니면 자신의 과오를 되새기며 필리핀이나 페르난도 포 같은 곳에서 여생을 보내게 만들어 버릴 수도 있습니다. 그자처럼 호사스러운 생활에 물들어 있는 사람은 아마도 그런 유배지의 생활이 평생 잊을 수 없는 특별한 경험이 될 겁니다.

하지만, 지난번에 프림의 음모에 대해 좀 더 많은 정보를 확보해야 한다는 이야기를 나누었던 것을 상기해 볼 때, 이자를 통해 어쩌면 더 많은 것을 얻어 낼 수 있을지도 모른다는 생각도 듭니다. 따라서, 그자에게 만나자고 하여 가급적 교묘하게 우리 쪽 제안을 내밀었습니다. 그자도 워낙 영리한 자인 데다, 자유에 대한 신념보다는 돈에 대한 집념이 훨씬 강한 사람인지라 우리에게 적극 협조하기로 결론을 내리더군요. 어쨌든, 혁명 세력에 대해 철퇴를 가하는 경우, 이 모든 걸 다 잃을 수 있음을 그도 잘 알고 있고, 또한 대단한 은행가이니만큼 파산이라는 단어를 무서워하더군요. 그래서 결국 그자는 우리 측에 협력하기로 했고, 그 대신 모든 일은 비밀에 붙이기로 했습니다. 그자는 프림과 프림 첩자들의 동태에 대한 모든 자료를 우리 측에 넘겨주기로 했고, 예전처럼 그쪽에 자금도 지속적으로 대기로 했습니다. 물론, 앞으로는 그 자금이 정확히 누구에게 제공되는지, 어떤 용도로 사용되는지에 대해서도 보고받을 수 있을 겁니다.

물론, 그자 역시 몇 가지 조건을 내걸었습니다. 우선, 이 모든 일에 대해서는 오직 저와 장군님만 알고 있어야 한다는 것입니다. 그리고 또 하나의 조건은 경제적으로 일정 부분의 보상을 해달라는 것이었습니다. 이런 자는 은화 서른 냥으로는 성이 안 차는 모양이지요? 그래서 그와 그자가 운영하는 은행이 오래전부터 눈독 들여 온 무르시아의 은광에 대한 운영권 이양이 월말에 있을 예정이니 그것을 자기에게 넘겨 달라더군요.

제 생각에는 그렇게 해주는 것이 우리 정부를 위해서도, 왕실을 위해서도 이로울 것 같습니다. 왜냐하면, 그자가 프림이나 프림의 측근들과 더할 나위 없을 정도의 돈독한 관계를 유지하고 있으며, 자유 연합 역시 그를 마드리드의 확고한 기둥으로 여기고 있기 때문입니다.

이번 일에 대해서는 드릴 말씀도 꽤 많지만, 편지에 일일이 다 써 보내기에는 무리가 따르는군요. 다만, 제 판단에 따르면, 카소를라 롱고는 무척이나 영리하고 야심만만한 자입니다. 그자라면, 적당한 대가만 지불할 경우, 반란 세력의 핵심에 침투한 첩자의 역할을 얼마든지 해줄 수 있을 것으로 기대됩니다.

서신상에서 이 이상 말씀드리는 것은 그다지 바람직하지 못하니, 내일 위원회에서 뵙고 특별한 사안에 대해서는 따로 이야기를 나누었으면 싶습니다.

그럼, 안녕히 계십시오.

11월 4일, 마드리드에서
호아킨 바예스핀 안드레우.
(이 편지는 원본입니다.)

하이메 아스타를로아는 편지를 다 읽고 나서 천천히 고개를 끄덕이며 그 자리에 그대로 서 있었다.

「그러고 보니 이 편지에 모든 열쇠가 들어 있었군…….」 그가 들릴락 말락 한 낮은 목소리로 중얼거렸다.

아델라 데 오테로가 눈살을 찌푸린 채 그의 반응을 꼼짝 않고 지켜보고 있었다.

「그게 열쇠라니까요.」 그녀가 한숨을 내쉬며 대답했다. 마치 하이메 아스타를로아가 미스터리의 마지막 관문까지 들어선 게 안타깝다는 듯했다. 「이젠 만족하시겠군요.」

하이메 아스타를로아는 그녀가 아직도 거기에 서 있는 것이 놀랍기라도 하다는 듯 기묘한 눈초리로 쳐다보았다.

「만족이라고?」 그는 〈만족〉이라는 단어를 음미해 보았지만 그 맛은 떨떠름했다. 「이 모든 것들 속에 담겨진 만족이란 참으로 슬픈 것이로군…….」

그가 편지를 쳐들고는 엄지와 검지로 꼭 쥔 채 흔들어 댔다. 「이제 이 편지를 넘겨 달라고 하겠지……? 어때요, 맞지요?」

등잔 불빛이 반사되어 아델라 데 오테로의 눈동자 속에서 너울거리고 있었다. 아델라 데 오테로가 한 손을 내밀었다.

「제발 제게 주세요.」

하이메 아스타를로아는 그녀의 태도에 다시 한 번 놀라며 그녀를 유심히 들여다보았다. 그녀는 어두컴컴한 그의 방에서, 허리를 꼿꼿이 세운 채 너무나도 차가운 태도로 이 모든 비극의 책임자 이름이 나와 있는 물증을 넘겨 달라고 하고 있었다.

「당신 생각대로 되지 않으면, 나도 죽여 버릴 생각이오?」

비웃는 듯한 미소가 아델라 데 오테로의 입가에 떠올랐다. 그녀의 눈빛은 마치 사냥감을 코앞에 둔 독사의 그것 같았다.

「당신을 죽이기 위해 온 건 아니에요, 돈 하이메. 그 대신 계약을 맺어요. 그 누구도 당신이 죽어야 한다고는 생각지 않아요.」

그는 마치 그 대답에 크게 실망했다는 듯 눈살을 찌푸렸다.

「나를 안 죽인다고?」 그는 곰곰이 생각해 보는 얼굴로 말했다. 「젠장! 이보시오, 도냐 아델라. 아주 너그러이 생각해 주셨군그래.」

여자의 입술이 사악함보다도 더한 또 다른 미소로 일그러졌다. 돈 하이메는 그녀가 적당한 표현을 찾고 있다는 것을 직감할 수 있었다.

「그 편지가 필요해요, 선생님.」

「날 선생이라 부르지 말라고 했을 텐데.」

「그 편지가 필요해요. 당신도 아시다시피 그 편지 한 통 때문에 너무 멀리까지 왔어요.」

「나도 알고 있소. 아주 잘 알지. 너무나도 똑똑히.」

「부탁이에요. 아직은 시간이 있어요.」

하이메 아스타를로아가 비아냥거리는 눈초리로 그녀를 쳐다보았다.

「당신, 또 그 시간 타령을 하는데, 도대체 무슨 시간이 있다는 건지 난 잘 모르겠소.」 그가 손에 들고 있는 종이를 내려다보았다. 「이 편지 속에 적힌 그 남자는 아주 형편없는 인간이오. 철면피의 살인자. 그러니 이자의 범죄 행위를 덮는 일에 나더러 협조해 달라고는 하지 마시오. 사실, 이런 밤늦은 시각에 누군가로부터 모욕을 당하는 일에는 익숙하지 못하오……. 한 가지 말해 줄까요?」

「뭔데요?」

「처음에, 그러니까 자초지종은 모르고, 그…… 시체실 대리석 탁자 위에 놓인 시체를 보면서, 나는 아델라 데 오테로의 죽음을 반드시 복수하고야 말겠다고 다짐했소. 그래서 경찰에도 아무 말 하지 않은 것이고.」

그녀가 진지한 얼굴로 그를 쳐다보았다. 미소가 조금 부드러워졌다.

「그 부분은 고맙게 생각해요.」 그녀의 목소리 끝에 진심에서 우러난 듯한 희미한 메아리가 묻어 있었다. 「하지만 이제는 복수 같은 것 필요 없게 되었잖아요.」

「그렇게 생각하시오?」 이번에는 돈 하이메가 미소 지었다. 「그렇다면 뭘 잘못 생각하시나 본데, 아직도 여러 사람의 복수를 해야 하오. 루이스 데 아얄라의 복수도 해야 하고.」

「그자는 찰거머리 같은 갈취범이었어요.」

「아가피토 카르셀레스도 있고…….」

「안되긴 했지만, 그 자신의 탐욕이 그를 죽게 만든 거예요.」

하이메 아스타를로아의 잿빛 눈동자가 끝없이 냉정하기만 한 그녀에게 못 박혀 있었다.

「그 가엾은 처녀, 루시아도 있고…….」 그가 천천히 그 이름을 말했다. 「왜, 그녀 역시 죽어야 할 이유가 있소?」

처음으로 아델라 데 오테로가 시선을 돌렸다. 그리고 잠시 후, 아주 조심스럽게 입을 뗐다. 「루시아 일은 불가피했어요. 믿어 주세요.」

「물론이겠지. 당신이 그렇다 하면 그런 거니까.」

「진지하게 이야기하고 있는 거예요.」

「그러시겠지. 감히 무슨 일을 당하려고 당신 말을 안 믿겠소?」

두 사람 사이에 무거운 침묵이 감돌았다. 그녀는 의자에 앉더니, 무릎에 두 팔을 괸 채 두 손에 얼굴을 파묻고는 뭔가 골똘한 생각에 빠졌다. 모자에 둘러진 검은 리본의 끝자락 두 가닥이 그녀의 목덜미로 흘러내렸다. 하이메 아스타를로아는 그 모습을 보며, 설사 그녀를 통해 악마가 환생했다손 치더라도, 아델라 데 오테로의 모습은 미치도록 아름답다는 생각을 하고 있었다.

마침내 여자가 얼굴을 들었다.

「그 편지를 어쩌실 생각이세요?」

하이메 아스타를로아가 어깨를 으쓱했다.

「아직은 잘 모르겠소.」 그가 간결하게 대답했다. 「경찰서로 바로 가지고 가야 할지, 아니면 당신의 그분에게로 먼저 달려가 내 칼을 그자의 목구멍에 쑤셔 넣는 게 먼저일지. 당신도 무슨 뾰족한 수가 있을 것 같지는 않지만 말이오.」

그녀가 일어나 걷자 검은색 실크 드레스 밑자락이 양탄자에 스치는 소리가 났다. 그녀가 그의 앞으로 바짝 다가왔다. 하이메 아스타를로아는 가까이 있는 그녀로부터 예의 그 장밋빛 향수 내음을 맡을 수 있었다.

「제게 좋은 수가 있어요.」 그녀는 이제 턱을 쳐들고 아주 도전적인 자세로 그의 두 눈을 똑바로 쳐다보았다. 「도저히 거절하지 못하실걸요.」

「천만의 말씀.」
「정말이에요.」 그녀의 목소리는 이제 귀여운 고양이 새끼의 콧소리처럼 부드러웠고, 뜨거운 열기마저 품고 있는 듯했다. 「정말이라니까요. 누구에게나 숨겨진 일면이 있기 마련이지요……. 모든 사람은 저마다의 값어치를 지니고 있고요. 이제 당신의 값을 치러 드릴게요.」

돈 하이메의 놀라 휘둥그레진 눈앞에서 아델라 데 오테로는 두 손을 들어 드레스의 제일 윗단추를 풀었다. 하이메 아스타를로아는 자신을 쳐다보는 그녀의 보랏빛 눈동자를 정신없이 바라보면서 목구멍이 바싹 마르는 듯한 느낌이 들었다. 그녀의 새하얗고 고른 치아가 어둠 속에서 잔잔하게 빛나고 있었다.

그는 뒤로 물러서 보려고 했지만, 그녀의 두 눈동자가 마치 그에게 마법이라도 걸어 버린 것 같았다. 겨우 눈을 돌려 그녀의 시선은 비켜 갔지만, 이번에는 그의 눈이 뽀얗게 드러난 그녀의 목덜미에서 멈추어 섰다. 깊이 팬 쇄골의 선이 섬세하게 드러나 있었고, 그곳에서 여인의 가슴까지 이어지는 부드러운 삼각형의 굴곡 속 뽀얀 피부는 너무나도 육감적이었다.

그녀의 목소리가 다시 끈끈한 속삭임처럼 들려왔다.
「당신이 저를 사랑한다는 것, 알고 있어요. 처음부터 알았지요. 만일 상황이 이렇지 않았더라면, 모든 것이 완전히 달라졌을 텐데……」

그녀의 목소리가 잦아들고 있었다. 하이메 아스타를로아는 숨을 멈추었고, 자신이 현실로부터 뚝 떨어진 공간을 떠다니는 듯했다. 그의 얼굴 가까이에서 그녀의 숨결이 느껴졌다. 그의 입술이 마치 온갖 기대로 가득 찬 붉은 상처처럼 벌어졌다. 이제 그녀가 브래지어의 매듭을 풀어내자, 풀어헤쳐진 끈이 손가락 사이로 흘러내렸다. 그녀의 두 손이 순간의 유혹에 더 이상 저항할 수 없음을 느끼고 있던 하이메 아스타를로아의 손을 잡았다. 그녀의 손이 닿는 순간 뜨거운 열기로 피부가 타 들어갈 것만 같았다. 아주 천천히 아델라 데 오테로는 그의 두 손을 완전히 드러난 자신의 젖무덤 위에 올려놓았다. 그의 손바닥으로 따뜻하고 탄력 있는 그녀의 맨살이 그대로 느껴졌다. 돈 하이메는 이제는 영원히 되찾지 못할 것이라 생각했던, 오랫동안 잊고 살았던 감각이 자신 속에서 되살아나고 있음을 깨닫고 몸서리쳤다.

온몸을 사로잡는 달콤하고 나른한 기운에 그의 입에서는 어쩔 수 없는 신음 소리가 흘러나왔고, 두 눈이 스르르 감겨왔다. 그녀가 더할 나위 없이 부드러운 표정으로 가만히 미소 지으며, 서서히 모자를 벗어 버리기 위해 두 팔을 들어 올리고 있었다. 그녀가 팔을 올리자 그녀의 유방도 약간 위로 치켜 올라갔고, 하이메 아스타를로아는 너무나도 아름답게 솟아오른 그녀의 젖가슴이 분출하는 뜨거운 열기를 온몸으로 느끼기 위해 천천히 자신의 입술을 그곳으로 가져가고 있었다.

세상은 이제 완전히 저만치에서 멈춰 버린 듯했다. 그를 둘러싼 것은 온통 저 멀리서 몰아치는 혼돈스러운 파도뿐이었다. 그 파도는 황량한 해안을 향해 조용히 밀려오면서 그 소리마저도 나지막이 잦아들고 있었다. 남아 있는 것이라고는 아무것도 없었고, 오로지 투명하고 찬란하게 빛나는 텅 빈 공간뿐이었다. 현실도, 회한도, 감각마저도 완전히 사라지고 없는 듯했다……. 아니, 심지어 열정 그 자체까지도 부재하는 듯했다. 그가 감지할 수 있는 단조롭게 이어지는 유일한 신호가 있다면, 그녀의 육체가 닿는 순간 하이메 아스타를로아의 입술에서 터져 나온, 모든 것을 체념해 버린 신음 소리뿐이었다. 그것은 오랜 세월을 인내한 고독의 속삭임이기도 했다.

순간, 거의 잠들어 가던 그의 의식 저 멀리에서 아직 깨어 있는 무엇이 소리치고 있음이 느껴졌다. 그 목소리가 그의 의지를 작동시키기까지는 제법 시간이 걸렸다. 하여간, 자신의 의식이 보내 온 경고의 메시지를 포착한 하이메 아스타를로아가 갑자기 고개를 들어 아델라 데 오테로의 얼굴을 올려다보았다. 그리고 그는 마치 벼락이라도 맞은 사람처럼 온몸이 마비되는 느낌을 받았다. 그녀는 막 모자를 벗었고, 그녀의 두 눈동자는 마치 불붙은 두 개의 석탄 알처럼 벌겋게 타오르고 있었다. 그녀의 입술은 기괴한 미소로 일그러졌고, 입가의 흉터는 거의 악마와도 같은 느낌을 주고 있었다. 그녀의 얼굴은 무엇인가에 완전히 몰두하고 있는 듯 경련을 일으키고 있었다. 하이메 아스타를로아는 그런 그녀의 얼굴을 기억했다. 바로 예전에 날카로운 마지막 결정타를 깊이 날리려고 할 때 보여 주었던 아델라 데 오테로의 얼굴이었던 것이다.

돈 하이메는 고통스러운 비명을 지르며 뒤로 펄쩍 튕겨져 나갔다. 그녀가 모자를 바닥으로 떨구자 오른손에 머리를 틀어 올리기 위해 썼던 기다란 머리핀이 들려 있는 게 보였다. 조금 전까지 그녀 앞에 무릎 꿇고 있던 남자의 목덜미를 향해 내리꽂으려 했던 것이다. 하이메 아스타를로아는 가구에 부딪쳐 가면서 뒷걸음질을 쳤다. 온 혈관 속의 피가 그대로 얼어붙는 느낌이었다. 너무나 놀라 거의 온몸이 마비되어 버린 듯한 그를 바라보며, 그녀는 고개를 뒤로 젖히더니 괴기스러운 웃음을 터뜨렸다. 그녀의 음산한 웃음소리가 온 집 안에 울려 퍼졌다.

「가엾은 우리 선생님……」 천천히 흘러나오는 그녀의 목소리에는 마치 전혀 무관한 제삼자를 지칭하듯 아무런 감정도 섞여 있지 않았다. 증오도, 경멸도 들어 있지 않았다. 그저 진심 어린 동정이 배어 있는 차가운 목소리일 뿐이었다. 「끝까지 순진하고, 끝까지 아무나 믿어 버리는군요. 그렇지 않아요? 가엾은 노인 양반!」

그녀가 다시 한 번 깔깔대며 웃더니 호기심 어린 눈동자로 돈 하이메를 쳐다보았다. 그의 얼굴이 드러내고 있는 경악의 표정이 재미있어 보인다는 듯이.

「미스터 아스타를로아, 이 드라마에 출연한 수많은 등장인물 중에서 가장 순진한 사람이 바로 당신이에요. 그래서 가장 마음에 남고, 또 가장 불쌍하기도 하지요.」 그녀의 말 한마디 한마디가 침묵 속에서 한 방울씩 떨어져 내리는 것 같았다. 「세상 모두가, 살아 있는 사람이나 죽은 사람이나, 그런 당신을 비웃었지요. 당신은 싸구려 삼류 연극에 나오는 사람처럼, 철 지난 사고방식과 이미 시들어 버린 열정으로, 실컷 사람들의 조롱을 받다가 마지막 순간에야 자신이 속았음을 깨닫는, 바람난 여인의 남편 역을 맡았던 거예요. 한번 눈을 뜨고 보세요. 거울을 들여다보면서 이제 당신의 자부심과 올곧음과 자기만족을 어디 가서 찾을 건지 한번 말해 보라고요. 도대체 어쩌다 당신 같은 사람이 있게 된 건지……. 뭐 좋아요, 어쨌든 아주 감동적이었던 것만은 저도 인정하지요. 원한다면, 마지막으로 스스로 박수를 칠 수 있는 기회를 드리지요. 이제 막을 내려야 할 시간이니까. 당신도 이젠 쉬도록 하세요.」

그렇게 말하면서, 아델라 데 오테로는 천천히 리볼버와 칼을 놓아둔 탁자 쪽으로 돌아서더니 이제는 쓸모없어진 머리핀을 바닥에 던져 버리고는 탁자 위의 칼을 집어 들었다.

「당신은 순진하기는 했지만, 사리 분별이 너무 정확했어요.」그녀가 칼의 품질을 감상하는 것처럼 날카로운 칼날을 살펴보았다.「덕분에 이런 상황까지 몰고 오게 된 것이고요. 이번 일 전반에서, 나는 운명적으로 주어진 일만을 했을 뿐이에요. 내가 운명을 뒤바꾼 것도 없고, 꼭 해야 할 것 외에는 그 어떤 악행도 저지르지 않았어요. 하지만 어쩌겠어요? 그게 인생인걸……. 늘 세상 언저리에 머물고 싶어 했지만, 오늘, 이 밤에, 죗값을 치러야 할 만한 짓을 하지 않았음에도 이렇게 자신의 집에서 죽어 가야 하는 것도 또 인생이겠지요. 정말 아이러니하지 않아요?」

그녀는 선원들을 홀려 암초를 향해 돌진하게 만들었던 요정 세이렌의 노래라도 부르듯 이런 말들을 읊어 대면서 그를 향해 한 걸음 한 걸음 다가서고 있었다. 한 손에는 등잔을, 다른 한 손에는 칼을 쥐고 있었다. 그리고, 그의 앞으로 다가선 그녀는 마치 쇠로 빚은 동상이라도 되는 양 꿈쩍 않고 서 있었다. 그녀의 얼굴에 떠오른 미소는 마치 그녀의 행동이 죽음에 대한 위협이 아니라 평화와 망각으로의 기꺼운 초대라고 말하고 있는 듯했다.

「이제 그만 작별을 고해야겠군요, 선생님. 아무런 원한도 갖지 않고요.」

그녀가 칼로 찌르기 위해 한 발을 앞으로 내미는 순간, 하이메 아스타를로아는 다시 한 번 그녀의 두 눈동자에서 죽음을 보았다. 그 순간, 어디에서 힘이 솟았는지, 하이메 아스타를로아는 무감각 상태에서 벗어나며 뒤로 한 발짝 물러서더니 휙 돌아서며 가장 가까운 문 쪽을 향해 달아났다. 그가 뛰어든 곳은 캄캄한 검술 연습실이었다. 그녀가 그의 뒤를 따라왔고, 등잔불이 검술 연습실 안을 훤히 밝히고 있었다. 돈 하이메는 절망적으로 주위를 돌아보았다. 추격자의 공격을 막아 낼 만한 무기가 필요했다. 하지만 주변에 있는 것이라고는 겨우 플뢰레 걸이뿐이었는데, 거기 걸려 있는 플뢰레들은 하나같이 연습용으로 칼끝이 무디게 만들어진 것들이었다. 그래도 맨손으로 싸우는 것보다는 낫겠다 싶어, 그는 연습용 플뢰레 하나를 집어 들었다. 칼 손잡이를 쥐는 것만으로도 작은 위안이 되었다. 아델라 데 오테로는 연습실 문 앞에 서 있었다. 그녀가 허리를 구부려 등잔을 바닥에 내려놓자, 사면의 벽에 붙어 있던 거울에 빛이 반사되어 셀 수 없이 많은 불빛으로 증폭되었다.

「우리 일을 청산하기에는 아주 최적의 장소인 것 같군요, 선생님.」 돈 하이메의 칼이 연습용인 것을 확인한 그녀가 차분하고 나지막한 음성으로 말했다. 「이제 제자의 칼 솜씨가 얼마나 훌륭한지 확인해 보실 수 있겠네요.」

그녀가 얼음처럼 차가운 태도로 그를 향해 두 걸음 다가섰다. 그녀는 드레스 앞자락이 열려 있어 젖가슴이 그대로 드러난 것에도 전혀 개의치 않는 것 같았다. 그녀가 대결 자세를 취했다.

「루이스 데 아얄라도 당신의 그 대단한 공격술, 〈2백 에스쿠도〉 검법을 온몸으로 맛보았지요. 이번에는 그 검법의 창시자께서 직접 한번 맛을 보시는 것도 좋겠네요……. 기왕이면 내 손을 통해 그런 영광을 맛보는 것도 나쁘지는 않겠지요.」

그녀는 말이 채 끝나기도 전에 놀랄 만큼 민첩하게 칼날을 앞으로 뻗어 왔다. 하이메 아스타를로아는 끝이 뭉툭한 연습용 칼로 날카로운 상대방의 진검을 막아 내고 앙 카르트로 방어하며 한 걸음 뒤로 물러섰다. 낯익고 익숙한 검술 동작을 취하면서 하이메 아스타를로아는 조금씩 잃었던 분별력을 되찾아 갔고, 조금 전까지 그를 온통 사로잡았던 끔찍한 무감각 상태에서도 점차 벗어났다. 그는 곧 자신이 가지고 있는 연습용 칼로는 도저히 단 한 번의 공격도 할 수 없음을 깨달았다. 할 수 있는 것이라고는 오직 상대방의 공격을 막아 내는 방어밖에는 없었다. 검술 연습실 반대편 쪽으로 실전용 플뢰레와 사브르가 여섯 자루나 들어 있는 통이 있었지만, 도저히 그곳까지 갈 수 있을 것 같지가 않았다. 설사 갈 수 있다 해도 상자를 향해 돌아서서 뚜껑을 열고 검을 집어 들 시간조차 낼 수 없을 것 같았다. 하지만 달리 별도리도 없었다. 일단은 방어 동작으로 계속 싸우면서 조금씩 그쪽으로 돌아서며 기회를 엿보는 수밖에.

아델라 데 오테로도 그의 생각을 읽었는지, 거울이 맞닿아 있는 방구석 쪽으로 그를 밀어붙이며 점차 간격을 좁혀 왔다. 돈 하이메는 그녀의 의중을 파악했다. 뒤로 물러설 공간이 없는 구석까지 밀어붙인 후 끝장을 내려는 것이었다.

그녀는 양미간을 잔뜩 찌푸리고 입술이 거의 일직선을 그릴 만큼 꾹 다문 채 깊은 공격을 퍼부었다. 티에르스로 승기를 잡으려는 것 같았다. 상대가 칼 손잡이에서 가장 가까운 부분으로 방어하게 유도함으로써 상대방의 동작을 최소화시키려고도 했다. 하이메 아스타를로아의 뒤로는 겨우 3미터의 공간밖에 남아 있지 않았다. 더 이상 뒤로 물러설 수 없었다. 그는 그녀가 팔을 향해 드 미즈로 공격해 오자 겨우겨우 공격을 막아 냈다. 아델라 데 오테로는 공격을 저지당했지만, 상대가 자신의 진검을 도저히 막아 낼 수 없다는 계산에 이르자 다시 놀랄 만큼 민첩한 몸짓으로 소위 〈칼 돌리기〉 검법으로 알려진 공격을 시도했다. 그것은 두 검이 서로 마주쳤을 때 칼끝의 방향을 재빨리 틀어 상대방의 몸을 찌르는 검술이었다. 뭔가 차가운 것이 하이메 아스타를로아의 셔츠 자락을 찢어 내면서 갈비뼈 아래 오른쪽 옆구리를 파고들었다. 그는 순간적으로 뒤로 한 걸음 물러서며 이를 악물어 목구멍에서 터져 나오려는 비명 소리를 억눌렀다. 이런 식으로, 바보스럽게, 그것도 다른 데도 아닌 자기 집에서 여자의 손에 죽어 갈 수는 없는 노릇이었다. 그는 다시 가르드 동작을 취했다. 겨드랑이 아래쪽 셔츠 옆 자락이 피로 흥건히 젖어드는 것이 느껴졌다.

아델라 데 오테로는 검을 조금 낮춰 들더니, 잠시 멈춰 선 채 사악한 미소를 지으며 그를 노려보았다.

「흠…… 나쁘지는 않군요, 그렇지 않아요?」 그녀의 두 눈동자에 즐거운 빛이 감돌았다. 「자, 이번에는 2백 에스쿠도 검법을 한번 실연해 볼까요? 괜찮으시다면 말이에요…… 자! 가르드!」

칼이 맞부딪치는 소리가 울렸다. 하이메 아스타를로아는 상대방을 위협할 만한 날카로운 검이 없이는 도저히 2백 에스쿠도 검법을 막아 낼 수 없다는 걸 잘 알고 있었다. 이 검법을 막아 내겠다고 위쪽으로만 방어를 치중하다 보면, 아델라 데 오테로는 아마도 다른 검법을 사용해 아래쪽을 공략할 것이 틀림없었다. 복부를 당하더라도 치명적이기는 마찬가지였다. 그는 그야말로 독 안에 든 생쥐였다. 등 뒤로는 벽이 가까이 느껴지고 있었다. 왼쪽 거울을 홀끗 보니 분명한 상황이었다. 그는, 유일한 살길은 상대방이 칼을 떨어뜨리도록 만들거나, 상대방의 얼굴을 공격하는 것밖에 없다고 결론지었다. 아무리 칼날이 무디다고 해도 최소한 얼굴에는 상처를 낼 수 있을 것 같았기 때문이다.

그는 우선 첫 번째 방법을 택했다. 그게 훨씬 쉬울 것 같았다. 그래서 한쪽 팔을 아래로 늘어뜨리고 체중을 왼쪽 엉덩이 쪽으로 실었다. 그리고 아델라 데 오테로가 앙 카르트로 공격해 오기를 기다렸다. 그리고 그녀의 공격을 막아 내면서, 손을 칼끝 위로 올려 힘차게 상대방의 칼을 위에서 내리쳤다. 하지만 실망스럽게도 그녀의 칼은 여전히 그녀의 손바닥 안에 단단히 쥐여져 있었다. 그는 거의 좌절하여 그녀의 팔 위로 카르트를 내지르며 안면을 위협해 보았다. 하지만 조금 짧은 듯했다. 뭉툭한 칼끝이 2~3인치 정도 닿지 못했던 것이다. 그러나 그녀는 황급히 몇 걸음 후퇴했다.

「좋아요, 좋아!」 그녀가 악마 같은 미소를 띠며 말했다. 「신사께서 숙녀의 얼굴을 공격하시다니……. 아무래도 빨리 끝장을 내버려야겠군요.」

그녀의 이마에 주름이 잡혔고, 입술에 떠오른 미소에는 야수적 쾌감이 그대로 드러났다. 그녀는 두 다리를 단단히 바닥에 고정하고는 돈 하이메를 향하여 아타크 포스를 날렸다. 그는 재빨리 플뢰레를 낮춰 캥트 자세를 취했다. 하지만 그는 미처 캥트 자세를 취하기도 전에 자신이 실수했음을 알아차렸다. 다행히 그녀가 마지막 결정타를 날리기 전에 왼손으로 겨우겨우 자신의 가슴을 향해 똑바로 날아오는 여자의 칼날을 막아 낼 수 있었다. 가슴을 향하던 그녀의 칼날을 막아 내기는 했지만, 날카로운 칼날에 손바닥이 베이고 말았다. 그녀는 재빨리 칼날을 거두었다. 혹시나 하이메 아스타를로아가 칼을 쥐고 빼앗아 버리는 건 아닌지 걱정이 되었기 때문이었다. 하이메 아스타를로아는 잠시 피투성이가 된 자신의 손을 내려다보더니 곧바로 다음 공격을 막아 내기 위한 가르드 자세를 취했다.

그런데, 가르드 동작을 취하려는 바로 그 순간, 하이메 아스타를로아의 뇌리로 희망의 빛이 스치고 지나갔다. 조금 전에 여자의 얼굴 쪽을 공략하자 여자가 앙 카르트로 겨우 막아 냈었다. 가르드 동작을 취하는 동안에도 하이메 아스타를로아의 본능은 순간적으로 그의 내면에 그 생각을 속삭여 주고 있었다. 분명 빈틈이 있었다. 아주 순간적이었지만 아델라 데 오테로의 얼굴이 그대로 노출되는 사각의 시간이 있었어. 물론 돈 하이메 스스로의 눈으로 그 순간을 확인한 것은 아니었지만 그의 본능이 직감적으로 그녀에게도 허점이 있음을 처음 감지한 것이다. 다음 동작을 지속적으로 취하는 동안에도 하이메 아스타를로아의 잘 훈련된 노련한 전문가적 감각은 마치 시계 속 톱니바퀴의 메커니즘처럼 아주 정교하게, 그리고 자동적으로 작동했다. 이제 절체절명의 위기에 대한 의식은 사라졌고, 그의 모든 감각은 오로지 갑작스레 떠오른 새로운 작전에 몰입하고 있었다. 그 작전의 성공 여부를 계산해 볼 시간도, 방법도 없었다. 다만 평생을 베테랑 검술가로 살아온 자신의 직감을 믿어 보는 수밖에 없었다. 그리고 두 번째이자 마지막으로 적의 얼굴을 공격하기 위한 자세를 취하면서 그는 신중하게 생각하고 있었다. 만일, 이 계산이 잘못된 것이라면, 더 이상 실수를 만회할 기회는 주어지지 않을 것이라고.

그는 심호흡을 하고, 조금 전에 했던 공격을 다시 한 번 되풀이했다. 아델라 데 오테로도 이번에는 훨씬 더 안정된 자세로 파라드 드 카르트 검법을 취하며 그의 공격을 막아 냈다. 하지만, 돈 하이메는 이번에도 곧바로 가르드 동작을 취할 것이라는 상대방의 예상을 뒤엎고 단지 가르드 자세를 취하는 시늉을 하는가 싶더니 거의 동시에 얼굴과 어깨를 뒤로 젖히면서 칼날을 상대방 팔 위를 지나 얼굴을 향하여 날렸다. 그의 칼날은 아무런 저항도 받지 않고 그대로 앞으로 내질러졌고, 끝이 뭉툭한 연습용 플뢰레의 칼끝은 아델라 데 오테로의 오른쪽 눈을 뚫고 지나가 그녀의 두개골 깊숙이 박혀 버렸다.

카르트. 파라드 드 카르트. 팔 위로 앙 카르트 하고, 끝까지 찌르기.

아침이 밝아 오고 있었다. 희미한 새벽의 첫 햇살이 블라인드 사이로 스며들면서 검술 연습실 사면의 유리 벽에 부딪쳐 천 개 만 개의 무한한 빛을 반사하고 있었다.

티에르스. 파라드 드 티에르스. 팔 위로 티에르스 하기.

벽에 있는 낡은 무기 걸이에는 침묵의 형을 선고받은 녹슨 칼들이 영원한 잠 속에 빠진 채 걸려 있었다. 부드러운 황금빛 햇살이 방 안을 비추기 시작했지만, 아직은 먼지가 소복이 쌓인, 세월의 흔적으로 거무스름하게 변해 버린 낡은 장식장과 곳곳에 긁힌 자국이 선명한 플뢰레들에까지는 닿지 못하고 있었다.

깊숙이 카르트 하기. 반 바퀴 돌며 파라드. 앙 카르트로 찌르기.

한쪽 벽면에는 뒤틀려 가는 액자 속에 누렇게 변색된 자격증 몇 개가 걸려 있었다. 자격증의 잉크도 흐릿하게 변색되었고, 오랜 세월의 흔적으로 바탕의 양피지도 거의 내용을 해독할 수조차 없게 변해 있었다. 아래 부분에는 이제는 이미 오래전에 죽고 없는 사람들의 서명이 있었고, 로마, 파리,

빈, 상트 페테르부르크라는 지명과 날짜가 씌어 있었다.

카르트. 어깨와 고개를 뒤로 젖히고. 낮게 카르트 하기.

바닥에는 오랜 세월을 사용해 윤이 반지르르하게 나는 은제 손잡이가 달린 칼이 나뒹굴고 있었다. 손잡이 위에는 가느다란 아라베스크 양식의 문체로 〈덤벼!〉라는 글귀가 멋지게 새겨져 있었다.

팔 위쪽으로 카르트. 파라드 아 프림. 앙 스공드로 깊게 찌르기.

빛바랜 카펫 위로 심지가 다 타 들어가 거의 꺼져 가면서 남은 재에서 연기가 피어오르는 등잔이 놓여 있었다. 그리고 그 등잔 옆으로 참으로 아름다웠던 한 여인이 널브러져 있었다. 그녀는 검은색 실크 드레스를 입고 있었고, 이제는 움직이지 않는 목덜미 아래로, 마치 매의 깃처럼 자개 핀으로 묶은 머리채 옆으로 피가 흥건하게 고여 있었다. 피는 서서히 카펫의 올 하나하나를 적시고 있었고, 스며드는 햇살을 받아 연붉은빛으로 빛나고 있었다.

안쪽으로 카르트. 파라드 드 카르트. 앙 프림으로 찌르기.

어두컴컴한 연습실 한쪽 구석에는, 호두나무로 만든 낡은 탁자 위에 섬세하게 세공한 길쭉한 유리병이 하나 있었다. 그리고 병이 넘어지면서 그 속에 들어 있던 마른 장미 꽃잎으로 만든 포푸리들이, 곳곳에 금이 가 애처로워 보이는 탁자 위로 우수 어린 그림이라도 그려 내듯이 흩어져 있었다.

팔 바깥쪽으로 스공드. 반대쪽은 앙 옥타브로 방어. 티에르스로 찌르기.

거리에서는 거친 파도가 바위에 부딪치면서 내는 울부짖음과도 같은 소리가 멀리서 들려오고 있었다. 블라인드 틈새로 희미한 사람들의 함성도 들려오고 있었다. 그들은 그들에게 자유를 가져다줄 새로운 날의 도래를 열성적으로 환영하고 있었다. 사람들은 여왕 폐하는 이미 축출되었고, 저 멀리서 이곳을 향해 달려오는 정의로운 사람들이 희망으로 가득 찬 상자를 자신들에게 선물해 줄 것이라고 말하고 있었다.

바깥쪽으로 스공드. 앙 옥타브로 방어. 팔 위에 카르트로 찌르기.

이 모든 것과 격리된 채, 시간의 흐름도 정지해 버리고 모든 것이 침묵 속에 침잠해 버린 것처럼 고요와 정적만이 감도는 검술 연습실 한가운데에는, 노인 하나가 거울 앞에 서 있었다. 그는 날씬하고 차분한 외모를 지녔고, 약간 매부리코에 이마가 넓었으며, 머리는 백발이었고 콧수염은 회색빛을 띠고 있었다. 셔츠 소매를 걷어붙이고 있었고, 옆구리가 온통 피로 젖었으며 피딱지가 말라붙어 가고 있었지만 전혀 개의치 않는 것 같았다. 그의 자세에는 긍지와 자부심이 묻어났고, 오른손에는 이탈리아식 손잡이가 달린 플뢰레를 들고 있었다. 두 다리는 약간 구부리고 있었고, 왼팔은 어깨 위쪽으로 직각으로 쳐들고 있었으며 손목만 꺾어 손이 앞으로 향하도록 하고 있었다. 전형적인 전통 검술 자세였다. 손바닥이 깊이 베인 것에도 전혀 관심이 없는 듯했다. 그는 말없이 거울 속의 자기 모습을 들여다보더니, 온 신경을 집중시켜 검술 동작 하나하나를 취해 보았다. 그리고 소리를 내지는 않았지만 창백한 입술로 그 동작 하나하나에 번호를 매겨 가고 있었다. 그는 쉬지 않고 이 모든 동작들을 차례대로 정확하게 반복하고 또 반복했다. 그리고 완전히 자기 자신에 몰두한 채, 주변의 모든 것은 잊어버린 채 오로지 그 동작들을 머릿속에 새겨 넣기 위해 애썼다. 절대적 정교함과 수학적 정확함으로 서로 연결될 수밖에 없는 이 모든 동작들의 단계단계를 직접 실행에 옮겨 보았다. 그는 마침내 인간의 머리로 생각해 낼 수 있는 가장 완벽한 공격법을 터득한 것이다.

1985년 7월
라 나바타에서.

부록
검술 용어

가드 *guard* 칼날과 자루 사이에 끼워 놓은 보호 용구.

가르드 *garde* 공격이나 수비를 하기 위해 검술가가 취하는 가장 유리한 자세.

두블 아타크 *double attaque* 공격을 두 번 연속적으로 감행하는 것.

마르슈 아방 *marche avant* 전진하는 동작. 앞발이 먼저 앞으로 나가고 뒷발이 따라 나간다.

사브르 *sabre* 펜싱에서 사용하는 검, 또는 그 검을 사용해서 행하는 경기의 일종으로, 공격에서 베기, 찌르기 기술을 사용한다. 경기에서 검의 칼끝이나 칼날 표면 전부를 사용할 수 있으며, 검의 무게는 500그램 이하, 전장(全長)은 105센티미터 이하이다.

상티망 뒤 페르 *sentiment du fer* 칼날이 신체의 일부처럼 느껴지는 경지가 되어 칼과 검술가가 혼연일체가 되는 현상.

스공드 *seconde* 손등을 위로 하여 오른쪽 하단을 막는 자세.

아타크 *attaque* 팔을 펴면서 상대방을 찌르기 위해 상대방 검에 대해 가하는 공격. 플뢰레, 에페에서는 찌르기만 할 수 있지만, 사브르에서는 찌르기 외에 베는 것도 가능하다.

아타크 생플attaque simple 팔을 펴고 두 다리를 교대로 펴주면서 몸을 앞으로 숙여 순간적으로 행하는 공격.

아타크 포스attaque fausse 상대의 눈을 속여 공격하는 것.

에페épée 결투용 검, 또는 그 검을 사용해서 행하는 경기의 일종. 검은 무게 770그램 이하, 전장 110센티미터 이하이다.

옥타브octave 검술가 신체의 오른쪽 하단을 막는 자세. 손바닥을 위로 하여 방어한다.

카르트quarte 검술가 신체의 왼쪽 상단을 막는 자세. 손바닥을 약간 왼쪽 아래로 하여 방어한다.

캥트quinte 손등을 위로 하여 왼쪽 하단을 막는 자세.

코키유coquille 검술가의 손을 보호하기 위해 앞으로 볼록하게 튀어나온 원형의 금속 부분.

콩트르contre 상대의 공격이 끝나는 부분과 반대되는 곳으로 상대방을 이끌기 위하여 칼끝이 원형의 움직임을 그리면서 실행되는 수비 동작.

콩트르 드 카르트contre de quarte 카르트를 받아치는 동작.

콩트르 아타크contre attaque 상대의 공격을 이용해서 반대로 이쪽이 공격을 가하는 것.

투슈touche 칼날이나 칼끝으로 상대방을 찌르는 것.

티에르스tierce 오른쪽 상단 공격을 막는 자세. 손등을 위로 하여 방어한다. 19세기 말 무렵까지 널리 사용되던 유일한 자세였다.

파라드parade 자신의 칼로 상대의 칼을 빗나가게 하면서 수비하는 것.

팡트fente 앞다리를 차주면서 뒷다리를 펴주는 동작.

페인트 모션faint motion 상대의 반응을 이용하기 위한 속임수 동작.

 프림*prime* 손등을 위로 하여 검술가의 왼쪽 상단을 방어하는 자세.

 플뢰레*fleuret* 펜싱에서 사용하는 검 또는 그 검을 사용해서 행하는 경기의 일종으로 팔, 머리 이외의 부분만을 찌르도록 되어 있다. 검은 유연하고 무게 500그램 이하, 전장 110센티미터 이하이다.

역자 해설
음모와 계략, 화려한 검술이 엮어 내는 지적 미스터리

2002년, 스페인 최고 권위의 한림원 정회원이 된 아르투로 페레스 레베르테는 젊은 시절, 20여 년을 레바논, 리비아, 엘살바도르, 그리고 걸프전과 보스니아 내전에서 종군 기자로 종횡무진한 바 있으며, 많은 언론 매체에 칼럼을 기고하면서 쌓아온 풍부하고 다채로운 경험들을 되살려 문학성과 대중적 선호를 아우르는 작품들을 발표하고 있는 역량 있는 작가이다.

지금까지 작가가 발표한 장편소설만도 10여 편에 달하는데 비평가들은 그 가운데서도 『검의 대가』를 최고의 작품 가운데 하나로 꼽는 데 주저하지 않는다. 거기에는 몇 가지 이유가 있겠지만, 무엇보다도 페레스 레베르테의 모든 작품에서 눈에 띄게 발견되는 탄탄한 인물의 캐릭터 설정을 들 수 있을 것이다.

미겔 델리베스Miguel Delibes와 후안 마르세Juan Marsé는 잘 만들어진 등장인물들이 좋은 소설을 만든다고 주장해 왔는데, 페레스 레베르테 역시 그 맥락에서 벗어나지 않는 것으로 보인다. 그가 창조해 낸 등장인물의 입과 행위를 통해 그 인물의 캐릭터를 완벽하게 드러내되, 그 모든 대사들과 행동들이 결코 우연의 산물이 아니기 때문이다. 모든 작가들이 그렇겠지만, 페레스 레베르테는 좋은 문학이란 결코 우연의 산물로써 탄생하는 것이 아니란 확신을 지니고 있는 듯하다. 섬세하기 이를 데 없는 그의 작품 속에는 등장인물의 캐릭터를 반영함에 있어 한 행 한 행을 조율하고, 계산하고, 연구한 흔적이 역력하다. 아르투로 페레스 레베르테는 발표하는 소설마다 매번 나름대로의 개성을 지닌 등장인물들을 포진시키는데, 『검의 대가』에서는 검술가 하이메 아스타를로아라는 탁월한 등장인물을 만날 수 있다. 페레스 레베르테의 소설 세계 속에 늘 살아 숨 쉬고 있는 심미적이고 예술가적이며 도덕 지향적인 주인공들 가운데서도 가장 대표적인 남성형이라 할 수 있다. 〈탁월한〉이란 수식어를 사용한 것은, 하이메 아스타를로아가 좀 더 전통적 비평 용어로 접근해 볼 때 많은 문학에서 추구하는 〈영웅〉의 범주에 들기 때문이다. 많은 다른 사람들과 동일한 운명을 함께 나누는 것 같지만, 절체절명의 순간에는 그들과는 다른, 좀 더 강도 높은 운명의 길을 선택하는 인물인 것이다. 세심하게 들여다보면, 작가는 전형적인 영웅상이 드러나는 오디세우스, 아이네이아스, 돈키호테 이야기를 씨실로서 바탕에 깔고, 그 위에 하이메 아스타를로아와 아델라 데 오테로라는, 작가의 손에 의해 새롭게 창조된 날실을 덧입혀 새로운 직조 작업을 하고 있음을 알 수 있다. 루이스 데 아얄라 후작이 〈세르반테스도 그런 비슷한 것을 이야기로 썼었지요. 다만 다른 것이 있다면, 선생님은 가슴속에 풍차를 안고 계시기에 시골 귀족 돈키호테처럼 모험을 찾아 뛰쳐나가지는 않는다는 것뿐입니다〉라고 하이메 아스타를로아를 묘사하자, 하이메 아스타를로아는 〈라만차의 돈키호테가 불의를 타파하고자 했다면, 저는 그저 아무 일 없이 평화롭게 있기만을 바라고 있습니다. 그런 저의 태도가 과연 명예로움과 양립될 수 있는 것인지는 저도 잘 모르겠습니다만, 저는 여전히 명예롭게 살아가고자 노력하고 있습니다. 확실히요. 명예로운 삶. 존경받을 수 있는 삶. 어원학 사전에서 《명예》를 찾으면 함께 찾을 수 있는 그 온갖 단어들로 점철된 삶을 위해서 말입니다〉라고 대답한 바 있다. 하이메 아스타를로아는 바로 이런 사람이었던 것이다. 또한, 아직까지는 남녀 주인공들이 서로의 움직임을 탐색하고, 서로의 전략과, 서로의 행위와 침묵이 갖는 의미를 반추할 뿐 극적인 대결 양상으로 반전되기 직전, 두 주인공은 이런 대화를 나눈 적 있다.

「모든 것을 체념하고 망각의 손에 맡겨 버리지 않는다는 것은 아름다운 일이지요.」 그녀가 말했다.
그는 이 세상 그 누구도 무엇인가를 선택적으로 기억할 수 없다는 것을 충분히 깨닫고 있었기에 무기력한 몸짓을 보이며 말했다.
「아름답다라는 것은 정확한 표현이 아닌 것 같습니다.」 그가 장서들과 여러 가지 물건들로 가득 찬 사방 벽면을 가리키며 말했다. 「가끔 나는 마치 무덤 속에 들어앉아 있다는 느낌을 갖곤 하는데…… 그건 상징과 침묵, 그런 것과 유사한 감정이지요.」 그는 방금 자신이 한 말을 반추해 보고는 서글픈 미소를 지었다. 「뒤에 남겨 두고 온 온갖 환영들이 질러 대는 그런 침묵의 소리. 말하자면 에네아스가 트로이를 탈출하면서 들었던 망령의 소리 같은 것이라고나 할까요.」 (본문 153면)

뒤 이은 대화에서 아델라 데 오테로는 뒤에 남겨진 그림자

역자 해설

들에 대해 언급하면서 자신을 하이메 아스타를로아와 동격의 영웅으로 급부상시킨다. 그녀의 입가에 남아 있는 흉터는 그녀의 〈등 뒤에서 불타오르는 트로이〉를 내포함으로써 그녀를 피로에 지쳐 버린 또 하나의 호메로스적 영웅으로 등극시키고 있는 것이다. 하지만 그녀는 한 가지 의문을 품고 있다. 〈하지만 돈 하이메, 선생님께 씁쓸함은 남아 있지 않은 것 같아요. 분노도 없고요. 도대체 선생님의 어디에서 무릎을 꿇거나 자비를 구하지 않으면서도 꿋꿋하게 자신을 지탱해 나갈 수 있는 강인한 힘이 나오는지 알고 싶네요.〉

하이메 아스타를로아는 그것을 예순이 다 된 연륜의 덕으로 돌린다. 하지만 독자들은 그가 지닌 완벽한 영웅적 면모가 단순히 나이에서 오는 것이 아님을 잘 알고 있다. 그보다는 낡아 버리긴 했지만, 그래도 그 어떤 것보다 명예와 가치가 우선시되는 세상에 여전히 그가 발 담그고 있기 때문임을 파악할 수 있는 것이다. 앞에서도 언급했듯이, 돈키호테가 추구했던 명예와 정의와 존엄성이 아스타를로아가 지키고자 한 최고의 가치이며, 돈키호테와 마찬가지로 그 역시 그 가치를 오늘에 되살리고 있는 것이다. 실제로 돈키호테의 나이가 58세였던 것과 하이메 아스타를로아의 나이가 58세인 것은 결코 우연의 일치가 아니다.

앞서 언급한 바와 같이 아델라 데 오테로 역시 여성 영웅으로 우뚝 서고자 하는 바람을 갖고 있었으며, 일면 그 바람을 달성한 듯 보인다. 다만, 마지막에서 작가가 영웅으로서의 그녀의 운명을 거부했을 뿐이다. 사실, 아델라 데 오테로 역시 물질적인 현세와는 동떨어진 이상을 추구한다는 면에서 이상주의자이며, 그녀의 이상 역시 명예와 관련되어 있고, 실제로 그 이상을 위해 철저히 자신을 희생한다는 면에서는 페레스 레베르테가 추구하는 영웅상의 기본적인 요건을 충족시키고 있는 인물이다. 하지만 하이메 아스타를로아와 아델라 데 오테로는 동전의 양면과 같은 관계로, 소설적 구조를 위해서는 누군가가 영웅의 운명을 지녀야 했고, 또 누군가는 그것을 포기해야 했기에 작가는 마지막 결투에서 그녀의 영웅으로서의 면모를 가차 없이 하락시켜 버린다.

『검의 대가』의 또 다른 강점은 소설의 외적 구조로써 시대적 배경과 검술이라는 소재에 대한 작가의 풍부한 지식을 적절하게 바탕에 깔고 있다는 점이다. 작품의 배경이 되는 시기는 1868년 여름으로, 왕권조차 위협받는 과도기적 시대였다. 그 속에, 작가는 고귀한 영혼의 가치를 지고의 선으로 여기는, 귀족은 아니지만 영웅적 면모를 지닌 하이메 아스타를로아와 이름만 귀족일 뿐 행실에서는 전혀 그만한 가치를 찾아볼 수 없는 허울뿐인 몰락 귀족의 전형 루이스 데 아얄라를 포진시키고 있다. 이런 외적 구조는 앞서 언급한 캐릭터들이 설 땅을 만들어 주고 있으며, 역사적 질곡 속에서 주인공들이 영웅적 면모를 유감없이 드러내기 위한 필수 불가결한 요소로 작용하고 있다. 따라서 작품 곳곳에서 드러나는 소설 외적 배경에 대한 심오한 지식은 작품을 탄생시키기 위한 작가의 부단한 노력을 보여 주는 부분이다.

이처럼 고유의 캐릭터를 지닌 영웅적 등장인물과 집요할 만큼 파고들어 연구한 소설 외적 지식의 결합체인 『검의 대가』는 사실 페레스 레베르테를 비롯한 모든 작가들이 남기고 싶었던 단 한 줄의 메시지일지도 모른다. 그것은 바로 〈사람은 무엇으로 사는가? 삶을 운명으로 받아들일 것인가,

선택으로 받아들일 것인가?〉라는 것이다.
　작가는 삶의 가치를 어디에 두는가에 따라 모든 인간은 나름의 존재 이유를 가질 수 있음을 강한 어조로 들려준다. 물론, 대부분의 논의와 사색의 결과가 그렇듯이, 사람이 살 수 있는 힘은 결국 흔히들 말하는 〈사랑〉이라는 가치임을 다시 한 번 되새기게 되지만, 페레스 레베르테가 특별한 것은 그 사랑의 대상이 무한할 수 있다는 사실을 보여 준 데 있다. 사랑의 대상은 아델라 데 오테로 같은 아름다운 여인일 수도 있지만, 마지막 검술가로서의 〈명예〉일 수도, 완벽한 검법을 이룩해 내겠다는 〈소망〉일 수도, 심지어 아델라 데 오테로가 지향했던 〈맹신〉과 〈보은〉일 수도 있음을 보여 주기 때문이다. 결국 주변의 모든 것들이 살아가야 할 이유가 될 수 있고, 각자의 삶에 가치를 부여하는 동기가 될 수 있다는 것이다. 그리고 이런 작가적 결론을 통해 독자는 과연 삶이란 무엇인가를 되새겨 볼 수 있다. 앞서 언급한 바와 같이 아스타를로아는 급변하는 현실에 적응하지 못하는 심미적인 인간형이다. 도망하기보다는 죽어야 한다면 죽음을 받아들이는 인간, 아침마다 면도를 하기 위해 거울을 들여다보면서 아무런 가식의 옷도 입지 않은 본연의 자기 자신을 맞닥뜨리는, 그야말로 고전적인 인간인 것이다. 따라서 그런 하이메 아스타를로아에게 있어 검술이라는 것은 단순히 생계를 유지하기 위한 수단이 아니라 거의 제의의 수준까지 격상된, 살아가기 위한, 생존하기 위한 방편이 되어 버렸다. 그런 그에게 아델라 데 오테로라는 아름다운 여인은 사랑이라는 운명에 모든 것을 내맡길 것인가, 싸워 이기고 운명을 넘어설 것인가를 망설이게 하는 계기로 작용한다. 하이메 아스타를로아가 평생 범한 단 두 가지의 실수를 든다면, 그 하나는 시대를 따라잡지 못한 아둔 함일 것이다. 세상은 급변하고 있는데 과거와 절연하지 못하는 그의 어리석음을 아스타를로아는 고귀한 가치와 검술에 대한 완벽한 지식으로 극복할 수 있었다. 그에 반해 사랑 앞에서 주의를 게을리한 두 번째 실수는 치명적인 결과를 가져왔다. 실전용 날카로운 칼끝 앞에 목숨을 내맡겨야 하는 순간에 맞닥뜨리게 된 것이다. 그러나 사랑에 굴복한다는 것은 미리 쳐진 덫일 뿐, 작가는 소설적 정전(正傳)대로 주인공으로 하여금 그 덫을 피하고 최후의 일전을 치르게 만든다. 작가는 검술도 인생과 마찬가지로 선택의 과정임을 보여 준다. 이기든지 지든지 둘 중의 하나, 협상은 없다. 사랑을 포기하고 목숨을 걸고라도 지켜 나가야 할, 명예라는 코드를 위한 끝없는 선택의 역정이라는 것이다. 그리고 그 마지막 결전을 통해 삶이란 또 하나의 검술에 다름 아님을 보여 주고 있다.

『검의 대가』는 1988년에 발표되었던 페레스 레베르테의 첫 번째 장편소설로, 이를 계기로 작가는 성공한 전업 작가의 길로 들어서는 전환점을 마련하게 되었다. 1992년에는 페드로 올레아 감독, 오메로 안토누티 주연의 영화로 만들어져, 스페인 고야상 수상식에서 각본상을 수상한 바 있다. 페드로 올레아 감독은 『검의 대가』를 읽자마자 언젠가 영화화하기로 결심했다고 말하면서 이 작품을 〈열정과 미스터리가 적절하게 배합된 완벽한 칵테일〉이라 평하기도 했다. 예술가에게까지 예술적 영감을 불어넣는 『검의 대가』는 삶이라는 예술을 완성해야 하는 모든 독자들에게 또 다른 영감을 불어넣을 수 있을 것이다.

김수진

아르투로 페레스 레베르테 연보

1951년 출생 11월 25일 스페인 카르타헤나의 어부 집안에서 태어남. 대학에서 정치학과 저널리즘을 공부함.

1973년 22세 21여 년간 「푸에블로Pueblo」를 비롯한 각종 언론 매체의 종군 기자로 활약함.

1986년 35세 『경기병*El húsar*』 출간.

1988년 37세 『검의 대가*El maestro de esgrima*』 출간.

1990년 39세 『플랑드르 거장의 그림*La tabla de Flandes*』 출간. 모잠비크 내전(1990), 걸프전(1990~1991)에서 종군 기자로 활동.

1992년 41세 페드로 올레아 감독이 영화화한 「검의 대가」로 최고의 각본상에 주어지는 고야상 수상. 『뒤마 클럽*El club Dumas*』 출간. 보스니아 내전에 종군기자로 활동.

1993년 42세 『매의 그림자*La sombra del águila*』 출간. 스페인 국영 라디오 방송 RNE에서 소외된 계층의 문제를 다루며 5년간 방송된 장수 프로그램 「골목길 법칙」으로 온다스상 수상. 유고슬라비아 내전을 취재한 TVE 프로그램으로 아스투리아스 언론인상 수상. 프랑스 『리르』지가 페레스 레베르테(『플랑드르 거장의 그림』)를 프랑스에 소개된 가장 뛰어난 10대 외국 소설가로 선정. 『뒤마 클럽』으로 프랑스에서 탐정 소설 그랑프리상 수상.

1994년 43세 『코만치의 땅*Territorio comanche*』 출간. 『플랑드르 거장의 그림』으로 스웨덴의 추리 소설 부문 스웨덴 한림원상 수상. 『뉴욕 타임즈 북 리뷰』에서 『플랑드르 거장의 그림』을 미국 내에서 발간된 최고의 외국 소설 다섯 편 중 하나로 선정. 『뒤마 클럽』으로 덴마크의 팔레 로젠크란츠상 수상.

1995년 44세 『북의 껍질*La piel del tambor*』, 『명예와 관련된 사건*Un asunto de honor*』 출간.

1996년 45세 『알라트리스테 대위*El capitán Alatriste*』 출간.

1997년 46세 『순수한 혈통*Limieza de sangre*』(알라트리스테 대위 시리즈 제2권) 출간. 『북의 껍질』로 장 모네 유럽 문학상 수상. 스페인 전역에서 가장 많이 읽히는 작가이자 가장 많은 언어로 번역 출간된 작가로 사회적 기여도를 인정받아 〈코레오 그룹상〉 수상. 『뉴욕 타임즈 북 리뷰』에서 『플랑드르 거장의 그림』을 1997~1998년 권장 도서로 선정.

1998년 47세 일요판 주간지 『코레오』에 실렸던 칼럼들을 모은 『코르소의 모든 것*Patente de corso*』 출간. 『브레다의 태양*El sol de Breda*』(알라트리스테 대위 시리즈 제3권) 출간. 『타임』지가 『북의 껍질』을 1998년 미국에 소개된 최고의 작품으로 소개. 프랑스 대통령이 수여하는 프랑스 예술 문학 기사장 수상.

1999년 48세 로만 폴란스키 감독이 『뒤마 클럽』 영화화. 스페인 바다호스 주 라 알부에라 시청이 시 건립 188주년을 기념하기 위해 수여하는 아달리드 자유상 수상.

2000년 49세 『왕의 황금*El oro de rey*』(알라트리스테 대위 시리즈 제4권), 『항해 지도*La carta esférica*』 출간. 『뉴욕 타임즈』 북 섹션에서 『검의 대가』를 2000년 최고의 포켓북으로 선정.

2001년 50세 『코레오』에 실렸던 칼럼집 『모욕을 위하여*Con ánimo de*

ofender』 출간. 『항해 지도』로 프랑스 지중해상 수상.

2002년 51세 『남부의 여왕*La reina del sur*』 출간.

2003년 52세 『노란 조끼의 사나이*El caballero del jubon amarillo*』(알라트리스테 대위 시리즈 제5권) 출간. 6월 12일, 최고의 영예인 스페인 한림원 종신회원이 됨.

2004년 53세 『트라팔가 곶*Cabo Trafalgar*』 출간. 카르타헤나 정치 대학에서 명예 박사 학위 수여. 「전쟁을 바라보는 창」이란 칼럼으로 제29회 곤살레스-루아노 언론인상 수상. 「기나긴 도시에서의 여정」이란 칼럼으로 제5회 호이칸 로메로 무루베상 수상.

2006년 55세 『레반토의 해적들*Corsarios de Levante*』(알라트리스테 대위 시리즈 제6권), 『전쟁 화가*El pintor de batallas*』 출간.

2007년 56세 『진노의 날*Un día de cólera*』 출간.

2009년 58세 『푸른 눈*Ojos azules*』 출간.

열린책들 세계문학 078 검의 대가

옮긴이 김수진 1963년 서울에서 출생하여 한국외국어대학교 스페인어과를 졸업하였으며, 동 대학 통역번역대학원에서 석사 학위를, 대학원에서 문학 박사 학위를 취득했다. 현재 모교에서 강의하며 전문 번역가로 활동하고 있다. 지은 책으로는 『보르헤스 문학의 헤테로토피아』가 있으며, 옮긴 책으로는 아르투로 페레스 레베르테의 『공성전』, 『남부의 여왕』, 『루시퍼의 초대』, 『전쟁화를 그리는 화가』, 카를로스 루이스 사폰의 『안개의 왕자』, 『한밤의 궁전』, 『마리나』, 홀리아 나바로의 『성 수의 결사단』, 『살인의 창세기』, 카르멘 라포렛의 『나다』, 에밀리오 칼데론의 『창조주의 지도』, 에스테반 마르틴의 『그림자 화가』 등이 있다.

지은이 아르투로 페레스 레베르테 **옮긴이** 김수진 **발행인** 홍지웅·홍예빈
발행처 주식회사 열린책들 **주소** 경기도 파주시 문발로 253 파주출판도시
전화 031-955-4000 **팩스** 031-955-4004 **홈페이지** www.openbooks.co.kr
Copyright (C) 주식회사 열린책들, 2004, 2009, *Printed in Korea.*
ISBN 978-89-329-0995-0 04870 **ISBN** 978-89-329-1499-2 (세트)
발행일 2004년 9월 10일 초판 1쇄 2005년 12월 20일 초판 3쇄 2006년 2월 25일 보급판 1쇄 2006년 11월 25일 보급판 2쇄 2009년 12월 20일 세계문학판 1쇄 2019년 10월 20일 세계문학판 3쇄

이 도서의 국립중앙도서관 출판예정도서목록(CIP)은 서지정보유통지원시스템 홈페이지(http://seoji.nl.go.kr)와 국가자료공동목록시스템(http://www.nl.go.kr/kolisnet)에서 이용하실 수 있습니다.(CIP제어번호: CIP2009003506)

열린책들 세계문학
Open Books World Literature

001 죄와 벌 전2권
표도르 도스또예프스끼 장편소설 | 홍대화 옮김 | 각 408, 504면

죄와 벌의 심리 과정을 따라가며 혁명 사상의 실제적 문제를 제시하는 명작
- 고려대학교 선정 〈교양 명저 60선〉
- 미국 대학 위원회 선정 SAT 추천 도서

003 최초의 인간
알베르 카뮈 장편소설 | 김화영 옮김 | 392면

20세기 문학의 정점을 이룬 알베르 카뮈 최후의 육성
- 1957년 노벨 문학상 수상 작가

004 소설 전2권
제임스 미치너 장편소설 | 윤희기 옮김 | 각 280, 368면

〈소설이란 무엇인가〉라는 주제를 작가, 편집자, 비평가, 독자의 입장에서 풀어 나간 작품
- 〈이달의 청소년도서〉 선정
- 한국 간행물 윤리 위원회 선정 〈청소년 권장 도서〉

006 개를 데리고 다니는 부인
안똔 체호프 소설집 | 오종우 옮김 | 368면

삶의 진실과 인간의 참모습을 웃음과 울음으로 드러내는 위대한 작품
- 1993년 서울대학교 선정 〈동서 고전 200선〉
- 2002년 노벨 연구소가 선정한 〈세계문학 100선〉

007 우주 만화
이탈로 칼비노 단편집 | 김운찬 옮김 | 416면

25편 단편 속 신비로운 존재 〈크프우프크〉를 통해 환상적으로 창조된 우스꽝스러운 우주

008 댈러웨이 부인
버지니아 울프 장편소설 | 최애리 옮김 | 296면

난해한 〈의식의 흐름〉 기법과 〈내적 독백〉을 시도한 영국 모더니즘 소설의 고전
- 2005년 『타임』지 선정 〈100대 영문 소설〉, 〈20세기 100선〉
- 2009년 『뉴스위크』 선정 〈세계 100대 명저〉

009 어머니
막심 고리끼 장편소설 | 최윤락 옮김 | 544면

혁명의 교과서이자 인간다운 삶의 권리를 일깨우는 영원한 고전
- 1912년 그리보예도프상
- 2006년 이고르 수히흐 교수 〈러시아 문학 20세기의 책 20권〉
- 서울대학교 권장 도서 100선

010 변신
프란츠 카프카 중단편집 | 홍성광 옮김 | 464면

어디에도 안주하지 못하는 인간의 모습을 초현실적으로 그려 낸 카프카의 주옥같은 단편들
- 서울대학교 권장 도서 100선

011 전도서에 바치는 장미
로저 젤라즈니 중단편집 | 김상훈 옮김 | 432면

신화와 SF의 융합, 흥미롭고 지적인 중단편 소설집

012 대위의 딸
알렉산드르 뿌쉬낀 장편소설 | 석영중 옮김 | 240면

역사적 대사건을 가정 소설과 연애 소설의 형식에 녹여 내어 조망한 산문 예술의 정점
- 2000년 한국 백상 출판 문화상 번역상

013 바다의 침묵
베르코르 소설선집 | 이상해 옮김 | 256면

전쟁과 이데올로기에 가려진 인간성에 대하여 고찰한 레지스탕스 문학의 백미

014 원수들, 사랑 이야기
아이작 싱어 장편소설 | 김진준 옮김 | 320면

유대인 학살에서 살아남은 네 남녀의 사랑과 상처를 그린 소설
- 1978년 노벨 문학상 수상 작가

015 백치 전2권
표도르 도스또예프스끼 장편소설 | 김근식 옮김 | 각 500, 528면

백치 미슈낀을 통해 구현하는 완전한 아름다움과 순수한 인간의 형상
- 피터 박스올 〈죽기 전에 읽어야 할 1001권의 책〉

017 1984년
조지 오웰 장편소설 | 박경서 옮김 | 392면

감시하고 통제하는 전체주의의 권력 앞에 무력해지는 인간의 삶
- 2009년 『뉴스위크』 선정 〈세계 100대 명저〉
- 『타임』지가 뽑은 〈20세기 100선〉

018 수용소군도
알렉산드르 솔제니찐 기록문학 | 김학수 옮김 | 480면

20세기 최고의 고발 문학이자 세계적인 휴먼 다큐멘터리
- 1970년 노벨 문학상
- 『타임』지가 뽑은 〈20세기 100선〉

019 이상한 나라의 앨리스
루이스 캐럴 환상동화 | 메빈 피크 그림 | 최용준 옮김 | 336면
시공을 초월하며 상상력과 호기심의 한계를 허무는 루이스 캐럴의 환상 동화
- 2003년 BBC 「빅리드」 조사 〈영국인들이 가장 사랑하는 소설 100편〉
- 2004년 〈한국 문인이 선호하는 세계 명작 소설 100선〉

020 베네치아에서의 죽음
토마스 만 중단편집 | 홍성광 옮김 | 432면
삶과 죽음, 예술과 일상이라는 양극의 주제를 다룬 걸작
- 1929년 노벨 문학상 수상 작가
- 피터 박스올 〈죽기 전에 읽어야 할 1001권의 책〉

021 그리스인 조르바
니코스 카잔차키스 장편소설 | 이윤기 옮김 | 488면
카잔차키스가 그려 낸 자유인 조르바의 영혼의 투쟁
- 2002년 노벨 연구소가 선정한 〈세계문학 100선〉
- 2004년 〈한국 문인이 선호하는 세계 명작 소설 100선〉
- 2005년 동아일보 선정 〈21세기 신고전 50선〉
- 피터 박스올 〈죽기 전에 읽어야 할 1001권의 책〉

022 벚꽃 동산
안똔 체호프 희곡선집 | 오종우 옮김 | 336면
거창한 사상보다는 삶의 사소함을 객관적인 문체로 그린, 가장 완숙한 체호프의 작품
- 2006년 이고르 수히흐 교수 〈러시아 문학 20세기의 책 20권〉
- 미국 대학 위원회 선정 SAT 추천 도서
- 서울대학교 권장 도서 100선

023 연애 소설 읽는 노인
루이스 세풀베다 장편소설 | 정창 옮김 | 192면
담백하고 섬세한 문체와 간결한 내용에 인간의 탐욕과 자연의 거대함을 담은 환경 소설
- 1989년 티그레 후안상
- 1998년 전 세계 베스트셀러 8위

024 젊은 사자들 전2권
어윈 쇼 장편소설 | 정영문 옮김 | 각 416, 408면
인간의 어리석음, 광기, 우스꽝스러움을 탁월하게 포착한 전쟁 소설이자 심리 소설
- 1945년 오 헨리 문학상
- 1970년 플레이보이상

026 젊은 베르테르의 슬픔
요한 볼프강 폰 괴테 장편소설 | 김인순 옮김 | 240면
사랑의 열병을 앓는 전 세계 젊은이들의 영혼을 울린 감성 문학의 고전
- 2003년 크리스티아네 취른트 〈사람이 읽어야 할 모든 것, 책〉
- 피터 박스올 〈죽기 전에 읽어야 할 1001권의 책〉

027 시라노
에드몽 로스탕 희곡 | 이상해 옮김 | 256면
명랑한 영웅주의, 감미로운 연애 감정, 기발하고 화려한 시구들이 돋보이는 명작
- 미국 대학 위원회 선정 SAT 추천 도서

028 전망 좋은 방
E. M. 포스터 장편소설 | 고정아 옮김 | 352면
영국 사회의 계층 간 갈등과 가치관의 충돌을 날카롭게 포착한 걸작
- 1998년 랜덤하우스 모던 라이브러리 선정 〈최고의 영문 소설 100〉
- 피터 박스올 〈죽기 전에 읽어야 할 1001권의 책〉

029 까라마조프 씨네 형제들 전3권
표도르 도스또예프스키 장편소설 | 이대우 옮김 | 각 496, 496, 460면
많은 인물군과 에피소드를 통해 심오한 사상과 예술적 깊이를 보여 주는 도스또예프스끼 40년 창작의 결산
- 국립중앙도서관 선정 청소년 권장 도서 50선
- 서울대학교 권장 도서 100선

032 프랑스 중위의 여자 전2권
존 파울즈 장편소설 | 김석희 옮김 | 각 344면
자유에 대한 정열이 고갈된 20세기에 대한 탁월한 우화
- 1969년 실버펜상
- 2005년 「타임」지 선정 〈100대 영문 소설〉

034 소립자
미셸 우엘벡 장편소설 | 이세욱 옮김 | 448면
성(性) 풍속의 변천 과정을 중심으로 전개되는 두 형제의 쓸쓸한 삶을 다룬 작품
- 1998년 「타임스 리터러리 서플러먼트」 선정 〈올해의 책〉
- 2002년 국제 IMPAC 더블린 문학상

035 영혼의 자서전 전2권
니코스 카잔차키스 자서전 | 안정효 옮김 | 각 352, 408면
카잔차키스 자신의 삶의 여정을 아름답게 묘사한 자전적 소설

037 우리들
예브게니 자먀찐 장편소설 | 석영중 옮김 | 320면
인간이 인간일 수 있음을 방해하는 모든 제도를 거부하는, 디스토피아 소설의 효시
- 2006년 이고르 수히흐 교수 〈러시아 문학 20세기의 책 20권〉
- 피터 박스올 〈죽기 전에 읽어야 할 1001권의 책〉

038 뉴욕 3부작
폴 오스터 장편소설 | 황보석 옮김 | 480면
추리 소설의 형식을 빌려 장르의 관습을 뒤엎어 버린, 가장 미국적인 소설
- 피터 박스올 〈죽기 전에 읽어야 할 1001권의 책〉

039 닥터 지바고 전2권
보리스 빠스쩨르나끄 장편소설 | 박형규 옮김 | 각 400, 512면
장엄한 시대의 증언으로 러시아 문학의 지평을 넓힌 해빙기 문학의 정수
- 1958년 노벨 문학상
- 미국 대학 위원회 선정 SAT 추천 도서
- 『타임』지가 뽑은 〈20세기 100선〉

041 고리오 영감
오노레 드 발자크 장편소설 | 임희근 옮김 | 456면
〈인간 희극〉 시리즈의 으뜸으로, 이후 방대한 소설 세계를 열어 주는 발자크의 대표작
- 2002년 노벨 연구소가 선정한 〈세계문학 100선〉
- 연세대학교 권장 도서 200권

042 뿌리 전2권
알렉스 헤일리 장편소설 | 안정효 옮김 | 각 400, 448면
10여 년간의 철저한 자료 조사로 재구성된 르뽀르따주 문학의 걸작
- 1977년 퓰리처상
- 1977년 전미 도서상
- 2004년 〈한국 문인이 선호하는 세계 명작 소설 100선〉
- 2005년 헨리 포드사 선정 〈75년간 미국을 뒤바꾼 75가지〉

044 백년보다 긴 하루
친기즈 아이뜨마또프 장편소설 | 황보석 옮김 | 560면
꿈꾸는 듯한 현실과 현실 같은 상상이 절묘하게 어우러진, 소비에트 문화권 최고의 스테디셀러
- 1983년 소비에트 문학상
- 1994년 오스트리아 유럽 문학상

045 최후의 세계
크리스토프 란스마이어 장편소설 | 장희권 옮김 | 264면
신화적 인물과 모티프를 현대적 관심사들과 결합시킨 지적 신화 소설
- 1988년 프랑크푸르트 도서전 선정 〈올해의 책〉
- 1988년 안톤 빌트간스상
- 1992년 독일 바이에른 주 학술원 대문학상
- 피터 박스올 〈죽기 전에 읽어야 할 1001권의 책〉

046 추운 나라에서 돌아온 스파이
존 르카레 장편소설 | 김석희 옮김 | 368면
20세기 냉전이 낳은 존 르카레 최고의 스릴러
- 1963년 서머싯 몸상
- 1963년 영국 추리작가 협회상
- 1963년 미국 추리작가 협회상
- 2005년 『타임』지 선정 〈100대 영문 소설〉

047 산도칸 ― 몸프라쳄의 호랑이
에밀리오 살가리 장편소설 | 유향란 옮김 | 428면
말레이시아 해를 배경으로 펼쳐지는 해적 산도칸과 그의 친구 야녜스의 활약상
- 피터 박스올 〈죽기 전에 읽어야 할 1001권의 책〉

048 기적의 시대
보리슬라프 페키치 장편소설 | 이윤기 옮김 | 560면
예수가 행한 기적의 이면을 인간의 입장에서 조명한 기막힌 패러디
- 1965년 유고슬라비아 문학상

049 그리고 죽음
짐 크레이스 장편소설 | 김석희 옮김 | 224면
성장과 소멸, 삶과 죽음이 자연과 인간에게 주는 의미를 성찰하게 하는 걸작
- 1999년 전미 비평가 협회상
- 1999년 「가디언」 선정 〈올해의 책〉

050 세설 전2권
다니자키 준이치로 장편소설 | 송태욱 옮김 | 각 480면
몰락한 오사카 상류층의 네 자매의 결혼 이야기를 통해 당시의 풍속을 잔잔하게 그린 작품

052 세상이 끝날 때까지 아직 10억 년
스뜨루가츠끼 형제 장편소설 | 석영중 옮김 | 224면
반유토피아 문학의 전통을 계승하는 정치 풍자로 판금 조치를 당하기도 한 문제작
- 1988년 〈이달의 청소년 도서〉 선정

053 동물 농장
조지 오웰 장편소설 | 박경서 옮김 | 208면
스딸린 통치의 역사를 동물 우화에 빗댄 정치 알레고리 소설의 고전
- 2008년 영국 플래닛컴 선정 〈역사상 가장 위대한 소설 10〉
- 2009년 『뉴스위크』 선정 〈세계 100대 명작〉

054 캉디드 혹은 낙관주의
볼테르 장편소설 | 이봉지 옮김 | 232면
해학과 풍자를 통해 작가 자신의 철학을 고스란히 담아 낸 철학적 콩트의 정수
- 1993년 서울대학교 선정 〈동서 고전 200선〉
- 미국 대학 위원회 선정 SAT 추천 도서

055 도적 떼
프리드리히 폰 실러 희곡 | 김인순 옮김 | 264면
〈형제의 반목〉이라는 모티프를 이용하여 자유와 반항을 설득력 있게 묘사한 비극
- 1993년 서울대학교 선정 〈동서 고전 200선〉
- 고려대학교 선정 〈교양 명저 60선〉

056 플로베르의 앵무새
줄리언 반스 장편소설 | 신재실 옮김 | 320면
예술 작품을 둘러싸고 벌어지는 인간 사회의 다양한 양상을 날카롭게 통찰한 작품
- 1986년 메디치상
- 1986년 E. M. 포스터상
- 1987년 구텐베르크상

057 악령 전3권
표도르 도스또예프스끼 장편소설 | 김연경 옮김 | 각 324, 396, 496면

실제 사건에 심리적, 형이상학적 색채를 가미한 위대한 비극
- 1966년 동아일보 선정 〈한국 명사들의 추천 도서〉
- 피터 박스올 〈죽기 전에 읽어야 할 1001권의 책〉

060 의심스러운 싸움
존 스타인벡 장편소설 | 윤희기 옮김 | 340면

1930년대 대공황기 캘리포니아 농장 지대의 파업을 극적으로 그린 소설
- 1937년 캘리포니아 커먼웰스 클럽 금상
- 1962년 노벨 문학상 수상 작가

061 몽유병자들 전2권
헤르만 브로흐 장편소설 | 김경연 옮김 | 각 568, 544면

현대 문명의 병폐와 가치의 붕괴를 상징적·비판적으로 해석한 박물 소설이자 모든 문학적 표현 수단의 총체

063 몰타의 매
대실 해밋 장편소설 | 고정아 옮김 | 304면

하드보일드 소설의 창시자 대실 해밋의 세계 최초 탐정 소설
- 2009년 『뉴스위크』 선정 〈세계 100대 명작〉
- 뉴욕 추리 전문 서점 블랙 오키드 선정 〈최고의 추리 소설 10〉

064 마야꼬프스끼 선집
블라지미르 마야꼬프스끼 선집 | 석영중 옮김 | 384면

20세기 러시아의 위대한 혁명 시인 마야꼬프스끼의 대표적인 시와 산문 모음집

065 드라큘라 전2권
브램 스토커 장편소설 | 이세욱 옮김 | 각 340, 344면

공포와 성(性)을 결합시킨 환상 문학의 고전
- 2003년 크리스티아네 취른트 〈사람이 읽어야 할 모든 것 책〉
- 피터 박스올 〈죽기 전에 읽어야 할 1001권의 책〉

067 서부 전선 이상 없다
에리히 마리아 레마르크 장편소설 | 홍성광 옮김 | 336면

지극히 평범한 한 인간을 통해 전쟁의 본질을 보여 주는, 가장 위대한 전쟁 소설
- 미국 대학 위원회 선정 SAT 추천 도서
- 『타임』지가 뽑은 〈20세기 100선〉
- 피터 박스올 〈죽기 전에 읽어야 할 1001권의 책〉

068 적과 흑 전2권
스탕달 장편소설 | 임미경 옮김 | 각 376, 368면

〈출세〉를 향한 젊은이의 성공과 좌절을 통해 부조리한 사회 구조를 고발한 작품
- 2002년 노벨 연구소가 선정한 〈세계문학 100선〉
- 국립중앙도서관 선정 청소년 권장 도서 50선
- 서울대학교 권장 도서 100선

070 지상에서 영원으로 전3권
제임스 존스 장편소설 | 이종인 옮김 | 각 396, 380, 388면

제2차 세계 대전을 배경으로 두 쌍의 연인을 통해 하와이 주둔 미군 부대의 실상을 폭로한 자연주의 소설
- 1952년 전미 도서상
- 1998년 랜덤하우스 모던 라이브러리 선정 〈최고의 영문 소설 100〉

073 파우스트
요한 볼프강 폰 괴테 희곡 | 김인순 옮김 | 568면

진리를 찾는 파우스트를 통해 인간사의 모든 문제를 상징적으로 표현한 고전 중의 고전
- 2002년 노벨 연구소가 선정한 〈세계문학 100선〉
- 2003년 국립중앙도서관 선정 〈고전 100선〉
- 미국 대학 위원회 선정 SAT 추천 도서
- 서울대학교 권장 도서 100선
- 『뉴스위크』 선정 〈세상을 움직인 100권의 책〉

074 쾌걸 조로
존스턴 매컬리 장편소설 | 김훈 옮김 | 316면

마스크 뒤에 정체를 감추고 폭압에 맞서 싸우는 쾌걸 조로의 가슴 시원한 활약

075 거장과 마르가리따 전2권
미하일 불가꼬프 장편소설 | 홍대화 옮김 | 각 364, 328면

스딸린 치하의 소비에트 사회를 풍자하는 서늘한 공포와 유쾌한 웃음의 묘미
- 2006년 이고르 수히흐 교수 〈러시아 문학 20세기의 책 20권〉
- 피터 박스올 〈죽기 전에 읽어야 할 1001권의 책〉

077 순수의 시대
이디스 워튼 장편소설 | 고정아 옮김 | 448면

사랑과 결혼의 의미를 찾는 세 남녀의 이야기를 세밀하게 그려 낸 연애 소설의 고전
- 1998년 랜덤하우스 모던 라이브러리 선정 〈최고의 영문 소설 100〉
- 2009년 『뉴스위크』 선정 〈세계 100대 명작〉

078 검의 대가
아르투로 페레스 레베르테 장편소설 | 김수진 옮김 | 376면

1868년 마드리드, 역사적인 음모와 계략 그리고 화려한 검술이 엮어 내는 지적 미스터리
- 1993년 『리르』지 선정 〈10대 외국 소설가〉
- 1997년 코레오 그룹상
- 2000년 『뉴욕 타임스』 선정 〈올해의 포켓북〉

079 예브게니 오네긴
알렉산드르 뿌쉬낀 운문소설 | 석영중 옮김 | 328면

패러디의 소설이자 소설의 패러디. 러시아가 낳은 위대한 시인 뿌쉬낀의 장편 운문 소설
- 고려대학교 선정 〈교양 명저 60선〉
- 연세대학교 권장 도서 200권

080 장미의 이름 전2권
움베르토 에코 장편소설 | 이윤기 옮김 | 각 440, 448면

에코의 해박한 인류학적 지식과 기호학 이론이 녹아 있는 중세 추리 소설

- 1981년 스트레가상
- 1982년 메디치상
- 『타임』지가 뽑은 〈20세기 100선〉

082 향수
파트리크 쥐스킨트 장편소설 | 강명순 옮김 | 384면

지상 최고의 향수를 만들려는 한 악마적 천재의 기상천외한 이야기

- 2003년 BBC 「빅리드」 조사 〈영국인들이 가장 사랑하는 소설 100권〉
- 2008년 서울대학교 대출 도서 순위 20

083 여자를 안다는 것
아모스 오즈 장편소설 | 최창모 옮김 | 280면

현대 히브리 문학의 대표적 작가이자 평화 운동가인 아모스 오즈의 대표작

084 나는 고양이로소이다
나쓰메 소세키 장편소설 | 김난주 옮김 | 544면

고양이의 눈에 비친 인간들의 우스꽝스럽고도 서글픈 초상

085 웃는 남자 전2권
빅토르 위고 장편소설 | 이형식 옮김 | 각 472, 496면

17세기 영국 사회에 대한 묘사와 역사에 대한 통찰력이 돋보이는 위고의 최고 걸작

087 아웃 오브 아프리카
카렌 블릭센 장편소설 | 민승남 옮김 | 480면

아프리카에 바치는, 아프리카인과 나눈 사랑과 교감 그리고 우정과 깨달음의 기록

- 피터 박스올 〈죽기 전에 읽어야 할 1001권의 책〉

088 무엇을 할 것인가 전2권
니콜라이 체르니셰프스키 장편소설 | 서정록 옮김 | 각 360, 404면

젊은 지식인들에게 〈혁명의 교과서〉로 추앙받은 사회주의 이상 소설

090 도나 플로르와 그녀의 두 남편 전2권
조르지 아마두 장편소설 | 오숙은 옮김 | 각 328, 308면

브라질의 국민 작가 아마두의 관능적이고도 익살이 넘치는 대표작

092 미사고의 숲
로버트 홀드스톡 장편소설 | 김상훈 옮김 | 416면

신화의 원형과 〈숲〉으로 상징되는 집단 무의식의 본질을 유려한 문체로 형상화한 걸작

- 1985년 세계 환상 문학상 대상
- 2003년 프랑스 환상 문학상 특별상

093 신곡 전3권
단테 알리기에리 장편서사시 | 김운찬 옮김 | 각 292, 296, 328면

총 1만 4233행으로 기록된, 단테의 일주일 동안의 저승 여행 이야기

- 2009년 『뉴스위크』 선정 〈세계 100대 명저〉
- 서울대학교 권장 도서 100선

096 교수
샬럿 브론테 장편소설 | 배미영 옮김 | 368면

권위와 위선을 거부하고 자립해 가는 인간들의 모순된 내면 심리에 대한 탁월한 묘사

097 노름꾼
표도르 도스또예프스끼 장편소설 | 이재필 옮김 | 320면

잡지의 실패, 형과 아내의 죽음, 빚…… 파국으로 치닫는 악몽 같은 이야기로 승화한 작가의 회상

098 하워즈 엔드
E. M. 포스터 장편소설 | 고정아 옮김 | 512면

정교한 플롯과 다채로운 인물 묘사가 돋보이는 E. M. 포스터의 역작

- 1998년 랜덤하우스 모던 라이브러리 선정 〈최고의 영문 소설 100〉
- 2004년 〈한국 문인이 선호하는 세계 명작 소설 100선〉

099 최후의 유혹 전2권
니코스 카잔차키스 장편소설 | 안정효 옮김 | 각 408면

예수뿐 아니라 그의 주변 인물들에게까지 생생한 살과 영혼을 부여한 소설

- 피터 박스올 〈죽기 전에 읽어야 할 1001권의 책〉

101 키리냐가
마이크 레스닉 장편소설 | 최용준 옮김 | 464면

모든 문제에 대한 해답이 존재했던, 잃어버린 유토피아에 관한 우화

- 1989년 휴고상

102 바스커빌가의 개
아서 코넌 도일 장편소설 | 조영학 옮김 | 264면

가장 매력적인 탐정 〈셜록 홈스〉를 창조해 낸 코넌 도일 최고의 장편소설

- 『히치콕 매거진』 선정 〈세계 10대 추리 소설〉
- 피터 박스올 〈죽기 전에 읽어야 할 1001권의 책〉

103 버마 시절
조지 오웰 장편소설 | 박경서 옮김 | 400면

〈인도 제국주의 경찰〉이라는 실제 경험을 바탕으로 완성한 조지 오웰의 첫 장편, 그 식민지의 기록

104 10 1/2장으로 쓴 세계 역사
줄리언 반스 장편소설 | 신재실 옮김 | 464면

패러디, 다큐멘터리, 에세이 등 다양한 형식을 통한 세계 역사의 포스트모더니즘적 전복

105 죽음의 집의 기록
표도르 도스또예프스끼 장편소설 | 이덕형 옮김 | 528면

도스또예프스끼의 실제 경험이 가장 많이 반영된 다큐멘터리적 소설

- 1955년 시카고 대학 그레이트 북스
- 피터 박스올 《죽기 전에 읽어야 할 1001권의 책》

106 소유 전2권
수전 바이어트 장편소설 | 윤희기 옮김 | 각 440, 480면

우연히 발견된 편지의 비밀을 좇으며 알아 가는 빅토리아 시대의 사랑, 그리고 현실의 사랑

- 1990년 부커상
- 1990년 영국 최고 영예 지도자상인 커맨더(CBE) 훈장
- 2005년 『타임』지 선정 〈100대 영문 소설〉

108 미성년 전2권
표도르 도스또예프스끼 장편소설 | 이상룡 옮김 | 각 512, 544면

불행한 운명을 타고난 한 청년이 이상과 현실 사이에서 방황하는 모습을 그린 성장 소설

110 성 앙투안느의 유혹
귀스타브 플로베르 희곡소설 | 김용은 옮김 | 584면

〈낭만주의적 구도자〉 귀스타브 플로베르가 스스로 밝힌 〈평생의 작품〉

111 밤으로의 긴 여로
유진 오닐 희곡 | 강유나 옮김 | 240면

치솟는 애증과 한없는 연민의 다른 이름, 〈가족〉에 대한 유진 오닐의 자전적 고백

- 1936년 노벨 문학상 수상 작가
- 1957년 퓰리처상
- 미국 대학 위원회 선정 SAT 추천 도서
- 『타임』지가 뽑은 〈20세기 100선〉

112 마법사 전2권
존 파울즈 장편소설 | 정영문 옮김 | 각 512, 552면

중층적 책략과 거미줄처럼 깔린 복선, 다양한 상징이 어우러진 거대한 환상의 숲

- 2003년 BBC 〈빅리드〉 조사 〈영국인들이 가장 사랑하는 소설 100편〉
- 『타임』지 선정 〈100대 영문 소설〉

114 스쩨빤치꼬보 마을 사람들
표도르 도스또예프스끼 장편소설 | 변현태 옮김 | 416면

작가의 시베리아 유형 직후에 발표된 작품. 유쾌한 희극적 기법과 언어의 기막힌 패러디

115 플랑드르 거장의 그림
아르투로 페레스 레베르테 장편소설 | 정창 옮김 | 512면

그림에 감추어진 문장으로 과거를 추적해 가는 미스터리아 역사 추리 소설

- 1993년 프랑스 추리 소설 대상
- 1993년 『리르』지 선정 〈10대 외국인 소설가〉

116 분신
표도르 도스또예프스끼 장편소설 | 석영중 옮김 | 288면

〈의식의 분열〉이라는 도스또예프스끼 창작의 가장 중요한 테마를 예고한 작품

117 가난한 사람들
표도르 도스또예프스끼 장편소설 | 석영중 옮김 | 256면

보잘것없는 하급 관리와 욕심 많은 지주의 아내가 되는 가엾은 처녀가 주고받은 편지

118 인형의 집
헨리크 입센 희곡 | 김창화 옮김 | 272면

누군가의 아내 혹은 어머니가 아닌, 한 〈인간〉으로서의 여성의 깨달음을 그린 화제작

- 미국 대학 위원회 선정 SAT 추천 도서
- 『뉴스위크』 선정 〈세상을 움직인 100권의 책〉

119 영원한 남편
표도르 도스또예프스끼 장편소설 | 정명자 외 옮김 | 448면

도스또예프스끼의 심화된 예술 세계를 보여 주는 단편 모음집

120 알코올
기욤 아폴리네르 시집 | 황현산 옮김 | 352면

파격적인 시풍과 유려한 내재율을 자랑하는 기욤 아폴리네르의 첫 시집

121 지하로부터의 수기
표도르 도스또예프스끼 장편소설 | 계동준 옮김 | 256면

선악의 충돌, 환경과 윤리의 갈등, 인간의 변민과 그리스도를 통한 구원에 관한 이야기들

122 어느 작가의 오후
페터 한트케 중편소설 | 홍성광 옮김 | 160면

세계적 작가 페터 한트케가 소설의 형식으로 써 내려간 독특한 〈작가론〉, 한트케식 글쓰기의 표본

123 아저씨의 꿈
표도르 도스또예프스끼 장편소설 | 박종소 옮김 | 304면

과장의 기법과 희학적 색채를 드러낸 도스또예프스끼의 풍자 드라마 혹은 사회 비판적 소설

124 네또츠까 네즈바노바
표도르 도스또예프스끼 장편소설 | 박재만 옮김 | 316면

네또츠까 네즈바노바라는 한 여성의 일대기를 다룬 도스또예프스끼 최초의 장편이자 미완성작

125 곤두박질
마이클 프레인 장편소설 | 최용준 옮김 | 528면

해박한 미술사적 지식을 토대로 한 예술 소설이자 역사적 배경 속에서 벌어지는 사회심리 코미디

- 1999년 『타임스 리터러리 서플러먼트』 선정 〈올해의 책〉
- 1999년 휫브레드상

126 백야 외
표도르 도스또예프스끼 소설선집 | 석영중 외 옮김 | 408면

도스또예프스끼의 유토피아적 사회주의 사상이 나타난 단편 모음으로, 뻬뜨로빠블로프스끄 감옥에 수감된 동안의 삶의 환희 등이 엿보이는 작품

127 살라미나의 병사들
하비에르 세르카스 장편소설 | 김창민 옮김 | 304면

1939년 프랑스 국경 숲 집단 총살에서 살아남은 작가이자 팔랑헤당의 핵심 멤버였던 산체스 마사스를 추적하는, 탐정 소설 형식을 띤 이야기

- 2001년 스페인 살람보상, 『케 레에르』지 독자상, 바르셀로나 시의 상
- 2004년 영국 「인디펜던트」 외국 소설상

128 뻬쩨르부르그 연대기 외
표도르 도스또예프스끼 소설선집 | 이항재 옮김 | 296면

새로운 테마와 방법으로 고심한 흔적이 나타나는, 당대 사회에 대한 날카로운 관찰자적 시각을 가지고 간결하고 세련된 문체를 사용한 작품

129 상처받은 사람들 전2권
표도르 도스또예프스끼 장편소설 | 윤우섭 옮김 | 각 296, 392면

19세기 중엽 뻬쩨르부르그 상류 사회의 이중적 삶과 하층민의 고통, 그로 인한 비극적 갈등과 모순을 그린 작품

131 악어 외
표도르 도스또예프스끼 소설선집 | 박혜강 외 옮김 | 312면

도스또예프스끼의 중기 단편, 점차 완숙해져 가는 작가의 예술적·사상적 세계관이 돋보이는 작품

132 허클베리 핀의 모험
마크 트웨인 장편소설 | 윤교찬 옮김 | 416면

모험 소설의 대가, 미국의 셰익스피어라 불리는 마크 트웨인의 대표작

- 미국 대학 위원회 선정 SAT 추천 도서
- 서울대학교 권장 도서 100선

133 부활 전2권
레프 톨스또이 장편소설 | 이대우 옮김 | 각 308, 416면

똘스또이의 세계관이 담긴 거대한 사상서, 끝없는 용서와 사랑으로 부활하는 인간성에 대한 이야기

- 2003년 국립중앙도서관 선정 〈고전 100선〉
- 2004년 〈한국 문인이 선호하는 세계 명작 소설 100선〉

135 보물섬
로버트 루이스 스티븐슨 장편소설 | 최용준 옮김 | 360면

백 년이 넘게 전 세계 독자들의 사랑을 받아 온 해양 모험 소설의 고전

- 2003년 BBC 「빅리드」 조사 〈영국인들이 가장 사랑하는 소설 100편〉
- 미국 대학 위원회 선정 SAT 추천 도서

136 천일야화 전6권
앙투안 갈랑 | 임호경 옮김 | 각 336, 328, 372, 392, 344, 320면

마법과 흥미진진한 모험 속에서 아랍의 문화와 관습은 물론 아랍인들의 세계관과 기질을 재미있게 전하는 앙투안 갈랑의 〈천일야화〉 완역판

- 2003년 국립중앙도서관 선정 〈고전 100선〉

142 아버지와 아들
이반 뚜르게네프 장편소설 | 이상원 옮김 | 328면

격변기 러시아의 세대 갈등, 〈보수〉와 〈진보〉가 대립하는 시대상을 묘사하여 논쟁을 불러일으킨 작품

- 1993년 서울대학교 선정 〈동서 고전 200선〉
- 미국 대학 위원회 선정 SAT 추천 도서

143 오만과 편견
제인 오스틴 장편소설 | 원유경 옮김 | 480면

오만과 편견에서 비롯된 모든 갈등과 모순은 결혼으로 해결된다. 셰익스피어에 버금가는 작가 제인 오스틴의 대표작

- 1954년 서머싯 몸이 추천한 세계 10대 소설
- 2002년 노벨 연구소가 선정한 〈세계 문학 100선〉
- 미국 대학 위원회 선정 SAT 추천 도서

144 천로 역정
존 버니언 우화소설 | 이동일 옮김 | 432면

좁은 문을 지나 천국에 이르는 순례자의 여정. 침례교 설교자 존 버니언의 대표작인 종교적 우화소설

- 1945년 호레이스 십 선정 〈세계를 움직인 책 10권〉
- 2003년 국립중앙도서관 선정 〈고전 100선〉
- 2004년 〈한국 문인이 선호하는 세계 명작 소설 100선〉

145 대주교에게 죽음이 오다
윌라 캐더 장편소설 | 윤명옥 옮김 | 352면

웅대한 자연환경과 함께 뉴멕시코 선교사들의 삶을 그린, 퓰리처상 수상 작가 윌라 캐더의 아름다운 신화적 소설

- 2005년 「타임」 선정 〈100대 영문 소설〉
- 2009년 「뉴스위크」 선정 〈세계 100대 명저〉
- 미국 대학 위원회 선정 SAT 추천 도서

146 권력과 영광
그레이엄 그린 장편소설 | 김연수 옮김 | 384면

군사 혁명 시절의 멕시코, 범법자이자 도망자를 자처한 어느 사제의 이야기. 불구가 된 세상이 신의 대리인에게 내리는 가혹한 형벌, 혹은 놀라운 축복!

- 2005년 「타임」 선정 〈100대 영문 소설〉

147 80일간의 세계 일주
쥘 베른 장편소설 | 고정아 옮김 | 352면

공상 과학 소설의 고전. 지금까지 전 세계에 가장 많은 번역 작품을 남긴 쥘 베른, 그가 그려 낸 80일 동안의 세계 일주

- 미국 대학 위원회 선정 SAT 추천 도서

148 바람과 함께 사라지다 전3권
마거릿 미첼 장편소설 | 안정효 옮김 | 각 616, 640, 640면

미국 문학사상 최고의 이야기꾼 마거릿 미첼의 대표작. 전쟁의 폐허 속에서 살아가는 여성의 이야기

- 1937년 퓰리처상
- 2009년 『뉴스위크』 선정 〈세계 100대 명저〉

151 기탄잘리
라빈드라나트 타고르 시집 | 장경렬 옮김 | 224면

먼 곳을 가깝게 하고 낯선 이를 형제로 만드는 타고르 시의 힘 나그네, 연인…… 〈님〉을 그리는 가난한 마음들이 바치는 노래의 화환

- 1913년 노벨 문학상
- 2003년 국립중앙도서관 선정 〈고전 100선〉

152 도리언 그레이의 초상
오스카 와일드 장편소설 | 윤희기 옮김 | 384면

예술과 삶의 관계를 해명한 오스카 와일드의 유일한 장편소설

- 1996년 동아일보 선정 〈한국 명사들의 추천 도서〉
- 미국 대학 위원회 선정 SAT 추천 도서

153 레우코와의 대화
체사레 파베세 희곡소설 | 김운찬 옮김 | 280면

이탈리아 신사실주의 문학을 대표하는 파베세의 급진적인 신화 해석

154 햄릿
윌리엄 셰익스피어 희곡 | 박우수 옮김 | 256면

삶과 죽음, 도덕과 양심, 의지와 운명 등 다양한 문제를 동반한 존재 탐구의 여정

- 2002년 노벨 연구소가 선정한 〈세계문학 100선〉
- 미국 대학 위원회 선정 SAT 추천 도서

155 맥베스
윌리엄 셰익스피어 희곡 | 권오숙 옮김 | 176면

모순과 역설을 통해 인간 내면의 온갖 가치 충돌을 그려 낸, 셰익스피어 4대 비극의 마지막 작품

- 2002년 노벨 연구소가 선정한 〈세계문학 100선〉
- 미국 대학 위원회 선정 SAT 추천 도서

156 아들과 연인 전2권
D. H. 로런스 장편소설 | 최희섭 옮김 | 각 464, 432면

19세기 말에서 20세기 초 영국 사회 하층 계급의 삶을 생생하게 묘사한 로런스의 자전적 소설

- 2002년 노벨 연구소가 선정한 〈세계문학 100선〉
- 2009년 『뉴스위크』 선정 〈세계 100대 명저〉

158 그리고 아무 말도 하지 않았다
하인리히 뵐 장편소설 | 홍성광 옮김 | 272면

〈전후 독일에서 쓰인 최고의 책〉이라고 극찬받은 작품. 섬세하게 묘사된 전후의 내면 풍경

- 1972년 노벨 문학상 수상 작가

159 미덕의 불운
싸드 장편소설 | 이형식 옮김 | 248면

신앙 깊고 정숙한 미덕의 화신 쥐스띤느에게 가해지는 잔혹한 운명. 〈싸디즘〉의 유래가 된 문제작

160 프랑켄슈타인
메리 W. 셸리 장편소설 | 오숙은 옮김 | 320면

공포 소설, 공상 과학 소설의 고전. 과학의 발전과 실험이 불러올지도 모를 끔찍한 재앙에 대한 경고

- 2009년 『뉴스위크』 선정 〈세계 100대 명저〉
- 미국 대학 위원회 선정 SAT 추천 도서

161 위대한 개츠비
프랜시스 스콧 피츠제럴드 장편소설 | 한애경 옮김 | 280면

개츠비, 닉, 톰이라는 세 캐릭터를 통해 시대적 불안을 뛰어나게 묘사한 고전

- 2005년 『타임』지 선정 〈100대 영문 소설〉
- 미국 대학 위원회 선정 SAT 추천 도서

162 아Q정전
루쉰 중단편집 | 김태성 옮김 | 320면

현대 중국의 문학과 인문 정신의 출발을 상징하는 루쉰의 소설집

- 1996년 『뉴욕 타임스』 선정 〈20세기에 가장 큰 영향을 끼친 그레이트 북스〉

163 로빈슨 크루소
대니얼 디포 장편소설 | 류경희 옮김 | 456면

최초의 본격 소설이자 근대 소설의 효시. 국적과 시대와 세대를 불문한 여행기 문학의 대표작

- 2003년 국립중앙도서관 선정 〈고전 100선〉
- 미국 대학 위원회 선정 SAT 추천 도서

164 타임머신
허버트 조지 웰스 소설선집 | 김석희 옮김 | 304면

SF의 거인 허버트 조지 웰스가 그려 낸 인류의 미래 그 잔혹한 기적

- 2003년 크리스터아네 취른트 〈사람이 읽어야 할 모든 것 책〉
- 피터 박스올 〈죽기 전에 읽어야 할 1001권의 책〉

165 제인 에어 전2권
샬럿 브론테 장편소설 | 이미선 옮김 | 각 392, 384면

가난한 고아 가정 교사 제인 에어와 부유하지만 불행한 로체스터의 사랑을 주제로 한 연애 소설

- 미국 대학 위원회 선정 SAT 추천 도서
- 피터 박스올 〈죽기 전에 읽어야 할 1001권의 책〉

167 풀잎
월트 휘트먼 시집 | 허현숙 옮김 | 280면

자유시의 선구자 월트 휘트먼. 40년간 수정과 증보를 거듭한 시집 『풀잎』의 초판 완역본

- 2002년 노벨 연구소가 선정한 〈세계문학 100선〉
- 2009년 『뉴스위크』 선정 〈세계 100대 명저〉

168 표류자들의 집
기예르모 로살레스 장편소설 | 최유정 옮김 | 216면

쿠바와 미국, 그 어느 땅에도 뿌리박기를 거부한 작가 기예르모 로살레스. 그가 생전에 남긴 단 한 권의 책
- 1987년 황금 문학상

169 배빗
싱클레어 루이스 장편소설 | 이종인 옮김 | 520면

일반 명사가 된 한 남자의 이야기, 미국의 중산 계급에 대한 풍자와 뛰어난 환경 묘사에 성공한 루이스의 최고 걸작!
- 1930년 노벨 문학상

170 이토록 긴 편지
마리아마 바 장편소설 | 백선희 옮김 | 192면

50대 여성 라마툴라이가 친구 아이사투에게 쓴 편지, 일부다처제를 둘러싼 두 여인의 고통과 선택, 새로운 삶에서의 번민을 담아낸 작품
- 1980년 노마상

171 느릅나무 아래 욕망
유진 오닐 희곡 | 손동호 옮김 | 168면

욕정과 물욕, 근친상간과 유아 살해, 욕망에서 비롯된 인간사 갈등의 극단도. 그러나 그 속에서도 아직 꺾이지 않는 사랑에 대한 이야기
- 1936년 노벨 문학상 수상 작가

172 이방인
알베르 카뮈 장편소설 | 김예령 옮김 | 208면

인간의 부조리를 성찰한 작가 알베르 카뮈의 처녀작. 죽음, 자유, 반항, 진실의 심연을 들여다본다
- 1957년 노벨 문학상 수상 작가
- 2002년 노벨 연구소가 선정한 《세계 문학 100대 작품》

173 미라마르
나기브 마푸즈 장편소설 | 허진 옮김 | 288면

아랍 문학계의 큰 별, 나기브 마푸즈가 파고든 두 차례의 혁명, 그 이후
- 1988년 노벨 문학상 수상 작가
- 피터 박스올 《죽기 전에 읽어야 할 1001권의 책》

174 지킬 박사와 하이드 씨
로버트 루이스 스티븐슨 소설선집 | 조영학 옮김 | 320면

인간 내면의 근원을 탐구한 탁월한 심리 묘사가 스티븐슨. 그가 선사하는 다섯 가지 기이한 이야기
- 2004년 《한국 문인이 선호하는 세계 명작 소설 100선》

175 루진
이반 뚜르게네프 장편소설 | 이항재 옮김 | 264면

한 〈잉여 인간〉의 삶과 죽음을 러시아 문단의 거인 뚜르게네프의 사실적 시선을 통해 엿본다

176 피그말리온
조지 버나드 쇼 희곡 | 김소임 옮김 | 256면

20세기 영국 사회의 허위와 모순에 대한 신랄한 풍자. 셰익스피어 이후 가장 위대한 극작가 조지 버나드 쇼의 대표작
- 1925년 노벨 문학상 수상 작가

177 목로주점 전2권
에밀 졸라 장편소설 | 유기환 옮김 | 각 336면

노동자의 언어로 쓰인 최초의 노동 소설. 19세기를 살아간 노동자의 고달픈 삶, 그 몰락의 연대기
- 피터 박스올 《죽기 전에 읽어야 할 1001권의 책》

179 엠마 전2권
제인 오스틴 장편소설 | 이미애 옮김 | 각 336, 360면

호기심과 오해가 빚어낸 사건들 속에서 완성되는 철부지 엠마의 좌충우돌 성장기
- 2007년 데보라 G. 펠터 《여성의 삶을 바꾼 책 50권》

181 비숍 살인 사건
S. S. 밴 다인 장편소설 | 최인자 옮김 | 464면

추리 소설의 황금시대를 장식한 S. S. 밴 다인의 시와 문학을 접목시킨 연쇄 살인 사건

182 우신예찬
에라스무스 풍자문 | 김남우 옮김 | 296면

자유로운 세계주의자 에라스무스, 그의 눈에 비친 〈웃지 않을 수 없는〉 시대의 모습

183 하자르 사전
밀로라드 파비치 장편소설 | 신현철 옮김 | 488면

지중해에 실제로 존재했던 하자르 제국에 대한, 역사와 환상이 교묘하게 뒤섞인 역사 미스터리 사전(辭典) 소설

184 테스 전2권
토머스 하디 장편소설 | 김문숙 옮김 | 각 392, 336면

옹졸한 인습 속에서도 강인한 생명력과 자연의 회복력을 지닌 순수한 대지의 딸 테스의 삶과 죽음
- 미국 대학 위원회 선정 SAT 추천 도서

186 투명 인간
허버트 조지 웰스 장편소설 | 김석희 옮김 | 288면

SF의 거장 허버트 조지 웰스의 빛나는 상상력. 보이지 않는 인간이 보여 주는, 소외된 인간의 고독
- 미국 대학 위원회 선정 SAT 추천 도서

187 93년 전2권
빅토르 위고 장편소설 | 이형식 옮김 | 각 288, 360면

프랑스 대혁명 당시 가장 치열했던 방데 전투의 종말. 그리고 그곳에서, 사상과 인간성 간의 전쟁이 다시 시작된다

189 젊은 예술가의 초상
제임스 조이스 장편소설 | 성은애 옮김 | 384면

20세기 가장 혁명적인 문학가 제임스 조이스의 자전적 소설. 감수성을 억압하는 사회를 거부하고 예술의 길을 택한 한 소년의 성장기

190 소네트집
윌리엄 셰익스피어 연작시집 | 박우수 옮김 | 200면

아름다운 언어로 사랑과 고통을 그려 낸 소네트 문학의 최고 걸작
- 2009년 『뉴스위크』 선정 〈세계 100대 명저〉

191 메뚜기의 날
너새니얼 웨스트 장편소설 | 김진준 옮김 | 280면

할리우드 뒷골목의 하류 인생들! 그들의 적나라한 모습에서 헛된 꿈에 부푼 인간들의 모습을 본다
- 2009년 『뉴스위크』 선정 〈세계 100대 명저〉

192 나사의 회전
헨리 제임스 중편소설 | 이승은 옮김 | 256면

모호한 암시와 뒤에 숨겨진 반전. 현대 심리 소설의 아버지 헨리 제임스의 대표작
- 미국 대학 위원회 선정 SAT 추천 도서
- 1955년 시카고 대학 〈그레이트 북스〉

193 오셀로
윌리엄 셰익스피어 희곡 | 권오숙 옮김 | 216면

인간의 사랑과 질투, 그리고 의심이라는 감정이 빚어내는 비극

194 소송
프란츠 카프카 장편소설 | 김재혁 옮김 | 376면

난데없는 소송과 운명적 소용돌이에 희생당하는 한 인간을 통해 카프카의 문학적 천재성을 본다
- 2002년 노벨 연구소가 선정한 〈세계 문학 100선〉
- 2005년 『타임』지 선정 〈100대 영문 소설〉

195 나의 안토니아
윌라 캐더 장편소설 | 전경자 옮김 | 368면

유토피아를 꿈꾸며 고향을 떠나온 이민자들의 삶. 황량한 초원에서 펼쳐진 그들의 아름다운 순간들
- 2007년 데보라 G. 펠터 〈여성의 삶을 바꾼 책 50권〉

196 자성록
마르쿠스 아우렐리우스 명상록 | 박민수 옮김 | 240면

로마 황제라는 화려함 뒤에 권력보다는 철학과 인간을 사랑했던 고독한 영웅이 있었다. 그의 성찰의 시간들을 엿본다

197 오레스테이아
아이스킬로스 비극 | 두행숙 옮김 | 336면

오레스테스를 중심으로 벌어지는 잔혹한 복수극을 통해 정의란 무엇인지에 대한 질문을 던진다

198 노인과 바다
어니스트 헤밍웨이 소설선집 | 이종인 옮김 | 320면

한 노인과 거대한 물고기의 사투를 통해 삶과 죽음에 대한 고민과 패배하지 않는 인간의 굳건한 의지를 그려 낸다
- 1952년 퓰리처상 수상작
- 1952년 노벨 문학상 수상 작가

199 무기여 잘 있거라
어니스트 헤밍웨이 장편소설 | 이종인 옮김 | 464면

체험에 뿌리를 내린 크나큰 비극. 미국 문학의 거장 헤밍웨이가 〈잃어버린 세대〉의 모습을 담는다
- 『타임』지가 뽑은 〈20세기 100선〉
- 미국 대학 위원회 선정 SAT 추천 도서

200 서푼짜리 오페라
베르톨트 브레히트 희곡선집 | 이은희 옮김 | 320면

이데올로기 속에 갇힌 인간의 모습을 그려 낸 「서푼짜리 오페라」와 「억척어멈과 자식들」을 만난다
- 『뉴욕 타임스』 선정 〈20세기 최고의 책 100선〉

201 리어 왕
윌리엄 셰익스피어 희곡 | 박우수 옮김 | 224면

자신의 정체성을 아는 자 누구인가? 오이디푸스의 후예 리어, 눈 있으되 보지 못하는 자의 고통
- 미국 대학 위원회 선정 SAT 추천 도서
- 2002년 노벨 연구소가 선정한 〈세계문학 100선〉

202 주홍 글자
너새니얼 호손 장편소설 | 곽영미 옮김 | 360면

미국 문학의 시대를 연 호손의 대표작. 가장 통속적인 곳에서 피어난 가장 숭고한 이야기
- 미국 대학 위원회 선정 SAT 추천 도서
- 서울대학교 선정 〈동서 고전 200선〉

203 모히칸족의 최후
제임스 페니모어 쿠퍼 장편소설 | 이나경 옮김 | 512면

자연과 문명, 인디언과 백인, 신화와 역사의 경계를 넘나드는 모히칸 전사의 최후 전투 기록
- 미국 대학 위원회 선정 SAT 추천 도서

204 곤충 극장
카렐 차페크 희곡선집 | 김선형 옮김 | 360면

양차 대전 사이 유럽을 살아간 휴머니스트 카렐 차페크의 치열한 고민, 그러나 위트 넘치는 기록들

205 누구를 위하여 종은 울리나 전2권
어니스트 헤밍웨이 장편소설 | 이종인 옮김 | 각 416, 400면

허무주의에서 평화를 위한 필사의 투쟁으로, 연대를 통한 실천 의식을 역설한 헤밍웨이의 역작
- 1953년 노벨 문학상 수상 작가
- 뉴스위크 선정 세계 100대 명저
- 르몽드 선정 〈20세기 최고의 책〉

207 타르튀프
몰리에르 희곡선집 | 신은영 옮김 | 416면

최고의 희극 배우이자 가장 위대한 극작가 몰리에르, 조롱과 웃음기로 무장한 투쟁의 궤적
- 1955년 시카고 대학 〈그레이트 북스〉
- 서울대학교 선정 〈동서 고전 200선〉

208 유토피아
토머스 모어 소설 | 전경자 옮김 | 288면

르네상스 시대의 휴머니즘과 종교적 관용, 성 평등을 주장한 근대 소설의 효시이자 사회사상사적 명저
- 『뉴스위크』 선정 세상을 움직인 100권의 책
- 스탠포드 대학 선정 〈세계의 결정적 책 15권〉

209 인간과 초인
조지 버나드 쇼 희곡 | 이후지 옮김 | 320면

니체의 초인 사상에 큰 영향을 받은 버나드 쇼의 인생관과 예술관이 흥미로운 설정과 희극적인 요소와 함께 펼쳐진다
- 1925년 노벨 문학상 수상
- 시카고 대학 그레이트 북스

210 페드르와 이폴리트
장 라신 희곡 | 신정아 옮김 | 200면

프랑스 신고전주의 희곡의 대가 라신의 대표작이자 정념을 다룬 비극의 정수
- 서울대학교 선정 〈동서 고전 200선〉
- 시카고 대학 그레이트 북스

211 말테의 수기
라이너 마리아 릴케 장편소설 | 안문영 옮김 | 320면

고독과 고난에 대한 기록, 20세기 초 독일어로 발표된 최초의 현대 소설이자 릴케의 유일한 장편소설
- 국립중앙도서관 선정 청소년 권장도서 50선
- 서울대학교 선정 〈동서 고전 200선〉

212 등대로
버지니아 울프 장편소설 | 최애리 옮김 | 328면

삶과 죽음, 세월을 바라보는 깊은 눈. 무수한 인상의 단면들을 아름답게 이어 간 울프의 자전적 소설
- 2002년 노벨 연구소가 선정한 〈세계문학 100선〉
- 2005년 『타임』지 선정 〈100대 영문 소설〉

213 개의 심장
미하일 불가꼬프 중편소설 | 정연호 옮김 | 352면

혁명의 모순과 과학의 맹점을 파고든 〈불가꼬프적〉 상상력의 정수

214 모비 딕 전2권
허먼 멜빌 장편소설 | 강수정 옮김 | 각 464, 488면

고래에 관한 모든 것. 전율적인 모험, 자연과 인간에 대한 심오한 통찰을 담은 멜빌의 독보적 걸작
- 1954년 서머싯 몸이 추천한 〈세계 10대 소설〉
- 2002년 노벨 연구소가 선정한 〈세계문학 100선〉

216 더블린 사람들
제임스 조이스 단편소설집 | 이강훈 옮김 | 336면

마비된 도시 더블린에 갇힌 욕망과 환멸, 20세기 문학사를 새롭게 쓴 선구적 작가 제임스 조이스 문학의 출발점
- 2008년 〈하버드 서점이 뽑은 잘 팔리는 책 20〉
- 2004년 〈한국 문인이 선호하는 세계 명작 소설 100선〉

217 마의 산 전3권
토마스 만 장편소설 | 윤순식 옮김 | 각 496, 488, 512면

20세기 독일 문학의 거장 토마스 만 작품의 정수. 죽음이 지배하는 알프스의 호화 요양원 〈베르크호프〉에서 생(生)의 아름다움과 환희를 되묻다

220 비극의 탄생
프리드리히 니체 | 김남우 옮김 | 304면

아폴론과 디오뉘소스라는 두 가지 원리로 희랍 비극의 근원을 분석하고 서양 문화의 심층 구조를 드러낸다. 20세기 문학, 철학, 예술에 심대한 영향을 끼친 책

221 위대한 유산 전2권
찰스 디킨스 장편소설 | 류경희 옮김 | 각 432, 448면

세상만사를 꿰뚫어보는 깊은 통찰과 풍부한 서사. 유쾌한 해학이 담긴 19세기 대문호 찰스 디킨스의 작품
- 2002년 노벨 연구소가 선정한 〈세계문학 100선〉
- 2007년 영국 독자들이 뽑은 가장 귀중한 책

223 사람은 무엇으로 사는가
레프 톨스또이 소설선집 | 윤새라 옮김 | 464면

1852년부터 1907년까지, 13편을 선정해 60년에 이르는 똘스또이 작품 세계의 궤적을 담아낸 단편선

224 자살 클럽
로버트 루이스 스티븐슨 소설선집 | 임종기 옮김 | 272면

인간 내면에 도사린 본질적 탐욕과 이중성, 죄의식과 두려움을 다룬 기묘하고 환상적인 단편선

225 채털리 부인의 연인 전2권
데이비드 허버트 로런스 장편소설 | 이미선 옮김 | 각 336, 328면

20세기 문학계를 뒤흔든 D. H. 로런스의 문제작. 현대 산업 사회에 대한 비판과 인간성 회복에의 염원이 담긴 작품
- 르몽드 선정 〈20세기 최고의 책〉
- 피터 박스올 〈죽기 전에 읽어야 할 1001권의 책〉
- 2004년 〈한국 문인이 선호하는 세계 명작 소설 100선〉

227 데미안
헤르만 헤세 장편소설 | 김인순 옮김 | 272면

혼돈과 자아 상실의 시대를 살아가는 젊은이들에게 시대의 지성 헤르만 헤세가 바치는 작품
- 1946년 노벨 문학상 수상 작가
- 2004년 〈한국 문인이 선호하는 세계 명작 소설 100선〉

228 두이노의 비가
라이너 마리아 릴케 시 선집 | 손재준 옮김 | 504면

삶 속에서 죽음을 노래한 시인 릴케의 대표 시집 중 엄선한 170여 편의 주요 작품을 소개한 시 선집
- 동아일보 선정 《세계를 움직인 100권의 책》
- 고려대학교 선정 《교양 명저 60선》

229 페스트
알베르 카뮈 장편소설 | 최윤주 옮김 | 432면

죽음 앞에 선 인간의 고뇌와 역할에 대한 진지한 성찰이 담긴 《제2차 세계 대전 이후 최대의 걸작》
- 1957년 노벨 문학상 수상 작가
- 서울대학교 선정 권장 도서 100선
- 국립중앙도서관 선정 청소년 권장 도서 50선

230 여인의 초상 전2권
헨리 제임스 장편소설 | 정상준 옮김 | 각 520, 544면

자유로운 이상을 가진 한 여인의 이야기, 헨리 제임스의 심리적 사실주의를 대표하는 걸작
- 2004년 《한국 문인이 선호하는 세계 명작 소설 100선》
- 미국 대학 위원회 선정 SAT 추천 도서
- 서울대학교 선정 《동서 고전 200선》

232 성
프란츠 카프카 장편소설 | 이재황 옮김 | 560면

독일인이 뽑은 20세기 최고의 작가 카프카의 3대 장편소설 중 하나
- 2002년 노벨 연구소가 선정한 《세계 문학 100선》
- 피터 박스올 《죽기 전에 읽어야 할 1001권의 책》

233 차라투스트라는 이렇게 말했다
프리드리히 니체 산문시 | 김인순 옮김 | 464면

니체 철학의 가장 중심적인 사상들을 생동하는 문학적 언어로 녹여 낸 작품
- 국립중앙도서관 선정 고전 100선
- 동아일보 선정 《세계를 움직이는 100권의 책》

234 노래의 책
하인리히 하이네 시집 | 이재영 옮김 | 384면

독일을 대표하는 서정 시인이자 혁명적 저널리스트인 하이네의 시집, 실패한 사랑의 슬픔과 인습의 굴레에서 벗어나고자 했던 고아한 시성(詩聖)의 노래.

235 변신 이야기
오비디우스 서사시 | 이종인 옮김 | 632면

라틴 문학의 전성기를 대표하는 시인 오비디우스가 그리스 로마 신화를 응집한 역작
- 2002년 노벨 연구소가 선정한 《세계문학 100선》
- 서울대학교 권장 도서 100선
- 연세대학교 권장 도서 200선

236 안나 까레니나 전2권
레프 똘스또이 장편소설 | 이명현 옮김 | 각 800면, 736면

사랑과 결혼, 가정 등 일상적인 소재를 통해 당대 러시아의 혼란한 사회상과 개인의 내면을 생생하게 묘사한, 똘스또이의 모든 고민을 집대성한 대표작
- 『가디언』 선정 역대 최고의 소설 100선
- 서울대학교 권장 도서 100선

238 이반 일리치의 죽음·광인의 수기
레프 똘스또이 장편소설 | 석영중·정지원 옮김 | 232면

죽음 앞에 선 인간 실존에 대한 똘스또이의 깊은 성찰이 담긴 걸작
- 시카고 대학 그레이트 북스
- 피터 박스올 《죽기 전에 읽어야 할 1001권의 책》

239 수레바퀴 아래서
헤르만 헤세 장편소설 | 강명순 옮김 | 232면

모순적인 교육 제도에 짓눌린 안타까운 청춘의 이야기, 헤세의 사춘기 시절 체험이 담긴 자전적 성장 소설
- 1946년 노벨 문학상 수상 작가
- 서울대학교 선정 동서 고전 200선

240 피터 팬
J. M. 배리 장편소설 | 최용준 옮김 | 272면

영원히 어른이 되고 싶지 않은 소년 피터팬, 신비의 섬 네버랜드에서 펼쳐지는 짜릿한 대모험
- 『가디언』 선정 《모두가 읽어야 할 소설 1000선》

241 정글 북
러디어드 키플링 중단편집 | 오숙은 옮김 | 272면

늑대 품에서 자란 소년 모글리, 대지가 살아 숨 쉬는 일곱 개의 빛나는 중단편들
- 1907년 노벨 문학상 수상 작가
- BBC 선정 아동 고전 소설

242 한여름 밤의 꿈
윌리엄 셰익스피어 희곡 | 박우수 옮김 | 160면

셰익스피어의 대표 낭만 희곡. 꿈과 현실을 넘나드는 한바탕의 마법 같은 이야기
- 미국 대학 위원회 선정 SAT 추천 도서

각 권 8,800~15,800원